『紫式部集』歌の場と表現

廣田 收 HIROTA OSAMU
kasamashoin

笠間書院版

『紫式部集』歌の場と表現

目次

第二章　『紫式部集』の表現

第三章　『紫式部集』和歌の配列と編纂

まえがき

顧みて『紫式部集』は不幸な家集だったのではなかろうか。

すでに指摘されてきたことではあるが、まず、『紫式部集』は『源氏物語』の作者紫式部の家集でありながら、国文学研究の対象として据えられることが『源氏物語』や『紫式部日記』に比べて、著しく遅かったといわなければならない。戦後の研究としてはすでに、池田亀鑑氏が『紫式部日記』の研究において「日記歌」や「紫式部家集」の書誌を系統分類とともに示されている（『紫式部日記』至文堂、一九六一年）。そして、南波浩氏によってようやく全国の諸本が集成され、本文異同が一覧できる形に纏められることで、伝本の全容がほぼ明らかになってきた（『紫式部集伝本の研究　校異篇・伝本研究篇』笠間書院、一九七二年）、ということができる。

一方、南波氏よりも早く岡一男氏によって、『紫式部集』が『源氏物語』の「基礎的研究」のために活用されたことは、今なお強く印象に残るものである。岡氏は『紫式部集』所収の和歌を駆使して『源氏物語』の文芸性と、紫式部の伝記とを解明された（『源氏物語の基礎的研究』東京堂、一九六六年）といえる。南波氏の『紫式部集』の研究もまた、『源氏物語』研究のために始められたということは偶然ではないであろう。

その後、『紫式部集』は南波氏の校本の普及（岩波文庫『紫式部集』岩波書店、一九七三年）とも相俟って、広く研究対象として取り上げられるようになり、新たな文芸としての評価が次々と加えられるようになったが、一方ではなお紫式部の伝記研究の資料として扱われることも多かったということは否めない。

それではいったい、私家集は文学として国文学研究の対象たりうるであろうか。とりわけ『紫式部集』は、どのように評価することができるであろうか。例えば、『紫式部集』の和歌の中には、『源氏物語』や『紫式部日記』の和歌と類似した和歌が存在する。しかしながら比較を試みたところで、そこからどのように問題を展開して行けばよいのか、そこからがなかなか難しいといわなければならない。あるいは、『源氏物語』の読者という立場で『紫式部集』を読むとしても、家集の和歌から紫式部の深刻な内面性をただちに読み取ることができないという感想は、誰もがもつところであろう。流れ出る調べや音律の心地よい和泉式部の歌と違って、『紫式部集』には、社会や人間関係の中で詠む歌が多く残るから、一見退屈で理屈っぽいものと映るのにちがいない。

ともかくこのような状況を打破するためには、和歌を分析するための媒介項が必要である。そのとき、私は、古代歌謡・古代和歌を抒情詩として読むのではなく、儀礼性によって読もうとする土橋寛氏の方法（『古代歌謡の世界』塙書房、一九六八年）を参照することが有効であると考える。ただ、『紫式部集』を対象とするときには、編纂物としての家集全体をどのように把握するかということと、家集の中に配列された和歌をどのように取り出すことができるのかということがあるといえる。

古代において歌集を編纂するとはどのようなことであろうか。

他撰歌集は過去に名のある歌人に対する敬愛や尊崇に基づいて編纂されるものであろうが、自撰歌集の場合は、歌人がおそらく晩年を迎えて、自らの半生を顧みつつみずからの記憶に基きつつ歌を選択するとともに、これをどのように配列するか、ということであろう。説話集の編纂ということと類比すればより明確になるであろうが、次のように幾つかの問題を提起することができる。

まず、歌は特定の場において詠じられる。特に古代の歌は、特定の場において詠じられることが中心である。ここにいう場とは、現実的な場面や実態的な場所のことではない。場は儀礼的な場所であるとともに、文脈 context をもつ。詠歌には行事や儀式、饗宴などの折節だけでなく、日常的な挨拶においても、一定の意図や目的に基づく文脈に即した表現が選び取られる。歌は公と私、あるいは晴と褻とを問わず、儀礼性を不可欠とする。私においても、より儀礼性の強く働く場合と、より打ち解けた場合とが予想される。いずれにしても、そこにいう意図や目的は、その場に在る集団や人間関係において共有されるものである。例えば、離別の場においては、旅立つ者を送別する集団的な意志の表明と、残される者の集団的な愛惜の表明とがある。それは、個人的な感情とは別である。儀礼性に即した表現は、かくあらねばならない集団の意思である。それゆえに、詠じられる歌は一定の意図や目的に基く表現形式を必然とする。言い換えれば、『古今和歌集』の部立に見られるような表現形式を規範として歌は詠じられる。私たちには見えにくくなっているが、古代の歌には表現形式が働いている。人との別れには離別歌、人を悼むには哀傷歌、祝いには賀歌、交情には恋の歌というふうに、歌は形式的な類型に乗せて歌われる。そのような歌は、おのずと技巧において彫琢されたものとなる。

逆にいえば、歌から表現形式を取り出すことができれば、ひとまずその歌の場を想定することができる。そのようにしてもともとの場が想定復元できるとすれば、かつて詠じられた歌が、歌人の記憶と晩年の感慨とにおいて新たに意味付けられて、歌は選択され配列されると考えることができるであろう。そこには編纂の原理がどのようなものであるかが問われる。私は、『紫式部集』は他の私家集に比べてきわめて特異な様態をもつと感じる。歌の特質をなす調べや音律の良し悪し、一々の歌の優劣、上手下手といった評価をすれば、和泉式部の歌の秀逸さには及ばない云々ということはあろうし、他の私家集と比べて、『紫式部集』をあまりに特別視してはいけない、いったいそれほどの評価に足るものなのかという批判も耳にするが、どのように考えても、『紫式部集』はその編纂の原理において単純ではない。

知られるように、古代の個人歌集は私家集と呼ばれる。私の家の集とされるのは、歌詠みの家の歌集である。歌人は、勅撰集の歌人としての栄光を背負う者である。その意味で、『紫式部集』の考察は、他の私家集との比較だけでなく、何よりも勅撰集と比較・対照させることが重要となる。

『紫式部集』を考えるにあたって、今まず以上のように問題を整理しておきたい。

従来ややもすると、『源氏物語』から予想される孤独で深刻な内面を抱えた紫式部を、『紫式部集』に対しても無媒介に求めてきたことを反省する必要がある。なぜなら、物語は説明であるが、歌は説明ではない。問題は、歌そのものをどのようにして対象に据えることができるのか、である。そしてまずもって歌集を、歌をもって構築された作品 text と捉える必要がある。そのとき私は、「詠歌の場」と「表現形式」とを、分析のための操作概念として提起したいと考えるものである。

なお『紫式部集』に関する考察の末尾に、付論を掲載した。一は「配置」をキイワードに女房としての役割を視点として『紫式部日記』について見取図を示したものである。二は「独詠歌」という方法的概念の再検討を通して『源氏物語』の和歌贈答の方法について問題を提起したものである。いずれも『紫式部集』の編纂を考える上で基盤となる、と信じるものである。

第一章　『紫式部集』歌の場と表現

第一節　『紫式部集』冒頭歌考

――歌の場と表現形式を視点として――

はじめに

私の考察の目的は、『紫式部集』を他ならぬ古代の和歌の編纂された本文 text として読むことである。すなわち『紫式部集』を伝記研究から解放し、どのようにして『紫式部集』を自立した作品として捉えることができるのか。

そのためには、家集というものが構築された本文であることを明らかにする必要がある。そのために私は、方法的概念として「歌を詠む場」という媒介項を設定したい。いささか唐突と思えるかもしれないが、私が『紫式部集』の構成において重視する、一代記 biography という物語の枠組み、あるいはその基層をなす話型(1)をもって『紫式部集』を統一性の与えられたひとつの本文と捉えたいからである。

そのとき、なぜ私が冒頭歌にこだわるのかというと、『紫式部集』独自の問題として、冒頭歌が『紫式部集』全体を象徴する意義をもつ、と考えるからである。したがって、本稿では、冒頭歌「めぐり逢ひて」の読解を試みることによって、『紫式部集』がどのような本文 text としての自己同一性 identity を保っているのか、ということについて考えてみたい。

一　冒頭歌をめぐる研究史

二〇〇九年春『文学』誌上に掲載された、紫式部の和歌「めぐり逢ひて」の解釈をめぐる、大谷雅夫氏の御論[2]を拝読した。大谷氏の御論は誠に詳細な注釈的考察であるが、この御論に寄せてただ一点、私がこだわりを感じたことは、仮に和歌「めぐり逢ひて」を読むというときにも、「百人一首」という鎌倉期の編纂物のひとつとして、これを論じるのか、編纂物としての『紫式部集』の中の冒頭歌として論じるのか、あるいは『紫式部集』から紫式部が実際に詠じたものとして想定される離別の場における和歌として論じるのか、という問いが必要ではないかという疑問である。

ここに言う私の基本的立場は、従来から繰り返し論じてきたように、『紫式部集』の中の和歌は、元の実態的な場において詠じられた歌そのものと、おそらく紫式部の晩年において歌集という編纂物として詞書を付され、配列のうちに組み込まれた歌とは、次元を異にするものとして捉えるべきであるというところにある[3]。すなわち、私は、この家集の現在形にしつこくこだわり、詞書と歌とをいたずらに校訂することなく、そのままに読むことで何が言えるのかを追求したい、と考える。一方、定家本『紫式部集』のありかたを考えるだけでは、結局私（たち）は定家本系の編纂者である定家の意図をなぞり、追認するだけになるのではないかと危惧するものである[4]。

それゆえ本稿は、古本系の最善本とされる陽明文庫蔵本を古態性の残る本文と捉え、これを対象として、最初に歌の詠じられた場をひとたび想定、復元することによって歌集の編纂というものを考え、『紫式部集』という家集本文を構築物として捉え直す試みとしたい。

そこでまず、陽明文庫蔵本『紫式部集』の冒頭部分を見ておきたい。その冒頭の本文は、次のようである。なお、歌に付けられた後記の書き入れは省略した。

はやうよりわらはともたちなりし人にとしころ
へて行あひたるかほのかにて十月十日の程に
月にきおひてかへりにけれは
めくりあひて見しやそれともわかぬまに雲かくれにしよはの月かな　…（1）
その人とをき所へいくなりけり秋のはつる日きて
あるあか月にむしの声あはれなり
なきよはるまかきの虫もとめかたき秋の別やかなしかるらん　…（2）

また、この冒頭歌の分析を進めて行く上で、流布本系の最善本とされる実践女子大学蔵本との比較は不可欠である。その冒頭は、次のようである。

はやうよりわらはともたちなりし人
にとしころへてゆきあひたるか
ほのかにて十月十日のほと月に
きおひてかへりにけれは
めくりあひて見しやそれともわかぬまに
くもかくれにし夜はの月かけ　…（1）

（一行空白）

その人とをきところへいくなりけり

あきのはつる日きたるあかつきむし

のこゑあはれなり

なきよはるまかきのむしもとめかたき

あきのわかれやかなしかるらむ[5]　…（2）

また、『紫式部集』冒頭歌と並行する本文が『新古今集』雑歌上、一四九九番と、『千載集』巻第七、離別歌、四七八番歌とである。これらを次に示しておきたい。

『新古今集』雑歌上、一四九九番

早くよりわらは友だちに侍りける人の、年ごろ経てゆきあひたる、ほのかにて、七月十日のころ、月にきほひて帰りければ　紫式部

めぐり逢ひて見しやそれともわかぬまに雲隠れにしよはの月かげ[6]

『千載集』巻第七、離別歌、四七八番

遠所へまかりける人のまうできて、あか月帰りけるに、九月尽日、虫の音もあはれなりければよみ侍る　紫式部

鳴きよはるまがきの虫もとめがたき秋の別れやかなしかるらん[7]

さて、このように参照すべき本文を並べ置いたときに、冒頭歌を考える上で避けられない最初の大きな問題は、後藤祥子氏が[8]『紫式部集』という「この家集独自の分からなさ」は和歌の「配列」にあると述べられたことに集約されている。すでに岡一男氏が早く、『紫式部集』の歌の配列は「多少の錯簡もあり、類をもつて蒐めたとこ

ろもあるが、ほぼ年代順」であると指摘していたことは留意してよい。[9] 今井源衛、南波浩などの諸氏は、さらに踏み込んで何箇所か類聚性の配列も認められると指摘した。例えば、今井氏は「この年代順排列の原則がどこまで家集の中に貫徹され、また岡氏御自身も認めていられる様なこの原則に基く若干の『連想や題をもって歌を蒐めた小歌群』や錯誤・誤脱の範囲やその性格の測定」が必要であると説く。[10] また、南波氏は「千載集紫式部歌」と比較することによって「家集の基本的構造が果たして年代順配列によって貫かれているのか、あるいはまた、類聚的配列と言いうるのかという、編集の姿勢」を問われる。[11] どの歌が類聚的な配列であるのかということについて、今具体的に一々を論ずる余裕はないが、議論の原則的な方向として、私はこのような論の立て方を支持したい。

『紫式部集』にはまず、冒頭から難解な問題が存在する。冒頭歌について南波浩『紫式部集全評釈』の所説を要約すると、（1）二番歌は、「同じ年の九月末日の来訪」と考えられるので、冒頭歌は「九月末日より以前」であるはずで、「『十月十日』では不合理」である、（2）十月は「趣の乏しい頃の月」であり「なごりの惜しまれる友を、月にたとえる」には、「初秋七月の方がふさわしい」、（3）「遅く沈む十月の月よりも、早く沈む七月の方が適わしい」、などの理由が挙げられている。[12]

南波氏は実践女子大学蔵本を底本として、先に岩波文庫において「七月十日」を採る校訂本文を立てたが、これには大きな問題が存している。冒頭歌と二番歌とは、詞書に従うと、矛盾を抱えているように見えるのである。例えば、田中新一氏は、『紫式部集』の校訂本文が『新古今集』の詞書を対校されるときに、実践女子大学蔵本の詞書「十月十日」を不審として「いとも簡単に退け」て「七月十日」と本文を立てたり、「秋の果つる日」を九月末日と「簡単に言い切っていいものだろうか」と疑問を呈する。そして「秋の果つる日」とは、二十四節気における「立冬日」のことであると説く。すなわち、「節月意識に発する『秋の果つる日』と、暦月意識に発する『九月尽くる日』」とが本来的に異なるという。ところが、『千載集』の撰者俊成が、これを同一視したのだと見る。さらに「十月に入っても立冬以前なら秋と認識した例」を根拠に、詠作時を正暦四（九九三）年と推定している。(13)

次に、木村正中氏は、「ほぼ時間的な配列」を認めつつ「むしろ主題的な意識や編成上の配慮にもとづいて、年代を追わずに展開をしている一面」のあることをいう。そして、「この冒頭二首から感じられるのは、式部が友人との別離に味わった、人生の悲哀の出発点ともいうべきもの」であり、そこに「彼女の憂愁の原点」を見てとる。そして木村氏は、田中新一説を検討した後、左記の十月、七月については誤写の可能性についても言及されつつ、田中氏の論拠となった『源氏物語』椎本巻の事例が、むしろ「ことさら『十月』と書かれず」「そこに節月意識が暦月意識に妨げられることなく、重層し両立して」いることに注目する。さらに、冒頭歌と二番歌との強いつながりは、左注によっても確認されるとし、「『秋のわかれ』とは、秋の季節の別れと、秋に人と別れることとの両義を兼ねる」とされる。特に、注意すべきこととして、「『雲隠る』には『死』が暗示されている」と見る。すなわち「会者定離の理の奥に、愛別離苦の思念の底に、まさに極限的な別離としての『死』が見出される」という。そして木村氏は、『源氏物語』における夕顔巻と須磨巻との用例を参照しつつ、冒頭歌に「直接宣孝の死がここで思い起こされていると見るよりも、夫の死の体験を抱えた彼女の宿命への歎きが、彼女の内部に凝縮され、別離と死の想念を根幹に置いて、『紫式部集』の基本的な構造が成り立つ」と説いている。(14)

さらに後藤祥子氏は、左注とも詞書ともいえる「その人、とほきところへいくなりけり」の一文から、冒頭歌は「初秋七月」ではなく「十月」であって「邂逅が、そっくりそのまま新たな別れの始まりであったことへの概嘆」と見るべきであろうとしている。そして「虫も鳴き弱る晩秋、しかも立冬以前の十日ということになると九月ではあり得ず、やはり十月」であると推定している。「いわば、九月で秋が行くという認識も厳然とある一方で、十月も事と次第によってはしばらく秋のうちという慣行的季節感の混在していたのが実状ではあるまいか」と論じている。そしてさらに、配列を辿りながら「式部集配列のわからなさは、錯簡欠落とか後人の編纂といった外在的な所にあるのではなく、もともと作者自身の編纂意識、あるいは表出意識にあるといっていい」と説かれる。そして「後半部の混乱を冒頭部におし及ぼして、式部集全体を体系の無秩序な集とみたり詠作年次の推定を棚上げする必要はなかろう」と結論づけている。(15)

その後、佐藤和喜氏は、定家本系『紫式部集』が「原形に近い」とする「通説」に反して、「古本系が原形により近く、定家本系には後人による改訂の手が入っていることは、表現論の立場からも検証し得る」と述べている。例えば、「女郎花」をめぐる道長との贈答を挙げて、古本系が「作者主体の位置から発語しようとする」のに対して、定家本系は「その位置を無化する傾向を持つ」と見ている。さらに、冒頭歌について、「歌の会話性」という視点から「本来は『夜半の月かな』であった」と考え、「新古今集は『童友だち』を主格として、その人を客観的に説明しようとしている」という。また「家集の『十月十日のほどに』は、新古今の『七月十日のころ』が静的な印象を与えるのに対して、動的な意味合いを持つ」とする。そして「『十月十日』は寧ろ本来的で」あり、「新古今の『七月十日』こそ恣意的・観念的な改訂である」と論じている。(16) ところが最近でも『新日本古典文学大系』はなお「七月十日」と校訂した本文を立てている。

また、山本淳子氏は、冒頭歌が「詠者と『童友達』の邂逅と別離の全体を詠んでいる」のに対して、二番歌が「時間軸上のある一点で捕らえようとする発想から生じていた」という違いを強調する。すなわち「設定の提示から点描へという『物語』的な文脈」を読みとろうとする。(17)

このように、従来から冒頭歌と二番歌のあるべき前後関係について議論は集中してきたが、冒頭歌の詞書に「十月十日」とあり、二番歌の詞書に「秋のはつる日」とあることをもって、時間進行のとおりに歌が詠まれていなければならない理由はない。これをまた、詞書を書き改めて七月と九月末日というふうに、時間的に「順序どおり」並べて、同じ人との連続的な離別歌の贈答と「解釈」したとしても、再会から離京までの時が長すぎるようにも思われる。むしろ離別する相手は同じ人であってもよいので、離別歌を詠ずる場の違いと考えてはどうか。さらに、冒頭歌「めぐり逢ひて」を、家集の総序の働きをするものと考えてはどうか。その意味で、日付の逆転（と見える現象）があってもおかしくはないと愚考するところである。

すでに知られているところであるが、『紫式部集』は冒頭からして、同時代の私家集の冒頭とは印象が著しく異なる。一般に古代の私家集は、春の歌から始まる。周知のように、紫式部と主（あるじ）を同じくした同時代の女房、和泉式部の家集『和泉式部集』の冒頭は、自撰部分とされているが、まず春の部を置く。

春

春霞立つやおそきと山河の岩間を潜る音聞こゆなり
春日野は雪降りつむと見しかども生ひたる物は若菜なりけり
引き連れてけふは子の日の松にまた今千年をぞ野辺に出でつる
春はただ我が宿にのみ梅咲かば離れにし人も見にと来なまし
花にのみ心をかけておのづから人はあだなる名ぞ立ちぬべき（以下を略す）[18]

南波浩氏は、中古の私家集のうち「秋の歌を冒頭においた数少ない例」として『敦忠集』（恋）、『伊勢集』（哀傷）、『元輔集』（紅葉合せ）、『清正集』（離別）、『仲文集』（離別）などを挙げ、『伊勢集』が「晩秋九月の恋の別れの歌でもって始まっている」ことに注目している。[19]とはいえ、『紫式部集』冒頭歌の詞書「十月十日」に従うとしても、歌「めぐり逢ひて」は、単純に秋歌とは言い切れない。

『紫式部集』が春の歌を冒頭に置かないのはなぜか[20]。それはつきつめれば、他の私家集が勅撰集『古今集』の部立を規範としていることに辿り着く。伊藤博氏は『紫式部集』歌について「客観的な景物を表立て、これにみずからの思いを託し封じこめるような形で歌う傾向」が強く、冒頭歌について「幼な友達のあまりの変貌ぶりにとまどい、見定めかねているうちに別れてしまった無念さが、瞬時に雲隠れした夜半の月という客観的な景物への未練に託して間接的・暗示的に表白されている」とみる。そしてこれを「寄物陳思的」としつつ、五五番歌「数ならぬ心」は正述心緒で「求心的・思弁的」とした上で、「時代の標準的詠風からかなり逸脱」していると評している[21]。そうであれば、冒頭歌自体が家集の伝統的な規範からどのように「逸脱」しているのかが問われる。

このように、従来からの指摘のかぎりでは、『紫式部集』のこの冒頭歌は、一見したところいかにも座りの悪い、極めて特異なものと見える。本文において詞書は「十月十日の程」とあり、常識的には詠歌の季節は冬である。また一般的に言えば、夜半の月を詠むには、寒々とした冬は似つかわしくないように見える。また『古今集』の規範からすれば、歌「めぐり逢ひて」は、秋歌や冬歌など四季部には納まりきらない。確かに別離の悲しみを詠じるには、伝統的な季節観から言えば、「秋」がふさわしい。しかし紫式部の表現ということから言えば、荒涼とした運命的なるものを詠じるには、『源氏物語』朝顔巻に見られる冬の光景が、亡き藤壺を思う光源氏の心象を表現するものとしてふさわしいものであったということを考え合わせてみる必要がある。『源氏物語』はすさまじき冬の美を見出している。そのような新しい季節感覚こそ、『紫式部集』冒頭歌の設定に触れ合うものであるに違いない。

また、この冒頭歌には、ほとんど類歌らしいものがない。ましてや、元歌に相当する歌は見出すことができない。この冒頭歌は、三代集にしても二十一代集にしても勅撰集の部立からいえば、単純な季節詠ではない。かといって、一般的な離別歌や羇旅歌でもない。また、すでに木村正中氏が指摘されたように「雲隠る」という語句に不吉な死の象徴性を見てとることができる。しかしまた、これを単純な哀傷歌だと言い切ることもできない。歌「めぐり逢ひて」は、冬歌・離別歌・哀傷歌の部立のいずれかに属すようなものではなく、跨って存在するような性格の歌であるといえる。

　このように、詞書の限定のもとに冒頭歌を考えるとしても、詞書の限定を取り外し和歌それ自体を対象として考えるとしても、歌「めぐり逢ひて」は、知られている和歌の伝統的な表現形式だけでは納まりきらない。ややもすると、この詞書は、和歌「めぐり逢ひて」を孤独な心情を詠じた独詠歌として読めと指示している、というふうに見える。ところが、冒頭歌の『紫式部集』理解については、左注「その人とをき所へいくなりけり」が利いている。この左注は冒頭歌と二番歌を繋いでいるものであるが、この冒頭歌と二番歌のいずれもが、少なくとも〝離別に寄せて詠じられたもの〟として読め、と歌集自身が限定しているといえる。

　小町谷照彦氏は、『源氏物語』における「物語の形成の方法」として、「和歌による表現の具体相は、形態、形式としては、独詠・贈答・唱和といった和歌の諸形態の他に、引歌や歌語といった和歌的な表現技法や語彙、自然表現や心情表現の方法などに求められよう」と述べる。そして、独詠・贈答・唱和の概念を次のように規定している。

　独詠歌は愛情の齟齬など表現伝達の困難な状況や死別や離別など感懐の横溢した場面などに詠まれ、独白やすさび書きといった形をとる。贈答歌は求婚や挨拶に用いられ、とくに愛情関係における多様複雑な作中人物の対応を浮き彫りする役割を果たす。唱和歌は三人以上の作中人物が一座となって同時に和歌を詠むもので、遊宴的な社交や心情的な連帯を示すことになる。独詠といっても、本人が知らない間に相手の目に触れたり、本人の意志にかかわりなく相手が応じたりして、結果的に贈答になる場合もあり、元来が贈答の意図がなく心情を率直に表明したものであるだけに、相手に与える感銘は深く効果的な贈答をもたらす。唱和も単に多人数の歌を羅列しているものではなくて、複数の歌の有機的な関連によって物語の展開の位相に即した状況や心情の表現を果たすものであり、贈答歌的な応答が単位となって唱和の全体像を形成している場合もある。[22]

そもそも、古代における独詠歌とは何か。私は、小町谷氏の規定は近代的にすぎると考える。すなわち、独詠か贈答か唱和か、といった区分には此界の人間（としての登場人物）しか想定されていない。詠歌において歌は何よりも呼びかけであり、呼びかける相手が此界の存在か、異界の存在かを問わず、問いをもって呼びかける機能function をもつ。この呼びかけという一点に、中世和歌と決定的に異なる古代和歌の本質がある。小町谷氏の指摘のとおり、歌に誰かが応じた場合は、結果的に贈答や唱和になる。物語では家集以上に、この機能が如実にうかがえる。独詠歌（と見えるもの）は、死者 soul spirit や神格 god、霊格 spirit に対する呼びかけであり、近代的なまなざしからすると、独詠であるかのように見えるだけである。

例えば、『源氏物語』の事例を、桐壺巻から順を追って思いつくままに挙げると、次のようなものが見出せる。

① かの贈物御覧ぜさす。亡き人の住み処尋ね出でたりけんしるしの釵（かんざし）ならましかば、と思ほすもいとかひなし。

　　たづねゆくまぼろしもがなつてにても魂のありかをそことしるべく　（桐壺、一巻三五頁）

② つれなき人もさこそしずむれ、いとあさはかにもあらぬ御気色を、ありしながらのわが身ならばと、とり返すものならねど、忍びがたければ、この御畳紙の片つ方に、

　　空蝉の羽におく露の木がくれてしのびしのびに濡るる袖かな　（空蝉、一巻一三一頁）

③ 空のうち曇りて、風冷やかなるに、いといたくながめたまひて、

見し人の煙を雲とながむれば夕の空もむつましきかな

と、独りごちたまへど、えさし答へも聞こえず。

（夕顔、一巻一八九頁）

④　八月廿余日の有明なれば、空のけしきもあはれ少なからぬに、大臣の闇にくれまどひたまへるさまを見たまふも、ことわりにいみじければ、空のみながめられたまひて、

のぼりぬる煙はそれと分かねども雲居のあはれなるかな

（葵、二巻四八頁）

⑤　鈍める御衣奉れるも、夢の心地して、我先立たましかば、深くぞ染めたまはましと思すさへ、

限りあれば薄墨衣あさけれど涙ぞ袖をふちとなしける

とて念誦したまへるさまいとなまめかしさまさりて、経忍びやかに読みたまひつつ、「法界三昧普賢大士」とうちのたまへる、行ひ馴れたる法師よりはけなり。

（葵、二巻四九頁）

この他にも、須磨に赴く前に、光源氏が院の御墓に参り、⑥「なき影やいかが見るらむよそへつつながむる月も雲隠れぬる」と詠んだこと（須磨、二巻一八二頁）、須磨に謫居の春三月上巳の日、光源氏が海辺に出て禊祓をした折に、⑦「知らざりし大海の原に流れきてひとかたやはにものは悲しき」と詠んだこと（須磨、二巻二一七頁）、⑧「八百よろづ神もあはれと思ふらむ犯せる罪のそれとなければ」（同）と詠んだことなど（以下を略す）、幾つも挙げることができる。

②は、光源氏の懸想を受けた空蝉が、かつて若き日の自分であったらと煩悶しつつ、畳紙に歌を書き記す条であるが、以後この歌がどのように取り扱われたかは具体的に記されていない。ここに置かれた歌が、贈答の如何を超えて、物語の状況のすべてを象徴している。したがって、このような場合、歌「空蝉の」が贈答歌か独詠歌かという区分を云々することには意味がない。問題は、語り手と聞き手との間に共感をもって、この歌が共有されていることである。そこにこの物語の特性がある。実はこの方法が、『紫式部集』における冒頭歌・二番歌の

置かれ方と同質性をもつのである。

③について、『新編全集』は「源氏はひとり胸中の悲傷を詠誦したのであり、源氏と対等にない右近は、返歌をせず、彼の独詠歌の鑑賞者にとどまる」（一巻一八九頁）と注する。右近が歌で答えれば贈答が成り立つ。ところが、光源氏は亡き夕顔に向かって詠んでいるのである。ここには、此界における贈答とは異なる次元で、他界との贈答という交感が認められる。

その他①④⑤において歌は、いずれも他界なる死者への追慕である。須磨巻の言挙げの歌の事例を俟つこともなく、他界からの働きかけを期す歌である。言い換えれば、これらが此界と他界との間において、結果的に贈答をなしたか否かは、いずれでもよい。問題は、歌が此界から他界への方位性において働きかける言葉であることにある。あるいは託宣歌のように、神や仏から人に向かって働きかける言葉もある。そのように考えることによって、なぜ歌の力というものが働くのかということを説明できる。つまり、独詠・贈答・唱和という分類の枠組みが、あまりにも此界的、現実的すぎるのである。そして、この①から③における歌の様態は、『紫式部集』の方法と同質性をもつことを改めて確認することができる。

さて、『紫式部集』の側からの分析では、南波氏が流布本系と古本系とを（私の理解からすれば、）最大公約数的に重ね合わせて校訂本文を立て、現存本で所収歌の全体を一二八首と見る。その上で、『紫式部集』の歌の形式を、

（1）贈答形式　七五首
（2）贈答形式を完備しない贈歌又は返歌　二〇首
（3）他者を意識して詠んだ対人歌　一四首
（4）独詠歌（述懐一一、旅中の歌八）　一九首

と分類している。そして南波氏は「注目される点は、（1）（2）（3）で、計一〇九首（八五パーセント）となり、

この家集は、式部の生涯での対人関係に主眼が置かれていること」を指摘されている[23]。

ただ残念ながら、（1）から（4）の事例が具体的にどの歌を示すものか、明記されていないために、冒頭歌がどれに該当するとされるものかがわからない。さらに、（2）には「贈答形式を完備しない贈歌又は返歌」とあるが、「完備しない」とはどういうことか。もともと詠歌の場の問題なのか、贈答の形式のまま記載しない編纂の問題であるのかが不明である。いずれにしてもこの分類は、詞書の表現のままに区分が立てられたものと見られる。

私は、『紫式部集』を編纂物として捉える立場から、詞書に従って歌を捉えた場合と、詞書を外して歌を捉えた場合との双方を勘案する必要があると考える。と同時に、独詠・贈答・唱和という区分の妥当性についても併せて疑ってみる必要があると考える。

そこでまず、詞書に沿って詠歌の場を改めて追いかけてみると、冒頭歌では、童友達であったころから数年を経たほどの年代とはいえ、この時代に女性の独り歩きは考えにくいであろうから、一般に推測されるように、幼馴染の恐らく旅立ちに向けた方違えの折かと予想される。しかも、あまり指摘されていないことであるが、いうまでもなく幼馴染にしても私にしても、ひとり旅であるはずもなく、どちらも家族とともに行動を共にしていると考えられる。親たちだけでなく、兄弟姉妹や乳母、女房たちなどを伴い、お互いに家族たちと一緒であると推測できる。そのような場で詠じられた歌ならば、古代歌謡論の研究者である土橋寛氏の説かれた、即境的な景物が取り入れられたり[24]、挨拶としての儀礼性が備わっていなければならない。別れ行く人のことを、お互いが本心でどう思っているのかは別として、表現としては、何よりも別れを惜しむとか、再会を期すとか、旅中の安全を祈るとか、という形式をとることが必要である。つまり、このような出会いと別れに際して、挨拶として歌を詠み交わす場が、詞書には隠れている。また実際に、家族同士で和歌は詠み交わされたはずである。特に『紫式部集』を考える上で、他の私家集の中には、歌の応答と経過をそのままのように記すものがあることを考え合わせておく必要がある。

ちなみに、ここに言う「場」とは、実態的な空間（場面 scene ）をいうよりは、詠歌の基盤 context をいうものである。儀礼的な表現が、集団的な目的や意図に基くものであることを考える必要がある。ここでなぜ、「場」というものを持ち出したかというと、ひとつには古代和歌を抒情的にだけ理解することの誤りを指摘することと、晴と褻（け）というような二分法も無効だということをいうためである。なぜなら、褻にも儀礼性 ritual は働いている。すなわち、歌が詠まれる目的や意図に即したものとして、歌は儀礼性を帯びていると考える必要がある、と考えるからである[25]。日常生活にあっても、儀礼や儀式、行事においても儀礼的な表現というものがある、ということを想定しなければならない。

さらに言えば、同じ紫式部の和歌が採られているとしても、『紫式部集』と『千載集』『新古今集』との違いは、詞書や和歌のもつ表現上の異同だけにとどまらない。そこには私家集と勅撰集という文献そのものの性格の相違と、古代和歌と鎌倉時代という時代を負う中世和歌との相違が、疑いようもなくある。藤原俊成や定家の歌が、歌合や題詠を常として、和歌の美的な表現世界を創出するものであったとすれば、そこには直接に呼びかけの対象とする相手がいない。これに対して、三代集までの古代和歌は、詠歌の場において直接、間接に呼びかけるべき対象というものが想定されていて、和歌が挨拶など儀礼の中の表現媒体として機能していたと考える必要がある。

いうまでもないことであるが、現在形（もしくは最終形）の『紫式部集』について、自撰か他撰かを、あれかこれかで論じてもうまく説明できないに違いない。おそらく、もと自撰の家集であったものが、いつとは特定できないが、いずれかの段階に傷を負い、今知られている二つの大きな対立的な本文系統は、その後に生じたもので、別々に伝わったものと推測されるが、いずれにしても、いかほどかは分らないにしても後人の手が加わっている[26]というふうに、複合的に考えて行くのが穏やかではないだろうか。極端にいえば、結論めいたことであるが、古本系陽明文庫蔵本は平安時代の表現を比較的強く残す一方、実践女子大学蔵本は、新たな構成を与えられるとともに、鎌倉時代の新たな表現を多く含み持つというべきであろう。

それでは、冒頭歌「めぐり逢ひて」は、もともと儀礼的な挨拶の歌であったのか、どうか。木村正中氏は、独詠の歌なのか挨拶の歌なのか、可能性としてはいずれとも考えられるとされる[27]。

私は、古本系の五句「夜半の月かな」には詠嘆の形をとった呼びかけの nuance があると見る。例えば、『源氏物語』東屋巻末の贈答唱和において、弁尼の「やどり木は色かはりぬる秋なれどむかしおぼえて澄める月かな」という贈歌（六巻一〇一頁）に対して、薫の答歌は「里の名もむかしながらに見し人のおもがはりせるねやの月かげ」（同）とあり、呼びかける歌に「月かな」、答える歌に「月かげ」とあることは実に興味深い。また、後代の事例であるが『新続古今集』雑歌上、一七二八番歌は、藤原光俊が「長月や秋の恨みをかさねてもまた曇りぬる夜半の月かな」と結んで歌を送り、卜部兼直の歌「この秋はなほ長月を契りしをこよひも晴れぬ我が心かな」と、贈答をなしている。

一方、「夜半の月影」と結んで、これが呼びかけとなるような贈答の事例は、勅撰集の範囲内では認められない。すなわち、定家本系の五句「月影」は、映像的な印象が強く打ち出されていて、送られた歌であるという印象は少なく、それ自体で自足自立した表現とみえて、まさに送るべき相手をもたないという意味で独詠的であるといえる。後に見るように、中世以前において勅撰集の中に、和歌に「夜半の月影」という表現は見当たらない。「月影」と結ぶのは、「月影！」と表してもよいほど屹立した表現でもって月影の美しさを詠じているのであり、「夜半の月かな」に比べて相手に対する働きかけは一段弱くなってしまう。結論を言えば、私は、定家本系が「月影」と歌い切る形に訂することによって、（あるいは定家その人が）「月かな」を「月影」と直すことによって、中世和歌の style を与えたのではないか、と推測する。

もしあえて付け加えることがあるとすれば、そのような異同は書写上の異同の問題ではなく、和歌のもつ儀礼性に対する編纂上の扱いの違いによって生じるものではないかと考える。さらに言えば、時間的前後関係だけでなく、場の問題から見た場合、冒頭歌と二番歌とは場を異にしているというべきである。いずれの歌に対しても、定家は古代和歌のもつ古代的な儀礼性を切り捨てたのである。流布本において、私たちはいわば定家の罠にはまっている。

さて、いかにも強引な比較に見えるかもしれないが、ここに、早く『伊勢物語』に代表される歌物語において、伝承歌を核として章段を構成する方法のあったことを想起することができる。古代における歌は、それ自体で記憶され、再生されるひとつの完結した text であり、ひとつの伝承体と捉えることができる。文献研究の分野では、「伝承」という概念には違和感を持たれるかもしれないが、音声言語による口承の存在であっても、文字による書承の存在であっても、和歌そのものが記憶されるべき text に他ならない。歌人個人の創作物として credit を持って生産される鎌倉初期の和歌に比べて、古代和歌は、社会の共有物として記憶され、機を得て再生されることにおいて伝承である、というところに特質がある。その折の自分の心情にふさわしい古歌を誦じたとき、文字通り詠者の名をもって古歌が、あたかも創作歌のように記録されることはしばしば見出されるところである。つまり同じ歌が、別の詠者の名をもって記録されることが数多く存在するのはそのためである。私は、紫式部もまた、そのような時代から例外ではありえないという確信をもつ。

つまり、物語や家集が、和歌を核としてどのように組み込むのか、という編纂の問題を避けることはできない。かつて私は、『紫式部集』の和歌配列の原理が、特に定家本において顕著であるが、中心人物の成人式から他界まで、いわゆる一代記的構成を規範とすることにおいて、定家本『伊勢物語』の和歌と章段との配列と同じ枠組みをもつということを論じたことがある。(28)つまり、『紫式部集』は、他の家集とは決定的に異なり、和歌の記録というよりも、和歌によって人生を再構成している、といえる。繰り返せば、この家集は、紫式部その人の人生そのものではない、歌集として〃仮構された fictional な人生〃を創り出しているのではないかと考えられるのである。

二　離別歌の表現形式

『紫式部集』の冒頭歌の詞書の示すところに従って、和歌「めぐり逢ひて」が離別歌であるとみた場合、どのような問題を指摘できるであろうか。

そこでまず、「離別歌とは何か」ということを考えるために、三代集の離別歌から、離別歌としての表現形式が取り出せるかどうかを調べてみたい。(29)言い換えれば、和歌そのものが離別歌であるためには、その挨拶としての儀礼性から「離別歌の主題とは何か」ということが明らかにならなければならない。いうまでもなく、ここに言う主題 subject とは、詠歌者の率直な心情のことをいうのではなく、挨拶としての儀礼的な形式的表現のことである。すなわち、離別歌の主題は、別れ行く人とこれを送る人との当人同士との個人的心情はさて措き、何よりも儀礼的表現として、「別離を惜しむこと」もしくは、「再会を期すこと」などの形式をとることが必要となるに違いない。そのことからすれば、歌「めぐり逢ひて」は、どのように捉えることができるだろうか。

そこで、『古今集』の詞書が、歌と離別の場との関係をどのように記し伝えているかを見ると、次のように分類できる。

（1）別れの場を具体的に示すもの。

小野のちふるが陸奥のすけにまかりける時、母のよめる　（三六八番）

さだときのみこの家にて藤原のきよふが近江介にまかりける時に、馬のはなむけしける夜、詠める　（三六九番）

人の馬のはなむけにて詠める　（三七一番）

逢坂にて人を別れにける時に、詠める　（三七四番）

相知りて侍りける人のあづまの方へ罷りけるを送るとて詠める　（三七八番）

音羽山のほとりにて人を別るとて詠める　（三八四番）

藤原の後蔭が唐物の使に長月のつごもり方に罷りけるに、うへのをのこども酒たうびけるついでに詠める　（三八五番）

源のさねが筑紫へ湯あみむとて罷りにける時に、山崎にて別れ惜しみけるところにて詠める　（三八七番）

山崎より神奈備の森まで送りに人々罷りて、帰りがてにして別れ惜しみけるに詠める　（三八八番）

今はこれより帰りねとさねがいひけるをりに詠みける　（三八九番）

藤原のこれをかが武蔵介にまかりける時に送りに逢坂を越ゆとて詠みける　（三九〇番）

大江の千古が越へ罷りける馬のはなむけに詠める　（三九一番）

人の花山に詣できて夕さりつかた、帰りなむとしける時に詠める　（三九二番）

山に登りて帰り詣で来て、人々別れけるついでに詠める　（三九三番）

雲林院のみこの舎利会に山に登りて帰りにけるに、桜の花のもとにて詠める　（三九四・三九五番）

かむなりの壺にめしたりける日、大御酒などたうべて雨のいたく降りければ、夕さりまで侍りて罷り出で侍りける折に盃を取りて　（三九七番・三九八番）

兼覧のおほぎみに始めて物語して別れける時に詠める　（三九九番）

志賀の山越えにて石井のもとにて物言ひける人の別れける折に詠める　（四〇四番）

道にあへりける人の、車に物を言ひ次ぎて別れける所にて詠める　（四〇五番）

（２）別れの後に、歌を遣したと伝えるもの。

越へまかりける人に、詠みて遣はしける　（三七〇番）

あづまの方にまかりける人に詠みて遣はしける　（三七三番）

此の歌は、或人つかさを給はりて新しきめにつきて年経て住みける人を捨ててただ明日なむ立つとばかり言へりける時に、ともかうも言はで詠みて遣はしける　（三七五番、左注）

常陸へまかりける時に、藤原公利に詠みて遣はしける　（三七六番）

みちのくにへ罷りける人に詠みて遣はしける　（三八〇番）

越の国へ罷りける人に詠みて遣はしける　（三八三番）

（３）場を必ずしも明確にしないもの。

題知らず　（三六五・三六六・三六七番・三七五番・四〇〇～四〇三番）

ともだちの、人の国へまかりけるに詠める　（三七二番）

人を別れける時に詠みける　（三八一番）

に分けることができる。

（１）の事例の多数は、地方官に任ぜられて下向する折の宴の詠である。三六九番を例にとれば、詞書に「さだときのみこ（親王）の家」で「藤原のきよふ」が「近江介」に任ぜられて下向する折、「馬のはなむけ」として宴が催された、とする。そしてそこで「紀としさだ」が歌「けふ別れ」を詠じた、とする。松田武夫氏は、「馬のはなむけ」は「餞別。ここでは送別会」と注する。そして「貞辰親王の家での餞別の宴で、藤原清生に対して、紀利貞が餞別として詠んだ歌である。当時は、そういう歌を詠むのは、儀礼的な挨拶として極めて普通の事であった」と評している。(30)

　宴という場において、歌は儀礼である。言うまでもなく、この宴において、この一首だけが詠じられたわけではないはずである。さらに問題は、誰が宴の主催者であり、誰が送り出されるのかという人物配置にある。すくなくとも宴の儀礼としては、「紀としさだ」が送別の歌を詠じたのに対して、魚名の孫である大和守春岡の子、「藤原のきよふ」が答える返礼の歌を詠じたはずである。ここで『源氏物語』の場面の中の和歌の置かれ方に比べて、『栄花物語』の場面の中の置かれ方が異なることを想起してよい。つまり、列席した人々の和して詠じた歌はあったに違いないし、何よりも宴の主（あるじ）である、清和天皇の第七皇子「さだときの親王」が、「紀としさだ」に送別の歌を詠じたはずである。そのような宴の歌群の中から選び出されたものが、歌「けふ別れ」である、と解すべきである。そしておそらくその場に参与した人々の記憶に残り（あるいは記録として残り）、秀歌として評判となり、広く人口に膾炙し、伝承された。それゆえに、勅撰集の撰者はこれを選んだという経過が予想できる。いわば唱和の記録をそのまま記すという形をとらず、この歌だけが採られたのである。詞書を、この歌だけしか詠まなかったのかのように理解することは誤りである。

　すなわち、三六九番歌においては、「藤原のきよふ」の旅立ちの行程とそこからの労苦を思い、別離の悲しみを主題としている。「紀としさだ」が「藤原のきよふ」の赴任を、心底においてどう思っているかは不明である。あるいは、別のことである。歌っている形式上の主題は「別れに涙がとまらない」ということである。これが離別の宴の挨拶としての歌である。これを撰者たちが離別歌として優れたものであると判断したゆえに入集した、と見る他はない。どこが優れているのか、といえば修辞や技巧の面白さ、秀逸さである。おそらく『古今集』は、撰集の資料とした歌集の詞書の伝えるところをそのまま転載するのではなく、歌そのものに儀礼性を見てとり、離別歌として認定して部立に入れ、改めて詞書を記し与えていると考えられる。

例えば、三七四番歌「逢坂の」と、詞書「逢坂にて人を別れにける時に、詠める」について、松田武夫氏は、

他の五首は、詞書に詳しく誌されていないので、成立事情は不明である。しかし、これらの五首（三六九番から三七四番、引用者注）も、多分、地方官として赴任する人々を送別した時の歌であろう。（略）これらの歌の内容形式を見ると、幾分、儀礼的形式的なそらぞらしさが見られる。「あふみ」「帰る山」の掛詞、「しら雲」の枕詞などを用いた余裕ある作歌態度が、その一つである。(31)（傍線は引用者による）

と、歌そのものの表現形式から逆に、離別の場を想定している。「儀礼的形式的なそらぞらしさ」とは、個人的な抒情を基準としてみた場合の印象であって、儀礼の場では挨拶としての表現が、儀礼を成り立たせるために不可欠なのである。

ここで、私が重要だと考えることは、『古今集』離別歌のいずれもが、詞書には例えば、餞の折に離別歌を詠じたなどというふうに記しているが、送別の宴と明記するか否かは、最終的に重要なことではなく、場の問題として捉え直すと、大・小か公・私かは問わずとも、いずれも送別の挨拶の場における儀礼的な詠歌と見ることができる、ということである。その歌は受領の下向であれ、唐物使の公儀（三八五番）であれ、催される宴の中の歌である。すなわち、離別する者同士の人間関係や、個人的な感情はどうあれ、まず儀礼的な挨拶として定型的な表現形式に乗せて離別歌を詠ずる必要があったと考えられる。特に「酒たうびけるついで」（三八五番）や「大御酒などたうびて」（三九七番）などと記されている場合、その「大御酒」とは「天皇から賜った酒」の意味である。(32)

つまりその場は天皇の賜宴であり、最も格の高い、御前の詠歌の場といえる。そのような場における三九七番の歌「秋萩の」は、貫之の個人的で私的な心情の吐露ではなく、歌読み、歌人として宴に招かれたゆえの作歌と考えられる。

また、仮に例えば、牛車で行き合った折（四〇五番）にも、知己であれば、知らぬふりをしてやり過ごすなどということは考えにくく、侍者従者などを介して挨拶の交わされる場が用意されるはずであろうから、いきなり打ち解けた個人的な交情よりも、まず儀礼的な歌が交換されるはずである。そのとき、歌の場において、歌はまず挨拶であり、むしろ離別歌としての技巧や修辞がいかに優れているかを競うものといえる。いかに私的な場面と見えて（私的な場面であって）も、勅撰集において、離別歌と認定されていることから逆に考えれば、いずれの和歌もまずは、挨拶としての集団的、儀礼的な歌なのではないかと捉える必要がある。いずれにしても、『古今集』離別歌の詞書は、離別の場を明確に記しているか、少なくとも離別の場の予想できるものばかりである。

そのことからすれば、『紫式部集』冒頭歌の詞書は、誰かが罷るとか、馬の餞とか、別れける次（ついで）とか、宴とかといった具体性を記していない。また、「車に物を言ひ次ぎて」などのように具体的な場を記してはいない。逆にいえば、『紫式部集』は、『古今集』の詞書の叙述の様式 style に対して、如上のような記述を排除しているように見える。にもかかわらず、古代和歌としての歌「めぐり逢ひて」は、もともと挨拶としての離別歌であった可能性が問われる。

また、（2）に見える『古今集』の離別歌は、一見（1）のような離別の場、特に宴の中で詠じられる儀礼的な詠歌ではなく、離別の場の後、改めて歌を詠み遣わしたもの、と伝えるものである。しかし松田武夫氏は、今私に（2）「別れの後、歌を遣したと伝えるもの」と分類した三七〇番歌について、「越へまかりける人に、詠みて遣はしける」と記されているにもかかわらず、「詞書によると、すでに越路に往った人に後から歌のように解

せる」が、「表現形式に技巧がこらされている」ことから「離別に当って詠んだもの」であろうと推定している。(33)

ちなみに、『古今集』において、離別歌で過去形の表現をもつ事例には、次のようなものがある。例えば、

かむなりの壺にめしたりける日、大御酒などたうべて雨のいたく降りければ、夕さりまで侍りて罷り出で侍りける折に盃を取りて　貫之

秋萩の花をば雨に濡らせども君をばましてをしとこそ思へ（三九七番）

と詠めりける返し　兼覧王

惜しむらむ人の心を知らぬ間に秋の時雨と身ぞふりにける（三九八番）

志賀の山越えにて石井のもとにて物言ひける人の別れける折に詠める　貫之

むすぶ手の雫に濁る山の井のあかでも人に別れぬるかな（四〇四番）

などである。離別に際して詠まれる歌が、過去形の表現をとることは、離別歌として必ずしも例外的なことではない。

すなわち、重要なことは『古今集』の詞書には、送られた歌とされていながら、和歌の表現、もしくは構造そのものから、これは離別の場の歌だと認定されているのではないか、ということである。言うまでもないことであるが、勅撰集も撰者によって編まれた編纂物と見做す必要がある。

これらの事例を参照すると、『紫式部集』冒頭歌の詞書には「月にきほひて帰りにければ」とあるから、詞書に従えば、歌「めぐり逢ひて」は、幼馴染の立ち去った後に詠じられたことになる。あるいは、詞書の伝えるところは、ひとりになって、とり残された私が詠じたということになる。しかし、歌の表現の側から見て、表現で

は過去形をとってはいるものの儀礼の場で詠じられたと伝えられる事例（『古今集』三九八番歌、四〇四番歌）もあるから、離別の場において詠じられた可能性も捨てきれない。三七二番の「ともだちの、人の国へまかりけるに詠める」や、三八一番の「人を別れける時に詠みける」などは、実際に歌が相手には贈られず孤独にのみ詠じたと伝えているものでも、儀礼的な歌と理解すべき可能性はある。

ちなみに、(3)の中には、「題知らず」とする他に、「ともだちの、人の国へまかりけるに詠める」（三七二番）や、「人を別れける時に詠みける」（三八一番）などの表現がある。松田武夫氏は、三七二番について「こうした屈折的理知的表現は、儀礼的和歌に多い[34]」とされる。つまり、「題知らず」と記されていても、和歌そのものの表現形式において、挨拶としての儀礼性をもつ歌であることは損なわれていない、といえる。つまり、離別歌の部立の中にある歌は、詠歌の場において離別歌（と撰者によって認定されたもの）であり、同時に歌それ自体も構造的に見ても離別歌である、ということである。つまり詞書を、右に見るように、形式的に（1）（2）（3）に分けたとしても、和歌そのものが離別歌であることを保っていることは動かないのである。

なお、「題知らず」として詞書が具体的な場を明記していないことについて付言すれば、『古今集』の編纂過程から見て、入集歌は、歴史的な段階として、

1　読人知らず時代の伝承歌
2　六歌仙時代の和歌
3　撰者時代（当代）の和歌

というふうに、層をなすものと想定してよい。伊藤博氏は、

> 延暦のころまで、萬葉歌が、編纂という文学的営為のもとに萬葉びとのあいだに呼吸していたことは、天平宝字三年以降の歌を『萬葉集』に確実に指摘できないものの、たとえば、巻十作者未詳歌群のような詠歌

の動きとか、末四巻のような貴族たちの宴をめぐっての詠歌の動きとかが、その後もずっとつづいていたにちがいないことを暗示するといえよう。

と述べ、「こうした動きをうけとめる歌群」は、「『古今集』の読人知らずの歌」とする。そして、「六歌仙以前の読人知らずの歌」に「より古いおもかげをとどめる百三十首ばかりと、やや新しいおもかげをとどめる二百首ばかり」のあることを指摘する。そして前者に「平城上皇とその側近たちとの故郷平城における詠歌を集めた古歌集」〝平城古歌集〟の存在を想定している。伊藤氏は、一方において、『古今集』読人知らず歌では、この〝平城古歌集〟を遡る「旧歌群」を探し得ず、『古今集』序も「古今時代の上限を嵯峨朝、つまり平城上皇時代においていたこと」を指摘している。(35)

『古今集』の撰歌が、そのような時代にわたるものであるとすると、読人知らず時代の伝承歌について、「題知らず」と詞書が記すのは、撰者の知りうる範囲においては資料上詠歌の事情を確定できなかったからだ、とも考えられる。

したがって、『伊勢物語』に萬葉歌が多く指摘されているのは、それらが『萬葉集』という個別の text にかかわる歌であるというよりも、それらが古い伝承歌であると見ることができる。平安時代の歌人にとって、現在、萬葉歌と呼ばれるような古歌が案外、詠歌において重要な役割を果たしていたのではないか、と考えられる。

結局、詞書による（1）（2）（3）の区分は、離別歌そのものの構造や、詠じられた場とは、必ずしも厳密に対応しているのではなく、勅撰集において撰者によって詞書が新たに与えられている、と捉えることができる。あるいは、詠歌の場面を同じくしていたとしても、あるいは離れた場所に遣わしたものとしても、挨拶としての儀礼性は不可欠であったといえる。かくて、逆に見れば『古今集』は原則として、撰歌の対象とした資料から、知りうるかぎり離別の場を明記しようとする編纂方針を持っていたと推測される。しかも、離別歌は離別歌の形式を備えているものを選んでいる、すなわち、和歌の儀礼性において部立は分類されている、と考えられる。

さて、松田武夫氏は、離別歌の四首（四〇〇番から四〇三番）を前後の二首ごとに分け、前二首は「別れ行く者と見送る者との双方の歌が、袖をぬらす涙を素材に詠まれている」のに対して、後二首は「見送る者が、別れ行く相手をしいてとどめようとする意志が強く働いている」といわれる。さらに、前者が「別れ行くことを是認し、別れ行くことに対して、無条件に詠嘆する消極的な態度を示している」のに対して、「離別の哀愁の原因をなす別離自身を否定し、これに飽くまでも抵抗して、悲しみの前提条件を控除せんと考えて歌った」「両者の相違は、単なる表現技法の差違ではなく、発想の根源に存在する心意の働き方の違いである」として「離別歌の大きな二つの型をなすもの」であるとする(36)。

そこで、『古今集』の離別歌を、歌の主題がどのような表現形式をもって示されているか、ということから、どのように分類できるかを検証、確認しておきたい。ただ、三代集の中で、他の『後撰集』『拾遺集』における離別歌、哀傷歌においても調査したが、論旨に影響を及ぼす結果は得られなかったので、それらについての分析は省略した。また、違いを簡潔に示すため現代語で要約すると、次のようになる。

1　自己の心情について詠ずるもの。

別れが悲しい。　三七一・三七九・三八一
別れに涙が止まらない。　三六九・三九六・三九八・四〇〇・四〇一
別れが惜しい。　三八四
別れに君が恋しい。　三七〇・三七二・三八六・三九七・三九九
私は忘れない。　三七七

何物かが間を隔てないでほしい。　三六八・三八〇
（地名に寄せて）逢えない。　三八二・三九〇

2　自他の行動について詠ずるもの。

別れをとどめたい。　三七四・三八五・三八七・三九三・三九四・三九五
人を引き留めたい。　四〇二・四〇三
すぐに帰って来てほしい。　三六五・三六六・三八八
別れても心は通わせたい。　三六七・三七二・三七八
再びめぐり逢いたい　四〇五
消えてしまいたい。　三七五
（地名に寄せて）尋ねたい。　三九一
帰る道が分からない（帰れない）　三八九・三九三

この形式のうちのいずれかが、離別歌には必要である。言い換えれば、離別歌の主題は、これだけのわずかな形式に集約できる。かくて、詞書の性格は、松田氏の言葉を用いて言えば、離別に対して消極的か（1に相当する）、積極的か（2に相当する）とに区分される。いずれにしても、詠歌の規範となる『古今集』離別歌の表現形式は、右の類型に尽きている。

このように並べてみると、冒頭歌「めぐり逢ひて」は、突き詰めれば（1）「別れが悲しい」になるであろうが、その主題は直接的に表現されているわけではない。むしろ、離別歌の殆どは、儀礼的表現の定型だけで詠むことができるものである。例えば、

けふ別れあすはあふみと思へども夜や更けぬらむ袖の露けき

をしからむ恋しきものを白雲の立ちなむ後は何心地せむ

別れては程を隔つと思へばやかつ見ながらに兼ねて恋しき

などを挙げうる。これらは、誰のどのような事情に対しても、離別歌として使い回すことができるといえる。いずれ陳腐な類型 stereo type となっていったと考えられる。いわば、御決まりの詠みかたとして、当代の人々に共有されていったといえる。特に、「地名」を含み込む場合には、

立ち別れいなばの山の嶺におふる待つとし聞かば今帰り来む

帰る山何ぞはありてあるかひはさても留らぬ名にこそありけれ

逢坂の関しまさしき物ならばあかず別るる君をとどめよ

帰る山何ぞはありてあるかひはさても留らぬ名にこそありけれ

よそにのみ恋やわたらむ白山の行き見るべくもあらぬ我が身は

おとは山こだかく鳴きて郭公君が別れを惜しむべらなり

かつ越えて別れも行くか逢坂は人頼めなる名にこそありけれ

君が行く越の白山しらねども雪のまにまに跡は尋ねむ

むすぶ手の雫に濁る山の井のあかでも人に別れぬるかな

などがそうである。これらの地名とこれに寄せて掛詞や縁語などを用いる、気の利いた表現も、繰り返し用いられるうちに、やがて御決まりの詠みかたとして、当代の人々に共有されて行ったと考えられるのである。

今まで述べてきた考え方をひとたび整理すると、次のようである。すなわち、離別歌は、離別歌の主題を一定の表現形式をもって歌うのであるが、離別にかかわる個別の表現をも組み合わせることになるのである。

すなわち、このような定型からすると、歌「めぐり逢ひて」は、強いてあてはめるとすれば、

（上句）　　　　　　　　　　　　　　　　　　　（下句）
めぐり逢ひて見しやそれとも分かぬまに　＋　雲隠れにし夜半の月かな
（個別の体験を基盤とする表現）　　　　　　（離別歌の表現形式）

という構造をもつことになる。しかしながら離別歌の代表的形式とみるには座りが悪い。「めぐり逢ひて」とは、時を経てせっかくめぐり逢ったのに、とあえて言挙げするところに、この詠歌の個別性があり、相手に向かっていかこつような印象がある。上句の部分は、この離別歌の場の個別的な事情に合わせて、説明的に付加されたと考えることもできる。このような、詠歌主をめぐる状況に合わせた上句に、定型的な下句を組み合わせる事例には、「垂乳母の親の守りとあひそふる　＋　心ばかりは関なとどめそ」（三六八番）などがある。

とはいうものの、歌「めぐり逢ひて」は、『古今集』に代表される伝統的な離別歌の表現形式をまっすぐに受けているわけではない。「雲隠れした夜半の月（が恋しい）」という、譬喩歌の様式によるものである。知られているように、『萬葉集』の譬喩歌は、殆どが寄物陳思的である。改めて言うまでもなく寄物陳思は、景物に寄せて自己の心情を托すところに特徴がある。一方、譬喩歌は、物に寄せて自己の心情を隠すところに特徴があり、多くは恋愛に用いられる。しかしながら、『紫式部集』冒頭歌の譬喩は、恋愛の詠法ではない。冒頭歌「めぐり逢ひて」は、「雲隠れにし夜半の月」に別れた友人を喩えるというふうに、一首全体が見立てによって成立している典型的な譬喩歌である。例えば、平野由紀子氏は「古今和歌集における『擬人』は、本質的には『見たて』と同一の次元にある」と論じられている(37)。言い換えれば、歌「めぐり逢ひて」はとりわけ隠喩的であり、擬人法的であるといえる。

そう理解すると、三代集においては、離別歌を隠喩だけで詠じたものは極めて少なく、歌「めぐり逢ひて」ほ

ど、鮮やかな隠喩はない。つまり、和歌の伝統から歌「めぐり逢ひて」は断絶、飛躍しているように見える。あるいは、『古今集』の離別歌の場が単純であり、冒頭歌の詞書のように、再会した人とすぐにまた離別することになったという特殊な場が、『紫式部集』冒頭歌の離別歌を特殊なものにしている。したがって一首の歌全体が譬喩歌となっていることに『紫式部集』の独自性があるといいうる。

このように『古今集』の離別歌は、歌の表現形式や様式からしても、詞書に示すように離別の場において詠じられた儀礼性を備えているといえる。それゆえ、私家集である『紫式部集』は歌の場を明記していないということが、逆に照らし出されることになる。それは、和歌そのもののうちに歌の場が集約されているということでもあろうし、『紫式部集』の詞書が歌の場の、具体的な説明を消している、ということでもある。

三　類歌の検討

今度は、『紫式部集』の詞書を外して、歌の表現形式の側から、歌それ自体の構造について検討したい。それは、冒頭歌が、それまでの中古の和歌の表現の伝統からみて、極めて特異なものではないか、と感じるからである。

そこでまず、和歌「めぐり逢ひて」の各句の中から、特に和歌の表現を特徴付けている「めぐり逢ひて」「夜半の月」「雲隠る」を key word として類歌を検索し、冒頭歌の表現と対照できる事例を幾つか挙げてみたい。

(1) 初句「めぐり逢ふ」をめぐって

まず「めぐり逢ふ」を手掛かりに、特に、別れる人を「めぐり逢ふ」月と喩える事例に注目することにしたい。その事例を次に挙げる。まず『萬葉集』『古今集』『後撰集』には該当歌がない。最も早い事例は、『拾遺集』であり、それ以後は『新古今集』以下、中世和歌の事例に偏している。ここでは『新古今集』までの用例を挙げることにしたい。

『拾遺集』花山院撰か、寛弘二、三（一〇〇五、六）年頃か。

・雑上、四七〇番

橘の忠幹が人のむすめに忍びて物言ひ侍りける頃、遠き所にまかり侍るとて、此女のもとに言ひ遣はしける

忘るなよ程は雲居になりぬとも空行く月のめぐり逢ふまで

『後拾遺集』藤原通俊撰、永暦二（一〇七八）年。

・雑一、八六二番

後朱雀院の御時、月の明かかりける夜、上にのぼらせ給ひていかなる事か、まうさせ給ひけむ　　陽明門院

今はただ雲居の月を眺めつつめぐり逢ふほども知られず

『新古今集』藤原定家撰、元久二（一二〇五）年以後。

・離別歌、八七七番

みこの宮と申しける時、大宰大弐実政学士にて侍りける甲斐守にて下り侍りけるに餞給はすとて　　後三条院御歌

思ひ出でば同じ空とは月を見よ程は雲居にめぐり逢ふまで

・雑歌上、一五三〇番

題知らず　　西行法師

月を見て心うかれし古の秋にもさらにめぐり逢ひぬる

まず注意すべきことは、三代集の中には、『紫式部集』冒頭歌と比べるに、別れる人を月と喩える類歌の事例がほとんどないことである。この中で、唯一、最も早い事例として『拾遺集』雑上、四七〇番が注目できる。これは、詞書によると、詠者である男（橘忠幹。直幹とも）が「遠き所にまかり」するという。『八代集抄』は本文に「忠幹任駿河守其時の時歟」と傍書があり、『作者部類』から天暦一〇（九五六）年のこととする。[38] 詞書は「忍びて物言ひ」していた女性に贈った歌であるとする。「月のめぐり逢ふ」ことに、下句から任期を終えた上京と再会、という意味を掛ける。そのことからしても、歌「忘るなよ」は離別歌である。すなわち、歌そのものの構造を見ると、「忘るなよ」と命令形をもつことで、歌は、

命令形「忘るなよ」　＋　目的格（私のことを）

という形式を備えている。この形式は、他の離別歌においても認められる。歌「忘るなよ」は、雑歌の部立に入っているが、詞書も歌も『古今集』の規範からすれば、離別歌である。

同様の形式をもつものは、右の事例の中では、『新古今集』離別歌、八七七番歌である。「思ひ出でば同じ空とは月を見よ」「程は雲居にめぐり逢ふまで」と、同様の倒置法になっている。すなわち、

命令形「思い出せ（忘れるな）」　＋　私のことを

というふうに、同じ表現形式をとりつつ、「めぐり逢ふ」を伴っている。つまり、これらは離別歌の表現として類型的なものであり、離別歌の一つの表現形式と捉えることができる。[39] 言い換えれば、忠幹が「遠き所にまかり」行くに際して、都を罷りつつやがて必ず上京し、めぐり逢いたいという主旨を、「月のめぐり逢ふ」というimageをもって表現していることである。この歌の表現形式は、「忘るなよ　＋　私のことを」であるが、「月のめぐり逢ふ」imageが、表現技巧として用いられている点は注目に値する。すなわち、詞書を外したとしても、この表現形式をもつ歌は、離別歌であると認定できる。

一方、興味深いことに、この歌「忘るなよ」は、『伊勢物語』第一一段において、全く内容の異なる物語として、次のように組み込まれている。

昔、おとこ、あづまへ行きけるに、友だちどもに、道より言ひおこせける。

忘るなよ程は雲居になりぬとも空行く月のめぐり逢ふ迄[40]

『伊勢物語評解』は「拾遺集には橘直幹が歌と見えたり。是には業平の歌とす。か様にも歌又は萬葉集の歌をかへてかくの如く書事おほし」という[41]。堀内秀晃氏は片桐洋一氏の、いわゆる三次成立説を踏まえて[42]、「伊勢物語は数次にわたって増補されながら現在に至ったが、この段はもっとも遅い時期に補入された」と評している[43]。しかるに、問題は『伊勢物語』に編入された時期の如何にはない。忠幹は、『伊勢物語全釈』によると、「長盛の子で、天暦の頃（九四七～九五七）駿河守であった」が「生没年などは明らかでなく、この歌のよまれた時期も分らない」と注し、この歌が「本来恋の歌であったと思われるが、それを友人にあてる歌としてとり入れた所に物語作者の創意がみられる」と述べている[44]。また『拾遺集』の成立は、一般に寛弘三（一〇〇六）年前後とされているから、一〇世紀から一一世紀初頭ということは、紫式部歌「めぐり逢ひて」とほぼ同時代の事例といえる。

いうまでもなく、『拾遺集』が事実 fact を伝えており、『伊勢物語』は虚構 fiction であるとするような理解は成り立たない。勅撰集とて、詞書をもって編者による理解（あるいは、こう読んでほしいという意味付け）を示しているだけだとしなければならない。すなわち、全く同じ歌が、全く異なる状況のもとに、『拾遺集』と『伊勢物語』とに共有されているということが、考察の出発点である。

私が興味深く感じることは、この挨拶の歌が、『伊勢物語』では、昔男の東国への流離の途次、「友だちども」恐らく男性の友人たちに贈ったものとして構成されていることである。もちろん他の章段の中には、春愁の歌を片思いの恋の歌に、老いを歎く歌を恋の歌に転換させ、利用したという章段の事例は想定可能である[45]。つまり、表現形式からすると、『拾遺集』と『伊勢物語』とでは、同じく離別歌として「忘るなよ」を用いつつ、これをめぐる状況は、全く異なったものとして、それぞれに記されているといえる。土橋寛氏が、かつて『古事記』『日本書紀』に組み込まれる「独立歌謡」と「物語歌」を想定した用語[46]からすれば、歌「忘るなよ」は、独立歌謡に対応するといえる。つまり、歌を核とする歌集や物語の構成には、このような text の織り直しの過程 process を予想してよい。逆に言えば、人間関係の状況が異なっても、このような離別歌は類型的であり抽象的であるゆえに、他の状況にも即応して用いることができる。いわば互換性があるといえるのである。

問題を家集に移し変えてみると、私家集の編纂において歌をどのように織り込むかは、自撰であれ他撰であれ、編者の意図や目的に委ねられている、といえる。つまり、同じ歌が違った状況においても機能しうるという生態は、歌「めぐり逢ひて」が当初、幼馴染との離別を歌ったものであるにもかかわらず、後に最愛の夫の死を歌うものにもなるという、抽象性や象徴性を獲得して行く可能性を開くのである。そのようにして歌「めぐり逢ひて」は紫式部にとって生涯の愛誦歌となったのではないか。若き日に詠じた離別歌が、夫の死を悼み、運命を受け入れざるをえないゆえに、あたかも哀傷歌へと歌のもつ意味を変換させて理解することができるわけである。

参考までに、この形式と主題は、例えば、『後拾遺集』雑一、八六二番歌にも認められる。この歌の主題は、

　月がめぐり逢うように再会したいが、いつ再会できるか分からない（早く逢いたい）。

ということである。また、『新古今集』離別歌、八八七番歌の主題は、

　月がめぐり逢うように再会できるまで同じ空と月を見よ。

とある。これら二首の表現形式は異なるが、『拾遺集』から『後拾遺集』の時代において、月が「めぐり逢ふ」という image が、人と「めぐり逢ふ」という寓意を共有している事例があるという事実を指摘できる。つまり、離別する人を月に喩え再会を期す表現として「めぐり逢ふ」が用いられているとすれば、『紫式部集』冒頭歌を、

『千載集』が詞書において、下向していた童友達が上京して再び下向する折の歌と解していることもゆえなしとしない。

しかし、『紫式部集』成立の現在にあって、それ以前には、離別する人を月と喩えることもなく、それ以前には「めぐり逢ふ」という表現そのものが認められないという事実から考えると、紫式部歌「めぐり逢ひて」は、橘忠幹の「忘るなよ」と同じ時代を共有する表現である。別れる人を月と喩え、再会を「めぐり逢ふ」と詠むことについて、ただちに影響関係を云々する必要はないかもしれない。いずれもが、離別歌の新しい表現であった。

（2）四句「雲隠る」をめぐって

次に、離別した人を「雲隠る」と表現する事例を探した。問題は、離別した人が他界するということを、この表現が意味として併せ持つか否かである。『萬葉集』の用例二三例のうち、人の死が雲隠れと喩えられる事例は四例（二〇七、四一六、四四一、四六一番）、雲隠れが人の死とかかわらない事例が一九例認められる。[47] 生別した人にも「雲隠れ」と詠じて不吉とされない事例はあるが、興味深いことは、右の四例は、いずれも挽歌のものであり、葬送儀礼という context において、雲隠れは死を象徴する表現であったことである。『紫式部集』冒頭歌「めぐり逢ひて」が、どう繋がるかは冥くして不明であるが、『萬葉集』と限る必要はないのかもしれないが、挽歌の伝統とのかかわりを示すものであることは興味深い。

検索したかぎり中古では「雲隠る」という語をもつ歌は多いが、離別した人を「雲隠る」と喩える事例は、極めて希薄であるように見える。そこで、月と「雲隠る」とのかかわりのある歌を挙げると、次のようである。

『公任集』一二三一八三番

九月十五日、宮の御念仏始められける夜、遊びなどせられて、月の朧ろなるに、

ふるき事など、思ふ心を人々よみけるに（四首略）又、
今よりは君がみかげを頼むかな雲隠れにし月を恋ひつつ
『拾遺集』恋三、七八三〜五番
題知らず　　　　　　　　　　　　　　人麿
三日月の清かに見えず雲隠れみまくぞほしきうたて此の頃
読人知らず
逢ふことはかたわれ月の雲隠れおぼろけにやは人の恋しき
人麿
秋の夜の月かも君は雲隠れ暫しも見ねばここら恋しき
『後拾遺集』哀傷、五四〇番
三条院の皇太后宮隠れ給ひて葬送の夜、月あかく侍りけるに詠める
命婦乳母
などてかく雲隠るらむ〔れけむイ〕かくばかり長閑に澄める月もあるよに
『続後拾遺集』釈教歌、一二九一番
わづらひ侍りける頃、寂昭上人にあひて戒受けけるに程なく帰りければ
三条院女蔵人左近
長き夜の闇にまどへる我をおきて雲隠れぬる空の月影
『風雅集』雑歌下、一九八一番
月催無常と云ふ事を　　　　　　　　　　正三位季経

澄むとても頼なき世と思へとや雲隠れぬる有明の月

別れる人を月に喩え、同時に、その人が他界したことを「雲隠る」と喩える早い事例が右の『公任集』二三二八三番と、『拾遺集』七八三～五番であろう。特に、注目すべき歌は、『拾遺集』「秋の夜の月かも」である。すなわち「君」を「秋の夜の月」と喩える。これは隠喩である。「月を人の再会と離別」の隠喩として用いたことにおいて、人麿歌は、『紫式部集』冒頭歌の伝統に立つ。歌「秋の夜の」は、『萬葉集』二二九九番に「月に寄せる」の歌群に、

秋の夜の月かも／君は雲隠りしましく見ねばここだ恋しき（巻第一〇、二二九九番）

として載っている。(48) また、澤潟久孝氏によると、『萬葉集』には、次のような類歌がある。

三日月のさやにも見えず雲隠り見まくぞほしきうたてこの頃（巻第一一、二四六四番）

『拾遺集』七八三番歌と比べて、これらの『萬葉集』歌には、三句に「雲隠り」、四句「しましく見ねば」、五句「ここだ恋（こほ）しき」と異同がある。『拾遺集』七八三番歌は、『萬葉集』には、二句に「清（さや）にも」、三句に「雲隠り」と異同がある。一方、中古の『人麿集』には、

秋の夜の月かも君は雲隠れしばしも見ねば君ぞ恋しき（一五六番）

三日月のさやけくもあらず雲隠れ見まくぞほしきうたてこの頃（二二四番）(49)

とある。この『萬葉集』『人麿集』『拾遺集』の間に見える語句の異同は、表現の時代差を見せていて、そのような現象は、これらが伝承歌であることの例証である、といえる。阿蘇瑞恵氏は、「万葉集では、月はまだ秋の景物としての地位は獲得していず、月を詠題とする歌」が巻六、巻七には譬喩歌「月に寄せる歌」に比べて「表現が洗練されており、調べも軽快である」という。(50) 注意すべきは、いずれも『拾遺集』が恋歌として収載していることである。

一方、片桐洋一氏は『萬葉集』譬喩歌が「作者未詳、作歌時期未詳で、『古今集』に言う「よみ人知らず」の歌であり、いわゆる伝承歌と言われてきたもの」であり、寄物陳思歌についても「一般的に言えば作歌事情不明、作者未詳の歌ばかりで、伝承歌と言われてきた歌の類であること」を指摘され、これらの歌が「三代集時代にも受容され通用」していたことを言われる。すなわち「『萬葉集』と『古今集』は、文学史的に絶縁しているものではなく、深層において、連続している」という。さらに「おそらく十世紀の後半に『伊勢物語』に包摂された新しい章段」が存在すること、さらに「『古今六帖』に見られる『萬葉集』の歌のほとんどが、『拾遺集』にも採られていたが、『古今六帖』に採られていない歌においても、『拾遺集』と重複する歌は多い」ことも指摘される。さらに「『拾遺集』は間に『柿本集』の類を置いて採歌している場合も多いが、『萬葉集』の作者不明歌を採ることがきわめて多く、平安時代中期の『萬葉集』の歌の受容と好尚の実態をよく示している」ことを言われる。[51]

そのような指摘を踏まえつつ考えると、いささか飛躍があるように聞えるかもしれないが、歌「めぐり逢ひて」は、『古今集』における規範的な和歌であるというよりも、平安朝における人麿歌に近似している（もしくは、古くからの伝承歌に依拠している）ということができる。

さて、『拾遺集』七八五番歌の構造は、謎解きにある。すなわち、

君は秋の夜の月か。　（謎）

（なぜなら）雲隠れすると恋しいから。　（謎解き）

上句で詠歌の相手を「君」として、「君は秋の夜の月か」と喩える。聞き手（読み手）は、上句を謎と捉えるが、下句は答として種明かしする、そこにおもしろさを見るという構造を了解するのである。

そのことからすると、歌「めぐりあひて」は、上句に対して下句が謎解きという関係に立つのではなく、歌全

体が謎であり、謎解きが聞き手（読み手）に托されているところに特徴がある。だからこそ、この歌は呼びかけの機能をもつ。

ただし、『紫式部集』冒頭歌「めぐり逢ひて」を、倒置法の形式に合わせて、

あなたはまるで夜半の月か。（謎）

（せっかくめぐり逢ったのに）あわただしく雲隠れするとは（淋しい）。（謎解き）

というふうに捉えると、『拾遺集』七八五番歌と同じ構造を認めることができる。かくて、『紫式部集』歌「めぐり逢ひて」が、離別する人を月の雲隠れを行くことと譬える隠喩を用いたことは、『人麿集』の伝統に立つといえるであろうが、「恋し」という心情を排除し、歌全体を問いとすることにおいて、当代にあっては特異な表現であるといえる。

『新日本古典文学大系　拾遺和歌集』は、『拾遺集』七八三番歌について「万葉集十一、人麻呂歌集歌の異伝」と注し、七八五番歌について「万葉集十、作者未詳歌の異伝」「『見ねば恋し』の類型的な主題」と注する。[52] 澤潟久孝氏の『萬葉集註釈』は、七八三番歌について、七八五番歌を「秋の夜の」を「類歌」としている。[53]『拾遺集』の採る『人麿集』について、島田良二氏は「第一類本が拾遺集以後、まもなく、少なくとも頼通の時代にはすでに成立していたとするならば、それ以後、つまり頼通時代前後に第二類本は成立」し、巻末の増補も「院政初期」に成立したとされる。[54]

重要なことは、歌「めぐり逢ひて」に、表現上類似する歌「秋の夜の月かも」が人麿歌とされ、前二首も「読人知らず」歌とされることである。そうであれば、紫式部の晩年期（紫式部の没年については、長和三（一〇一四）年頃とするのが通説であること）を考えると『人麿集』の盛行は、『紫式部集』の成立期と近いものとなる。「影向記」「柿本講式」や「人麿影向」など、人麿を歌聖として供養する行事の成立はもう少し後の時代であるが、紫式部歌と

人麿歌とが近似していることは重要である。今ここで性急に出典や引歌、影響などを論うべきではないが、歌「めぐり逢ひて」は、当代の和歌の規範的な枠組みには納まりきらない。というよりも、恋歌か離別歌かを問わないとすれば、譬喩歌ということにおいて、当代の和歌よりも古い伝承歌を下敷きにしているのではないか、と考えられる。人麿歌を核とする伝説 legend という視点からみれば、『大和物語』や『枕草子』などに見える、猿沢池に入水した采女の伝説が、奈良帝と人麿の歌をもって構成されていることは、すでによく知られている。(55)平安時代、『古今集』から『拾遺集』に至る間に、人麿歌の評価が高くなっていったことが想像できる。花山朝において歌人として重用された長能が、人麿を評価していたことも知られている。(56)いうまでもなく紫式部の父為時が東宮侍読であったことから、花山天皇とその周囲の人々に親交の深かったことや歌風の影響が予想される。紫式部歌が当代より古い萬葉風の伝統を伝える蓋然性はある。

しかしながら、そのような影響関係や伝統の問題は今措くとして、『紫式部集』の歌の表現を考える上で、物語作者紫式部の表現として、『源氏物語』の用例は重要である。ただし、『源氏物語』における「雲隠る」の用例の上で、光源氏の他界を象徴する「雲隠巻」の存在は有名であり、『紫式部集』の冒頭歌の表現と共通しているが、短絡的に両者を結び付けて論じることは慎重に考え、今は留保しておきたい。

したがって本文中の用例としては、五例を認める。中でも私は、特に次の二つの事例が重要であると考える。

①　いさよふ月にゆくりなくあくがれんことを、女は思ひやすらひ、とかくのたまふほど、にはかに雲隠れて、明け行く空いとをかし。はしたなきほどにならぬさきにと、例の急ぎ出でたまひて、軽らかにうち乗せたまへれば、右近ぞ乗りぬる。そのわたり近きなにがしの院におはしまし着きて、預り召し出づるほど、荒れたる門の忍ぶ草茂りて見上げられたる、たとしへなく木暗し。（略）「まだかやうなることをならはざりつるを、

心づくしなることにもありけるかな。
いにしへもかくやは人のまどひけんわがまだ知らぬしののめの道
ならひたまへりや」とのたまふ。女恥ぢらひて、
「山の端の心も知らで行く月はうはの空にて影や絶えなむ
心細く」とて、もの恐ろしうすごげ思ひたれば、かのさし集ひたる住まひならんとをかしく思す。

（夕顔、一巻一五九〜六〇頁）

まず、光源氏が夕顔を「なにがしの院」に誘う条。「いさよふ月」が「にはかに雲隠れ」る風景は、夕顔の急死を予示している。自らも、「行く月はうはの空にて影や絶えなむ」と詠じて、歌が物語の行方を予示している。問題は、女性が景物としての月に喩えられ、その月が雲隠れるという譬喩的表現が、女性の他界に至る運命を予示していることである。そのような表現形式の機能こそ、『源氏物語』と『紫式部集』との表現を貫くものである。

③　御山に参でたまひて、おはしましし御ありさま、ただ目の前のやうに思し出でらる。
（略）御墓は、道の草しげくなりて、分け入りたまふほどいとど露けきに、月も雲隠れて、森の木立木深く心すごし。帰り出でん方もなき心地して拝みたまふに、ありし御面影さやかに見えたまへる、そぞろ寒きほどなり。

なき影やいかが見るらむよそへつつながむる月も雲隠れぬる

（須磨、二巻一八一〜二頁）

この場面は、光源氏が須磨に赴く前、父帝の墓前に参拝する条である。「月も雲隠れ」ることにおいて、暗闇が現出する。そのような仕掛けのうちに、亡き帝の「ありし御面影」が、ありありと浮かび上がる。そのことを契機に、光源氏は「なき影や」と歌う。そのことによって、須磨に赴いた光源氏の夢に、故院は立ち現れ、光源氏を加護する。そして「この浦を去りね」と指示する。つまり、光源氏が歌うことによって、霊格としての亡き父

帝が顕現するというふうに呼応している、と見ることができる。此界から他界もしくは異界への呼びかけが、歌を媒介として行われている。

例えば、須磨巻末、三月上巳の日に光源氏は須磨浦に出て禊祓を行う。そのとき、わが身の無実を信ずる光源氏は、歌「神もあはれと思ふらむ」と詠ずる。この「神もあはれと思ふらむ」は、勅撰集神祇歌における定型的な表現形式であり、霊格に対する働きかけをもつことについては、すでに論じたことがある。(57) すなわち、禊祓の折の歌は、

神もあはれと思ふらむ　＋　（何を）（光源氏の無罪を）

という表現形式をもつ。そのことからすると、この歌「なき影や」は、

なき影やいかが見るらむ　＋　よそへつつながむる月も雲隠れぬる

（霊格）は「いかが見るらむ」　＋　（何を）（光源氏の無罪を）

と同じ構造をもつことがわかる。

離別歌は離別する相手に向かって呼びかけるものであり、哀傷歌は亡くなった相手に向かって呼びかけるものである。はなはだ推論めくが、『源氏物語』のこれらの用例は、『紫式部集』の冒頭歌が当初、離別の場で、童友達に向かって詠じられたが、やがてその後、姉や友人、女院、何よりも夫を亡くすという体験を経て、家集の冒頭に据えられるに至ったことを踏まえている、ということを教えるものではないか。それには、友人との離別を詠じた歌が、やがて次々と物故した知己を思い、かけがえのない死者に対する垂直的な呼びかけをもつ歌として、再認識され紫式部自身によって繰り返し誦じられるに至った、歌の意味に転換の過程が存じたことを推測させる手がかりとなるものである。友人との間に交わされた離別歌は、亡き者となった友人に向けた哀傷歌となり、さらに亡くした最愛の夫に対する哀傷歌となったのではないかと思うのである。

なお、後代の事例であるが、『続後拾遺集』釈教歌、一二九一番歌を見ると、詞書の伝える状況は、出会いと離別に触れて詠じられたことが共通する。ところが、出逢ってすぐに別れた寂昭上人を「雲隠れぬる空の月影」と喩えているだけでなく、これが釈教歌でありうるのは、これに寄せて「長き夜の闇にまどへる」自らを歌うところにある。「長き夜の闇」とは無明の闇であり、自らの囚われている迷妄をいうものといえる。したがって、後代の釈教歌に用いられる仏教語や仏典語は、『紫式部集』冒頭と歌には直接には用いられていないことを、ここで確認しておく必要がある。

一方、『源氏物語』でも、②末摘花巻、④篝火巻、⑤橋姫巻などの事例(58)のように、常に「雲隠れ」が死の象徴的な意味をもつわけではない。もう少し言えば、「雲隠る」のすべての用例に、無理に死の影を読み取ろうとする必要はない。つまり、『源氏物語』における「雲隠れ」の用例は、死を意味する場合と、死とは関係ない場合とが併存していることが、実は『紫式部集』冒頭歌の理解を助けるものと考えられる。『紫式部集』の編纂の側からすれば、当初幼友達との離別に際して、不吉な意味をもたせることなく、「雲隠る」という語をもって詠じられたものが、後に半生を顧みる時になって、かつて自らが寓意もなく用いた「雲隠る」が、死を象徴する意味を帯びて理解されるに至った、と考えられるのである。なぜそのようなことが考えられるのかというと、『源氏物語』の中に同様の重層性が指摘できるからである。ここでは詳細に論じる暇はないが、『源氏物語』の巻末が和歌で閉じられるものが、どれくらい厳密にみるかで揺れるが、歌で巻が閉じられる事例はおよそ二十二例指摘できる。特に典型的な事例は空蝉巻である（この問題については別に論じたい）が、物語を和歌で閉じるという方法は『伊勢物語』から学んだと考えられるが、『伊勢物語』と異なる点は、作中人物の歌でありながら現実の次元を超えて、歌が物語の総括をしたり、物語の主題を示す機能を持っていることである。そのような重層性を参照すれば、家集の編纂時において、歌「めぐり逢ひて」は、あえて冒頭に単独で置かれたのだと考えられる。

（3）五句「夜半の月」をめぐって

勅撰集を中心に、古代から中世に至る和歌を対象として、「夜半の月」という語句を検索すると、やはり『萬葉集』から『拾遺集』までには事例を認めえない。左の用例を認めるばかりである。なお、中世以降の事例は数が多いので、ここでは『新勅撰集』までの用例を挙げることとした。

『後拾遺集』雑一、八六一番

例ならずおはしまして位などさらむと覚しめしける頃、月のあかかりけるを御覧じて　三条院御製

心にもあらで憂き世に長らへば恋しかるべき夜半の月かな

『金葉集』秋歌、二〇六番

水上月　摂政左大臣

蘆根はひかつみも茂き沼水にわりなく宿る夜半の月かな

同冬歌、三一三番

冬月を詠める　源雅光

あらち山雪降り積もる高嶺より冴えても出づる夜半の月かな

『千載集』雑歌上、九八五番

おもふこと侍りける頃、月のいみじくあかく侍りけるに、詠み侍りける　久我内大臣

かくばかり憂き世の中の思ひ出に見るとも澄める夜半の月かな

同雑歌上、九八五番
山家月といへる心を　　　　皇太后宮大夫俊成
住みわびて身を隠すべき山里にあまり隈なき夜半の月かな
同雑歌上、一〇一六番
荒屋月といへる心を　　　　覚延法師
山風にまやのあしぶき荒れにけり枕に宿る夜半の月影
『新古今集』離別歌、八九一番
題知らず　　　　藤原定家朝臣
忘るなよ宿る袂は変るともかたみに絞る夜半の月影
同雑歌上、一四九七番
早くよりわらはともだちに侍りける人の年頃へて行きあひたるほのかにて、七月十日頃、月にきほひてかへり侍りければ　　紫式部
めぐり逢ひて見しやそれともわかぬ間に雲隠れにし夜半の月影
『新勅撰集』秋歌上、二五三番
権中納言経定、中将に侍りける時、歌合し侍りけるに詠みて遣はしける、月の歌　　大炊衛門右大臣
天つ空うき空払ふ秋風に隈なく澄める夜半の月かな
同雑歌一、一〇九二番
題知らず　　　　殷富門院大輔

今はとて見ざらむ秋の空までも思へば悲し夜半の月影

これらの事例の中で、別れた人を、景物として「夜半の月」と直接に喩えた事例は、殆ど見当たらない。特に、注目すべきことは、『萬葉集』から『古今集』『後撰集』『拾遺集』の三代集には「夜半の月」の用例が見られない、ということである。また、『金葉集』までは、「夜半の月かな」だけであり、「夜半の月影」の表現を認めえない。すなわち「夜半の月影」の勅撰集における初出は、『千載集』雑歌上、一〇一六番、覚延法師の歌「山風に」である。さらに、『新古今集』でも、離別歌、八九一番、藤原定家の歌「忘るなよ」とともに、雑歌上、一四九七番の紫式部歌「めぐり逢ひて」を認めるだけである。いずれにしても、「夜半の月」を用いる歌「めぐり逢ひて」は、きわめて早い孤立した事例である。

したがって、「夜半の月影」は中世歌語の表現と見るべきであろう。前にも述べたように、紫式部歌「めぐり逢ひて」は、陽明文庫蔵本『紫式部集』には「夜半の月かな」とあり、『新古今集』雑歌上、一四九九番歌に紫式部歌として入集している歌「めぐり逢ひて」は、末句に「月影」とある。これは、定家本系実践女子大学蔵本冒頭歌の末尾「月影」と同じく、『新古今集』の撰者である藤原定家が、歌「めぐり逢ひて」の末句「夜半の月かな」を、入集にあたって「夜半の月影」と直した可能性がある。

すなわち、「月影」に比べると、「月かな」という表現には、詠嘆ということだけではすまない、和歌独特の呼びかけの雰囲気があるように感じられる。ところが古本系の歌「めぐり逢ひて」は、末尾五句は「月かな」とあるが、この歌は家集においては冒頭歌としてひとり置かれているゆえに、単独詠、あるいは独詠歌のように見える。ここにこの家集の編纂の仕組み（仕掛け）divice が隠されている。つまり、『紫式部集』を読む上で、いつもいつもすべての歌に紫式部固有の内面を見てとろうする必要はない。何よりもまず古代における和歌は挨拶としての儀礼性を基盤として、もともと贈答の形をとるものと捉えることが必要不可欠である。ところが、定家本は儀礼性を排除して独詠歌とすることで、（定家好みの）孤独な紫式部像を作り出しているのではないか、といえる。あたかも『伊勢物語』天福本に代表される定家本が、斎宮への犯しを冒頭に据える古くからの狩使本（小式部内侍本）に対して、初冠から東下りまで男の贈歌だけで章段を構成し、孤独な昔男像を作り出したことと対応しているように、である。いわば藤原定家は、『伊勢物語』にしても『紫式部集』にしても、書き直したというよりも、古来の text をひっくり返すほどに新しい枠組みを与えたともいえる。

四　対照軸としての哀傷歌

参考までに、『古今集』以後、「夜半の月」に限らず、検索の範囲を広げて、「月」に寄せる離別歌を検索すると、次のような事例を認める。やはりまず『古今集』と『後撰集』には、用例を認めない。ようやく『拾遺集』に次のような事例を認める。

・別、三一九番

信濃国に下りける人のもとに遣はしける　　貫之

月影はあかず見るとも更科の山の麓に長居すな君

・別、三四〇番

実方朝臣みちのくにへ下り侍りけるにしたぐら遣はすとて　　右衛門督公任

東路の水の下くらくなりゆかば都の月を恋ざらめやは

・別、三四七番

源公貞が大隅へまかり下りけるに、関戸の院にて、つきのあかかりけるに別を惜

しみ侍りて　　　　　　　　　　　　　　　　　　　　　　平兼盛

はるかなる旅の空にも後れねば羨ましきは秋の夜の月

三四七番は、「一緒に行く月がうらやましい（私は一緒に行けない）」という形式をもつ。右の三一九番、三四〇番とともに、いずれも月に寄せたものであるが、歌「めぐり逢ひて」とは形式を異にする。

『後拾遺集』

・別、四七三番

筑紫に下りて侍りけるに、のぼらむとて家あるじなる人のもとに遣はしける

堪円法師

山の端に月影見えば思ひ出でよ秋風吹かば我も忘れじ

これは、「（月が見えたら）私を思い出せ　＋　私も忘れない」、という形式をもつ。このように『古今集』から『拾遺集』・『後拾遺集』まで離別歌の形式は同じである。

ちなみに、「月」に寄せる哀傷歌が、三代集にどれくらい見られるかを検索すると、興味深いことに『古今集』『後撰集』の哀傷歌には、「月」が認められないことが分かる。「月」に寄せる哀傷歌は『拾遺集』を嚆矢とする。すなわち次の事例である。

・哀傷、一二八七番

妻にまかりおくれてまたの年の秋の月を見侍りて

人麿

去年見てし秋の月夜は照らせどもあひ見し妹はいや遠ざかる

これと関連して、『人麿集』には、「妻の死にて後によめる」と題して一連の歌群（四七番から五二番）がある。

こぞ見てし秋の月夜は宿れどもあひ見し妹はまし遠ほざかる　（哀傷、一二八七番、人麿）

さらに、『後拾遺集』には、わずかに次の二首があることを認めうる。

・哀傷、五四〇番

三条院の皇太后宮かくれ給ひて、葬送の夜、月あかく侍りけるに詠める

命婦乳母

などてかく雲隠るらむ〔れけむイ〕かくばかりのどかに澄める月もある夜に

・哀傷、五九三番

菩提樹院に後一条院の御影をかきたるを見て、みなれ申しける事など思出でて詠み侍りける

出羽弁

いかにして写しとめけむ雲居にてあかず隠れし月の光を

ところが、中世に至ると、「月」は哀傷歌の景物として頻繁に用いられるようになる。大取一馬氏は、和歌史における「月」について、『萬葉集』において「月は潮の干満と関係があり」「航海という、生活の現実の中で月の出を待つ」歌が見られるのに対して、「王朝和歌」になると「恋人の来訪を願う気持ちを託して月の出を待つ」歌が見られるようになる、と説かれる。そして『後拾遺集』の頃になると「仏を月に見立てるようになる」とされる。とりわけ大取氏は、『拾遺集』を重視される。例えば、

こぞ見てし秋の月夜はてらせどもあひ見しいもはいやとほざかる　（哀傷、一二八七番、人麿）

手に結ぶ水にやどれる月影のあるかなきかの世にこそありけれ　（哀傷、一三二二番、紀貫之）

暗きより暗き道にぞ入りぬべき遥かに照らせ山の端の月　（哀傷、一三四二番、和泉式部）

などを挙げ、「ここでの月または月光は、宗教的・観想的な対象としての存在であり、真如の月を表している」

とされる。一方、『拾遺集』では「冬の月の風情を強調して」おり、『源氏物語』朝顔巻における「冬の月に美的情趣」と関係していることをいわれる。そして、

三日月の清かにみえず雲隠れみまくぞほしきうたて此頃　（恋三、七八三番、人麿）

逢ふ事はかたわれ月の雲隠れおぼろげにやは人の恋しき　（恋三、七八四番、読人知らず）

などを挙げ、「王朝から中世にかけて三日月を詠む歌が次第に増してくる」ことを指摘され、「冬の月に情趣を感じる」こととともに「中世的美意識と相通ずるもの」であることを言われる(59)。

大取氏の指摘されるとおり、離別歌や哀傷歌において、頻繁に「月」が用いられるようになることは、次に見るように、釈教歌の隆盛と関係があると考えられる。『紫式部集』や『源氏物語』の表現が、ちょうど『拾遺集』から『後拾遺集』へという、表現史の転換期に対応していることは実に興味深い。しかしながら、歌「めぐり逢ひて」は、表現としてはまだ釈教歌以前の段階にあると見られる。また、歌「めぐり逢ひて」は、やはり離別歌であり、哀傷歌の伝統の上にはないように感じられる。ただ、類歌を探すうちに、歌「めぐり逢ひて」が複数の人麿歌と触れ合っているという印象を強くした。この事実は何を意味するのだろうか。すなわち、『紫式部集』冒頭歌は、『古今集』に代表される規範的な離別歌よりも、異なる伝統 tradition によるものとみえる。

五　対照軸としての釈教歌

南波浩氏は、『紫式部集』冒頭歌における幼馴染との「出会い」と「別れ」について、「式部にとっての『出会い』は、自己の存在価値を認めてくれるような『知己』との『出会い』」であるが、紫式部は「それ故にまた、そのような人びととの『別れ』を限りなく愛惜し、かなしむんだ人」であるという。そして、次のように評している。

顧みれば式部の歩んできた過去において、このような体験がいかに多かったことか。「愛別離苦」、「会者定離」—これが自分の人生であり、この世の姿でもあったのか。このような思いが、家集編集時の式部の胸奥に漂っていて、先述のような「出会い」と「別れ」のパターンが家集において構成され、それを象徴し、式部の人生を象徴するもののように冒頭にこの歌が置かれたのであろう。(60)

ここには、かつて、歌われたときの場の歌のもつ意味と、編纂時に改めてかつて自らが歌った意味を付加したことが混じり合って論じられている、といえる。

考えるに、冒頭歌に「愛別離苦」「会者定離」という主題を詠じている、と判断できる根拠は何か。調べてみるとこの「愛別離苦」の語は、『栄華物語』にも用例が認められるから、時代に共有されていることが推定できるにしても、冒頭歌にこの「愛別離苦」が畳まれているかどうかは論証されていない。(61) そうであるとして、冒頭歌は、法文歌もしくは釈教歌と呼ぶことができるのかといえば、私はまだ冒頭歌は最初から釈教歌として詠まれたわけではない、と見る。(62)

釈教歌というものは、おそらくこれもまた『拾遺集』から『後拾遺集』へという和歌史の転換点に触れ合う。そこで、『紫式部集』と同時代の家集を対象に、検索の範囲を拡張し、「月」に寄せて詠まれた歌を検索すると、その中から次のような釈教歌を見出すことができる。釈教歌の総体は厖大なものに及ぶので、ここでは「(夜半の)月」「雲隠る」「めぐり逢ふ」という key word を手がかりに類歌を集めた。

まず、同時代の text として、大斎院選子の『発心和歌集』から任意に類歌の事例を挙げると、次のようである。(63)

諸仏住世

諸仏若欲示涅槃、我志至誠而勧請、唯願久住刹塵劫、利益一切諸衆生

みな人の光をあふぐ空の月のどかに照らせ雲隠れせで　（一二番）

法師品

寂寞無人声、読誦此経典、我爾時為現、清浄光明身

空すみて心のどけき小夜なかに有明の月の光をぞます　（三四番）

如来神力品

如日月光明、能除諸幽冥、斯人行世間、能滅衆生闇

さやかなる月の光の照らさずは暗き道をやひとり行かまし　（四五番）

右の例の中で一二番歌を見ると、月への思慕と、それゆえに月が雲隠れしないことを望んでいる、ということにおいて、歌「めぐり逢ひて」と類似しているように見えるが、比喩の意味するところは異なる。「みな人の光をあふぐ空の月」とは、諸仏のことであり、「のどかに照らせ」とは一切衆生に利益が授けられることの法悦を歌ったものと理解できる。そのことからすれば、歌「めぐり逢ひて」が、無常感を滲ませているとしても、釈教歌の表現形式は備えていない。

かくて『紫式部集』冒頭歌は、おそらく『古今集』歌を規範として理解しようしても、表現形式としては離別歌であるといえる以外は、単純に位置付けることはできそうにない。

一方、『紫式部集』と同時代の私家集の中で、「月」を多く詠んだ事例のひとつが『公任集』である。

くもれる夜月を待つ心

ふたたびや人より待たむ月影の雲のひまより出でぬかぎりは　（七六番）

月の雲隠れけるを

すむとても幾夜もすまじ世の中に曇りがたなる秋の夜の月　（一一〇番）

八月十五夜、月を見たまうけるに、女房の目さましたりけるに

君ならでたれか見知らむ月影のかたぶくさよの深きあはれを

とてひとりごつに

ふかく知ることはなけれど月影を同じ心にあはれとぞ見る　（一一三・一一四番）

冬つかた、麗景殿の細殿にものなど言ひけるほどに、蔵人これすけ唐物の使ひにて下るまかり申しせむとて、御物忌に籠る日、あけての年かうぶり給ひけるべければ、やがて上にもさぶらふまじきよし言ひければ

西へ行く月のつねより惜しきかな雲の上をし別ると思へば　（二〇八番）

此身水の月の如し

水の上にやどれる夜半の月影のすみとくべくもあらぬ我が身を　（二九〇番）

九月十五日、宮の御念仏はじめられける夜、遊びなどせられて、月のおぼろなるに古き事など思ふ心を人々詠みけるに

古へをこふる涙にくらされておぼろに見ゆる秋の夜の月

権弁

雲間より月の光や通ふらむさやかにすめる秋の夜の月

返し

蓮葉の露にもかよふ月なれば同じ心にすめる池水

これを聞き給うて左大殿より

君のみや昔をこふるよそながら我が見る月と同じ雲居を

また

今よりは君がみかげを頼むかな雲隠れにし月を恋ひつつ

と聞こえ給うたりければ

今よりは阿弥陀の峰の月影を千代の後まで頼むばかりぞ　（四八四～四八九番）

『公任集』一一〇番歌について『八代集抄』は「たとひつきのすむとてもかぎりあるものをと、月の上をいひて、下心は世人の久しからぬ一生に、潔白なることまれなるを、はかなめる心なるべし(64)」といい、月を詠じて世人のことを詠じる譬喩歌のありかたについて触れている。寄物陳思歌というよりも歌全体が譬喩歌となっているということができる。また、『公任集全釈』は、「人間はいくら生きても何世代も生き長らえることはあるまいに、世の中には心の曇った人が多いことだ。短い人生なのだから、生ある間は清廉潔白で過ごすべきであるのに…という公任の世を嘆いた歌である。仏教的無常感が底流にある」と評している(65)。すなわち、「月の雲隠れ」を他界の表象とする。

この『公任集』の四八四番歌から六首は、場を同じくするという点で一連のものである。詞書には、宮の念仏法要の果ての遊宴において、「ふるき事」を思う心を詠んだとされる。ところが、この四八四番歌は、『詞花集』雑下、三九二番詞書には「三条太政大臣（公任父、頼忠）身まかりてのち、月をみてよめる　前大納言公任」とだけある(66)。つまり『詞花集』の詞書は、あたかも孤独の悲しみの中で詠じられたかのように受け取ってはならないのである。いずれにしても、朧ろに見えるのは、涙にくれてさやかには思えないからだ、ということである。四八八番「今よりは」は公任歌で、「雲隠れ」は公任父の他界をいう。ここでも「雲隠れ」は、他界の表象である。この歌群は道長歌「今よりは阿弥陀の」で締め括られている。公任は私（道長）を頼るというが、頼るべきは阿弥陀の峰にかかる真如の月だと切り返し、法事の宴の歌を納めている。歌群全体が法要の折の儀礼歌である。

このように公任歌を対照させることで、さらに想像を逞しくするならば、『紫式部集』歌「めぐり逢ひて」は、嘱目の景物である「月」が、他界した故人の喩えとなり、やがては仏の象徴へと転換して行くという構造を内包している、というふうに見えてくることである。この構造は紫式部の歌そのもののもつ意味の豊饒であるといえるだろう(67)。

まとめにかえて

本論は、『紫式部集』をひとつの本文textとして分析するときに、もとその歌が詠まれた場を復元し、再び編纂物としての家集が、どのように歌を選択し配列することによって構築されているかを考えたい、という意図から出発している。

まず対象として取り上げたのは、『紫式部集』の冒頭歌から二番歌への繋がりの問題である。従来、冒頭歌と二番歌との間に齟齬があると理解されてきた暦日の問題を、古代の本文textとして整合的に理解するために、それぞれの歌は離別の場における詠歌であり、歌の場が各々異なると考えてはどうか、という提案を試みるものである。

さて、中古の家集と和歌の規範となった『古今集』を対照させると、『紫式部集』もその冒頭歌も、『古今集』から甚だしく逸脱している、という印象を拭えない。すなわち、『古今集』離別歌を、詞書に従って理解するだけでなく、ひとたび詞書を外し、歌そのものを見ると、離別歌の部立の歌はやはり、離別歌としての表現形式を備えていることがわかる。離別歌は、類型的な主題と、類型的な表現形式とをもつことが確認できる。

そのような表現形式に対して、『紫式部集』歌「めぐり逢ひて」は、離別歌としての性質を伝統としてもつけれども、離別歌の表現としては独創的であるといえる。すなわち、離別歌としての表現形式を備えながら、むしろ『萬葉集』の譬喩歌の様式を引き継ぐとみられる。特に、中古の『人麿集』の歌と重なり合うところがある。

古代和歌は呼びかけを本質とする。例えば哀傷歌は、他界した存在に対する呼びかけである。離別歌は、別れ行く生者に対する呼びかけである。そのような機能的な理解からすれば、冒頭歌「めぐり逢ひて」の古本系の末尾五句「夜半の月かな」には、呼びかけのnuanceがある。すなわち、ここに贈答歌であった痕跡が認められる。これに対して、流布本系の末尾五句「夜半の月影」という表現は、勅撰集の用例では古代には見られず、中世に至って始めて認められる。いわば、中世和歌の世界の表現といえる。すなわち、挨拶としての呼びかけという古態を残す「月かな」を、おそらく藤原定家は、「月影」と直すことにおいて新たに美的世界を創造しようとしたといえる。

すなわち『古今集』の部立意識から見るかぎり、「めぐり逢ひて」「雲隠る」「夜半の月」などの表現を手がかりとして調べた限りでは、歌「めぐり逢ひて」は、新しい離別歌である。また、『古今集』哀傷歌とも呼べず、釈教歌の属性を云々するまでにも及ばない。すなわち、歌「めぐり逢ひて」は、もともと詠歌の場において、離別歌として贈答の形で詠まれたものであり、おそらく贈歌と見られる。

ところが『紫式部集』の編纂にあたり、編者（おそらく紫式部）は相手の歌を排除して、紫式部の歌のみを採った。同時に、歌「めぐり逢ひて」に、具体的な状況を超えた象徴性を持たせた。夫を失った悲しみを顧みたときに、この世で出会った人は、心ならずもまたたく間に他界し、離別したのは前世からの運命であったと捉えるより他にないという、仏教的な無常を歌うものかと見まがう抽象度をもつ。それは、幼馴染との離別を超えて、夫宣孝の死を契機に自らの人生の意味を反芻した問いを含む重層的な歌として、家集の冒頭に置かれているといえる。

注

（1）廣田收『講義　日本物語文学小史』第六講、金壽堂出版、二〇〇九年。
私は、話型の概念を、従来からの昔話研究のような、先験的に設定されたtypeとしてではなく、物語の本文textを原理的に支える枠組みとして、様式とほぼ同義の概念として話型modeを用いることにしたい（廣田收『『源氏物語』系譜と構造』笠間書院、二〇〇七年。爾来、話型は見る次元を変えると見える層が違って見えるような性質をもつ、物語textを原理的に支える枠組みと捉えているが、訳語として私はなおtypeの語を宛てている。なお、管見の限りで、『紫式部集』を「一代記」として明確に捉えたのは、三谷邦明氏である。三谷氏は「彼女の一代記がこの歌集である」という（「源氏物語の創作動機」『物語文学の方法　Ⅱ』有精堂出版、一九八九年、七三頁）。

（2）大谷雅夫「紫式部「めぐりあひて見しやそれとも」考—月と懐旧—」『文学』二〇〇九年五・六月号。

（3）廣田收「『紫式部集』における和歌の配列と編纂」『同志社大学　人文学』第一七八号、二〇〇五年一一月、ならびに『講義　日本物語文学小史』第六講、（1）に同じ。本書、第三章第一節参照。
なお、この問題については、吉海直人氏が「百人一首」について、島津忠夫氏の著作を紹介し、島津氏が①「原作者の詠作意図」、②「勅撰集撰者の解釈」、③「撰者定家の再解釈」という視点をもつことに注目されている（『だれも知らなかった〈百人一首〉』春秋社、二〇〇八年、六一頁）。

（4）廣田收「陽明文庫本『紫式部集』翻刻」久保田孝夫・廣田收・横井孝共編『紫式部集大成』笠間書院、二〇〇八年。なお以下、『源氏物語』については、阿部秋生他校注・訳『新編日本古典文学全集　源氏物語』岩波書店、一九九五年、を用いる。

（5）横井孝「実践女子大学蔵本『紫式部集』翻刻」、（4）に同じ。

（6）田中裕・赤瀬信吾校注『新日本古典文学大系　新古今和歌集』岩波書店、一九九二年、四三八頁。以下勅撰集の呼称は略称を用いる

（7）片野達郎・松野陽一校注『新日本古典文学大系　千載和歌集』岩波書店、一九九三年、一四四頁。

（8）後藤祥子「紫式部集冒頭歌群の配列」『講座　平安文学論究』第六輯、風間書房、一九八九年。

（9）岡一男『源氏物語の基礎的研究』東京堂出版、一九六六年、一七七頁。

（10）今井源衛「『紫式部集』の復元とその恋愛歌」『文学』一九六五年二月。

（11）南波浩「千載集紫式部歌の詞書をめぐる問題」『国語と国文学』一九六七年六月。

（12）南波浩『紫式部集全評釈』笠間書院、一九八八年、六頁。

（13）田中新一「なぜ実践女子大学蔵本か　冒頭部の年時」『新注和歌文学叢書　紫式部集新注』青簡社、二〇〇八年、一九七～二〇四頁。初出「『紫式部集』冒頭部の年時について」『愛知教育大学研究報告』第二九号、一九八〇年三月。
（14）木村正中「『紫式部集』冒頭歌の意義」南波浩編『王朝物語とその周辺』笠間書院、一九八二年、三四五～五七頁。
（15）（8）に同じ。
（16）佐藤和喜「紫式部の和歌と散文　古本系紫式部集の表現」『平安和歌文学表現論』有精堂出版、一九九三年。
（17）山本淳子「紫式部集の方法」『紫式部集論』和泉書院、二〇〇五年、三～八頁。興味深い指摘であるが、それがtext全体の構成にどのように相渉ることになるのかまでは、論が及んでいないように思える。今後の山本氏の論の展開を注視したい。
（18）清水文雄校訂『和泉式部集』岩波文庫、一九八三年。
（19）（11）に同じ、一四頁。
（20）廣田收「紫式部の表現―宣孝の死を契機に―」『同志社国文学』第九号、一九七四年三月。本書、第二章第一節、参照。
（21）伊藤博校注『新日本古典文学大系　紫式部日記』岩波書店、一九八九年、五五三頁。なお私は小町谷氏（21）に代表される通説に敢えて異を立て、消息などをもって歌を交わすものを贈答、同じ場にあって直接歌を交わすものを唱和と、仮に呼んでおくことにしたい。
（22）小町谷照彦「作品形成の方法としての和歌」『源氏物語歌ことば表現』東京大学出版会、一九八四年、四～五頁。太字は引用者による。小町谷氏の概念規定は、最近の鈴木日出男氏の論文「『源氏物語』の対話と贈答歌」（『文学』二〇〇九年七・八月）にも、方法的前提として継承されていて、通説となっている。
（23）南波浩「『紫式部集』の基調」南波浩編『王朝物語とその周辺』笠間書院、一九八二年。
（24）土橋寛氏は「いったい儀礼歌は儀礼の場にある景物そのものをほめるか、それにひっかけて讃めるのが古代からの儀礼歌の約束で、私はこれを環境に即した景物という意味で『即境的』と呼びたい」と規定している（土橋寛『古代歌謡論』三一書房、一九六〇年、四〇頁）。
（25）廣田收「『紫式部集』における歌と署名―女房の役割と歌の表現―」『同志社大学　文化学年報』第三八輯、一九九〇年三月、廣田收「『紫式部集』歌の場と表現―いわゆる宮仕え期の歌の解釈について―」『同志社大学　人文学』第一四七号、一九九〇年三月。本書、第一章第二節、及び第三節参照。
　管見によれば、中古文学の研究の領域で、場の概念規定はあまり行われていない。最近、鈴木日出男氏は「詠歌における場と表現との一般的な関係」について、「もとより場とは、詠歌の産み出される時と所に実在する事物現象や状況であり、表現以前の事実にほかならない」としつつ、「そうした場は、詠歌に対して素材を提供したり表現に何がしかの規制を加える」のであり、むしろ「場の規制」が詠歌を促すのは「場の約束事がおのずから表現形式（パターン）を示唆するからである」（『古代和歌史論』東京大学出版会、一九九〇年、四四〇頁）という。僭越ながら私も、同じ問題意識を持つものであるが、場を実態的なものと捉えるよりは、即境的な景物と表現形式を働かせる文脈 context の機制と捉える。

ちなみに、久保木哲夫氏は著書の中で「平安和歌の特質」を「折の文学」であるといい、「『折』とは、歌の詠まれる場を意味する」と断じている（『折の文学　平安和歌文学論』笠間書院、二〇〇七年三頁、傍点原文）が、久保木氏は、それ以後、必ずしも場の論としては展開されていないように感じる。私の小論は、この「場」を基盤として詠じられる歌を、儀礼性において捉えたい、という提案である。

なお離別歌については、漢詩の「餞別」を淵源と見る考え（身崎壽「『離別』の特色と構造」『一冊の講座　古今和歌集』有精堂、一九八七年）もあり、その伝統の存在を私は否定しないが、本論では、和歌の伝統に焦点を絞って考えている。

(26) 清水好子氏は最初、『紫式部集』自撰説を主張された（「文体を生むもの」『国文学』一九七〇年五月）が、後に流布本系の詞書に対する不審を述べ、「偶然の損傷」と「身辺の人々による補入」などの可能性を指摘している（「紫式部集の編者」『関西大学　国文学』一九七二年三月）。また、久保木寿子氏は「一類本実践女子大学蔵本について、三次に渡る増補が指摘できる」という（「紫式部集の増補について（上）」『国文学研究』第六一輯、一九七七年三月）。いずれも重要な指摘であり、この問題の検討については他日を期したい。

また、場の捉え方について、片桐洋一氏は、『古今集』の詞書に用いられる「侍り」に注目し、「古今集の披講の場」を想定する。すなわち、『古今集』の詞書を「特定の＜聞き手＞、つまり宣下者である醍醐天皇と、特定の＜話し手＞である貫之ら撰者によって形成された＜場の言語＞である」ことを明らかにしている（「古今和歌集の場（上）」『文学』一九七九年七月）。

ちなみに、風巻景次郎は古代和歌について、「うたが半ば神にかかわるものであったのは、というのはうたが呪術的な宗教祭儀と関係したものであったのは、記紀・万葉・三代集までの時代であった」という（「日本文学における和歌の位置」『風巻景次郎全集』第五巻、一九七〇年、五四頁）。

(27) (14) に同じ。

(28) 廣田收「『伊勢物語』の方法─初段と二段の地名を考える」『日本文学』一九九一年五月、廣田收『講義　日本物語文学小史』第六講、(1) に同じ。本書、第三章第三節にも同様の指摘をした。

清水好子氏は、『紫式部集』に「幼年時代を書きたいという衝動」（「紫式部集の編者」）を見てとろうとされているが、私はむしろ、童友達と数年ぶりに再会したというところに、成人式から物語を始めるという話型の規制を重視したい。

（29）用例の基本的検索については、松下大三郎・渡辺文雄共編『国歌大観　正・続』角川書店、一九五一年、を用いた。また一部、表記を改めたところがある。

（30）松田武夫『新釈古今和歌集』上巻、風間書房、一九六八年、七三一頁。

（31）（30）に同じ、七三七頁。

（32）（30）に同じ、七六五頁。

（33）（30）に同じ、七三二頁。

（34）（30）に同じ、七三五頁。

（35）伊藤博『萬葉のあゆみ』塙新書、一九八三年、二一八頁。

（36）（30）に同じ、七七一頁。

（37）平野由紀子『平安和歌研究』風間書房、二〇〇八年。

（38）山岸徳平『八代集全註』第一巻、一九六〇年、四八八頁。

（39）『新大系』は、『伊勢物語』第一一段、『拾遺和歌集』忠幹「忘るなよ」を「本歌」と注する（6）『新日本古典文学大系　新古今和歌集』、二六四頁。

（40）堀内秀晃校注『新日本古典文学大系　伊勢物語』岩波書店、一九九七年、九一頁。

（41）鎌田正憲『伊勢物語評解』名著刊行会、一九六六年、八九頁。

（42）片桐洋一『伊勢物語の研究』明治書院、一九六八年。

（43）（40）に同じ。

（44）森本茂『伊勢物語全釈』大学堂出版、一九八一年、一二一頁。

（45）廣田收「『伊勢物語』の方法―初段と二段の地名を考える」、（28）に同じ。

（46）土橋寛『古代歌謡の世界』塙書房、一九六八年、一六〜七頁。

（47）用例の具体的な検討は別稿に譲りたい。本書、第三章第二節、参照。

（48）澤瀉久孝『萬葉集註釈』巻第十巻、中央公論社、一九六二年、一六九頁。

（49）『新編国歌大観』第三巻、私家集編Ⅰ、角川書店、一九八五年。いずれも詞書・題をもたない。

（50）阿蘇瑞枝『萬葉集全注』巻第十巻、岩波書店、一九八九年、五六七頁。

(51) 片桐洋一「『古今集』的表現と『萬葉集』」浅田徹・藤平泉編『古今集新古今集の方法』笠間書院、二〇〇四年、二四～三九頁。
(52) 小町谷照彦校注『新日本古典文学大系　拾遺和歌集』岩波書店、一九九〇年、二二八頁。
(53) 澤瀉久孝『萬葉集註釋』第十一巻、一九六二年、一六九頁。
(54) 島田良二『人麿集全釈』風間書房、二〇〇四年、八頁。
(55) 廣田收「奈良猿沢池伝説」竹原威滋代表編著『奈良市民間説話調査報告書』金壽堂出版、二〇〇四年。なお、いまだ活字化していないが、研究発表「平城天皇伝説」南都文化研究組織（NCCS）、於奈良教育大学、二〇〇七年七月。
(56) 犬養廉「王朝和歌の世界　―伏流の系譜―」『平安和歌と日記』笠間書院、二〇〇四年。
(57) 廣田收「源氏物語作中和歌の一機能」『同志社国文学』第一八号、一九八一年三月。『『源氏物語』系譜と構造』（笠間書院、二〇〇七年）所収。
(58) 用例の具体的な検討は別稿に譲りたい。
(59) 大取一馬「王朝和歌と月」片桐洋一編『王朝和歌の世界』世界思想社、一九八四年、二一五～二三頁。
(60) 南波浩『紫式部集全評釈』笠間書院、一九八三年、一八頁。
(61) 管見によると、『紫式部集』冒頭歌に「会者定離」を一番早く読み取ったのは、岡一男『源氏物語の基礎的研究』（東京堂、一九六六年）であるが、この問題の具体的な検討は別稿に譲りたい。
(62) 岡崎知子「釈教歌」『平安朝の物詣』法蔵館、一九六七年、久保田淳「法文歌と釈教歌」『岩波講座　日本文学と仏教』第六巻、一九九四年。「月」が釈尊の比喩とされるに至るには、恵範法師と伊勢大輔との贈答は『後拾遺集』を待たなくてはならなかった（塚田晃信「釈教歌」『国文学　解釈と鑑賞』一九八五年一月）。なお、『紫式部集』と同時代の釈教歌を考える上で、『赤染衛門集』『和泉式部集』『長能集』などについて検討する必要があるが、ここでは割愛した。
(63) 『新編　国歌大観』私家集編Ⅰ、角川書店、一九八五年。
(64) 山岸徳平『八代集全註』有精堂出版、一九六〇年、七一〇頁。
(65) 伊井春樹他『公任集全釈』風間書房、一九八九年、一三九～四〇頁。
(66) 川村晃生他校注『新日本古典文学大系　詞花和歌集』岩波書店、一九八九年、三四三頁。
(67) 『萬葉集』以後の和歌の伝統は、『古今集』読人不知歌、『新撰萬葉』『句題和歌』『古今六帖』『人麿集』などから、古歌（伝承歌）の存在が窺える。八嶌正治氏は『拾遺集』の「万葉三歌人」の中で「人麿のみが群を抜いて多い」ことに触れ、「古今序で人麿・赤人を同等に評価」されて、「歌聖」となり、寛弘四（一〇〇七）年公任撰の『前十五番歌合』から貫之が並び、やがて「拾遺集は花山院の撰であるが、公任の歌観と対立する」ことなく、「万葉集への偏りを深めて居た公任の歌観と軌を一にする」と批評している（「歌集の形態とその変容―新古今集と古歌―」有吉保編『和歌文学講座』第一巻、勉誠社、一九九三年、三〇五～六頁）。

〔付記〕
本稿は、古代文学研究会における研究発表（二〇〇九年九月、於龍谷大学大宮学舎）に基づくものである。そのとき御叱正を賜った方々に改めて御礼の詞を述べたい。なお、纏めるにあたっては、改めてその内容を大幅に短縮した。特に、発表の後半部分、二番歌・三番歌の解釈と配列の問題については、第三章第二節に譲ることにした。
なお、小論を立てるにあたって、有吉保『和歌文学辞典』（桜楓社、一九八二年）、『新編　日本国語大辞典』（小学館）、『古語大辞典』（角川書店）などを参考として用いた。記して謝意を表したい。

第二節　『紫式部集』歌の場と表現
――いわゆる宮仕期の歌の解釈について――

はじめに

『紫式部集』所載の歌には、『紫式部日記』に所載されている歌が含まれている。この事実は、さまざまに問題を提供する。例えば、『紫式部日記』に見られる歌で、『紫式部集』に見られないものがあるのはなぜか、またその逆はどうか。(1)しかしながらこの問いは、やっかいな問題を抱えている。例えば、『紫式部集』の現存伝本に、何行かの空白や「返しやれてなし」などの注記がいつくかあり、『紫式部集』の歌の総体をどのように捉えるか、という問題をもつからである。また「日記歌」として『紫式部日記』所載の歌の付加された古本系の伝本が存在するので、ある段階での『紫式部集』と『紫式部日記』との交渉が予想される。さらに現存の『紫式部日記』にも、冒頭の欠如の有無について議論のあることも周知のとおりである。(2)『紫式部集』と『紫式部日記』との全体的な比較が、無原則にはまず困難であることは、残念ながらしかたがない。

次に、同じ歌が両者に記されていながら、『紫式部日記』と『紫式部集』との間に見られる、歌にかかわる表現の相違は何を示すのか、という問いが成り立つ。この重複の問題についても、従来からさまざまに議論がなされてきた。例えば清水好子氏は、流布本系・古本系の前半には異同があまり見られないのに、「集のほぼ半ばころ、宮仕えの歌があらわれる箇所あたりから排列にも詞書にもかなりの差異が見える」ことに注目され、さらに流布本系諸本の詞書について、不必要と思われる文があり、これと酷似した文が『紫式部日記』に認められることや、「道長家に近い女房の名」を用いる一方、「大納言の君」を「むかひたまへる人」と表現して「明示を避ける理由」の見出せない「不備な詞書」のあることなどを指摘される。そして、いずれも『紫式部集』の詞書が『紫式部日記』の「歌に近い箇所を部分的に截り取って転写した結果、このような例外的な、かつ不備な詞書が生まれたのだと思う(3)」として、現存『紫式部集』のすべてが自撰とはいえない、とされている。とはいえ、ここには本来の自撰『紫式部集』が純粋であり、他撰の詞書の混入によって不純化されているという価値判断が潜められているのではないか、と拝察される。私家集の常として「原」家集なるものに後、歌が付加され詞書が改められてゆく過程は多くの事例にも見られる伝本の運命である。一方、『紫式部集』の歌に対する説明に甚だしい異同があっても、詞書と『紫式部日記』の文との異同ほどには歌に異同がないともいいうるのである。

　従来、『紫式部集』『紫式部日記』に共有される記事の比較について論じる場合、いずれが紫式部の実人生を踏まえたものかというふうに、「事実」との対比がまず求められてきた、といえる。そのために、『紫式部集』『紫式部日記』から予想される「事実」としての歴史的年月日や人物の特定、出来事の真実の究明とそれからする歌の解釈、その折の紫式部の内面、交情の真意などを明らかにしようとする傾斜があったといえるだろう(4)。そしてしばしば両者は、分析に際して相互補完的に扱われ、どちらかといえば『紫式部日記』が事実を伝えるものとされ、『紫式部集』の解釈が『紫式部日記』によって参看されるという関係にあったことは否定できない。それは『紫式部日記』の研究、『紫式部集』の研究が紫式部その人に対する興味に向かって行くことと無関係ではない。『紫式部日記』にしても、『紫式部集』にしても、それぞれの現存伝本の状態はどうあれ、それぞれは異なった編集の意図において生成していると考えられるから、両者を同一平面上に置き、融通させて解釈することは、それぞれの完結性と独自性を無視することにならないか。

さらに、『紫式部集』の歌を解釈する上で、重要なことがある。『紫式部集』の中に見ることのできる、残された紫式部の若き日の歌に対して、宮仕期の歌が決定的に異なることは、当然ながら、歌が内裏や中宮、殿、皇子、殿の上などとの複雑な関係のうちに表現されている、ということである。殿—道長と、中宮、官人たち、女房たち、そして名をとどめない下仕えの人々など。紫式部は明らかに女房として内裏もしくは土御門殿の中に、いわば宮廷秩序の中に組み込まれているはずである。さらに、『紫式部日記』や『紫式部集』において紫式部が、というとき、『紫式部日記』や『紫式部集』の表現において語として表出されているわけではないが、つまり明確に一人称として顕在化するわけではないが、語り手としての位置に立つ発語主のことをいうはずである。それぞれ表現のうちに内在する自らを今、仮に出来事を見聞し、記録し伝える発語主としての「私」と呼ぶことにする。

特に後半生の歌は複雑な人間関係の中にあり、また賀宴をはじめとして儀礼、儀式の問題にも絡んでくる。何よりも歌は特定の場において表現されている、ということができる。このような場を離れてひとり自己の感情や思考を表明する歌と、宮廷などのより儀礼的な場を担う歌とは区別される必要がある。儀礼、儀式での歌に技巧は不可欠である。宮仕期の歌は、技巧によって彫琢された歌と、技巧のあまり必要のない、自己の内面に向う歌とに区別されよう。例えば、『紫式部日記』では、中宮御産をめぐって、それぞれの歌はどのような場に置かれているのか。あるものはきわめて自己内省的な歌であり、あるものは個人的感情とは別の儀礼的な歌である。後者において歌が、特定の場における集団の意思を表現することこそ、歌の解釈において留意されるべきことである。同じことが『紫式部集』においてはどのようであるのかが問われる。

一　見えない女房の姿

『紫式部日記』は次のような記事を残している。

渡殿の戸ぐちの局に見いだせば、ほのうち霧りたる朝の露もまだ落ちぬに、殿ありかせ給ひて、御随身召して遣水はらはせ給ふ。橋の南なる女郎花のいみじうさかりなるを、一枝折らせ給ひて、几帳の上よりさしのぞかせ給へり。御さまのいとはづかしげなるに、わが朝顔のほの思ひしらるれば、「これおそくてはわろからむ」とのたまはするにことつけて、硯のもとによりぬ。

女郎花さかりの色を見るからに露のわきける身こそ知らるれ

「あな疾」と、ほほえみて、硯召しいづ。

白露はわきてもおかじ女郎花心からにや色のそむらむ(5)

『紫式部日記』は道長の娘彰子が一条天皇の皇子を出産する前後の土御門殿のようすを記す。一方、この日記には私的な感懐や苦悩も織り込まれてはいる。だからといって、彰子中宮の皇子出産の前後の経過を記すことによって、皇子誕生による殿の繁栄を祝うことがこの日記のひとつの原則であることはゆるがない。それを女房として記す以上、公開を建前に誰を読者として想定するのかということとも相俟って、『紫式部日記』の最終的な目的は、主人一門の繁栄を讃美することに求められる。『紫式部日記』の中の各々の記事は、中宮御産に関係付けられて存在する意味を与えられている、というべきである。

歌の唱和に収斂して行くこの場面は、中宮御産を間近に控えた、ある朝の出来事である。「私」が「渡殿の戸ぐちの局」にいるのは、『紫式部日記』においては中宮御産の安全を祈願する御読経に仕候してそのまま夜が明けたからである、と推測できる。岩波文庫の注は、「作者の部屋。東対にあり、寝殿と東対をつなぐ渡殿の戸口近くに位置したらしい(6)」という。「私」は外の庭を見ている。その視線の中に「殿」が殿の内を歩いていることを認める。そして殿は「御随身召して遣水はらはせ給ふ」という。さらに「橋の南なる女郎花のいみじうさかりなるを、一枝折らせ給」う行動を見る。花を折って殿に渡した者が「遣水はらはせ給ふ」「御随身」なのか、他の女房なのかは明らかでない。文脈からいえば、あるいは「御随身」が折った枝を、ある女房を介して「私」に渡すということであるのかもしれない。萩谷朴氏は「道長は、橋廊と遣水の橋との間にある女郎花を手折って、すぐに東の対の西階を上がり、簀子敷を通って紫式部の局を訪れたものであろう(7)」といわれる。『紫式部日記』の表現に基く限り、殿が手づから花を折り携えて訪れたとする、直接の行動をまでいう必要はないだろう。

ここで注意したいことは、殿が「私」に一枝の女郎花を渡すとき、『紫式部日記』は中間に介在する人たちのいることを感じさせている、という点である。あるいは、介在する人を予想させる表現をとっていることである。

その一枝の女郎花を、「殿」は「几帳の上よりさしのぞかせ給へ」る。「殿」は女房のいる場所に侵入することの許されている者である。女郎花を差し入れる「殿」のようすを描きつつ、視線を浴びることによって、反転してみずからのさまを恥ずかしく感じずにはいられない。羞恥を喚起するほどの相手を讃美することになる。夜を明かし身づくろいもしていない自己の「わが朝顔のほの思ひしらるれば」と、女のもとに侵入してくる男への不快感をさえ見てとることができるのかもしれない。男の遠慮のない視線にさらされるところに、女房の立場は示されている。男の突然の訪問は、女にとって防ぎようもない。相手は「殿」である。そして身の置きどころなく、隠れようとするときに、殿の「これおそくてはわろからむ」という言葉に「ことつけて」硯のもとに寄った、という。

このとき、「私」は殿によって緊張を強いられている。対応を迫られる圧迫感を受けている。即座に歌が求められている。求められている歌の内容は、殿と女房との関係でしかありえない。端的に言えば、「殿」を讃えるか、直接の主である中宮を讃えるかのいずれか、である。花に寄せて、であるから女性のことを対象とする他はない。中宮のことを讃美することになるであろう。庭の花は主人としての中宮その人である。「時めいている道長を女郎花にたとえて讃める(8)」とまで直接にはいえない。いずれにしても、「殿」の繁栄を讃えることになるには違いない。「橋の南なる女郎花」を歌では「さかりの色」であるとして、中宮を讃える言葉として据え直している。庭に置く景物の「露」を、女郎花の色をあざやかに染める力をもつものと捉え、盛りの色をもたらす力すなわち運命的な力の働きを「露」という語に求めている。みずからの宿世のつたなさをいい、へり下ることにおいて、自分のことを歌うことで「殿」を讃え、中宮を讃えた。周知のとおり「道長の意を迎えようとする一種の閨怨にもひとしい式部の心情が隠されていることは、否むことのできない事実であろう」という萩谷朴氏の見解がある(9)。であるとしても、そのことがただちに「一種の閨怨にもひとしい式部の心情」に結び付くかどうかはわからない。私的に「道長の意を迎えようとする」ことがみてとれるかどうかは別のことである。「あな疾」という言葉から推測されるように、「殿」の関心は相手たる「私」に課した難題が如何に解かれるか、に向けられている。男女間の関係に焦点が定まっているのではない。

これに対して、「殿」の歌は、女郎花の盛りが「露」の置き方にあるのではなく、「心から」にあるのだ、という。ここには、相手としての「私」に対する配慮があることはまちがいない。そして中宮の、ひいては自らの繁栄が、「心から」によってあるのだというかのようである。繁栄してある現在は、意思を超えた力にのみよるのではない。自己の「心から」によるのだという。「殿」自らの自信であり、自己の精神的な労苦の表明である。「私」と中宮とひき比べることを許し、その上で繁栄が「心から」であるという。自己の権勢が運命的なものによるばかりではない、という主張がある。例えば、宿世でもって自分の努力までもが説明されることはかなわないという思いであろうか。「私」は恐縮して感じ入る他はない。そして謙譲する「私」の振舞を主（あるじ）が喜んで受け入れることに他ならない。竹内美千代氏は、この部分について『紫式部集』と『紫式部日記』とを比較して、『紫式部日記』が「日記の冒頭を飾るにふさわしい、流麗で格調の高いこの文章も、和歌の詞書として見れば、まだ冗漫である。（略）『誰が、どんな事情で、いつ詠んだ』という事が、その骨子になっている(10)」とされる。「冗漫」

と見える内実が何かが問われよう。『紫式部日記』では、一般に道長と紫式部との交情をいう以前に、「殿」とひとりの女房との懸隔が徹底している。「殿」に対して用いられている、いわゆる二重敬語（「殿ありかせ給ひて」など）は、普通いわれるように、天皇に対して用いられるということでは解せない。殿と「私」との身分的懸隔の程度を示しているであろう。『紫式部日記』は、女房や随身たちの存在を捉えうる位置に視点が据えられているのであり、「殿」と「私」の歌は、衆人環視の中での唱和(11)であることが明白である。

そしてまたここで注意したいことは、「硯召しいづ」という言葉である。「殿」は返歌をする際に、相手である「私」に硯を求めたわけであろうか。他に女房もいるはずである。しかも、そのことは記されることがない。「私」も含めて女房に階層があると見てとれる。「私」は女房たちの間にありながら、「殿」によって自分にさし向けられた関係をいうところに『紫式部日記』の特徴がある。『紫式部日記』には、中宮御産にかかわる大勢の女房の伺候することを明記している箇所がある。(12)

（十日）御帳のひんがしおもてには、うちの女房まゐりつどひてさぶらふ。（略）北の御障子と御帳とのはざま、いとせばきほどに、四十余人ぞ、後にかぞふればゐたりける。

このような背景は『源氏物語』ではほとんど記されることのない次元である。階層化されつつ、大勢の女房に囲まれながら、その一員として「私」があるという位置、視点の据え方は変わらない。

二　『紫式部集』における「殿」と「私」

この「殿」との唱和と同じ出来事を記したとされる記事が、『紫式部集』にあることは周知のことである。『紫式部集』には次のようである（陽明文庫蔵本、六九番・実践女子大学蔵本、七〇番）。

あさぎりのをかしき程に、おまへの花ども色々にみだれたる中に、をみなへしいとさかりに見ゆ。一枝おこせたまひて、几帳のかみより、これたゞに返すな、とてたまはせたり。
をみなへしさかりの色を見るからに露の分きける身こそしらるれ
と書きつけたるをいと〻く、
しら露は分きてもおかじをみなへし心からにや色のそむらん(13)

陽明文庫蔵本の表現を辿れば、「私」は庭を見ている。中宮の御前の庭に咲き乱れている花の中の、他ならぬ盛りの女郎花を見ている。そして折しも「殿」が現れて庭を見ている、ということを認める。定家本系統の流布本は「いと盛りなるを」と続いて、「折しも」がない。さらに「殿御覧じて」と続いており、陽明文庫蔵本の詞書は二箇所で切れている。『紫式部日記』では「橋の南なる女郎花」である。これに対して、『紫式部集』における焦点はただ一点、「女郎花」に絞られている。二人の思いは期せずして「女郎花」に向けられてあり、これを媒介として言葉の交流が成り立つ、というのである。定家本系統諸本が「一枝をらせさせ」もしくは「一枝をらせ」を採っているのに対して、陽明文庫蔵本は「一枝おこせたまひて」とある。(14)殿と私との間にやや空間的な隔たりがあって、それから殿が覗いたことになる。ここにも枝を折って、さらに枝を「おこせ」るに至る間に、女房の介在したことは予想される。それにしても、『紫式部日記』に比べて、随身などは記されていない。

ただ、『紫式部集』『紫式部日記』のいずれが事実に合致しているか否かなどということは、文学本来の問題ではない。『紫式部集』の意図は、殿が随身に庭を掃除させたこととは別である。むしろ「私」の見ていた他ならぬ「女郎花」をこそ殿が差し出したということに焦点がある。「橋」が「寝殿と東の対屋を結ぶ橋廊であろう」とする『(旧)大系』(15)の説を、萩谷朴氏は「紫式部の局から見て、(略)女郎花を見ることは不可能に近い(16)」と批判されている。とはいうものの、萩谷氏の考証された、紫式部の局から見える見えないということはもはや問題ではない。『紫式部日記』に比べると、『紫式部集』ではより「殿」と「私」との対偶が強い、といわなければな

らない。(17)

このとき『紫式部集』の歌の解釈はどうか。『紫式部集全評釈』は「ここの女郎花は、今を時めく中宮に見たてたもの(18)」とされている。『紫式部集』の場合、場所は「御前」としか示されていない。たしかに「御前の花ども」は、歌においてすなわち中宮自身のことであって当然であろう。木船重昭氏は「『女郎花』が、和歌ではもっぱら女性に譬えられ、それも懸詞の対象の女性に譬えられること、また極めて多い(19)」とされる。「女郎花盛りの色をみるからに」は、「殿」の直接歌いかけた紫式部その人を譬えるものではない。「懸想の意味以外ではない(20)」とまで限定することは難しい。この「殿」の不意の侵入は「殿」と女房との関係の上に可能である。『紫式部日記』と比較すると、『紫式部集』はあくまで、「殿」と「私」との対偶性を、より強く打ち出しているといえる。

ところで「女郎花」の歌は、

をみなへし　さかりのいろを　みるからに　つゆのわきける
みこそしらるれ

という音の反復が見られる。見るにつけて身こそ思い知られるという、歌の骨格は音の反復において強調されている。またいささかうがって言えば、「身こそ知らるれ」には、「皇子ぞ知らるれ」が懸けられているかもしれない。

すでに小町谷照彦氏は、『紫式部日記』の文体について「源氏物語のそれとかなりへだたりがある」として「和歌的抒情の横溢というような形はとても見られない」といい、まず「和歌的な表現類型によりかかった自然描写がほとんど見られない」のであり、「和歌的情趣が効果的に文体として定着しているわけではない」といわれている。そして「紫式部日記の和歌は、単純に散文と融合するというような形ではなく、散文とは別な次元で、和歌の独自性に即した現実とのかかわり合いによって、作品世界の形成に加担している」とされる。小町谷氏は、『紫式部日記』の「女郎花」「白露は」の歌について、両者の間の「記述の態度にかなりの差があ」るとされ、『紫式部集』の「詞書はも前栽の美しさを主情的に記述しているだけで、日記本文の克明な情景描写もさっぱりと払拭されている」といわれる。そして、

この贈答が次の頼道の女郎花の吟詠と一対をなす印象深い事件として記述されているのは確かであるが、紫式部日記と紫式部集とを対照してみると、小少将の君や大納言の君との贈答はかなり多いのに日記の中にはそれぞれ一組しか収められていないのに対して、道長に関するものはすべて取り入れられていることが知られ、日記の中に和歌の記事を置くことについてはかなりの計算があることが窺われるのである。贈答の過程がどのようなものであれ、道長との贈答に自身がかかわり合うということは、紫式部にとって念頭から消し去りがたい事件だったのであろう。重苦しさと晴れがましさとが交錯した経験だったとも言えよう。道長の返歌の経緯についても、日記本文が、「あなととほほゑみて」と道長が紫式部の即詠を賞讃しているのに対して、詞書は「いととく」と道長の返歌の素早さを言っているのである。事実と虚構という命題がここにも介入してくるのだが、紫式部の屈折した自己主張の姿勢に対して興味をひかれるものがある。[21]

といわれている。『紫式部日記』の表現において「重苦しさと晴れがましさとが交錯した経験」とは、いわれるとおりであろう。確かに『紫式部日記』では、「殿」の関心は「これ、おそくてはわろからむ」「あな疾」という言葉から推して、「私」が差し出された「女郎花」をいかに詠うかに向けられている。男女の交情をいう以前に、あくまで「殿」と一介の女房との関係は徹底している。『紫式部日記』は、女房や随身たちの存在を捉えうる位置に視点が据えられているのであり、「殿」と「私」の歌は、衆人環視の中での唱和である。階層化されつつ、大勢の女房に囲まれながら、その一員として「私」があるという位置、「私」の視線のうちに捉えられるという視点の据え方はやはり変わらない。『紫式部集』では、「殿」は「たゞにかへすな」というのであり、速さよりも

難題をどのように解決するかを試すものとして表現されている。だから「賜はせたり」なのである。「女郎花」が焦点化され、「殿」と「私」との関係はあたかも一対一の関係でもあるかのように浮かび上がらせることにおいて、唱和が成り立っている。

小町谷照彦氏は『紫式部集』の「道長に関するものはすべて」『紫式部日記』に「取り入れられている」と指摘されている。もちろん、これらの唱和が現実における紫式部と道長との関係のすべてではない、ということはいうまでもない。残された歌の数の問題だけではない。質の問題としてどうかが問題である。『紫式部集』の表現において払拭されているのは「克明な情景描写」ではない。まず、随身や女房たちの姿である。視点の問題として見直すならば、『紫式部集』と『紫式部日記』と比べるときに明らかになることは、「殿」と「私」との関係のありかたの差異である。小町谷氏は、

> 道長との三組の贈答における紫式部は、意外なまでに心の用意が無防備であるが、不器用なまでの現実に対処する姿勢の固さは、やはり紫式部の精神につながるものの一端を示しているように思われる。和歌という伝達の言葉を通して、紫式部はどうやら時の第一人者道長と心情の交流を果たしているのである。[22]

といわれる。「意外なまでに心の用意が無防備である」というよりも、むしろ「殿」が不意に侵入してくることが何の咎め立てもされることがなく、そうした「殿」の行動に精神的に押され続けるような立場に女房としての「私」が置かれており、その緊張の中で歌は発せられる、ということを重視する必要がある。そのとき、いわれるところの「時の第一人者道長の心情の交流」がどのようなものであるかが改めて問われる。

三　宴席に残された歌

『紫式部日記』の次の記事は、皇子誕生後「五日の夜」の「殿の御産養」である。『紫式部日記』によると、

十五夜の月が出て、「屯食」が振舞われる。『紫式部日記』は、「あやしきしづのをのさへづりありくけしきども」や「殿司（とのもり）がたちわたれるけはひ」に目を留めている。「うち群れてをる上達部の随身などのやうのものどもさへ」「かかる世の中の光のいでおはしましたること」を慶賀する。「まして殿のうちの人は」「時にあひがほなり」である（四五五頁）という。『紫式部日記』は、さまざまの階層の者の立居振舞を記すことで、「殿の内」のすべてが皇子誕生を祝うことを表そうとしている。そして皇子が「かかる世の中の光のいでおはしましたること」と讃えつつ、次のように記している。

上達部、座を立ちて、御階の上にまゐり給ふ。殿をはじめ奉りて攤（だ）うち給ふ。かみのあらそひいとまさなし。歌どもあり、「女房さかづき」などあるをり、いかがはいふべきなど、くちぐち思ひこころみる。

めづらしき光さしそふさか月はもちながらこそ千代もめぐらめ

「四条の大納言にさしいでむほど、歌をばさるものにて、声づかひ用意いるべし」など、ささめきあらそふほどに、ことおほくて、夜いたうふけぬればや、とりわきても指さでまかで給ふ。

（『紫式部日記』四五七～八頁）

御産養の宴が崩れ、上達部が「座を立ちて、御橋の上」に出て、「殿をはじめ奉りて攤うち給ふ」状態となる。宴から直会へ、そして座がバレるというふうに、至り着くところとして自然ではある。萩谷朴氏は、宮内庁書陵部蔵『御産部類記』所収の「『不知記B』を中心に、現存資料を総合」して、御産養の次第を復元し、その経過のうちに、「8　攤をうち碁手紙をとって遊ぶ。その間、盃酌・朗詠（以下略）」という項目を立てておられる。(23)宴が進み女房に歌を求めるほどに至ったわけである。今まで視線にさらされることのなかった女房が、宴の表に押し出されようとするときである。「いかがはいふべきなど、くちぐち思ひこころみる」とあるように、複数の女房の中にいる一人であることを隠さない「女房同志の競い心」(24)もある。女房たちは、指名されて歌を詠むはめに陥ったときにどうするか、予め考えていたということになる。公任に差し出すなら、「歌をばさるものにて、声づかひ用意いるべし」などとささめきあう。すなわち、「めづらしき」という歌は「くちぐち思ひこころみ」たときの「私」の歌である、と了解できる。ただ、この書きざまでは誰と限定していないにしても、女房たちの歌の代表的な位置にこの歌は置かれている。複数の女房が「くちぐち思ひこころみる」ことをした歌の中のひとつとして、「めづらしき」の歌は記されている。用意された歌が、宴の中で公然と、また当代第一流の文化人である公任の存在を意識しつつ詠じられるような機会が、雑然とした宴の中で、「ことおほくて」失われたというのである。

『紫式部集』陽明文庫本七七番（校本八七番）では、どのように記されているか。

宮の御うふや五の夜月のひかりさへことにすみたる水のうへのはしにかむたちめ殿よりはしめたてまつりてゐいみたれの、しりたまふ。さかつきのをりにさしいつ。

めつらしきひかりさしそふさかつきはもちなからこそ千代もめつらめ

もはや「宮の御うふや又の夜」の宴が終わり、人の配置が崩れ、「上達部」が「水のうへの橋」に集まってくる。(25) そして「上達部殿より始めたてまつりて酔ひ乱れの、しり給」う状態の中で「殿」が意識されている。「盃の折に指し出づ」は「酔ひ乱れの、しり給」う人々の中の「殿」に向けられているとみるべきか。敬語がないから、歌は皇子や中宮に献上したものではない。また、さまざまな人たちの姿は記されていない。これでは、「殿」たちの前で詠じられたと見るのが自然である。もしくは、「指し出づ」とあるから、詠じたのではなく、書き記されたものかもしれない。もちろん『紫式部集』は、歌集であるから、この「めづらしき」という歌こそが記し置かれるべきことである。

ところで、清水好子氏は、いわゆる流布本系諸本の、特に後半部分について、詞書が必ずしも自撰とはいえないとされる。「詞書の不正確さ」の例として、この「指し出づ」を挙げ、『紫式部日記』と比べて次のように言われる。

　日記の文章において、詳しく述べるところが事実であるなら、それを体験した本人がどうも事実を的確にあらわさぬ文末にしたのか不審である。紫式部ならいくら要約を求められたにしても、事実と反対の意味に受け取られる詞書を記すだろうか。(26)

『紫式部集』と『紫式部日記』とは、たしかに一見「反対」のように見えるが、「日記の文章において、詳しく述べるところが事実であるなら」という前提が問題である。それは『紫式部日記』の表現を事実と見るために生じる見解である。むしろ歌の表現それ自体が場を示していないか、という視点から考え直すことはできないであろうか。

　歌の詠まれた状況はともかく、歌そのものはどのように捉えることができるであろうか。五日の夜の情景の中から何が取り出されてきて、歌に結びついているか。「宮の御産屋又の夜」に「月の光さへことに澄」んでいる。「月の光さへことに澄」んでいる以上に、澄んでいる光は誕生した皇子である。盃に映る月に加えて、新しく光が差し添う、という。皇子を「めづらしき光指し添ふ」といい、「盃」に「月を詠み込み、「持ち」に「望」を詠み込んでいる。こうした一般的解釈に加えて、木船氏は「賀歌として、その『さか（酒）に（略）『栄』を掛け、『盃』に『栄えの月』の意を託していよう」(27)とされる。いわば、この歌の表現は、

（月の）光差し添ふ　盃　は持ちながらこそ　千代もめぐらめ
（手に）差し添ふ　盃　は持ちながらこそ　千代もめぐらめ
めづらしき光　差し添ふ　栄月　は望ながらこそ　千代もめぐらめ

という複線的な構造をもつといえる。また「珍しき」に「愛づ」が響き合うことを否定しなくともよいだろう。

技巧であるというと平板であるが、懸詞を用いることにおいて、表現に系を作り出していることは明らかである。
さらに、音律の点から、流布本系諸本では、

めづらしきひかり　さしそふさかづきは　もちながらこそ　ちよもめくらめ

という音の反復をもっている。盃の巡ることの象徴性は、この「め」で始まり、「め」で終わる、音の循環の中にも見てとれる。特に、陽明文庫蔵本の「めづらめ」では、「めぐらめ」以上に強く、「めづらしき…めづらめ」における音の冠・沓の首尾を意識していないとはいえない。

いったい、歌における技巧とは何か。技巧とは何のためにあるのか。『紫式部日記』によれば、盃が千代も巡ることを讃え、特に『紫式部集』陽明文庫本によると盃を千代も讃えるという。そのことは、盃に映ずる月の光に加えて、新しく指し添う光―皇子を祝う盃が千代もめぐり、その祝いにあずかることのできる光栄を歌っている。文字に記されること以上に、声に出して詠じられることにおいて一首の和歌が多重的な意味を浮かび上がらせようとするところに、宴の和歌の特徴がある。逆にいえば、仕掛けられた歌の多重性を聞き解くことが場の中で求められることになる。隠された語のネットワークを、場に参与する者が了解するのである。この歌はいわば技巧の歌であり、技巧をもって歌を彫琢することが、宮仕期の歌の特徴になっている。『紫式部日記』では、如何に歌を捻り出すかということに苦心していることが記されている、といってよいだろう。岡一男氏は、『紫式部集』の歌について「構想・推敲」の「余裕のない口上での応答になると、よく言へば本歌取り、悪く言へば翻案が多かつたやうだ」として、「女郎花」の歌が、壬生忠岑の「秋萩はまづさす枝よりうつろふを露の心の分くるとな見そ」の「換骨奪胎」であり、「珍しき」の歌は、「『斎宮女御集』異本」の「もちながら千代をめぐらん

さかづき〔月杯〕の清き光はさしもかけなん」の「翻案」であるとされる。(28)古代において、人の名をもって記憶される歌を自らの歌として歌うことは非難されるべきことではない。むしろ、岡氏の指摘によって教えられるところから考えると、紫式部の宮仕期の、とりわけ儀礼・儀式の場における場が、懸詞のみならず、古歌を引くことによって、より技巧的である必要があったことを証明することになろう。

さて、原田敦子氏は「珍しき」の歌をめぐって『紫式部日記』と『紫式部集』との齟齬について、

家集では、歌そのものを導き出すための詞書が必要とされるのに対し、日記では歌を含む四囲の状況がどう運ばれていたか、その事実（傍点原文）を記すことが要求される。日記において歌は独立したものではなく、行事の一部として認識された一事実であり、この意味で日記における式部の叙述態度は、彼女がいかに事実に忠実であったかを証するものと言えよう。と同時に、中宮女房として晴儀の席で歌を献詠することをその任として期待され、式部自身もそのことを自覚しながら、公卿達の都合でその心用意が無視されてしまう女房の立場の弱さを、ここに事実を記すことによって、一種の恨みをこめて式部はかみしめずにはいられなかったのである。(29)

と説かれる。さらに、原田氏は後に、

「めづらしき…」の歌は道長主催の産養の夜詠まれたものであるが、家集の詞書が「盃のをりに、さし出づ」とするのに対し、日記は女房達に「四条の大納言に指名されたら」と気遣いをさせた公任が、格別に指名することもなく退出してしまったと述べる。この歌は、おそらく公任退出後、女房の無念を見てとった道長に指名されて献詠したものであろうから、両者の記す事情はそれぞれ誤りではないであろう。歌を記すことを旨とする家集が、歌の理解に必要な時・場所・詠作時の状況を簡潔に一文の中に収めようとするのに対し、行事の記録を含めて当夜のさまを生き生きと再現することを目的とする日記は、和歌の献詠をめぐって人間

関係が如何に動いたかを展開の相に於いてとらえ、それがやがては式部の心理の隈を写し出すところとなる。(30)

と指摘されている。見られる表現の差異が、『紫式部日記』と『紫式部集』編纂の目的の差異にかかわるとされることそのことは、そのとおりであろう。

ところで「かみのあらそひいとまさなし」という言葉は、紙を賭け物として擲を打っている殿たちを批評したものである。萩谷氏は「このような祝賀の遊宴に賭けごとの遊びがあることは、当時の常識であるし、（略）孔孟の教えにかけた衒学的な洒落が言いたかったにすぎない(31)」とされる。これもそのとおりであろう。歌が無駄になったことを記しつつ、言語遊戯性を忘れないのは、『紫式部日記』の目的が関与しているからである。こうした文が『紫式部日記』に加えられていることからして、「ことおほくて、夜いたうふけぬればにや、とりわきても指さでまかで給ふ」とあることについて、現実の紫式部の無念さは知らず、『紫式部日記』の文学性を私的な内面の苦悩の深刻さにのみ求めることは、『紫式部日記』の表現から外れて行くことになる。さらに、原田氏の説くように両者の齟齬を矛盾させぬよう「公任退出後、女房の無念さを見てとった道長」のとりなしを推測するのは妥当であろうか。むしろ『紫式部日記』『紫式部集』における両者の間に矛盾があるかないかを問う必要はない。

この問題は、事実と虚構、あるいは自撰と他撰との関係に拠るのではなく、『紫式部日記』『紫式部集』に記された宴における公私の関係の捉え方の差異である、としなければならない。産養において「盃出だせ」といわれるとき、どのような歌を歌うことが求められるのか、である。そこでは、個人的な感情は関係がない。産養において、讃えられるべき存在は、誕生した皇子である。また歌うべき内容は、長寿と繁栄でなければならない。そして、次に讃えられるべきは、中宮であり、殿である。あるいは宴席に列なることの光栄である。産養の宴において、『紫式部日記』にせよ『紫式部集』にせよ、「私」は主側の、いわばもてなす側の女房として伺候している。求められるのは主側の歌であるはずである。『紫式部日記』では、公任は皇子を讃えるべく招かれた客である。『紫式部日記』においては「私」にとって、「殿」は身内に属する。というよりも、宴においては、「殿」に対する「私」は、帰属し従属する関係にあり、客公任と主側の女房との関係とは質的に異なる。

『紫式部集』における「殿」と「私」との関係は、公私の区別でいえば、私的な関係として記憶されるべきことである。それぞれが誰のために記すことを目的としているかということも関係しよう。『紫式部集』は抱え込む人間関係において『紫式部日記』と異なるということができる。

四　捨てられた歌

歌を詠んで準備し、あるいは歌を詠もうと心用意しているのに、その機会の失われたとされる例が他にもあることは、すでに指摘されてきたところである。『紫式部日記』は次のように伝えている。

九日、菊の綿を、兵部のおもとのもてきて、「これ、殿のうへの、とりわきて、いとよう老のごひすて給へと、のたまはせつる」とあれば、

菊の露わかゆばかりに袖ふれて花のあるじに千代はゆづらむ

とて、返し奉らむとするほどに、「あなたにかへりわたらせ給ひぬ」とあれば、ようなさにとどめつ。

（四四六頁）

この詠歌の経緯をめぐって、原田敦子氏は「家集を読む限りでは、倫子の心遣いに感激した式部が倫子の延命を願う賀歌を詠んで奉ったと解されるが、日記では決してそうではないのである」として、歌に続く一文「ようなさにとどめつ」について、次のように述べておられる。

歌集においては左注として扱われるであろうこの一文が日記に加えられることによって、精一杯の賀歌を作って倫子に奉ろうとし、それが無用のものになって取り残された式部の孤愁とみじめさが浮き彫りにされる。（略）「ようなさにとどめつ」の一言には、限りない痛憤と共に、我が身の程も考えずに感激した自身の軽率さへの自嘲がこめられている。(32)

このとき、原田氏は『紫式部集』と『紫式部日記』から推測される出来事の全貌を捉え、そこから『紫式部日記』と『紫式部集』を分析される。とはいえ、『紫式部集』の欠落を『紫式部日記』で補い、『紫式部日記』に真実が隠されているという方向で検討することは妥当であろうか。『紫式部集』の詞書で「賀歌を詠んで奉った」と明記されているわけではない。原田氏の説を踏まえたうえで、なお『紫式部集』の目指していることとは何かが問われる。

考えてみると、『紫式部日記』においては「兵部の御許の持て来て」とあるように、「殿の上」と「私」との間に介在する女房がいる。「とあれば」にも介在する女房が認められる。「殿の上」からの歌があったとは記されていない。「兵部の御許」は消息（和歌）ではなく、言葉で伝えた。歌がないとすれば、挨拶の相手として待遇される関係ではないことが改めて了解されるのである。下賜された「菊の綿」は一方的に与えられたかのごとくである。「あなたに帰り渡らせ給ひぬ」とあることから、「殿の上」の権勢の偉容と距離感が推測され、空間的ばかりでなく身分的な「私」の位置関係が知られる。殿の上の相手にもならない「私」の位置が明らかである。下賜されたものをありがたく頂くことで良かった。それを、歌をもって返礼しようとすることの方が、自らを高めて「殿のうえ」の贈答の相手として出しゃばることになる。つまり、紫式部の無念さばかりを言いつのることはできないのである。また、この年、公の重陽の宴がなかったかどうかという事実と結び付けてだけ、この記事を解釈する必要もない。たとえ、その公の行事にかわって（あるいは、なずらって）「殿の上」が「菊の綿」を下賜したとしても、ますます選ばれた者としての光栄をいうべきではなかろうか。「痛烈な皮肉」や「倫子に対する竹篦返し」(33)とまではいえない、と考えられる。

『紫式部集』ではやはり、そこに介在する女房の姿は捨象されている。女房の名さえも記されていない。この歌は陽明文庫本では巻末の「日記歌」（校本一一五番）に掲載されている。

九月九日きくのわたをこれとの、うへいとようおいのこひすてたまへとのたまはせつるとあれは
菊の露わかゆはかりに袖ふれて花のあるしに千よはゆつらん(34)

『紫式部集』でも「殿の上」の歌と明記されたものはない。また、「菊の露」の歌が「返し」として明記されていない。「菊の露」の歌は、紫式部の周囲の女房たちの知られるところであり、この歌も知られていることを指摘してよいはずである。菊の綿が下賜されるについて、やはり消息ではなく、言葉で伝えられたことは「これ」という指示語、「とのたまはせつる」と、ある女房の伝えた「殿の上」の言葉は、内容上いわば過剰である。このことと「日記歌」とは関係している。なぜ家集は返歌する機会を逸したと記していないのかということを、『紫式部集』の側から推測することはできない。いずれにしても、「殿の上」から「菊の露」が贈られたことと「菊の露」の歌を結び付けて理解することが求められている。もはや事実がどうかを問う必要はない。「殿の上」から下賜されたそのことを記すことに、『紫式部集』の意図はある。

定家本系統の代表的な伝本である実践女子大学本は、次のようにある。

九月九日きくのわたをうへの御かたよりたまへるに
きくのつゆわかゆはかりにそてふれて花のあるしに千世はゆつらむ(35)

木船氏の指摘されるように、「この歌も慶賀と祈念をこめ」ていると理解してよい。この詞書と歌には諸本間に

少なからず異同が認められるけれども、この歌も彫琢されたものである。木船氏は、竹内美千代『紫式部集評釈』の説、すなわち「『露』に副詞の『つゆ』を掛けて、ほんのちょっと『若ゆ』を修飾してい」るという理解[36]を支持されている[37]。さらに「女郎花」の歌と同様、「露」と関係して懸詞「分かゆ」を加えることもできるだろう。「露」が「分かゆ」ことに、「つゆ」「若ゆ」ことが掛けられている。「菊」に「聞く」も響いていよう。また「花の主」は花を統べる主、中宮ということと、花のように美しい主ということが掛けられている。音律の上でも、

きくのつゆ　わかゆはかりに　そてふれて　はなのあるしに　ちよはゆつらむ

という音の反復が見られる。また萩谷朴氏は、この歌が『忠岑集』『貫之集』そして『古今和歌六帖』の歌（一九五番）、

をる菊の雫をおほみわかゆてふぬれぬきぬこそ老の身に着れ[38]

の「わかゆ」を、足立稲直『紫式部日記解』の指摘[39]を取り上げつつ、『後撰和歌集』における伊勢の贈歌に対する雅忠の返歌（三九五番）、

九日　ただみね

露だにも名だたる宿の菊ならば花のあるじやいくよなるらむ

の「花の主」を「応用」したと説く[40]。さらに、『紫式部日記解』は『古今和歌集』二七三番、素性法師「ぬれてほす山路のきくの露のまにいつか千年を我はへにけん[41]」を「本歌」とするという[42]。歌が、すでに共有されている有名な歌を踏まえて詠われていることも、聞き手・読み手に了解される必要がある。

五　技巧の歌と歌の技巧

次の記事は「御五十日」の宴である。

おそろしかるべき夜の御酔ひなめりと見て、事はつるままに、宰相の君にいひあはせて、隠れなむとするに、東おもてに殿の君達、宰相の中将など入りて、さはがしければ、ふたり御帳のうしろに居かくれたるを、とりはらはせ給ひて、ふたりながらとらへすゑさせ給へり。「和歌ひとつづつかうまつれ。さらばゆるさむ」とのたまはす。いとはしくおそろしければ、聞こゆ。

いかにいかがかぞへやるべき八千歳のあまり久しき君が御代をば

「あはれ、つかうまつれるかな」と、ふたたびばかり誦ぜさせ給ひて、いと疾うのたまはせたる。

あしたづのよはひしあらば君が代の千歳のかずもかぞへとりてむ[43]

さばかり酔ひ給へる御心地にも、おぼしけることのさまなれば、いとあはれに、ことわりなり。げにかくもてはやしきこえ給ふにこそは、よろづのかざりもまさらせ給ふめれ。千代もあくまじく、御ゆくすゑの、数ならぬ心地にだに思ひつづけらる。（四七一頁）

ここに「事はつる」とあり「おそろしかるべき夜の御酔ひなめり」とあるように、「東面」では、したたかに酔った「殿の君達宰相の中将など」が騒いでいる。「宰相の君」と「私」は「ふたり御帳のうしろに居かくれ」ているのに、殿が二人を引き出し、目の前に据えて、「和歌ひとつつかうまつれ」と責めたてる[44]。このとき宰相の君はどうしたのか、記されていない。「和歌ひとつ」であるから、二人のうちどちらかが歌えば許されるというのであろうか。とはいえ、命じられたことであり、歌うことは拒否しえないことである。それでは、どのような歌が求められているか。宴は果てても皇子誕生を祝う余韻の中にある。歌の内容は祝賀以外にはありえない。「私」が「殿」の無理難題を引き受けることにおいて、宰相の君は救われることにもなるのである。

さて「いかにいかが」の歌は、大仰な表現である[45]。足立稲直『紫式部日記解』が「わろきにはあらねといと浅々しくかのことならひのやちとせのみにてたゝ歌なり」ということである。皇子誕生を祝う口吻の中に置かれるべき表現である。と同時に、そのことが泥酔している殿にも了解可能な歌であることになる。

ところが、泥酔していると見えた殿が、「私」の歌を「ふたたびばかり誦ぜさせ給」うただけでなく、「いと疾う」歌を詠んだ。そして歌の内容が、一心に若宮のことを思うものであったことに驚かされる。『紫式部日記』におけるこの記事の主題は、むしろ殿という人物に対する興味にかかわるものである。この記事の後に倫子・道長の関係がほほえましくも表現されていることと関係していよう。「殿」という人物を讃えることは『紫式部日記』全体の意図にかかわる。

「いかにいかが」という初句はおそらく、あえて音数律をはみ出すことにおいて大仰な表現を作り出している。そしてよく見れば、酔った殿を覚醒させるほどに手の込んだ歌であることがわかる。「いかに」に「五十日」を掛け、「いかが」にも「五十日」を掛ける。技巧を尽くすことによって、誕生した皇子の長壽、皇子の「君が御代」を壽ぐ意図があらわになっている。

五十日に　如何　かぞへやるべき
如何に　五十日　かぞへやるべき
かぞへやるべき八千歳のあまり
あまり久しき君が御代をば

というように懸詞を組み込んで、意味上重畳化された表現になっている。

いかにいかか　かそへやるへき　やちとせの　あまりひさしき　きみかみよをは

というように、音の尻取りも認めうる。殿の歌も、

あしたつの　よはひしあらは　きみかよの　ちとせのかすも　かそへとりてむ

という音の反復をもつ。こうした音における反復と尻取りは偶然ではないであろう。出仕後の歌は、技巧の歌で

ある必要に迫られるはずである。

『紫式部集』陽明文庫本七九・八〇番（校本八九・九〇番）では次のようである。

　御五十日の夜との、うたよめとのたまはすれは、ひけしてあしけれと[46]

いかにいかゝかそへやるへきや千とせのあまりひさしき君かみよをは

　との、御

あしたつのよはひしあらは君か代の千とせのかすもかそへとりてむ[47]

詞書には必ずしも宴席で求められた歌として記されてはいない。とはいえ、歌それ自身が宴の場の歌の表現をもつことが了解される。ただ、歌を詠ずる動機は、『紫式部集』においては「殿の『歌詠め』」という要請に応じたということが中心である。名指しされたものとして、直接的に私に歌が求められている。はっきりと「殿」と「私」との一対一の関係に収束している。『紫式部日記』のように二人のうちのどちらかというのではない。殿に向かって歌うことは衆人環視の中のことなのである。すなわち、『紫式部日記』に比べて『紫式部集』は殿と私との対偶に重きを置いているとみえる。

こうした、場と技巧の問題は宮仕期の歌の特徴であり、初出仕の歌と献上された歌についても、場と技巧の問題は深くかかわるはずである。

　はしめてうちわたりをみるに、物ゝ哀なれは、

身のうさは心のうちにしたひきていまこゝのへに思ひみたるゝ　（陽明文庫本九一番、校本五七番）

　正月十日の程に、春のうたたてまつれとありけれは、またいてたちもせぬかくれにて、

みよし野は春のけしきにかすめともむすほゝれたる雪の下草[48]　（陽明文庫本九四番、校本六〇番）

これらの歌は、紫式部の宮仕期の歌の理解の方向付けを考える上で重要である。陽明文庫本九一番から検討して

みよう。技巧の問題として、「九重」に「『幾重にも』の意を掛ける」(49)という説を支持したい。さらに、「今此処」が懸けられていることにおいて、明らかに歌の詠出される場を想定することができる。にもかかわらず「身のうさは」の歌は、若き日の内裏への憧れが宮仕えにおいてうち砕かれたことを表現しているかのようである。「思ひみたるゝ」はずの「私」の歌において「今此処の辺―九重」という懸詞を不可避とするのはなぜか。「私」が「心のうちにしたひき」たのは他ならぬ内裏そのものであったはずである。この歌は、

　身のうさは　心のうちに　したひきて　いま九の重に(幾重に)　思ひ乱るゝ
　　　　　　　内裏に　したひきて　いま九重に(内裏に)　思ひ乱るゝ
　　　　　　　　　　　　　　　　　今此の辺に　　　　　思ひ乱るゝ

という多重性をもつ。このようにこの歌は、見事な技巧の歌なのである。「身の憂さ」がつきまとうことと、内裏への憧れと今ここ内裏における自分の興奮が重ね合わされて表現されている。木船氏は、

　初句《身のうさは》を主語とする述語を終句《思ひみだるる》と見るのは、異常に離れすぎていて、採れないのと両両相まって、《身のうさは》が主語で、《したひきて》が述語と解するべきである。(50)

と説かれる。この歌が特定の場において詠じられたものであることは動かない。歌を音声に乗せて詠ずることにおいて、意味の多重性は効果的に表現される。懸詞によって分岐し系列化した表現が「思ひ乱るゝ」によって、「身の憂さは」の決着が末尾まで持ち越されて統括され、一挙に了解されるところに、この歌のスリルがある。さらに、

　みのうさは　こころのうちに　したひきて　いまここのへに　おもひみたるゝ

という音の反復をもつ。そのような計算された歌が、初めての出仕の折に、思いのままにただ独りでぶつぶつと呟いた歌であるとはいえないであろう。宴とはいえないまでも、特定の機会に人に向かって詠じられた、相手の

ある歌であり、そのためにこそ練られた表現になっているのではないか。あるいは練りに練られた表現であることにおいて、価値をもつ歌として記憶される。そのことが『紫式部集』に記しとどめおこうとする意図にかかわっている。

次に、陽明文庫本九四番「みよし野は」はどうか。「歌奉れ」として献上するに値する内容をもつ歌か。命じた主人は道長か、中宮か。いずれにしても、「みよしの」である内裏を「春のけしき」と讃美しながら、結局は自己の鬱屈を歌っている。これが主人に返す歌ならば怒りにふれかねないものである。歌の上手下手の問題ではない。求められた歌は「春の歌」である。にもかかわらず、「私」はみずからのことを歌った。この歌は献歌について、断りの消息に宛てられたものであろうか。あるいは、表向きの献上すべき歌はひょっとすると『紫式部集』に記されていないだけなのであって、ちゃんと歌って別に献上した、ということかもしれないのである。なぜなら、この歌は「むすぼゝれたる雪の下草」と歌うことにおいて裏の、いわばわたくしの歌である。「歌奉れ」ということを誰が仲介したかは明記されていないだけである。あるいは、仲介した女房に対して歌われた歌がこの歌「みよしのは」なのではないか。[51]「歌奉れ」は里下りした「私」に対して出仕を促すための、手掛かりとして発せられた言葉であることは先学の指摘どおりである。

おわりに――宮仕期の歌の特質――

原田敦子氏は、『紫式部集』の編集の意図を、「紫式部日記の中では、他から見られることに対する羞恥が何度か語られている。しかし、それにしては、式部の日記の中で余りにも己れの裸身をさらしすぎたとは言えないであろうか。（略）家集に於いて、日記と重なる部分に、こうした心理表現や内的憂悶の告白が見られないのは、独特の平衡感覚が働いて、家集からそれらを拭い去ったのではなかろうか[52]」とされている。そのとき、『紫式部集』

の表現、とりわけ歌の表現から場を想定すること、合わせて女房の視線、女房の位置を改めて問い直すことによって「こうした心理表現や内的告白が見られない」ことの必然が認められるに違いない。そのことが『紫式部集』の歌の解釈を考え直す手掛かりになるのではないか。

とりわけ宮仕期の歌は、技巧によって彫琢された歌であることを余儀なくされる。例えば、『紫式部日記』では、中宮御産をめぐって、それぞれの歌はどのような場に置かれているか。個人的感情を表現することのありえない、儀礼的な歌において、歌が特定の場における集団の意思を表現することこそ、解釈において留意されるべきことである。とすればもはや、『紫式部日記』『紫式部集』について事実と虚構、あるいは自撰と他撰の問題を論ずることは意味をもたない。問題は、『紫式部日記』『紫式部集』両者の歌をめぐる、公私の関係の捉え方の差異にある、としなければならない。

注

（1）この問題は、いわゆる古本系伝本の末尾に付載の「日記歌」の存在とも絡むことであるが、後日改めて検討したい。なお、増補部分や他撰説に対する重要な研究として、例えば久保木寿子氏は「自撰時の原形態をできる限り推定すること」を目的として、「最善本とされる一類本実践女子大学蔵本について、三次に渡る増補」を推定されている（「『紫式部集』増補について（上）」「同（下）」『国文学研究』第六一・六二集、一九七七年三・六月）。

（2）この問題については、すでに議論のあることは周知の通りである。広い視野に立って『紫式部日記』研究の問題点を過不足なく整理し、解き明かされた室伏信助「『紫式部日記』研究の問題点」（『日本文学』一九七二年一〇月）の整理に従いたい。なお紙数の関係から、研究史上触れなければならない先行研究について、やむをえず割愛せざるをえなかった。記して謝意を表したい。

（3）清水好子「紫式部集の編者」『関西大学　国文学』一九七二年三月。

（4）例えば、道長と紫式部との関係については、『尊卑分脈』の「道長妾」の記事も含めてさまざまに議論があるところだが、この記事は伝承と解すべきであろう。結局のところ、問題の決着にかかわる論点は、校本の歌七三番・七四番の解釈に拠るところが大きい。早く竹内美千代氏は、両歌について「懸想がかった歌の応酬はごくありふれた事で」あり、「この贈答歌から早急に憶測すべきではない」（『紫式部集評釈』桜楓社、一九六九年、一三九〜四〇頁）とされている。この慎重さに従いたい。また南波浩氏はこの両歌の分析において、道長が夜、紫式部の局近くの妻戸を叩いたことは、「式部たちの風雅の贈答の高い評価に誘発されての、遊びの行為であった」とされ、道長が「中宮の後宮の雰囲気をもり上げ引き立てようと努めていた、すぐれた演出者でもあった」とされている（『紫式部集全評釈』笠間書院、一九八八年、四一六〜九頁）。また、南波氏は「式部は、道長との本質的関係においては（略）『女』でも『人格』でもあり得なかった」とされている（同書、四二〇頁、傍点原文）。この解釈を支持したい。

　さらにいえば、道長と紫式部との間に、仮に肉体的な関係があったとしても、そのことは紫式部が道長に対して女房という従属的関係にあることを意味こそすれ、妾妻的立場にあることを意味しない。付け加えるならば、校本七五番・七六番歌はきわめて技巧的なものである。過剰ともいえる技巧は、すでに遊戯性の問題である。さらに、校本七三番・七四番歌と七五番・七六番歌とは、「くひな」の連想において類聚化されているだけであり、両贈答歌を一両日間の時間的継起性において理解することは、必ずしも妥当ではない。

（5）池田亀鑑・秋山虔校注『日本古典文学大系　紫式部日記』岩波書店、一九五八年、四四四頁。旧大系は、底本「身こそ知らるれ」には天和本「身こそつらけれ」、底本「あな疾」には「あなと〱」とあるという異同に注目している。なお、以下『岩波文庫』の本文をもって一部表現を訂した箇所がある（七九頁、八九頁）。

（6）同書、八頁。

（7）萩谷朴『紫式部日記全注釈』上巻、角川書店、一九七一年、七二頁。

（8）曽沢太吉・森重敏『紫式部日記新釈』武蔵野書院、一九六四年、一三頁。

（9）（7）に同じ、七四頁。

（10）竹内美千代『紫式部集評釈』桜楓社、一九六九年、一四二頁。

（11）独詠、贈答、唱和の概念については、本書、付論を参照願えれば幸である。

（12）廣田收「『紫式部日記』の構成と叙述」秋山虔・福家俊幸共編『紫式部日記の新研究』新典社、二〇〇八年。

（13）陽明文庫本、久保田孝夫・廣田收・横井孝編『紫式部集大成』笠間書院、二〇〇八年。なお、私に適宜表記を整えた。

（14）南波浩『紫式部集の研究　校異篇・伝本研究篇』笠間書院、一九七二年、七三〜四頁。

（15）（5）に同じ、四四四頁。

(16)（7）に同じ、七一〜二頁。
(17)『紫式部集』の諸本間の異同については、南波浩『紫式部集の研究　校異篇・伝本研究篇』（笠間書院、一九七二年）に拠る。例えば、流布本系諸本の「一枝お（を）らせさせ」では、女房の介在はより明確である。流布本に対して、陽明文庫蔵本「おこせ」では、女房の介在があるにしても、「殿」の意思が前面に出ている。「おらせ」では「殿」が御みずから折ったわけではないであろうが、「殿」の意思が前面に出ていることは同じである。かくて『紫式部集』の表現は、『紫式部日記』に比べれば、「殿」の問いに対して「私」の答えが待たれるという関係が明白である。このことは、『紫式部集』の編纂の意図と関係していよう。陽明文庫本を含めて古本系では、他本に比べて二箇所で文が切れており、印象が絵画的である。
　一方、この唱和を記す『新古今和歌集』一五六五番・六番歌では、唱和を外在的に記すのみで、当事者の緊迫した臨場感とは別のところに意図がある。言い換えれば、二首が贈答関係にあることを示し、解釈を読む側に委ねている。なお、この記事は『栄華物語』に対応する部分がない。
(18)南波浩『紫式部集全評釈』笠間書院、一九八三年、四二三頁。
(19)木船重昭『紫式部集の解釈と論考』笠間書院、一九八一年、一二八頁。
(20)同書、一二八頁。
(21)小町谷照彦「『紫式部日記』の和歌」『日本文学』一九七二年一〇月。
(22)同論文。
(23)（7）に同じ、二八三頁。
(24)（8）に同じ、一一〇頁。
(25)『紫式部日記』における中宮御前の人員配置という問題については、(12)を参照されたい。
　なお、『紫式部集』では詞書の「の、しり給」の異同として、「ののしり…」（陽・松　他本）、「……たりし」（別本）（南波浩、(14)）では、宴にある者は雑然として騒ぐ人々であるにすぎない。それでは殿と私との対偶は弱められている。また実践女子大学本などの「めくらめ」は、盃との関係で解釈されるに合理的な語であるが、「めつらめ」「めくらす」を排除するほどではない。ちなみに、この歌は『後拾遺和歌集』では賀、四三三番歌として収載されている。「女房盃いだせ」の「盃」を受けて歌の「盃」が持ち出される、一般的な賀歌と捉えられている。詞書には望月は明記されていない。また、月の光と皇子との関係は明記されていない。
(26)（3）に同じ。

(27)(19)に同じ、一四二頁。
(28)岡一男「『紫式部集』本文の成立とその文芸的価値」『源氏物語の基礎的表現』東京堂出版、一九六六年、一八一頁。ここに見える、「換骨奪胎」とか「翻案」とかという批評そのものが、古代の歌をひとつの創作と捉える誤りに発するものである、ということを改めて確認しておく必要がある。
　また河添房江氏は、岡氏の指摘された「もちながら」の歌が『後拾遺和歌集』の「伯父為頼」の歌であることに注意し、「遠からぬ祖先の歌を範とあおいで、それを賦活させるように詠み」なしているとされる。そのことが「家の集たるべく編まれたこと」と関係付けておられる（「『紫式部日記』と『紫式部集』」『解釈と鑑賞』一九八八年九月）。この指摘は、私家集としての『紫式部集』を考える上で、今後留意すべきものである。
(29)原田敦子「紫式部日記における歌の場面について」『同志社国文学』第八号、一九七二年二月。傍点は原文のまま。
(30)原田敦子「日記と家集の間―紫式部日記と紫式部集」『中古文学』第二〇号、一九七七年一〇月。
(31)(7)に同じ、三〇六～七頁。
(32)(29)に同じ。
(33)同。
(34)『紫式部集』における主な異同は次のとおり。「袖　ふれて」について「ぬれて」(西　他本)、「ふりて」(別本)(南波浩、(14))。また、『紫式部日記』における歌の異同について、日本古典文学大系は、底本「わかゆ」「袖ぬれて」に対して、吉田幸一本・北氏本・紫式部日記傍註本が「くわる」。彰考館本・天和本・桃園文庫蔵一本が「袖ふれて」とあることに注意している(池田亀鑑・秋山虔校注『日本古典文学大系　紫式部日記』岩波書店、一九八四年、四四六頁)。
(35)(19)に同じ、一七〇頁。
(36)(19)に同じ、一七〇頁。
(37)(10)に同じ、一七六頁。
(38)『古今和歌六帖』『新編国歌大観』第二巻、角川書店、一九八四年、一九八頁。
(39)日本文学古註釈大成『紫式部日記古註釈大成』日本図書センター、一九七九年、三三一頁。
(40)(7)に同じ、一四四～五頁。
(41)(7)に同じ、一四四～五頁。
(42)(39)に同じ。

（43）『日本古典文学大系』は、底本「あれば」とあるが、『栄華物語』の「あらば」を採用すべきだとする（池田亀鑑・秋山虔校注『日本古典文学大系　紫式部日記』岩波書店、一九五八年、四八八頁）。
（44）諸本「ひとつつつ」（萩谷「紫式部日記絵詞」前掲書、四四八頁）、『栄華物語』は「ひとつ」。
（45）（39）に同じ。
（46）陽明文庫本以外では、流布本詞書の末尾にも「ひけしてあしけれと」という一文が付いている。この語句がことさら記される理由について、久保木寿子氏は「詠歌時の式部の心情というよりは、態度の客観的表現である。しかも、日記にみる心情は距離のある態度を示している（（2）に同じ、前掲論文「（上）」）といわれる。この言葉は、みずからの歌についての「私」自身の批評であり、伝本の意図の差異によるものであると考えたい。上田記子氏は、宰相の君が上臈であり、「勅撰歌人」であることも合わせて「二人のうち誰とも指名もないのに、それではとばかりに、宰相の君を無視して詠めなかったはずである」からだという（「紫式部集と紫式部日記―成立論から見た関係―」『同志社国文学』第一一号、一九七六年一一月）。ただ、『紫式部集』の理解にあたって『紫式部日記』をもって参看し、表現を事実に還元させて、ことの当否を論じることはひとたび控えるべきではないだろうか。
（47）『続古今和歌集』では賀、一八九五番「後一条院生まれさせ給ひての御五十日の時、法成寺入道前摂政、歌よめと申し侍りければ　紫式部」、また『続拾遺和歌集』でもやはり賀、七五〇番「題しらず　法成寺入道前摂政太政大臣」とする。
（48）主な異同は次のとおり。略記号は南波浩、（14）に拠る。陽明文庫本九一番について、

　　心のうち　　　　　　したひきて　　　　　九重そ
　心のした（京　他本）　したかひて（静　他本）　九重に（青　他本）

陽明文庫本九四番について、

　　かくれか　　　　　　雪の下草
　かくれ・（陽）（尊　他本）　雪のふる里（西　他本）

（49）（19）に同じ、一〇四頁。
（50）（19）に同じ、一〇三頁。
（51）『源氏物語』桐壺巻において桐壺更衣邸を訪れた命婦が、天皇の命を伝えるのに、公の贈答と、私の贈答とを区別していることを対照させて考えることができる。『講義『源氏物語』とは何か』第四講、平安書院、二〇一一年、参照。
（52）（30）に同じ。

第三節　『紫式部集』における女房の役割と歌の表現

はじめに

紫式部が女房として宮仕えしていたということは、文学の問題として、『紫式部集』にどのような影を落しているだろうか。例えば、「紫式部」という「署名」をもつ歌をできるだけ集め、おしなべてそれを、直接彼女の人格や内面にかかわるものとして解釈しようとしても、それらの多くに、必ずしも「個性的」な内容を認めることは困難であるという結論に至るのに時間はいらない。残された歌の中に、孤独な内面をうかがわせるものはむしろ少ない。確かに『紫式部日記』にはあって、陽明文庫本の「日記哥」として巻末に付載されている歌群にはあるものの、現存の『紫式部集』に（おける欠歌の可能性もあるが）採られていない歌として、

水鳥を水のうへとやよそに見むわれも浮きたる世をすぐしつつ
としくれてわが世にふけゆく風の音に心のうちのすさまじきかな(1)

など印象深い歌が見られはする。これらは「浮き」「憂き」、「世」「夜」などという口馴れた懸詞が認められるにせよ、率直な心情の表明になっているようにも見える。内容的にも技巧のあまり必要のない歌である。両者は自己の内面を比較的直截に表明したものとして、例外的ですらある。それらが従来作者の資料として重要視されてきたということも頷けよう。とはいえ、これらが『紫式部集』の現存伝本において脱落したものか、自撰とされ

る当初より『紫式部集』の編集において排除されたものかどうかを、にわかに問うこともできない。また一方、儀礼的、儀式的と見えるゆえに、あたかも無内容に感じられる歌を非個性的だということで切り捨てるとすれば、思わぬ誤まりを犯すことになろう。むしろ女房として歌を詠ずることを求められたところにこそ、宮仕期の紫式部の歌の特徴的なありようが浮かび上がってくるのではなかろうか。またそのとき、自己の内面を率直に表明する歌との質的な差が浮かび上がってくるに違いない。

いったい、古代の宮廷において、とりわけ女房の役割において、その歌の表現の責任とでもいうべきものは、どこに求められるのか。はたして歌に「署名」というものは、求めうるものなのであろうか。この問題は、『紫式部集』の歌の解釈において、例えば女房の役割としての「代作」とは何か、ということとも関連してこよう。

ここでは特に紫式部の宮仕期の歌のいくつかについて、考察を加えたい(2)。その際、陽明文庫本を底本とすることにしたい。

一　隠れた私

『紫式部集』には次のような歌がある。

まこの宰相の五せちつほね宮のかたへいとちかくきに、弘徽殿の右京か一夜しるきさまにてありしことなと人々いひいてゝ、日かけやる。さしまきはすへきあふきなとそへて、

おほかりしとよのみや人さしわけてしるき日かけを哀とそみし

（陽明文庫本九〇番歌、校本一〇〇番歌）(3)

詞書のいう「弘徽殿の右京か一夜しるきさまにて、ありしこと」とは何か。これではどのようなことがあって、この歌が記されたのか。その経緯は『紫式部集』において見るかぎり、必ずしも明らかではない。ところで、『紫式部集』や『紫式部日記』の表現においては、私という一人称の語として表出されているわけでもなく、一人称

として顕在化しているわけではないが、発語主は確かに存在する。『紫式部集』『紫式部日記』それぞれの表現に内在する語り手を今仮に、見聞し記録し伝える話者としての「私」と呼ぶことにする。

とするとき、「まこの宰相」[4]のおそらく娘である「五節」の控えの「局」が、私の仕えている「宮」の近くにあることがわかる。「人々」は「弘徽殿の右京」の噂をしている。右京にどのような出来事があったかはわからない。このことを考証して、事実なるものを復元、再構成して知りえたとしても、『紫式部集』自身の表現にこだわれば、詞書の「一夜しるきさまにて、ありしこと」と歌の「しるき日かけ」とが対応していることこそ重要である。

『紫式部集』の関心は、出来事の内実の何たるかには求めることができない。噂を言い立て始めたことから日蔭鬘を贈ることとなり、それに添える歌の求められたことを記すことに向けられている。「日蔭」は物としては鬘であるが、言葉としては日の蔭をも意味する。言葉としては矛盾ともいえる側面がある。「しるき」と「日蔭」が「哀とぞみし」につながることから、皮肉であることがわかる。詞書によれば、贈られたものは、五節舞姫の付ける日蔭である。それに添えられたものが扇である、とされる。そして「扇」は「さしまぎはすべき」ものとして意味付けられている。ここには「日かげの縁にさしといへるなり」[5]とあるように、扇をさし紛らはすれることと、日蔭を差すこととが懸けられている。技巧といえばそれだけではない。

おほかりし　とよのみやひと　さしわけて　しるきひかけを　あはれとそみし

と「し」の音の反復が顕著である。特に「おほかりし」と「みし」と、同じ歌の中の句の末に同じ助動詞「し」が二度認められる。特に「見し」とは、いわば報告である。この歌でいったい何を伝えたのか。『紫式部集』では「日蔭」という語に、日のあたらないはずなのに「しるき」状態であること、さらに扇に、いわば顔を見せるな、人に知られずにあれ、出しゃばるな、などという意味を籠めてあることに関心を寄せているといえる。物を贈ったというよりも、物の名を贈った、より言えば言葉を贈ったというべきである。ここでの歌の機能は、相手に解かせるための謎としての言葉の伝達にある。「弘徽殿の」と冠せられることから、権勢をもつ后方の女房の現在の行状に対して、女房として抑制の利かない点を非難する歌であろうと解される。

次に問題は、この歌は誰のものであるかという点である。『紫式部集』である以上、私の歌であろう、というほどには単純でない。詞書の文脈に即して読むならば、歌の主はあたかも「人々」であるかのようである。「弘徽殿の右京」に贈り物をし、それに歌をつけることになった。その歌が記されているだけである、ともいえよう。こうした詞書の詠歌主が特定されないと見える表現において、歌が記しとどめられるのは何ゆえなのか。『紫式部集』には私が集団としての女房仲間の一員としてあり、その役割をはみ出すことはあるまじきことであるとする抑制が働いていているといえる。

同じ歌を記す記事が『紫式部日記』では次のようにある。

> 侍従の宰相の五節局、宮の御前のただ見わたすばかりなり。立蔀のかみより、音にきく簾のはしも見ゆ。人のものいふ声もほの聞こゆ。「かの女房の御かたに、左京馬といふ人なむ、いと馴れてまじりたる」と、宰相の中将むかし見知りて語り給ふを、一夜かのかいつくろひにてゐたりし、ひんがしなりしなむ左京と、源少将も見知りたりしを、物のよすがありて伝へ聞きたる人々、「をかしうもありけるかな」といひつつ、いざ、知らず顔にはあらじ、むかし心にくだちて見ならしけむ内わたりを、かかるさまにてやは出で立つべき、しのぶと思ふらむを、あらはさむの心にて、御前に扇どもあまたさぶらふなかに、蓬莱つくりたるをしも選りたる、心ばへあるべし、見知りけむやは。[6]

『紫式部集』とまず異なる点は、表現の具体的な差異である。女房たちの攻撃の対象となる女性は、『紫式部集』では「右京」、『紫式部日記』では「左京馬」である。この女性がなぜ女房たちの注目の的となるのか。「左京馬」

の「昔」を見知っている宰相中将が、この女房の「いと馴れてまじりたる」ことを目撃し、話題にした。そこへ一夜、五節舞姫の介添でいた者のうち、東側の女房が左京よ、ともうひとりの目撃者として源少将が、私も知っている、と同調する。それで「物のよすがありて聞きたる人々」も関心を示す。こうして噂の輪が広がって行く。『紫式部日記』は、関係する人々とこの悪戯に介在する女房たちと人々の名を明記する。「左京馬といふ人」についての噂に関与した者たちは、

宰相の中将
源少将
伝え聞きたる人々
君達
大輔のおもと

などである。『紫式部日記』にこのようにいわゆる「固有名詞」が細かく必要であるのは、想定される読者が同じ女房集団の内部には必ずしも属さないことを示している。ともかく目撃から噂がどのような波紋を広げて行くかが、臨場感をもって記されている。女房たちは、左京馬に対して自分たちが、当人であることを知っているぞと伝えてやりたい、しかし自分たちが誰かを明かしたくない。立て文にしたことも、身分の格差を表すことで発信者を隠す狙いがあるかもしれない。左京馬の「しのぶと思ふらむをあらはさむ」が悪戯の意図である。

日蔭を丸めること、櫛の反りざま、黒方の扱いなど、意味は定かでないけれども(7)、極端になすところに悪戯の急速に増長してゆくさまがみごとに記されている。『紫式部集』に比べてみるときに、「左京馬」に贈られた扇も、差し隠せといわんがためにというわけではなく、「蓬莱つくりたる」ものであることが『紫式部日記』では強調されている。むしろ『紫式部日記』の意図は「左京馬といふ人」の老いぼれ加減を、不老不死になぞらえて

揶揄することに主眼があるのではなかろうか。

『紫式部日記』においても、「多かりし」の歌は、話題にのぼった女房に対する「人々」の気持ちを代表して詠じられている。歌の意図は紫式部その人の悪意か同情か、という点にのみ求めうるものではない。表現も紫式部自身にその責任を求めうるとはいえない。「大輔のおもとして書きつけさす」とあるだけで、「大輔のおもと」に書き付けさせた者が、「紫式部」に特定されるとまでは言い切ることができない。ここに宮仕えにおけるひとつの歌の場の問題がある。個人としての私の署名を必要としていない。また、できない。その点で、『後拾遺和歌集』雑五、一一二三番歌に対する解釈は注目に値する。それは次のようである。

中納言実成宰相にて、五節奉りけるに、妹の弘徽殿の女御の御許に侍りける人、かしづきに出たりけるを、中宮の御方の人々、ほのかに聞きてみならしけむ百敷をかしづきにて、みるらむ程もあはれと思ふらむといひて、箱の蓋にしろがねのあふぎに蓬莱の山つくりなどして、さしぐしに日影のかづらを結びつけて、たきものをたてぶみにこめて、かの女御の御方に侍りける人のもとよりとおぼしくて、左京のきみの許にといはせて、果の日さしおかせける。

多かりし豊の宮人さし分けてしるき日影を哀とぞみし(8)　（読人しらず）

弘徽殿付きの女房が五節のかしづきに零落していたことを「中宮の御方の人々」が耳にし、慣らした内裏を介添となり果てて見ることに感慨もひとしおであろう、冷やかしてやろう、というのが消息の意図である。内容では、『紫式部日記』に近い詞書であるが、この歌は「読人しらず」とされていて、誰のものか特定されていない。「多かりし」の歌をめぐる記事は、『紫式部日記』では五節御覧の日の記事のひとつとして記されている。「なれすぎたる火取をぞいかにぞや人のいひし」とか、「下仕のなかにいとかほすぐれたる」者が、男を挑発するようなしぐさをすることに「あまり女にはあらぬかと」感じたとある。そのとき、反転して自己に向けられる反省は、出仕前と後とを比べて感じる、あきれるほどの懸隔である。「目に見す見すあさましきものは人の心」であるとし、「ただ馴れになれすぎ」、そのことに開き直ることは簡単であるとしつつ、自己の反省を記した後に、この記事は置かれている。そうした自己に照らして「左京馬といふ人」の心の内を明かしてやろうというのは、確かに悪意と呼びうるものを含んではいよう。とはいえ、秩序と儀式の中で、女房という存在の役割をもって律しようとする姿勢は貫かれている。女房の立居振舞のすべては、極めて厳しいまなざしのもとに監視されていることがわかる。逸脱する者を許容しないとする視線は刺している。

『紫式部集』で「しるきこと」として記されていないことが、『紫式部日記』では昔見知っている女房が、今はわずかな詞書で出来事の一切が了解されるような、小集団の圏内に置かれている、ということの証左である。どちら五節の「かいつくろひ」となっているということの露見したこととして明記されている。『紫式部集』が、わずが事実であるかないか、抽象的か具体的か、ということはここでは問われるべきことでない。『紫式部日記』では「むかし心にくだとて見ならしけむ内わたりを、かかるさまにてやは出でたつべき、しのぶと思ふらむを、あらはさむの心にて」とあるように、「左京馬といふ人」を契機として、自己の若き日の内裏への憧れと、さだ過ぎて出仕した現実との落差への自覚を見て取ることはできる。『紫式部日記』には人の名が多く記されることで、集団の中にいる私の位置や立場が示されることになっている。誰が噂の元であるか、同調者であるか、悪戯の提案者であるか、歌を詠じた人であるのか、書き付けた人であるのか、持って行った人であるのか、という関係が重要とされていよう。その上でなお、人々の悪戯の意図は誰に属するものかを特定することはできない。その中に、私の悪戯は混ぜられ潜められている。中宮はこうした女房の間の確執を知るところではない。私が、というよりも女房たちが中宮に「わたくしのこと」といった範囲内のことである。同じあげるなら沢山あげなさい、というのはいかにも中宮の姫君らしいおおらかな優しさを表している。そしてそのことを、『紫式部日記』に書き記すことはやがて後になって、中宮にこのような事情のあったことを知らせることにもなろう。『紫式部集』では「人々いひいでて、日かげやる」と他人のしわざでもあるかのように記されている。その歌は、私の歌であるかないかというよりも、人々の気持ちであるとともに、私の気持ちてある、という共有感が前に出ている。そして、『紫式部集』は詞書で示した「右京」の「しるき」さまを「日蔭」といかに関係付け、歌の言葉として組み込んだか、というところに歌の表現の価値を求めようとしている、ということができる。

『栄華物語』では、次のようである。

かの弘徽殿の女御の御方の女房なん、かしづきにてあるといふ事をほのぎきて、「あはれ、昔ならしけん百敷を、もの、そばに居隠れて見るらん程もあはれに。いざ、いと知らぬ顔なるはわろし、言一つ言ひやらん」など定めて、「今宵かひつくろひいづかたなりしぞ」「それ」など、宰相中将宣ふ。源少将も同じごと語り給。「猶清げなりかし」などあれば、御前に扇多く候中に、蓬萊作りたるを、筥の蓋にひろげて、日かげをめぐりてまろめ置きて、その中に螺鈿したる櫛どもを入れて、白き物などさべいさまに入りなして、公ざまに顔知らぬ人して、「中納言君の御局より、左京の君の御前に」といはせてさし置かせつれば、「かれ取り入れよ」などいふは、かの我女房殿より賜へるなりとお（も）ふなりけり。又さ思はせんとたばかりたる事なれば、案にはかられにけり。薫物を立文にして書きたり。

多かりし豊の宮人さし分けてしるき日蔭をあはれとぞ見し

いみじう恥ぢけり。宰相もたゞなるよりは、心苦しうおぼしけり。(9)

「かの弘徽殿の女御の御方の女房」が、五節の「かしづきにてある」ことを聞き、「あはれに」などと噂し合ったという。女房の話では「猶清げなりかし」などと言っており、昔日と比べて落ちぶれたことを突くというような悪意は強くは見られない。だから、歌の「あはれとぞ見し」も皮肉ではなく、同情的な傾斜をもつことになろう。

二　異伝の中の歌

卯月にやへさける桜の花をうちわたりにてみ
こゝのへににほふをみれはさくらかりかさねてきたる春のさかりか
（陽明文庫本九八番歌、校本一〇四番歌）

『紫式部集』の詞書で「卯月にやへさける」「うちわたり」という詞書の語句は、もちろん歌の表現と無関係に置かれているのではない。歌の解釈の手掛かりとなる言葉として示されている。『紫式部集』の詞書に即するかぎり、この歌は一見、内裏において、例えば庭に植えられた桜や折られた桜の枝に、たまたま接したときのこととして感慨を記すと見えなくもない。しかるに、それならば詞書の語順が、例えば、

卯月に・内わたりにて・やへさける桜の花を・み、

ともなるべきものである。ゆえに「卯月に・やへさける桜の花を・うちわたりにて・み」とは、「桜の花」がわざわざ「内わたり」まで持ち来たらされたものであることを予想させる。「桜狩り」は、歌の詠じられる機会としての儀礼、儀式をさしての表現であろう。『紫式部集の研究　校異篇・伝本研究篇』によると、紅梅文庫本では、三句「遅桜」、さらに幾つかの伝本にも「桜狩り」に傍書「遅桜」とあることがわかる(10)。これらは、儀礼・儀式よりは、時節はずれの珍しさを重視した、ひとつの合理的な表現として詞書と対応している。また、紅梅文庫本では、末句「春かとぞ思」とあり、陽明文庫本に比べて、歌における同音の反復を持たず、平板な表現になっている。それ以上、われわれはこの詞書から歌の説明を読み取ることはできない。考えてみれば、一介の女房がとりたてて何事もなく何ということもない歌を詠じ、それればかりかその歌を家集に選び記しておくということはありえないはずである。特別の機会があるからこそ、歌が残ると考えるべき場合である。この『紫式部集』の詞書では、人間関係のみが関心の的になっているのではない。あくまでも歌そのものが記録されるべきであるとされ

ている、とみるべきである。そのとき、どういう目的でこの歌は詠じられているのかが問われよう。

こゝのへに　にほふをみれは　さくらかり　かさねてきたる　春のさかりか

ここにも同音の反復が見られる。特に「桜狩り」と「春の盛り」は、音の反復においても示されるように、歌の意味における骨格をなしていることを現している。懸詞は、

ここの辺に

九重に（幾重にも）　重ねて着たる

九重に（宮中に）　重ねて来たる

というふうに、意味の系を形成している。彫琢された歌である。どこに春が来るのか。ここ、内裏に春が一年に二度も訪れる。桜を誰が着るのか。中宮である。そのことを、中宮の立場で表現しているのが、この歌である。内わたりで、春の盛りを中宮の立場から詠ずれば、それは内裏宮廷の繁栄をみずから讃えることになるのである。

この歌には、歌に対する異った説明が、幾つかの文献に見られる。次のように『伊勢大輔集』の伝本においてすら、相互に異同を見せている。宮内庁書陵部甲本では、

院の中宮と申て、うちにをはしまし丶とき、ならよりふこうそうつといふ人の、やえさくらをまいらせたりしに、これはとしことにさふらふ人〳〵た丶にはすこさぬを、ことしはかへり事せよとおほせことありしかは、

いにしへのならのみやこの八重桜けふ九重ににほひぬる哉

院の御かへし

こ丶のへににほふをみれはさくらかりかさねてきたる春かとそみる(11)

一方、彰考館本では、

女院の中宮と申ける時、内おはしまいしに、ならから僧都のやへさくらをまいらせたるに、こ年のとりいれ人はいまゝゐりそとて、紫式部のゆつりしに、入道殿きかせたまひて、たゝにはとりいれぬものを、とおほせられしかは、

いにしへのならのみやこのやへ桜けふ九重にゝほひぬる哉

との、御まへ、殿上にとりいたさせたまひて、かむたちめ君達ひきつれて、よろこひにおはしたりしに

院の御返

こゝのへにゝほふをみれは桜かりかさねてきたるはるかとそ思ふ(12)

というふうに、著しく異なっている。今、『伊勢大輔集』の伝本の成立や書写伝来の関係を論ずることが目的ではない。後者は、「殿」が場面の中心にいるということこそ、「中宮」と伊勢大輔との関係をのみいう前者に比べて明確である。後者では、「殿」が「中宮」の御前に、桜と歌を話題として取り上げている。そして「殿」は「紫式部」と伊勢大輔との関係に関与している。「殿」に引き連れられて「上達部」は、中宮に慶賀の詞を申し上げる。強調されることは、中宮の御前を盛り立てる演出的役割を「殿」が果たしていることである。いずれの伝本にしても、伊勢大輔の立場から「九重に」の歌が「中宮」の歌として記憶されている。「古の」の歌に対する返しとして位置付けるとき、「九重に」の歌の詠出に紫式部の介在があるとしても、そのことは『伊勢大輔集』では記すべき必要がない。あくまでも伊勢大輔にとって「九重に」の歌は中宮の歌であるとすることが意味を持っている。竹内美千代氏は、「九重に」の歌について「『紫式部集』には彼女が詠んだ詞書があるし、『続千載集』にも彼女を作者としているから、中宮のために紫式部が代作をしているわけである」といわれる(13)。そのような事実的経緯を予想することもできよう。それにしても、「代作」というだけでは足りない。一介の女房と中宮との関係をどのように見ればよいのか。古へと今の時の対応、奈良の都と「ここ」、九重との対比、八重桜と九重という

数の対比など、伊勢大輔の「古の」の歌は、確かに整えられた表現をもっている。

いにしへの　ならのみやこの　やへさくら　けふこゝのへに　にゝほひぬるかな

と同音の反復が見られる。みごとというほかはないが、それゆえに劣らぬ中宮の歌が求められる。「九重に」の歌は、春がここと、内裏に一年に二度も訪れる。桜を中宮が着る。そのことをこの歌は中宮の立場で表現している。内わたりで、春の盛りを中宮の立場から詠ずることによって、内裏宮廷の新鋭をみずから讃える歌が必要となる。中宮の位格 persona への同一化こそ女房に求められるべきことである。

したがって、『伊勢大輔集』ならずとも「九重に」の歌はあくまでも中宮の歌であり、「紫式部」の歌であることを公的に主張することは許されない。わずかに私家集においてこそ、可能なことである。そのことは『紫式部集』の予想する読者圏のありかたにも関係していると想像される。『伊勢大輔集』において、紫式部が譲ったということを記す場合も、詠歌の機会を「紫式部」に譲られたとすることによって、伊勢大輔の歌才を讃美することこそが求められる。宮内庁乙本『伊勢大輔集』は、

女院中宮と申ゝ時、やへなるさくらをまいらせたるに、歌よめと入道殿おほせられしかは、

いにしへのならのみやこのやへさくらけふこゝのへにゝほひぬる哉(14)

とする。これでは「九重に」の歌すら記されていない。「入道殿」の命が直接的に「古の」歌と対応している。「甲、乙本系の詞書から推して、大輔集は恐らく自撰になるものであらう(15)」とされている。私家集の享受の形態と絡んで、このような伝本間の異同は、原文と異文、広本と略本との関係というよりも、表現の繁簡のみならず、表現における力点の置き方の異なりが注意される。この『伊勢大輔集』にしてからが、おそらくごく少数の、それぞれ異なった人間関係の中に置かれるべく編集され、伝えられたであろうことを予想させる。

ちなみに、他の歌集の例を見ておくことにする。『続後拾遺和歌集』夏、一五七番歌、

一条院位におはしましける時、内裏にて卯月の比、桜咲きて侍りけるを見て詠める

九重に匂ふをみれば遅ざくら重ねてきたる春かとぞ思ふ　紫式部(16)

ここには中宮も、殿も出てこない。伊勢大輔も出てこない。歌を個人の署名のもとに据え直そうとする中世の文学観によってもたらされた表現である。詞書に「一条院、位におはしましける時」ということを明記しているのは、時節外れの桜をもって詠ずることが時の天皇の代を讃美することになる、と『続後拾遺和歌集』が解釈しているからである。この詞書に勅撰集の歴史観の現われをいうこともできる。

まとめにかえて——代作としての歌——

うつきの祭の日までちりのこりたるつかひの少将のかさしにたまはすとて、葉にかく、

神世にはありもやしけむ山桜けふのかさしにおれるためしは　（陽明文庫本九九番歌、校本一〇五番歌）

「たまはすとて」とあることから、中宮より少将に挿頭が下賜される。そのことについて、歌が必要になった、とする。賜わす挿頭に要せられたこの歌は、中宮の歌であるのだが、「葉にかく」とあって敬語がないから、『紫式部集』における私の歌として記され、「神世には」の歌は、中宮付きの女房との微妙な関係が表現されている。この差異は、伝本の置かれた歴史的な文化圏のありように関係している。詞書の示すところ、この歌も中宮に代わって詠んだとと表現されていることは、確かに間違いない。代作と言うことについて、あえて付け加えることがあるとすれば、中宮の位格 persona において歌を詠じたということである。もちろん中宮と女房とは対等の立場ではありえない。その歌を紫式部の名において署名することはできない。役割的存在としての女房であることを貫徹する以外には、宮廷における私の存在理由はありえない。前の「九重の」の歌と合わせて考えてみるに、

女房たる私は、中宮の役割を演じることを課せられているとしなければならない。

ちなみに、陽明文庫本の詞書は、何の花が散り残ったのか、歌を詠むまではわからない。先にも触れた九八番歌と連続して読むことを求めているであろう。陽明文庫本では、流布本の「桜の祭の日まで」と始まる詞書に比べて、より女房としての詠歌のありようが明らかになるに違いない。

さて、この歌を『新古今和歌集』は、次のように伝えている。

　四月祭の日まで、花散り残りて侍りける年、その花を使の少将の挿頭に賜ふ葉に

　書きつけ侍りける　　　　　　　　　　紫式部

神代にはありもやしけむ桜花今日のかざしに折れるためしは(17)

祭と一般的にいう場合は、賀茂祭を指すということは周知のとおりである。古来、挿頭は祭のものであるはずである。「『使』は、天皇の代作の使」である(18)。天皇の使に中宮が桜の挿頭を賜ることは、いささか重要な意味をもつ。すぐさま「皇室に対する賀の心をもって詠んでいる歌である(19)」と単純にはいえない。

『紫式部集』に戻して言えば、中宮が賀茂祭における天皇の代使に桜を挿頭に賜ることは、歴史上の新しい「例」を加えることになったはずである。「神代」にはなかった「例」を加えるところに、中宮の歴史への参与がある。伝統的な祭儀に新しい例を加えることに平安時代の光栄がある。また、その記録に意味がある。賀茂祭の挿頭に加えて、あるいは葵の挿頭に替えて桜の挿頭を贈ることは、中宮の存在の重さの表明であり、藤原氏のとりわけ道長一門の歴史を、神世にもないこととして記し留めることになる。その歌を私が詠じたことの記憶こそ、『紫式部集』の栄光である。『紫式部集』における宮仕え期の歌は、女房としての役割を完遂することの意味において記し留められるべき価値をもつ、としなければならない。

注

(1) 池田亀鑑・秋山虔校注『日本古典文学大系　紫式部日記』岩波書店、一九五八年、四八四頁。
(2) この問題については、本書第三章第二節を参照。
(3) 陽明文庫本は、久保田孝夫・廣田收・横井孝編『紫式部集大成』(笠間書院、二〇〇八年)に拠り、校本とは南波浩校訂『紫式部集』(岩波文庫、一九七三年)を指すものとする。
(4) 南波浩氏は、「侍従」の字体から「まこ」への誤写説をいう(『紫式部集全評釈』笠間書院、一九八三年、五二〇頁)が、私は表現そのものを尊重して、誤写説を留保し今は伝本どおりに考えることとする。
(5) 藤井高尚・清水宣昭『紫式部日記註釈』『紫式部日記古註釈大成』日本図書センター、一九七九年、二一八頁。
(6) (1)に同じ、頁。
(7) 足立稲直『国文註釈全書　紫式部日記解』に詳説がある(皇学書院、一九一四年、二二九〜三一頁)が、不明。
(8) 松下大三郎・渡邊久雄編『(旧)国歌大観』正編、角川書店、一九五一年、一一〇頁。
(9) 松村博司・山中裕校注『日本古典文学大系　栄華物語』上巻、「初花」巻、岩波書店、一九六四年、二七五〜六頁。
(10) 南波浩『紫式部集の研究　校異篇・伝本研究篇』笠間書院、一九七二年、九九頁。
(11) 『伊勢大輔集』宮内庁書陵部編『桂宮本叢書』第九巻、一九五四年、二一三頁。なお、「九重に」の歌に関して、伊勢大輔の歌には、さまざまな異伝がある。南波浩氏は伊勢大輔の「古の」の歌を含む文献を可能なかぎり列挙されて、各々の記事を組み合わせて「これらを綜合」することで、歴史的な事実として経過を復元されている(『紫式部集全評釈』五四七〜八頁)。しかしながらもともと各々の記事は、それぞれの文献の編集の意図と目的とによって異なった角度から表現されているために、同一平面上に並べることは不可能である、ということにまず立ち止まる必要がある。また岡一男氏が、詠歌の歴史的年月の確定に関心を寄せておられること(「紫式部考」『古典と作家』文林堂双魚房、一九四三年、二八七〜九一頁)とは別の問題である。伊勢大輔の歌才を讃美することを目的とする文献と、歌を紫式部のものとして記す文献とは、おのずから歌に対する解釈が異なるからである。歌の表現も一部、新たな解釈によって生じたと思しき異同も認められるが、あくまでも動かないものは、歌そのものであり、各々の文献において説明されていることは、歌に対する解釈に他ならない。

例えば、『秋風和歌集』においては、一四〇番歌、

だいりにて卯月のころ、やへさくらのさきたるをみて、よみ侍りける

むらさきしきふ

ここのへににほふをみればさくら花かさねてきたるはるのさかりか
（『新編国歌大観』第六巻、私撰集編Ⅱ、角川書店、一九八八年、九二頁）

とある。併せて校異も注記されている（同書、九四二～三頁）が、『紫式部集』の異同の範囲内である。真観、葉室光俊の私撰集として反御子左家の立場から撰じられたこととかかわるのであろうか。この歌を儀礼、儀式的な場における歌としてではなく、あくまで内裏における私的な感懐であると解釈しようとしているのではないかと考えられる。

また『古本説話集』（第九「伊勢大輔が歌の事」）は「紫式部」が「歌読み優の者」であったことを述べたあとで、その「紫式部」の譲った「伊勢大輔」がみごとに歌を詠じたことを記している（川口久雄校訂『古本説話集』岩波文庫、一九五五年、三七～八頁）。いわば「紫式部」以上の「伊勢大輔」の歌才を評価するという方法をとっている。

また、『袋草紙』では、紫式部との関係は問題になってない。「件花枝ヲ大輔許ヘサシツカハシテ」とあって、関心は伊勢大輔に直接向けられている。歌そのものの価値評価よりも、その満場の期待をみごとに受けて歌を詠出したことを『袋草紙』は評価している。「トバカリアリテ、硯ヒキヨセテ、墨ヲトリテシヅカニヲシリテ」という表現は、歌が詠じられるに至る緊張感を示している（小沢正夫他『袋草紙注釈』上巻、雑談、塙書房、一九七四年、三七九頁）。

また、『詞花集』（春、二七番歌）の詞書では、「その花を題にて歌よめ」という言葉は、天皇の勅命であることになる（『国歌大観』）。また、『十訓抄』は、「後徳大寺の左大臣の大臣」が「小侍従」のもとから朝帰る時、「供なりける蔵人」に自分の代わりに「小侍従」に挨拶してくるように命じる。その「蔵人」が機転を利かせて歌を詠ずる。その歌に関する才知を讃美するときに、この有名な伊勢大輔の説話が引かれている（永積安明校訂『十訓抄』第一ノ一八、岩波文庫、一九四二年、四四頁）。

以上のように、各々の文献は、それぞれの伝承のありかたに基く差異を示しているとみる必要がある。

(12)『伊勢大輔集』和歌史研究会編『私家集大成』第二巻、明治書院、一九七五年、二二三頁。
(13)竹内美千代『紫式部集評釈』桜楓社、一九六九年、一六五頁。
(14)宮内庁書陵部編『桂宮本叢書』第九巻、養徳社、一九五四年、二四八頁。
(15)「解題」(11)に同じ、二九頁。
(16)(8)に同じ、四六七頁。なお適宜、表現を整えた。
(17)(8)に同じ、雑歌上、一四八三番、二〇〇頁。
(18)窪田空穂『完本　新古今和歌集評釈』下巻、東京堂出版、一九六五年、三八頁。
(19)同書、三九頁。

第二章　『紫式部集』の表現

第一節　紫式部集の表現
——宣孝の死をめぐって——

はじめに

それまでの宣孝との婚姻関係が（おそらく）わずか二年余で突然もぎ取られるように閉じられた。そのことが、宣孝をおそらく突然の（おそらく）疫病によって失って以後の紫式部の内面に、深い陰翳を落すことになったということは、諸見によってさまざまに論じられてきた。[1]『源氏物語』が（もしくはその元となるべき習作の物語が）切実な彼女の内面を背負って、創作の企てられる端緒なり契機なりは、寡居時代・出仕以前のこの時期に求められるのかどうかということも、改めて問題となるであろうが、例えば桐壺巻の沈痛な嘆き深い色調には、夫を亡くした後の作者の影を認めてよいと思われる。[2]というとき、死者を悼む物語が、帝と更衣母、命婦と更衣母というふうに、まさに公と私との歌の贈答において形象化されていることは、心に受けた傷を対象化する方法として重要ではないだろうか。

『紫式部集』の研究が進むにつれて、勝気でわがままを言うことが許されていた少女時代の紫式部像が明らかにされたことは興味深い。(3) とするならば、出仕後の紫式部の内面の暗澹さから考えると、紫式部が宣孝の死をどう受け止めたかということは非常に重大な問題となる。寡居時代、出仕前あるいはそれ以後にも、紫式部が歌を歌っていたことは当然であろうから、そうして夫の死別後、『紫式部日記』にも窺えるような彼女のうすら寒くほの暗い精神生活を堪え凌いで行く営為としての詠歌は、宣孝の死とどのようにかかわっているのだろうか。

一　「消えぬ間の身をも知る〳〵」の論理

『紫式部集』を読み進めてゆくと、夕暮れに宣孝（かと推測される人）と紫式部とが交わした歌（三八番「花といはば」）に続き、にわかに暗転して「西の海の人」とおぼしき女友達の死に対する悲しみの歌（三九番「いづかたの」）があり、続いてきわめて唐突に、宣孝がすでに亡き人となった後の沈鬱な歌が並んでいることに驚かざるをえない。四二番以降の歌には、贈答という人間関係上の外的要請に基くにもかかわらず、亡き夫を悼み悲しむ気持ちが滲んでいる。独詠かとおぼしき歌にも、その悲嘆が直截的に表現されることは稀である。

さて、清水好子氏は五三番歌、

世の中のさはかしき比朝かほを　同所にたてまつる（古）とて、
人のもとへやる・（定）
消えぬ間の身をも知る〳〵朝顔の露とあらそふ世を嘆くかな(4)

を対象として、紫式部の歌の特徴を論じ、次のような諸点を挙げておられる。原文のまま引用しておきたい。

1　式部は夫が死んで悲しいと一言も言わない。ただ「朝顔の露とあらそふ世を嘆くかな」と人間の生命一般のことにしてしまう。そして、それを生きて悲しむ自分もやがて死ぬかもしれないと言っているのである。実感だったのだろう。（『紫式部』九一頁）(5)

2　この歌は、彼女の出遭った死が、ただ離れがたい者を奪い去った、生身を割く痛みだけでなしに、もっと複雑な失意を残したことを語るものではなかろうか。（九二頁）

3　家集に残る紫式部の歌は、夫の死後娘時代や新婚当時の物怖じしない明るさを喪ってしまう。まるで人が変ったように、用心深く慎ましい歌が目につくから、宣孝を喪ったことは彼女に大きな打撃をあたえたにちがいない。だのに、式部には和泉式部のように心を全部歌にむけて解き放つことがなかった。あるいはそのような独詠は家集に記されなかった。（九三頁）

と。清水氏は、その例証として次のような『和泉式部続集』の独詠歌九首を挙げる。

つきせぬことを嘆くに

・かひなくてさすがに絶えぬ命かな／心を玉の緒にしよらねば　（九四九番）

なほ尼にやなりなましと思ひ立つにも

・捨てはてんと思ふさへこそ悲しけれ／君に馴れにし我が身と思へば　（九五三番）

・思ひきや／ありて忘れぬおのが身を君が形見になさむものとは　（九五四番）

・語らひし声ぞ悲しき／おもかげはありしそながら物もいはねば　（九五六番）

月日に添へて、行方も知らぬ心地のすれば

・死ぬばかり行きて尋ねん／ほのかにもそこにありてふことを聞かばや　（九五九番）

火桶にひとりゐて

・向ひゐて見るにも悲し／煙りにし人を桶火の灰によそへて　（九六二番）

つくづくとただほれてのみおぼゆれば

・はかなしとまさしく見つる夢の世をおどろかで寝る我は人かは　（九六三番）

・ひたすらに瞥れし人のいかなれば胸にとまれる心地のみする　（九六四番）

月日のはかなう過ぐるを思ふに

・すくすくと過ぐる月日の惜しきかな／君がありへし方ぞと思ふに　（九七三番）(6)

清水氏の評されるところは確かに首肯される。が、なぜそうなのか。さらにもう少し詳細に検討して行くならば、鬱屈した感情の解放のしかたは、紫式部と和泉式部とが歌うということにおいて、どのように違うのか。歌をめぐる認識や表現においてどのような違いがあるのか、というふうに捉え直すことはできないか。

そこで、清水氏の挙げられた事例を改めて読み直して見ると、和泉式部の歌の場合、傍線部分のように、直線的な抒情が上句に投げ出され、下句との関係は倒置法になっていることがわかる。それに、この倒置法はすべて順接であって、下句は条件節の役割を果たしていることがわかる。

こうした表現の傾向は、『紫式部集』五三番と同じ素材、疫病と「死」と「露」あるいは「朝顔」という素材を用いて、亡き人を追慕して歌っている歌を、『和泉式部集』から抽出、分析してみても変わることがない。

なくなりにたる人の持たりける物の中にあさかほを、りからしてありけるをみて

・朝がほを折りてみむとやおもひけん／露よりさきにきえにける身を　（一〇九六番）

世の中はかなき事なといひて槿花のあるをみて

・はかなきは我か身なりけり／あさがほのあしたの露もおきてみてまし　（一二九六番）

よのなかさはかしうなりて人のかたはしよりなくなるころ人に

・しらじかし／花のはことにおく露のいつれともなきなかにきえなば　（一三六三番）

和泉式部の歌において抒情は、やはり上句に投げ出されている。これらの例では、「はかなき」「身」の比喩としてのイメージが、「露」として出されているが、これはすでに『古今和歌集』以来の伝統的発想である。和泉式部の歌は、「露」を介して「世の中」とわが「身」のはかなさが関係付けられているが、紫式部においては「露」は「露と争ふ世」と発想されている。和泉式部の「置く露」よりも、動的に捉えられているところが注目される。

しかし、相違はそのことだけにとどまらない。愛すべき人を（おそらく）疫病の蔓延によって突然に奪われた和泉式部の危機的な存在感覚は、右の例にとどまらず数多いのだが、紫式部の表現は和泉式部の歌の表現よりも屈折している。和泉式部が全体重を掛けて「はかなきは我が身なりけり」と、自己の存在への不安を嘆くのに対して、紫式部は、悲しみなどはもはや自明の事柄であるかのように、

　消えぬ間の身をも知る〳〵

と上句に纏めて相対化してしまう。失意や悲哀の中にありつつ、これを超えた次元に彼女のこだわりが示されているのである。

ところで、すでに竹内美千代氏は、宣孝死後間もないころの紫式部の歌に、心の中の対立や矛盾なりが表現上に現われていることを次のように指摘されている。すなわち五二番歌「をりからを」～五六番歌「心だに」について、

　縁語や掛詞が少い。独詠歌にはそういう修辞は少い傾向があり、贈答歌や儀礼の歌等には修辞が多いのと対跡的である。この五首は、心があれこれと思い乱れるのを、肯定と否定を用い、逆接の接続助詞を配して、心の屈折を効果的に表現していると思う。

と述べ、それぞれ、

薄きを見　―つつ　―薄きとも見ず

消えぬまの身をも　―知る知る―露とあらそふ
世を憂しと厭ふ　―ものから―ゆく末を祈る
心に身をばまかせね―ど　―身に従ふ心
思ひ知れ　―ども　―思ひ知られず

と事例を示しておられる。(7)　つまり、心の中の対立が歌の上句と下句との対立として表現されてくるというわけである。

この五三番の朝顔の歌の表現の悶えは、和泉式部とは対照的なこの逆接の語法にかかっている。紫式部の歌においては、無常に対する、体験から引き出してきた理性的で観念的な認識と、いやというほど知っているはずなのに割り切れないという感性的な認識との対立によって分裂してゆく自己の内面を、一首の中に織り込もうとする志向が働いている。だから彼女の歌は、心情の直截的な表明ということが少なく、対立や分裂を統一しようとする論理が強く感じられる。

二　死――喪失と季節――

紫式部の歌は、死と死によって引き起こされる悲しみに関する表現において、どのような特徴があるだろうか。表現を対照する上で注目できるのは紀貫之の哀傷歌である。(8)『貫之集』から任意に挙げてみると、

紀友則うせたるときによめる
・明日知らぬわが身とおもへど暮れぬ間の今日は人こそ悲しかりけれ　（七四四番）

あるじうせたる家に桜の花を見てよめる
・色も香もむかしの濃さに匂へども植ゑけむ人の影ぞ悲しき　（七四六番）

世の中のはかなきことを見て
・憂けれども生けるはさてもあるものを死ぬるのみこそ悲しかりけれ　（七五一番）
・昨日まであひ見し人の今日なきは山の雲とぞたなびきにける　（七五二番）

などを認める。このように貫之の歌において、死は季節の巡りの中に捉えられている。自然が昔と今と常住であることに対して、人の生命の儚さが捉えられるのであり、昨日（と今日）、昔と今日、今（と昔）という形において「対立」は、時の問題として捉えられている。その点から、貫之の日記の方法を論じることもできようが、今注意したいのは、めぐり来る春、親しい者を喪った者に変らず春がめぐり来るときに、主なき宿にも桜の花が散るというのではなく、まさに絢爛と咲くことと重ねて悲しみと恋しさを歌うとする点である。特にこの例では、哀傷は秋という季節と結合してくる。なかでも『古今和歌集』に発する伝統的な感覚からは新しく異質なものに見える。

しかし、それはひとり貫之に限られるものではない。『和泉式部日記』の冒頭は次のように記されている。

夢よりもはかなき世のなかをなげきわびつゝ、明かし暮すほどに、四月十余日にもなりぬれば、木のした暗がりもてゆく。築地のうへの草あをやかなるも、人はことに目もとゞめぬを、あはれとながむるほどに、[9]

弾正宮を喪った私のもとに、また「四月十余日」が訪れる。それは「やがてその一周忌がこようとしている。式部の胸中には、いろいろな思い出が去来したことであろう」[10]ということだけでは足りない。去年の六月十三日。そのころはまだ暑い夏の盛りであった。そして今年、春が行き「木のした暗がりもてゆく」「四月十余日」になったということは、まさしくあの思い出すにしのびない「夏」が再びめぐり来た、という感覚なのだ。[11]四月というだけでは足りない。夏が春と別れを告げて夏を感じさせ始める「十余日」ごろでなければならない。ここに見られる「あはれとながむる」想念には、厳然として循環し到来する季節としての夏への臨場感が下敷きになっている。諸注は、和泉式部の繁る青葉や草への注目の著しいことを教えているが、[12] さらに言えば、他人は気にとめぬ「あをやかなる」「草」、木の下のほの暗い昼の陽光のもと、土の熱気とともに、むっとする草いきれさえ彼女を包もうとする。それはまさしく和泉式部の朧ろな光線の下で体液と精液とに塗（まみ）れた交歓にかかわる嗅覚の記憶である。橘の花の香にふと「昔の人の袖の香」を覚醒する彼女が次に続くことも意味深い。彼女の「ながめ」は、明るい光線の中で、樹影の暗がりの中へ視線を移しながら、果てしなく昔日の記憶の中へ溶け込んで行こうとするのだ。和泉式部にとって「夏」は、愛するものの肉体を喪失した季節である。『和泉式部日記』が自筆か他筆かを問わず、そうした手ごたえある季節への感覚を、その冒頭の構造にはっきりと示している。

一方、『紫式部日記』の冒頭が、秋という季節において切り出されるにはどんな理由があるのか。確かに、彰子中宮の皇子誕生という歴史的な慶事を壽ぐとともに、主家を讃美することを主題とするとはいえ、その書き出しは、一方では、作者の暗澹たる色調をもつ心象風景にふさわしい季節こそ「秋」である。知られているように、『源氏物語』の作中人物の死に行く季節が概して秋であり、秋でなければならないとする、同様の季節感に支えられている。そのことからすれば藤壺と柏木の他界が春とされるには、逆に理由があるとさえ考えられる。いわば実りの秋というよりも、哀傷の秋へと傾斜した『古今和歌集』の季節感の強い影響下に立っている。このように死と死に対する悲しみの表現には、自然とりわけ季節が必然的なものとして選び取られていると考えられる。[13]

このように考えてくると、『紫式部集』における歌の配列が秋から冬の季節において始まることは、偶然ではない。すなわち、『紫式部集』は勅撰集の春夏秋冬賀離別以下へと続く部立の編纂意識から自由であり、その特異な編纂には紫式部みずからの意図が托されていると理解してよいだろう。しかも『紫式部集』の冒頭歌は、初冬における離別歌であることに特徴がある。

そこで今、以下任意に採り上げた、平安時代におけるおよそ七〇例の私家集・諸家集[14]を瞥見すると、『紫式部集』

の冒頭歌の特異さは歴然としている。『古今和歌集』の部立を基準として、季節に限定して冒頭歌の属すべき部立を検討すると、次のようである。春の部立をもつ（もしくは四季の部立の意識の強い）ものを◎、冒頭歌が春であるものを○、それから、冒頭歌が春でないものを×で区別すると次のようになる。

1　柿本集　×（羇旅歌）以下、歌仙家集。
2　躬恒集　○
3　素性集　○
4　猿丸太夫集　×（雑歌）
5　家持集　◎
6　業平集　○　在中将集・神宮文庫本「おほはらや」（賀歌）、書陵部本「ちはやふる」（秋部）
7　兼輔集　○
8　敦忠集　×（恋歌）
9　公忠集　◎
10　斎宮集　×（雑歌）　書陵部本「おもへども」（恋部）。
11　敏行集　○
12　宗行集　×（恋歌）
13　清正集　×（離別歌）
14　興風集　○
15　是則集　◎
16　小大夫集　○

17	能宣集	◎	
18	兼盛集	◎	
19	貫之集	○	（賀歌）
20	伊勢集	×	（雑歌）　西本願寺本・島田良二本も「人すまず」（雑歌）
21	赤人集	○	
22	遍昭集	◎	
23	源順集	○	
24	元輔集	×	（秋歌）
25	高光集	×	（冬歌）
26	友則集	○	
27	小町集	○	
28	忠岑集	×	（賀歌）
29	頼基集	○	
30	重之集	×	（離別歌）
31	信明集	×	（哀傷歌）
32	元真集	◎	
33	仲文集	×	（哀傷歌）
34	忠見集	◎	
35	中務集	◎	

36　千里集　◎　以下、諸家集。
37　元良親王集　×（恋歌）
38　実頼集　×（賀歌）
39　高明集　×（恋歌）
40　師氏集　◎
41　道長集　○
42　本院侍従集　×（恋歌）「色に出でて」書陵部本。
43　清少納言集　○　書陵部本「わすらるゝ」（雑歌）
44　伊勢大輔集　○　彰考館本「葦もゆる」。書陵部本甲本「人はみな」（春部）、書陵部本乙本は「わがために」（春部）。
45　曽丹集　◎
46　実方集　×（雑歌）
47　公任集　○
48　祭主輔親集　×（雑歌）
49　長能集　×（離別歌）
50　馬内侍集　○
51　恵慶法師集　◎
52　安法法師集　○
53　小馬命婦集　×（雑歌）

54 為頼集 ×（雑歌）
55 朝光集 ×（雑歌）
56 義孝集 ×（恋歌）
57 定頼集 ○
58 大弐三位集 ◎
59 弁乳母集 ×（雑歌）
60 出羽弁集 ○
61 道綱母集 ×（冬歌）以下、桂宮本。「年のうちの」書陵部本。
62 御形宣旨集 ×（冬歌）「まさられん」書陵部本。
63 賀茂女集 ◎
64 重之女集 ◎（離別歌）「松が枝」。「けふきけば」書陵部本（春部）
66 大斎院御集 ○
67 赤染衛門集 ×（賀歌）「むらさきの」。榊原本「秋の野の花」（秋部）
68 相模集 ×（秋歌）「ながめつつ」書陵部本。浅野家本「極楽に」（雑部）
69 思女集 ×「つらからむ」

右は粗雑な一覧にすぎないが、これを概観して気付くことは、多数の事例が四季の部立に拠りつつ春部を冒頭に据えることである。あるいは春歌を冒頭に据えることである。このような傾向は、多くの私家集が勅撰集『古今和歌集』の規範のもとに制作されていることを示している。[15]逆に言えば、冒頭歌が春にとらわれていない場合でも、『紫式部集』のように、秋（もしくは冬）のしかも離別に際して詠まれた歌を冒頭にするという事例は、極めて珍しいといわなければならない。

『紫式部集』の独自性を考える上で、右の中で特異な事例は、

（1）羇旅歌をもって冒頭とする事例　柿本集。
（2）離別歌をもって冒頭とする事例　清正集、重之集、長能集など。
（3）哀傷歌をもって冒頭とする事例　信明集、仲文集など。

であろう。そこで特に、この中から家集の冒頭に離別歌を置く事例を見ておきたい。それは次のようなものである。

・『重之集』冒頭歌

三位の大弐は故小野宮大殿の御子なり、童より殿上などし給へりけり、宰相を返し奉られて大弐になられてくだり給へるを、道風はなちてはいとかしこき手書きにおぼして、手本などは筑紫にぞ書きに遣はしける、書くべき歌ども詠みてえむとのたまへば、新らしきも昔のも書き集めて奉る、この歌の人も、世の中の心にかなはぬを憂きものにおもひて、下れるにやあらむ、大弐のかくておきたまへるよしなどもあるべし。所々をかしきなどもあり

松が枝に往きて年ふるしらつるも恋しきものは雲居なりけり(16)

・『清正集』冒頭歌

ある所にて、みちの国の守のせられけるに

かりそめの別れと思へど武隈の松にほど経むことぞわびしき(17)

・『長能集』冒頭歌

昔、こかみの河内国さり侍りし時、祈り申すことや侍りけむ、丹波守にて、かの国の神々に返りまうし侍りしに、物奉れる人の侍りしにかはらけとりて

祈りおきし神の心もいちしるく昔の人のあへる今日かな(18)

まず『重之集』の冒頭歌は、詞書には三位大弐が下向した折に抱いた悲しみを詠じたものであるという。この歌「松が枝に」以下、一二首の離別歌群がある。これは「所々をかしきなどもあめり」とあるから、大弐の筑紫下向に寄せて詠じたものの中から選び出されたものと推測される。ただ、以下の一二首はいずれも、特定の季節を背負うものではない。『紫式部集』の冒頭歌が、秋もしくは冬における離別、離別が秋もしくは冬のことであることにおいて悲しみのいや増さる歌となっていることとは隔たりがある。

次に『清正集』の冒頭歌は、離別の宴の詠とおぼしき事例である。歌「かりそめの」は、離別歌の表現形式を備えている。ただこれもまた、特定の季節を背負うものではない。

さらに『長能集』の冒頭歌は、故守倫寧（長能父）が河内国を去るにあたって、丹波守となって前の国の神々に帰国の報告をした折、祝いをくれた人に盃を取って詠じたものである、というわけであるから、簡略ではあるが酒宴の場での詠歌とおぼしい。増田繁夫氏は「長能集では贈答関係を除くと長能以外の人の歌はないので」、「父倫寧に従った長能が、宴席で代理で詠んだものと思われる(19)」（傍点は引用者による）という。離別に際して祈念した願いを神々が聞き届けたくれたことへの感謝を詠じたものである。これもまた、特定の季節を背負うものではない。

いずれにしても、これらは、緩やかに見れば、離別の場における離別歌の範疇に属するものであり、いずれもが家集の冒頭に、それぞれ離別歌を置くのではあるが、歌「めぐりあひて」のように、家集全体を象徴するような役割は与えられていないのである。

すでに南波浩氏は『紫式部集』について、冒頭の二首には「人事の自然形象化、あるいは自然の人事化」ということを、彼女の詠法ないし着想のひとつとみる。彼女たちは、別れの場で悲しい―地方へ赴任しなければならぬ父たちと共に、青春を京からはなれて過ごさなければならない―境遇を嘆き合ったことであろう。それはまた「愛別離苦・会者定離の常理を超えた、受領階層の子女の典型的な生活感情の反映」でもあった[20]と考える。

しかし、若き日の紫式部の出会わざるをえなかった別離が、秋もしくは冬という季節と結び付けられ、「まがきの虫もとめがたき」と発想されるためには、このときすでに彼女は、自己を操る運命的なるものに深く向かい合っていたということになるであろう。そして虫もとどめることはできず、今秋の果てる日を精一杯に鳴いている、時の流れの背後にある宿世という非情なる運命に対する嘆きは、それが歌われた場の季節がいかなる日時であれ、行く秋であることにおいて最もふさわしい。

加えるに『紫式部集』においては、冒頭歌が贈答という形を持たされていないことにも注意したい。

ここで、冒頭歌に対応するものとして末尾歌はどのように捉えうるであろうか。例えば、三谷邦明氏は「加賀少納言」という「架空の人物」を配置することによって「対象化」「虚構の二重化」が見られるとされ、それが『源氏物語』の方法であることを論じる。[21] 私はこの末尾三首が編纂時に近い歌として置かれていることを重視したい。つまり、「人の世のあはれを知るぞかつはかなしき」から「けふのあはれはあすのわが身を」と二転三転して行く、受け答えの動態である。ここに「別離」は、来世に向う自己の問題として詠まれている。幼いころ母と死別したことは措くとしても、友と別れ西の海に彼女を失い、姉にそして夫にも死別したと歌の配列の中で示した彼女の家集の中の人生を考え合わせるなら、晩年になった編者が、人と別れることこそが実は生きて来ることであった、生きることが人と別れることであった自己の半生を回顧し、そのように巻首と末尾に、別離の歌を配置し、さらに強調したのではあるまいか。とはいえ、その最終的な編者は歌「人の世の」以下三首を末尾に配置した、実践女子大学本の編者というべきであろう。

清水氏の指摘するように『紫式部集』には「閨怨型の歌が少ない[22]」ことも、自らの半生を「別離」の生涯と観じた晩年ある時期の紫式部による選歌の結果である。宣孝の突然を思わせる死をめぐる歌の配列も、そのようにして理会することができる。現世でのさまざまな別れ、そして宣孝の死を境にして、自己が救われぬ存在であると捉える自己認識を想定することは可能であろう。

三 物語を動かす力と死の翳り

それでは『紫式部集』や『紫式部日記』だけでなく、『源氏物語』において宣孝の死と、死の認識をめぐる表現が季節とどうかかわり、物語はどのように展かれてゆくかを考えてみたい。

かつて物語における季節は、物語の舞台背景として論じられることが多かった。しかし秋山虔氏は、『古今和歌集』の四季歌を人間と自然との乖離の体験が言葉の世界を組成することによって自然を回復しようとする精神運動の一環として捉え、物語を内部から推進して行く力こそ、循環する年すなわち季節の巡りであるという。そして、「源氏物語の世界の主題的に深化していく過程に纏絡し、それを堰きとめ、堰きとめることがやがては推進することになる『もののあはれ』の美意識や情感を私は考えている[23]」と述べておられる。桐壺巻における亡き者を悼む場面が、秋という季節のすぐれて印象的なものであることは、従来からさまざまに論じられてきた。一方、三谷邦明氏は『源氏物語』が他の物語を引き離して特異であることについて、「ロマンからノヴェルへ」という飛躍が、なぜという疑問を孕んだ文体として成立しえたことによるという[24]。

それでは、桐壺巻におけるいわゆる三つの構成部分なり、三つの虚構軸なりが[25]、どのように統一されて行くのか、すなわち物語の進行は何によって支えられているか。そしてそのことが、季節の問題とどうかかわるかを考えてみたい。そのとき、池田勉氏の次のような発言は、物語の方法について根底的な問題を投げかけているように思われる。

桐壺巻で（略）その印象批評の拠ってくるところは、桐壺巻の前半部分すなわち若宮の生まれたのちの、更衣と帝との死別の悲しみ、さらに、更衣を喪った帝が傷心の中にも若宮を思って、ゆげひの命婦をつかわした、あの一連の哀愁にみちた心情の場面を物語る部分であろうか。(26)

物語はなぜそのような構成を必然とするのか。それは、物語に敷設された宮廷社会に、桐壺更衣を帝の逸脱した寵愛のもとに生かしてみたときに、ただちに破滅へ、死へと向わざるをえないことが自明となる。そうした第一の主題に対して、更衣の死を傷む第二の主題はあまりにも詩的である。いわばそうした論理展開の冷ややかさに対して、死者を追悼する抒情性という対照性を持たされている。それゆえに、野分以下の段はより際やかに抒情的な慰撫として理解される。光源氏の十数年間を一気に語る桐壺巻の第三の部分に比べてみれば、第二段は時のひと駒にすぎない。

野分たちてにはかに肌寒き夕暮の程、つねよりもおぼし出づること多くて、（桐壺、一巻三四頁）

と、独り寝る帝には、更衣を喪った夏とは違い、野分が去り立つ秋風の肌寒さ―触覚―ゆえに亡き人を思い「つねよりもおぼしいづること多く」なりゆく。この場面は、そうした帝がこらえかねて、里に命婦を遣わした「夕月夜のをかしき程」から「月は入りがたの」までの、一夜にさえも満たぬ静謐のわずかな時の間にすぎない。露しげき葎の宿に暮す更衣の母の私語を、そのむわずかな時のしめやかさの中に、できるかぎり押し広げ、更衣の母君が行く時の流れを堰き止め、その哀悼を充分なものにしようとする作者の意図は明らかである。(27)

先行研究の教えるところによれば、藤原沢子の悲話が、この桐壺更衣の物語の前史だとされている。例えば、『日本紀略』では、

己卯、女御従四位下藤原朝臣沢子卒、故紀守従五位下総継之女也、天皇納之誕三皇子一皇女〔宗康、時康、人康、新子也〕寵愛之隆、独冠後宮、俄病而困篤、載之小車、出自禁中、纔到里邸、便絶、天皇聞之哀悼、遣中使贈従三位、遣使監護喪事、

（仁明天皇、承和六年六月三〇日条）

とある。あるいは、次のような藤原怟子の記事がある。

辛酉、未剋、女御藤原怟子卒、大納言為光卿女也、懐孕之間、日来病悩、天下哀之、件喪家（略）廿二日乙丑、贈故女御怟子従四位上、

（一条天皇、寛和元年七月一八日条）(28)

もとより、これらの事実の経過だけを述べる記事からも、我々はさまざまの想像を掻き立てさせられる。実際に流布されていた伝承や、伝えられていた説話があったとすれば、それらは、もっとふくらみがあっただろうし、伝承者の立場によって内容も随分異なったものであったかもしれない。こうした記事から推測される更衣の物語が、共感をもって広がり求められる可能性は存在したであろう。

そうであるとしても、『源氏物語』が桐壺巻から開かれ始めるというときに、そうした更衣の物語を共感をもって受け止め、さらに物語の始発として整え据えて行く上で、このような記事には含まれていない和歌は重要な役割を果たしている。問題は、こうした単なる歴史書の記事を対比させるだけでも、桐壺更衣の物語がどのような立場や視点から捉え直され、何が語られようとするのか、ということである。

四　和歌の贈答という方法

桐壺巻において、皇太子をも引き越えかねない光る君の卓越さが、皇位継承争いの火種となることを恐れた帝は、源の姓を授けて光る君を臣籍に降下させた。このとき皇位への道を絶たれた光源氏は、あろうことか后藤壺を犯し奉ることによって、皇子を産ませるとともに、その皇子を帝位に即かせることで、わが運命に復讐を遂げ

る可能性を開くのである。そして左大臣の娘葵上を正妻として迎えるとともに、帝の特別な計らいによって改築された母更衣邸、二条院を私邸として与えられる。いわば、光源氏の物語の基本的な設定のすべてが、桐壺巻には揃っている[29]。

ところで、そのような壮大な構想の物語が、どのようにして展開させられるかといえば、物語の特性は筋 story にあるというよりも、場面というものにあることは、言うを俟たない[30]。例えば、桐壺巻は、極論すれば幾つかの場面によって構成されている。例えば、次のようである。

・帝から異例の待遇を受けた桐壺更衣は、他の后たちから嫉妬される条。
・御子誕生により桐壺更衣は、他の后たちからますます嫉妬される条。
◎重篤な病の桐壺更衣が里邸に下る折、帝の言葉に歌をもって応える場面[31]。
・愛宕における桐壺更衣葬儀の場面。
◎桐壺更衣を喪った帝が悲しみにくれる場面。
◎靫負命婦が桐壺更衣の里邸に更衣の母を弔問する場面。
◎帝が桐壺更衣を追慕する場面。
・高麗人の観相の場面。
・先帝四宮が入内し、光る君と並び称される条。
◎光源氏の元服と葵上との婚嫁の場面。
・桐壺更衣の里邸の改築と光源氏へ下賜される条。

特に◎印を付けたところは、場面に歌が置かれるというよりも、和歌をもって場面が構成されるところである。そして、場面と場面を繋ぐところに、筋storyとしての説明が必要となるといえる。極論すれば、物語は場面と、場面を繋ぐ説明とによって構成されているということができる。

例えば、靱負命婦が桐壺更衣の里邸に更衣の母を弔問する場面は、四首の和歌によって構成されている。すなわち、

1（帝）　宮城野の露吹きむすぶ風の音に小萩がもとを思ひこそやれ
2（命婦）鈴虫のこゑのかぎりを尽くしてもながき夜あかずふるなみだかな
3（母君）いとゞしく虫の音しげきあさぢふに露おきそふる雲のうへ人
4（母君）あらき風ふせぎしかげの枯れしより小萩がうへぞしづ心なき

の四首である。

命婦は勅使として更衣里邸に派遣される。したがって、1（帝）「宮城野の」の歌は、更衣母君に対する公式の弔問である。ところが帝の歌の内容は、亡き更衣を傷むものでもないし、母君を慰めるものでもない。小萩がもとすなわち光る君のことを心配している形をとっている。

これに公式に応えたものが、4（母君）「あらき風」である。荒々しい風を防いでいた蔭が枯れたために、光る君のもとは心もとない、といささかうらみがましい。後宮における荒々しい風を防いだ蔭がなくなったから、光る君のことが心配だということは、帝を信頼しないということになり、非礼な応え方といえるだろう。これを見た帝が、その恨みがましい内容について、おそらく母君も取り込んでいるであろうから「御覧じゆるすべし」と話者に批評させていることからも、返歌は本来、帝に対する返答として公式的な規範に拠るべきことであることを証明している。ともかく、帝の勅歌とこれに対する応歌とは対をなしている。

とすると、その間に挟まれた2（命婦）「鈴虫の」と、3（母君）「いとゞしく」とは、命婦が母君と対面した弔問において、贈答をなしていることがわかる。帝の消息を携えた公式の弔問に対して、母君は消息をもって正式に応えた。その経緯が、物語であるゆえに和歌の贈答として（焦点が当てられて語り）伝えられるわけである。

それでは、2の命婦と3の母君との和歌の贈答が私的なものであるかと言うと、必ずしもそうではない。命婦は女官であるが、ここでは勅使であり帝の名代である。つまり、この贈答を単純に私的なものということはできない。というよりは、公的な贈答は言わずもがなのことであるが、和歌の贈答そのものにも儀礼性が働いている。

命婦の歌は、いよいよ更衣里邸を立ち去ろうとするときの歌であり、これは典型的な詠歌の場である。いわゆる「立ち歌と引き止め歌[32]」とのやりとりの場である。命婦は、「たち離れにくき草のもと」に思いを寄せる。それは命婦が、更衣里邸を立ち去りがたい思いを示していることである。そのような心情は、鈴虫が声の限りを尽くして長き夜を泣く涙である、といささか誇張した表現ではあるが、命婦の歌に表されている。これに対して、母君の歌は、ただでさえ涙に暮れている粗末な宿にさらに涙を加える上人である、とうらめしい気分をもって返している。挨拶の表現に徹するならば、粗末な宿を訪ねていただいた光栄に涙している、というようなことでなければならない。

ところが母君は、命婦に対して、帝に対して、いずれにも抗議めいた歌を贈ったといえる。和歌に籠めきれない、溢れ出てやまない母君の悲しみが、四首の贈答のうちに見てとれる。『源氏物語』は、母君の数多き独詠歌を詠じたわけではない。儀礼としての弔問の場の歌の贈答のうちに、帝と命婦と母君とが共有する悲しみを、抑制された形で表現しているのである。

まとめにかえて

桐壺更衣の死が後宮の構造と綯い交ぜになりつつ描かれるところに、物語の優れた形象力の見られることは、すでに指摘されてきたところである。娘の後宮への入内と皇子の誕生を期待するというような、一家の夢が叶わなかったことを悲しむ母君の言葉の中に、更衣の死に対して持って行きようのない、やりきれない思いがうかがえる(33)。更衣は直接誰彼の手にかかって死んだわけでもないし、まして壽命を全うして亡くなったわけでもない。母君のいう「横さまなる」死とは、不本意なことだという気持ちが含まれているだろう。つまり、更衣の母君の私的な愚痴ともつかぬ恨みごともつかず表現されることのない、更衣の死への認識と、その死を悼む気持ちの深さは、しかしながら直接表現されるわけではない。

古代宮廷社会にあって、そもそも帝が桐壺更衣を女御として異例の待遇をしたことに問題はあった。女御よりも身分の低い更衣に、女御相当の過分の待遇をしたところに、帝の逸脱があったといえるであろう。更衣の悲話は、際立って野分以下の段が、草高く涙顔に虫のすだく里の夜のわずかな、命婦とそれに向かってもはや独り呟くことしか知らない母君の言葉の流れを中心に置くことによって、いよいよ詩的であることを強調する。そして和歌をもって構成される場面が、典拠たる漢詩「長恨歌」の世界から、むしろ物語の世界へと引き離す力として働いている。かくて、更衣の生き方の追認――「かたじけなき御心ばへの類なきを頼みて」帝に縋り、自滅さえ覚悟するような強い意志――つまり、更衣がついに救われなかったことによって、その救われぬものへの限りない追悼と慰撫とは不可欠であった。それを担った言葉が、挨拶という儀礼的な歌である。

命婦から更衣母君に対する公式の弔問を儀礼的行動と捉えるならば、母君の方からいうと、出迎えの挨拶、慰撫の言葉、酒肴の饗宴などがあってもおかしくない。つまり、弔問には歌の詠じられてしかるべき場は多くあってよい。しかしながら物語は、命婦と更衣母とが、挨拶としての贈答を交わすことを中心に置く。物語は、名残を惜しみ別れがたい事情を歌の贈答に託しているのである。おそらくこのような贈答の儀礼的な表現のうちに、登場人物の共有する悲しみを託すという方法が、『源氏物語』と『紫式部集』とに共有される方法であるに違いない。

注

(1) 小谷野純一「紫式部論序説」『二松学舎大学論集』一九七〇年三月、小谷野純一「紫式部に於ける歌」『古代文化』第一二号、一九七一年一二月、清水好子『紫式部』岩波新書、一九七三年、一〇〇頁・一一九頁、南波浩『紫式部集』岩波文庫、一九七三年、一八九頁。

(2) 岡一男「『源氏物語』創作へ紫式部を駆り立てたもの」『二松学舎大学　東洋学研究所集刊』第二集、一九七一年三月。

(3) (1) に同じ、清水好子『紫式部』(岩波新書)、及び南波浩「解説」『紫式部集』(岩波文庫) など。なお、清水氏の立論は、基本的に実践女子大学本に拠るものであり、南波氏の立論は、基本的に実践女子大学本を底本とする校訂本文に拠るものであるから、厳密に言えば、陽明文庫本に基く本書の考察とは出発点が異なるが、少なくとも家集の前半部は共有されているから、共有部分においては大きな問題は生じないであろう。さらに、後半部分に触れて行くときには、編者の違いを念頭に置く必要がある。

　なお、本書第一章第一節では、陽明文庫本の冒頭歌「夜半の月かな」に古い伝本の姿を透かし見るとすれば、実践女子大学本の冒頭歌「夜半の月影」に中世的な改変の痕跡を見ることを論じた。

(4) 南波浩『紫式部集の研究　校異篇・伝本研究篇』笠間書院、一九七二年。

(5) (1) に同じ。

(6) 例えば、清水文雄校訂『和泉式部集』(岩波文庫、一九五六年) によれば、一六一番、一七八番、一八五番、二一五番、六四七番、六九六番、七一〇番、九三七番、一三七三番歌などは、疫病流行の危機的な不安に彩られている。

(7) 竹内美千代『紫式部集評釈』桜楓社、一九六九年、一一九頁。竹内氏の指摘された逆接の語法の認められる事例を、改めて探し直してみると、次のような事例を得ることができる。

　　かたみなれども (六五番)

そこは知らねど（八八番）
かすめども（九四番）
ながめねど（一〇九番）
雲まあれど（「日記歌」9）
おられぬものを（「日記歌」14）

（8）歌番号は、萩谷朴『新潮日本古典集成　土佐日記　貫之集』新潮社、一九八八年に拠る。

（9）遠藤嘉基校注『日本古典文学大系　和泉式部日記』岩波書店、一九五七年に拠る。
なお、『和泉式部集』の冒頭歌は、榊原本Ⅰ・未完・静嘉堂本・宸翰本は「春かすみ」で春歌であるが、榊原本Ⅱは「としへても」で恋歌とみられる。

（10）同書、三八九頁。

（11）唐木順三「和泉式部の季節」『日本人の心の歴史　補遺』筑摩書房、一九七二年、三四頁。

（12）例えば遠藤嘉基校注『日本古典文学大系　和泉式部日記』岩波書店、一九五七年、三九九頁。

（13）『源氏物語』の歌には、作中人物が死者の追慕に歌ったものがある。これは季節のみに限定できない問題を含んでいる。
尋ね行くまぼろしもがな伝にても魂のありかをそこと知るべく（桐壺巻）
なき魂ぞいとゞ悲しき寝し床のあくがれがたき心ならひに（葵巻）
大空を通ふまぼろし夢にだに見えこぬ魂のゆくへ尋ねよ（幻巻）
（山岸徳平校注『日本古典文学大系　源氏物語』岩波書店、一九五八年。以下『源氏物語』の本文はこれに拠る。なお一部表記を整えた。）
などが「魂」の語の見られる例である。これらは作中人物が、悲嘆を掻き消すために歌う点で和泉式部の歌と近似した性格をもっていることが注意される。もっとも、和泉式部の歌には遊離魂の発想があると指摘されている。ところがそのような発想は、宣孝追悼に関する紫式部の歌には、どうも希薄であるように感じられる。この事実もまた、際立った死に対する認識の相違を示している。

（14）本節は旧稿に基くものであり、事例の調査は松下大三郎・渡邊久雄編『（旧）続国歌大観』続編（角川書店、一九五八年）に基づいている。一覧の1番『柿本集』から35番『中務集』までが「歌仙歌集」、36番から60番までが「諸家集」を並べたが、私家集の事例を尽くすために、以降は、『桂宮本叢書』第九巻、（養徳社、一九五四年）に所収の私家集をもって補っている。

恣意的とのそしりを免れないと思うが、あくまでも、ひとつの目安として了解されたい。
(15) 南波浩『紫式部集全評釈』笠間書院、一九八三年、一四頁。
(16)『重之集』『新編国歌大観』第三巻、一九八五年、一三三頁。
(17)『清正集』(16)に同じ、七五頁。
(18) 平安文学輪読会編『長能集注釈』塙書房、一九八九年、九頁。
(19)(18)に同じ。
(20) 南波浩「紫式部集」『源氏物語講座』第六巻、有精堂、一九七一年、一五二～三頁。
(21) 三谷邦明「源氏物語における虚構の方法」『源氏物語講座』第一巻、有精堂、一九七一年、二八頁・三〇頁。
(22)(3)に同じ、一〇一頁。
(23) 秋山虔「『もののあはれ』論の序章」『科学と思想』第九号、一九七三年七月、七五頁。
(24)(21)に同じ、三一頁。
(25)(24)に同じ。
(26) 池田勉「源氏物語『桐壺』の作品構造をめぐって」『日本文学研究資料叢書　源氏物語Ⅰ』有精堂、一九六九年、二九三頁。
(27) 寺本直彦「延喜期後宮和歌と源氏物語」『青山語文』第四号、一九七四年三月、藤井貞和「源氏物語の端緒の成立」『源氏物語の始原と現在』三一書房、一九七二年、一二七頁。
(28)『国史大系　日本紀略』前篇、吉川弘文館、一九六五年、三五四頁・後篇、一五四頁。
(29) 廣田收『講義　日本物語文学小史』第七講、金壽堂出版、二〇〇九年。
(30) 同書、第八講。
(31) 牧野さやか「『源氏物語』冒頭歌考」廣田收編『日本古典文学研究』第一号、二〇一一年一〇月、自刊。牧野は、桐壺更衣が今はの際で詠じた歌「かぎりとて」について、従来から帝の返歌がないとか、家の遺志とかといった批評が行われていたことに対して、更衣は、私を捨てて亡くなるのかといった帝の（勿体ない）言葉に対して歌で応じたと理解する。なお以下の考察については『講義『源氏物語』とは何か』第五講、（平安書院、二〇一一年、自刊）にも触れたところがある。
(32) 土橋寛『古代歌謡論』（三一書房、一九六〇年）あるいは『古代歌謡の世界』（塙書房、一九六八年）参照。
(33) 鈴木日出男「光源氏前史」『日本文学』一九七三年一〇月、西郷信綱『改稿版　日本古代文学史』岩波書店、一九六三年、二三三頁、益田勝実『火山列島の思想』筑摩書房、一九六八年、一九六頁。

第二節　『紫式部集』の地名
——旅中詠考——

はじめに

『紫式部集』は『源氏物語』の「作者」が書いた「作品」として研究される一方、『紫式部日記』とともに、『源氏物語』研究や紫式部その人の伝記的研究の資料として重視されてきた。『紫式部集』の研究は、概ね紫式部その人に関心があるか、もしくは『源氏物語』の研究のために奉仕するものとなる傾斜を持っていた、ということができる。もちろん『紫式部集』は、紫式部その人の伝記的研究における考証的研究の進展によって、知られざる「紫式部」が明らかにされてきたということも間違いない。

また、伝本研究については、南波浩氏の『紫式部集の研究　校異篇・伝本研究篇』（笠間書院、一九七二年）があり、注釈・評釈研究においても同じく『紫式部集全評釈』（笠間書院、一九八三年）という総合的な研究の達成によって、われわれは先学の学恩に浴することができる。

それにしても、『源氏物語』研究の伝統に比べるとき、私家集としての『紫式部集』の本格的研究は歴史的になお新しいといわなければならない。ここに、『紫式部集』における地名を、歌の解釈の鍵語として取り上げることで、従来の『紫式部集』の読み方とは異なった問題の立て方を試みようとするものである。特に、『紫式部集』における地名の多くは行旅に集中的に見られる。そのことから、従来『紫式部集』における地名の扱い方に、紫式部の越前下向の行路推定という地理考証や、作歌時期とそのときの紫式部の心理状態の推測などに、論議の関心が集中する傾向があったことは否めない。確かに伝記を明らかにすることで、歌に関する疑問の解明されることがあることはいうまでもない。

しかるにそのような考察によって、歌や詞書の内実、ひいては歌の配列から全体の編集の意図にかかわる問題までもが、歴史上の事実なるものに押し戻される危惧がないとはいえない。ここに、私家集ははたして文学たりうるのかという根底的な問いが、改めて必要になる。それでは、私家集を文学それ自体としてどのような視点から捉えればよいか。この問いに答えるために、地名が私家集の読み方に重要な手掛かりを与えるのではないか。歌における地名とは何か、その問いに答えることがすなわち、『紫式部集』という私家集を文学として読む読み方のひとつに他ならないのではないか、と考えるものである。

ここでは陽明文庫蔵本を底本として用い[(1)]、諸本との異同を参照しつつ[(2)]、いささかの考察を加えたい。

一　言葉の遊戯性への関心――「知りぬらん」の歌――

しほつ山といふ道のいとしげきを、しつのをのあやしきさまともして、なをからき道なりやなと云をき丶て、

しりぬらんゆき丶にならすしほつ山世にふる道はからき物そと　（陽明文庫本、二三番歌）

この歌は、一般に紫式部の越前下向のときの歌として考えられている[(3)]。例えば、早く岡一男氏は、流布本のひとつ群書類従本に従って『紫式部集』の歌の配列が、「ほぼ年代順である」という見解を述べておられる。そして「(20)から(24)までの五首は琵琶湖畔の詠であるが、(25)から(28)までの四首が越前国府においての作であるから、それは越前への旅の歌であることがわかる」と、この歌を下向の旅に位置づけられている[(4)]。また、竹

内美千代氏は「旅の歌は往きには都恋しさ、心細さの旅情を率直に詠んでおり、帰りは帰京の喜びにはずんだ心を即興的に、機知に富んだ歌を口ずさんでいる」(5)とされ、塩津を帰路に位置付けておられる。また清水好子氏はこの歌を越前下向途中の歌として位置付けられている。(6)さらに、南波浩氏は「夏の繁路であり、往路の歌であることが明らかである」(7)とされている。その後議論の集中したように、詠歌時期が往路か帰路かという判断を併せて、紫式部のそのときの心境を詮索することもできよう。ただ、こうした考察方法は、歌の時期の確定が歌の内容から推定され、さらに推定された時期がどのように歌の解釈にかかわってくるか、というふうに循環的な考察に陥る懼れがある。

私家集の歌を検討するとき、まず想定されるべき問題は、歌が個別に歌われた生成の場と、後の時期において編集される場との関係である。歌われた場における歌の意味や価値は、現存伝本から透かし見ることで推測されなければならない。残されてある『紫式部集』はある意図のもとに編集されることにおいて完結性を有している。だからこそ、現在形においては、詞書に即して歌を読むことが求められているわけである。いずれにしても、現在の詞書と歌の配列において、詞書と歌は詠歌時点の自己の心境を記憶し、記録しようとするためにだけあるのではない、と考えられる。問題はそこにある。

例えば、二三番歌の「猶からき道なりや」という言葉は、

・「やっぱりここはつらい道だわい」（竹内『評釈』七〇頁）
・「相変わらずえらい道だなあ」（清水『紫式部』四七頁）
・「何度通っても、やはり、歩きづらい道だわい」（南波『文庫』二二頁）(8)
・「平素何度も歩いている道だのに、何度歩いてもやっぱり歩きづらい道だなあ」（南波『全評釈』一三九頁）

などと現代語訳されている。「やはり」や「相変わらず」に含まれているのは、いつも通っている道であるが、

というニュアンスだけであろうか。「何度通っても」という補助的な解釈が加えられる根拠が、どこに認められるべきであろうか。「猶」という言葉は、詞書の文脈に即せば、まず提示された「塩津山」という名を受けて、「やはり」の意味であるはずである。「塩津山」の名のとおりやはり、の意味である。つまり「塩津山」の名のとおり「猶からき道なりや」と「賤の男」が秀句をものしたのである。詞書は、「賤の男」が「塩津山」の名のとおり、「猶からき」という言葉を発したということに関心を寄せている。あるいは、「賤の男」が「何度通っても、やはり、歩きづらい道だわい」と思った、と読んでもよい。つまるところ『紫式部集』は「賤の男」のものした秀句を理解した、ということである。

そのとき、この言葉に対して、紫式部が「塩津山」という地名との関係に注目したということが重要である。いずれにしても、「賤の男」は歌わない。『紫式部集』はその言葉の意味や価値を「賤の男」たちが理解できない、知らないのだと解釈している。「賤の男」の言葉の遊戯に触発されて、言語営為として歌を喚起させられたと『紫式部集』は記している。つまり、「賤の男」が辛い道であると言葉を発したとき、たまたまそこが塩津山であった、ということに私は気が付いた、ということである。思いがけない言葉の取り合わせの面白さを詞書は示している。歌が言葉の取り合わせの面白さを読み解くのではない。詞書ですでに興味のありかは尽くされている。そして、縁語、懸詞などによって歌が生成されるに至る、言語の連鎖と増殖性に興味は向けられている。

ちなみに、『紫式部集の研究　校異篇・伝本研究篇』によると、書陵部蔵三条西家本の他、松平文庫本など定家本系統の幾つかの伝本や別本系本文では、「しほつ山といふ道のいとしげきを」に相当する語句がない。この異同は、一八番歌の下句「鏡の神や空に見ゆらむ」から二三番歌「しりぬらん」の詞書の前半まで四首分の歌群の脱落とかかわることも考えられるが、これによると、「賤の男」の言った言葉の理由が、歌によって初めて種明かしされるということになる。「塩津山」と「なを（ほ）からき」の関係はより深いといいうる。異同は、歌に対する伝本それぞれの解釈の差異を示すものである。どちらが、あるいはどれが古態か、原形に近いかということはにわかに議論できない。残されてある伝本における統一性、完結性において、詞書は歌をどのように読んでほしいのかということを、それぞれの伝本において示していると考えることができる。

さて「賤の男」の発した言葉に対する『紫式部集』の理解を考えるとき、『土佐日記』の次の条は参考になる。

かくうたふをきゝつゝ、こぎくるに、くろとりといふとり、いはのうへにあつまりをり。そのいはのもとに、なみしろくうちよす。かぢとりのいふやう、「くろとりのもとに、しろきなみをよす」とぞいふ。このことば、なにとにはなけれども、ものいふやうにぞきこえたる。ひとのほどにあはねば、とがむるなり。(9)

有名な箇所である。楫取が発した言葉に『土佐日記』はいたく興味を示している。「このことば、なにとはなけれども、ものいふやうにぞきこえたる。ひとのほどにあはねば、とがむるなり」において、楫取の言葉に注目した理由は示されている。楫取が「ものいふ」ことは、「ひとのほどにあは」ないゆえに、咎められている。「黒き鳥のもとに白き波を寄す」という言葉は、「風流めいた秀句(10)」と捉えられてきた。紀貫之だからということとともに、『土佐日記』の方法からして、景物における色彩の対照的な手法においては「なにか詩句でもいうように(11)」という訳は、修辞に触れる読みとして重要である。

この問題を『紫式部集』二三番歌・詞書に戻していえば、徒歩で行く「賤の男」たちに対して、若き紫式部が「世に経る道は」と世間慣れしたかのような口ききをするところに、階級的・階層的な優越感や不遜な勝気さを見ることは許されよう。貴族の姫君としての意識が滲んでくるとしても、それはありうることである。

しかし、見落としてならないことは、「人の程」であることにおいてこそ「ものいふ」ことが許されるという考え方である。地名も、言葉への興味も、より階級的・階層的な問題なのかもしれない。そして、『土佐日記』を参看するならば、『紫式部集』二三番歌において、「賤の男」が「塩津山」という名を受けて「やはり」の意味で、「猶からき道なりや」ということこそ、あたかも「ものいふ」ことのように感じられたことに対して、歌は呼び起こされたということができる。

この場合、歌に対する解釈的な異同が歌と詞書との関係において存在するが、にもかかわらず地名に絡んで、言葉の結び合わせの面白さに『紫式部集』は関心を寄せている。このことは、歌の歌われた時の行路・帰路の判別の議論とは別である。地名という言葉に反応するところに、『紫式部集』の文学的営為をみてとることができる。

二　歌を喚起する地名――「老津島」の歌――

水うみにおいつしまといふすさきにむかひて、わらはへのうらといふうみのおかしきを、くちすさみに、
おいつしましまもるかみやいさむらん波もさはかぬわらはへのうら　（陽明文庫本、二四番）

これにはすでに、歌われた時期が行路・帰路のいずれかという区別とともに、記された地名が現在のどこに比定されるか、という議論がある。南波氏は「『おいつ島』・『わらはべの浦』については、諸説があって紛糾している」(12)とされ、検討を加えられた後「最も該当性のあるのが『奥津島』であり『乙女浜』であろう」と結論付けられている。(13)

ところで、問題をさらにその先に延ばして行くことは許されるだろうか。すなわちこの歌の中に「おいつ島」と「わらはべの浦」という、地名における「老い」「童べ」という老・若の対照がみられるのは偶然であろうか。一首の中に地名の二つあることが、すでに歌の例として希少である。例えば、『古今和歌集』から、任意に、一首の歌の中に地名が複数ある例を取り出せば、わずかに、

題しらず　　　　　よみ人知らず
都出でて今日みかの原泉川川風寒し衣かせ山　（四〇八番）

音羽山音に聞きつつ逢坂の関のこなたに年を経るかな　　在原元方（四七三番）[14]

などが挙げられるだけである。前者は「みかの原（瓶の原）」「泉川」「かせ山（鹿背山）」という三つの地名がある。「今日見」「瓶（みか）の原」と音による結合がある。さらに「衣貸せ」と「鹿背山」とが音によって結合されている。これらにおいては、地名が修辞として働くことにおいて歌の全体が成り立つ。地名といいつつ、「逢坂の関」は述語的に機能している。「音羽山」は「音」に結び付き、「音にききつ逢ふ」「逢坂の関」と結び付いている。いずれも修辞的機能をもつところに地名の特質がある。

　であるとすれば、『紫式部集』一二三番歌において、「老い」と「童べ」との対照は明らかである。問題は老・若の語の対照をもって何が表現されているのか、ということである。「童べの浦」は波立つことがない、という歌の表現はいかにも理屈である。「童べの浦」が諫めるからだと遡行させている。そこには「老い」によって「童べ」を抑える、老による若への優位という関係が隠されている。「老いつ島」によって「童べの浦」という地名の取り合わせに興味を引かれたと詞書は指摘している。歌に歌う前に、詞書が先に説明を施してしまっているのである。『紫式部集』は詞書に比重のかかった歌集であるといえる。

　なお、松平文庫本など尊円本系統の諸本には、「神やいますらむ」という異同も存在する。[15] この場合も、「童べの浦」の波立たない理由が認められることに変わりはない。

　確かに、眺望として「入海のをかしきを」ことにひとたびは注目している。そのことを現実の体験を踏まえたことと了解することに無理はない。換言すれば、関心はすばらしい景色だけに向けられているのではない。詞書は入海の光景を実際に見たと言っている。その上で、特に地名に注目している、と考えるべきである。「波もさはがぬわらはべの浦」と、いわば騒ぐことを本性とする「童べ」、その「童べ」という名を持ちながら「童べの浦」が騒ぐことのないのはなぜか、という謎を「老いつ島守る神」との関係で解こうとしている。いわば『紫式部集』は言葉の対照性と矛盾とに注目している。呼び起こされる契機は、「老い」と「童べ」という語の対照・対偶を、地名のうちに読み取り、興味を差し向けたことにある。したがって、詞書において「おいつしま」と「わらはへのうら」と共に並べて記すのはゆえなしとしない。『紫式部集』の編集の意図や目的は、わが人生における旅の途中の心情の追憶にのみあるのではないだろう。歌は地名における言葉の面白さによって喚起されているのである。

三　名に対する親近感――「見し人の」の歌――

世のはかなき事をなけく比、みちのくに名ある所〳〵かいたるゑを見て、しほかま

見し人のけふりになりし夕へよりなそむつましきしほかまのうら　（陽明文庫本、四八番）(16)

深く死の影を潜めている『紫式部集』において、この歌は「嘆く」という直接的な表現が特異な事例であることに注目することができる。(17) 同じ『紫式部集』の中で他に「嘆く」という語が見られるのは、

ちる花をなけきし人は木のもとのさひしきことやかねてしりけん　（四三番歌）

身をおもはすなりとなけくことのやう〳〵なのめにひたふるさまなるをおもひける　（五五番歌詞書）

のわずか二例ほどである。四三番歌は、宣孝とおぼしき人が散る花を嘆いたことをいうので、四八番歌とただちに比較することはできない。「数ならぬ」「心だに」という五五番・五六番歌の抽象度の高い表現に組み込まれている語としての「嘆く」が、四八番歌にも見られることは興味深い。四八番歌詞書も、宣孝の死を嘆くという次元であるよりも、近親の死を契機に、より超越的なものに思い至る苦悩をいうと見るべきであろうか。であるとして、にもかかわらず「世のはかなき事を嘆くころ」の歌が、他界した者への悲しみの溢れ出るような慟哭とし

て表現されないのは、なぜか。「嘆く」ことと「なぞむつましき」とはどのように結び付くのか。「むつましき」とは、どう理解すればよいだろうか。

四八番歌に関連しては、すでに『源氏物語』に類歌のあることが知られている。ひとつは、

空のうち曇りて風ひやゝかなるに、いといたくうちながめ給ひて、

見し人のけぶりを雲とながむれば夕のそらもむつましきかな

と、ひとりごち給へど、えさしいらへも聞かず、「かやうにて、おほせましかば」と、思ふにも、胸ふたがりておぼゆ。（夕顔、一巻一八九頁）[18]

である。もうひとつ、次のような事例がある。

八月廿余日の有明なれば、空の気色も、あはれすくなからぬに、大臣の闇に暮れ惑ひ給へるさまを見給ふも、ことわりにいみじければ、そらのみながめられて、

のぼりぬる煙はそれとわかねどもなべて雲井のあはれなるかな（葵、二巻四八頁）

葵巻の例では、「あはれなるかな」という表現に、光源氏の女の死に対する悲哀感を読み取ることが可能である。煙が雲井に至り、混じり合った状態となることのうちに、他界した者のよすがを探そうとする思いがある。雲井の広がりの中に溶け込んでゆくさまに思いを寄せるところに、奇妙な安堵すら帯びているとさえ感じられる。夕顔巻の例は、夕顔を火葬にした光源氏が、煙の行方を見つつ、「夕の空もむつましきかな」という条である。悲哀感よりは、他界した者の至った「夕の空」に対する親近感が強く感じられる。『紫式部集』に同様に「むつましきかな」というのはなぜか。これを古代霊魂観念の介在をいうだけでは充分でない。木船重昭氏は「塩釜の浦の縁語の陸奥が掛けてある」とする岡説を支持するとともに[19]、「夕のそらもむつましきかな」という「感覚は奇異である」といわれる[20]。一方、この歌については、すでに「この上なく抑制された表現」であるという指摘が

あり、(21)「理知を超えた、しほらしい心情の表明であり、実感のこもる素直な哀傷歌」だと評価されている。(22)ただ、抑制か率直かを問うことにこだわることと、表現の担うこととはいささかずれている。『紫式部集』の関心の向かうところが異なる、といわなければならない。

『源氏物語』の例においては、死者が火葬されて煙となり空に昇って行った後、「雲」「空」「雲井」に対して、光源氏は「むつましきかな」「あはれなるかな」と直接感じている。(23)『源氏物語』と『紫式部集』とが同じ「作者」によるからといって、語彙が同一であれば、意味用法も同一であるということにはならない。

ところで、これらの『源氏物語』の例と『紫式部集』の例との決定的な相違は、後者が「名ぞむつましき」と、「名ぞ」とあえていうところである。「夫が葬られて煙と化した夕べからこちら、塩釜の浦という名さえ懐かしく思われる」(24)と、さりげなく解釈するのでは「名ぞ」が生きてこない。なぜ「名」がむつましいのか。情愛を感じた者の他界において、その名残りやよすがとして可視的な媒介に心動かされることは、心情として理会できることであろう。それにしても、『紫式部集』では「名ぞむつましき」なのである。これほど明確に関心が地名という、名に向けられていることは重大である。木船氏が「『塩釜の浦』は『うらさびしく』『悲し』き歌枕として定着していた」として、「夫を荼毘に付した煙の絶えてはかない思い出から、あの貫之の有名（ママ）哀傷歌の連想を契機に、歌枕《塩釜の浦》の《名》は、すなわち『うらさびし』・『悲し』・『恨み』にほかならず」「その《名》を《むつましき》と、式部は詠ずるのである」(25)と考えられたことは解釈として妥当であろう。

ちなみに「名も」という異本によれば、松平文庫本など尊円本系統、および谷森家旧蔵本など定家本系統の諸本では、関心のありかが「名」に向かっているということが、比較して相対的には弱められる。だとしても、亡き人に対するむつましさとともに、「名も」となぜ「名」が持ち出されてくるのか、やはり問題は残る。また、詞書の末尾「しほかま」には、群書類従本に「しほかまの浦」という異同もある。これも詞書のありかたとして、わざわざ歌枕を付加的に示しているのであり、「名」に関心を寄せずにはおけないことを明らかに表している。

もうひとつ、歌の異同として注意しなければならないことがある。「見し人のけふりになりし夕よりなそむつましきしほかまのうら」には、松平文庫本のみだが、「むつかしき」という異同がある。あえて言えば、これでは歌をもって言挙げする必要がなくなってしまう。

ところで、『源氏物語』の歌「見し人の」にも、同様の異同がある。『源氏物語大成』によると、葵巻の歌「のぼりぬる」の異同は、「けふりは—けふりを　七毫源氏・尾州家本・大島本（河）、けふりは—けふりを　陽明文庫本（別）」というものである。(26) 一方、夕顔の巻の歌「見し人の」の異同は、

むつましきかな　—むつましきかなと　（朱）大島本〔青〕
　　　　　　　　　むつましきかなと　三条西家本〔青〕(27)

というものである。また、『岷江入楚』掲載の本文にも「むつかしき」という異同に触れている。

弄空のうちくもりたるけしきよりよめるにや、九月廿日あまりのそらのけしきなと思ふへし。／秘時雨かちなる空成るへし。煙を雲とは変化して跡もなく見なせは・（と）也。箋同。此外之義、弄に同。／聞書本にはむつかしき哉とあり、逍遥院かくのことくよまる、夕の空も物むつかしく、心にかゝり、思ひをもよほす也、しなえうらふれなといふやうの心歟。称名はむつましきにて、聞えたりと云々、然共後にはむつかしきか（が）、面白よし申さると云々。

私云：（新古）見し人のけふりとなりし夕より名もむつましき塩かまの浦とあり。此歌紫式部か詠なり。夕の空の雲はさなからなき人のけふりの行ゑにやとなかむれは、物うかるへき夕の空さへなつかしきといへる義に・（て）や。(28)

「聞書花にはむつかしきとあり」とあるが、『花鳥余情』にはこの点に触れたものがない。(29) なお『湖月抄』は異文

として「むつかしき」を傍書している。「みしひとのけふりを」の条、〔私〕夕の空の雲は、さなからなき人の、煙の行衛にやとなかむれは、ものうかるへき夕の空さへ、なつかしきといへる義にや。或本にむつかしき哉とあり、夕の空もむつかしく心にかゝりて、思を催す也。是逍遥院との御説なり。〔玉〕二の句、けふりと雲をいはては、事たかひへるやうなれと、然らす。けふりを、あの雲そと思ひてなかむれは也。結局むつかしき哉とあるは誤也。(30)

『岷江入楚』は「むつかしき」について「夕の空もむつかしく心にかゝりおもひをもよほすなりしなえうらふれなといふやうの心歟」とある。また『湖月抄』には「夕のそらもむつかしく心にかかりて思を催す也」とあるが、「むつかしき」は気分の問題だけであろうか。むしろ「むつかしき」は、夕顔の他界を光源氏が穢れと認めることによる表現であり、光源氏が穢れたと認めたと解釈する本文の表現であるということができる。『湖月抄』の「結局、むつかしき哉とある本は誤也」とする考えは、異同に対する考え方としては行き過ぎた判断を示すものと感じられる。

このように検討してくるならば、『紫式部集』に地名が絡んでくるとき、「塩津山」「童べの浦」以下、いずれも言葉としての地名に喚起されて歌は詠まれてくるということができよう。

四 即境性としての地名——「難波潟」「三尾の海に」の歌——

難波かたむれたる鳥のもろともにたちゐる物と思はましかは
　　つのくにといふ所よりをこせたりける　　（陽明文庫本、一七番歌）

この歌は「紫式部」の歌でなく、他人の歌であるとされている。(31) これについて、次のような見解がある。例えば清水好子氏は「水鳥が干潟に群れる光景は早速目にした」とされ、(32) また南波浩氏は「西の海へ旅立って行く友」

が「途中、難波の浦の辺りで、鳥どもが仲よく群れ遊んでいるさまを見て」[33]と解釈されている。「目にした」とされ「さまを見て」ということは、現代語訳の上で見過ごされてよいほどのことであるのかもしれない。ただ、必ずしも、実景を見て直接に詠歌に及んだことをのみいう必要はない。訳出するとき、あるいは詠歌の状況を説明するときに、実景を見たことを事実と認めるとしても、ひとたび言葉として捉えられ歌われるとき、「難波潟」「群れたる鳥」は、「津の国」という語から喚起されてくるのである。改めて言うまでもなく、歌の主旨は、あくまで下句にある。あなたと一緒にいると思いたいという気持ち、それをどのように表現するかは、歌の修辞にかかっている。その意味で、「難波潟」「群れたる鳥」は即境的景物[34]と捉えることができる。

　あふみの海にてみおかさきといふ所にあみひくを見て、
みおの海にあみひくたみのてまもなくたちゐにつけて宮こ恋しも　（陽明文庫本、二〇番歌[35]）

これも同様である。一首の歌の主旨は、下句「立ち居につけて都恋しも」にある。それを導いてくるのが、「みおの海にあみひくたみのてまもなく」であり、「たちゐ」という語で網引く者の立ち居と詠者の立ち居とが重ね合わされる。詞書によれば、「三尾の海」で働く人のようすに触発されて歌ったという。そのことを「みおの海にあみひくたみのてまもなくたちゐにつけて」と歌うとき、即境的景物として組み立てられる上句は、心情を導く修辞として機能する言葉になる。

『紫式部集の研究　校異篇・伝本研究篇』によると、群書類従本は「ひまもなく」、紅梅文庫本や別本には「手もたゆく」という異同がある。南波氏は岩波文庫『紫式部集』の校訂本文（初版、一九七三年）に「手間もなく」を取っておられるが[36]、後には「手間もなく」の用例が「他に見当たらない」ことから「ひまもなく」が分かりやすいとして『紫式部集全評釈』では、「ひまもなく」を本文に採用しておられる[37]。また、木船氏は「《ひまもなく》の本文をとるべき」といわれる[38]。

いずれにしても、この歌の核心は「都恋しも」の第五句に尽きている。目的地への思いが見られない。と同時に、都を離れて目にする光景は、この歌の場合、不安感であるよりは好奇の対象としての興味である。それは、二四番歌の詞書と同様である。「ほとんど外出の機会のない中流貴族の娘にとって、はじめてみるもの(39)」を詠歌の動機として、現実の経験によってのみ詞書と歌を説明するのでは、歌の表現それ自体が閑却されてしまうことになろう。

五　歌における地名の有無

（1）　はやうよりわらは友達なりし人に、年ごろ経て行きあひたるが、ほのかにて、十月十日のほどに月にきほひて帰りにければ

めぐりあひて見しやそれともわかぬまに雲隠れにし夜半の月かな

（2）　その人遠き所へ行くなりけり。秋の果つる日きてあるあか月に、虫の声あはれなり

泣き弱るまがきの虫もとめがたき秋の別れやかなしかるらん

（3）　さうの琴しばしといひたりける人、まゐりて御手よりえむとある返りごと

露しげきよもぎがなかの虫の音をおぼろけにてや人の尋ねん

（4）　方たがへにわたりたる人の、なまおぼおぼしきことありて帰りにけるつとめて、あさがほの花をや

るとて

おぼつかなそれかあらぬかあけぐれの空おぼれするあさがほの花

（5）返し、手を見わかぬにやありけむ

いづれぞと色わくほどにあさがほのあるかなきかになるぞわびしき

（6）つくしへ行く人のむすめの

西の海をおもひやりつつ月みればただになかるるころにもあるかな

（7）返りごとに

西へ行く月のたよりに玉づさのかきたえめやは雲のかよひ路

〔西の―見せ消ち「へ」〕、諸本に従う。

このように『紫式部集』の冒頭には、下向して行く女友達に代表される離別歌が、比較的に集中している。冒頭二首の童友達は、六番・七番歌の「筑紫」へ行く女友達と、同一の人物とみるべきなのかどうか、また歌われたことが同一の出来事についてかどうかは、不明であるとしかいいようがない。[40] というよりも、その問い自体が成り立つかどうかについて、『紫式部集』は関与しないのではなかろうか。いわば、冒頭二首と六番・七番歌二首とは、表現の次元が異なる。すなわち、地名の要請される歌と、地名を必要としない歌があるということを認める必要がある。「筑紫」は、律令に制定された国・郡名ではないが、明らかに地域を特定した地名であり、「西の海」と連鎖している。これに対して、「遠き所」とは父や夫の任国・郡名を朧化した表現であるとは必ずしも言い切れない。「遠き所へ」とは語句において「雲隠れ」という語とも響き合っている。朧化というよりは、語の質の問題である。この「雲隠れ」には他界が象徴されているはずである。離別は同時に死別を意味していたのだったという思いが、冒頭歌には籠められている。すでに木村正中氏が冒頭歌について、「月が雲に隠れたことに友人との離別が比喩されているだけでなく、その『雲隠る』には『死』が暗示されているのではないか」として、他の用例から特に「月」との関係に注目されて、「極限的な別離としての『死』」を読み取ろうとされている。(41) まさしくそのとおりであろう。

二番歌の詞書について、「遠き所へ行く人」を思うとき、「虫の声あはれなり」である。詞書に導かれて歌を読むとき、その虫は「秋果つる日」の「鳴き弱る」虫である。虫と人とが重ね合わされる。生命の終焉を予感させる虫の音とともに、離別した人に、やがて不意に訪れてくる他界への予感が冒頭の二首の配列の中で表現されているといってよい。

まとめにかえて ――言葉としての地名――

いったい私家集は、文学研究の対象たりうるのだろうか。何よりもまず、それぞれの伝本の編集の意図に従って読むことが、求められるであろう。そのとき、言葉は、歴史的事実なるものに還元しては見えなくなる。確かに伝記資料の少ない女性歌人を調べるのに、私家集が注目されることもゆえなしとしない。とはいえ、詞書がそのまま事実であるということにはならない。それでは、私家集は資料化されてしまうことになろう。『紫式部集』は詞書と歌という、言葉によって捉えられたものに他ならない。詞書は歌に対する指示であり、歌の意味を確定しようとする言葉の動きをもつことは言うまでもない。

地名は歌詠みを挑発したのである。『紫式部集』の羇旅歌群の詞書には、言葉遊びとして地名に対する関心が見られる。さらに言えば、地名は歌を喚起する。その際、『紫式部集』にあっては、いささか詭弁を弄するように見えるかもしれないが、歌はそれ自体として独立しては読むに堪えないほどである。まさに逆のようにすら覚えるのだが、歌は詞書に対して付属的であるとさえいえる位置にある。地名は、事実の記録としてではなく、修辞の表現の問題に関係していると考えるべきである。地名は私家集における重要な鍵語である。とりわけ、『紫式部集』では多くの歌の中から、結果的には題詠のような歌が排除されている、と推測される。例えば、面立たしい献上歌を率直に光栄なものとして列記するというのでもない。何よりも、取り上げた歌・詞書の例の一端をもって分かるように、地名を手掛かりにすれば、言葉遊びとすら言いうるような言葉の組み合わせに対する興味が感じられる。さらに言えば、『和泉式部集』や『赤染衛門集』などの事例と比較を試みる必要はあるが、『紫式部集』は雑纂と見えて、言葉の取り合わせの面白さへの注目、言葉の組み合わせに対する関心、言葉の遊戯性に寄せる興味に貫かれているのではないか。その意味で『紫式部集』は私家集の中でも、いささか特異なものであると推測される。地名を手掛かりとする分析がどれくらいの有効性と一般性をもつのかはよく分からないが、問題の端緒として、地名の問題は、私だけの関心云々の問題ではなしに、私家集としての『紫式部集』それ自身の関心がどこにあるかに依拠する問題である。

注

（1）久保田孝夫・廣田収・横井孝編『紫式部集大成』笠間書院、二〇〇八年。

（2）南波浩『紫式部集の研究　校異篇・伝本研究篇』笠間書院、一九七二年。

（3）旅中の詠のそれぞれが、越前との往路のものか復路のものかについては、長く議論があるが、本論の課題はそのこととは別の次元の問題に属する。すなわち、紫式部が都から下向するとして、それが父為時の地方官赴任に伴うものであっても、古代の行旅は現在のように目的地に向うことを第一義とするような旅行とは異なる。つまり、途次、寺社参詣を繋いで行く旅である。しかも、常に饗宴を詠歌の場として伴うような旅である。その意味で、旅は歌を詠むことであった。家集に現存する歌だけでなく、捨てられた多くの歌も存在したと考えてよいだろう。

（4）岡一男『源氏物語の基礎的研究』東京堂、一九五四年、一七七頁、一七五頁。

（5）竹内美千代『紫式部集評釈』桜楓社、一九六九年、七〇頁。
（6）清水好子『紫式部』（岩波新書）岩波書店、一九七三年、四七頁。
（7）南波浩『紫式部集全評釈』笠間書院、一九八三年、一三八頁。往路・帰路の旅程の議論については、同書、一三二頁を参照。
（8）南波浩『紫式部集』（岩波文庫）岩波書店、一九七三年。
（9）鈴木知太郎校注『日本古典文学大系　土左日記』岩波書店、一九五七年、四三頁。
（10）同書、四三頁。同様に「秀句」と見る指摘は、村瀬敏夫訳注『土佐日記』（旺文社文庫、一九八一年、五〇頁）にもある。
（11）品川和子全訳注『土佐日記』講談社学術文庫、一九八三年、一一五頁。
（12）（7）に同じ、一四三頁。
（13）同書、一四六頁。
（14）小町谷照彦『現代語訳対照　古今和歌集』旺文社文庫、一九八二年。
（15）（2）に同じ。
（16）「なそむつましき」の「なそ」を「何ぞ」、何ゆえにむつましいのかと、疑問文として読めないか、あるいは懸詞になっているという可能性もないわけではない。主な異同は次のとおり。

かいたる・　　　　を見・・て　　　　　塩がま・・
かいたる絵（古、別）・見侍りてよめる（別）　塩がまの浦（群　他）

（17）四二番歌の詠歌主を「夕霧にみ島かくれし人のむすめ」の歌ととるか、私の歌ととるか、文脈のたどりかたによっては、詠歌主が入れ替わってしまう。「鴛鴦の子」という表現から、「惑はるゝ」のは継娘と見て、継娘が他界した父の筆跡を見て歌ったものと見るべきか。その決着は、極めて難解である。
（18）阿部秋生他校注・訳『新編日本古典文学全集　源氏物語』第一巻、小学館、一九九四年。以下本文の引用はこれに拠る。
（19）（4）に同じ、八一頁。
（20）木船重昭『紫式部集の解釈と論考』笠間書院、一九八一年、八九頁。
（21）（6）に同じ、九〇頁。
（22）（7）に同じ、二八七頁。
（23）榎本正純氏は夕顔巻以外に、類歌として次のような事例を挙げている（「源氏物語・夕顔巻の創造」岡一男先生喜寿記念論集『平安文学の諸問題』笠間書院、一九七七年）。

まゝはゝのきたの方
みし人のくもとなりにしそらわけてふる雪さへもめつらしき哉
（『斎宮女御集』書陵部本、和歌史研究会編『私家集大成』第一巻、明治書院、一九七三年、四五〇頁）

そして榎本氏は、「夕顔巻において、作者の体験したことが過去の史実とどうかかわりながら虚構化されているのか」を検討することから、『紫式部集』における宣孝関係歌を考察されている。その際、榎本氏は、『為頼朝臣集』の、
はらからのみちのくのかみ、なくなりてのころ、きたのかたのなまみるおこせたりしに
磯に生ふるみるめにつけて塩釜の浦さびしくもおもほゆるかな（『新編国歌大観』第三巻、角川書店一九八五年、二一八頁）

や、『古今和歌集』哀傷、八五二番、貫之「君まさで煙たえにし塩釜のうらさびしくも見えわたる哉」（小島憲之・新井栄蔵校注『新日本古典文学大系　古今和歌集』岩波書店、一九八九年、二五六頁）などに触れ、「人の死と関連して塩釜の浦のイメージが既にあった」と指摘されている。なお、『斎宮女御集』「みし人の」には、西本願寺本三十六人集では「そらわけて」（四五四頁）、正保版本歌仙歌集は「空なれは」（四六三頁）と異同がある。

(24)（6）に同じ、九〇頁。
(25)（20）に同じ、九〇頁。
(25) 池田亀鑑『源氏物語大成』第一巻、中央公論社、一九五三年、三〇五頁。
(27) 同書、一四一頁。
(28) 中田武司『源氏物語古注集成　岷江入楚　第一巻』桜楓社、一九八〇年、三〇九頁。私に句読点を打った。
(29) 伊井春樹『松永本花鳥余情』桜楓社、一九七八年。
(30) 三谷栄一増訂『増註　源氏物語湖月抄』上巻、名著刊行会、一九七九年、二二五頁。
(31) 岡一男『源氏物語の基礎的研究』東京堂出版、一九六六年、一八五頁。
(32)（6）に同じ、三三二頁。
(33)（7）に同じ、一〇四頁。
(34) 土橋寛『古代歌謡論』三一書房、一九六〇年、四〇頁。「いったい儀礼歌は、儀礼の場にある景物そのものをほめるか、それにひっかけてほめるのが古代からの儀礼歌の約束で、私はそれを環境に即した景物という意味で『即境的景物』と呼びたいと思う」と定義されている。
(35)『紫式部集』の本文は、陽明文庫本に拠る。上原作和・廣田收共編『紫式部と和歌の世界　一冊で読む紫式部家集』武蔵野書

院、二〇一一年。

(36)（8）に同じ、二〇頁。

(37)（7）に同じ、一一六頁。

(38)（20）に同じ、四三頁。

(39)（6）に同じ、四三頁。『枕草子』第九九段「五月の御精進のほど」における「賀茂の奥」北山方面への遊覧や、『赤染衛門集』第一七〇番歌などにも、旅先で在地の祭祀や芸能を座興として求める事例がある。この場合も、偶然見かけたわけではないであろう。したがって、このような遊戯性をもつ歌は、饗宴における詠歌と推測できる。

(40)従来から岡一男、竹内美千代、角田文衛などの各氏の他、冒頭歌の「童友達」と「筑紫へ行く人」とが同一人物か、またこれが誰か、さまざまに議論があるが、私は歴史的事実に還元せず、『紫式部集』自身が表現において両者を分けていることに注目しておきたい。

(41)木村正中「『紫式部集』冒頭歌の意義」南波浩編『王朝物語の周辺』笠間書院、一九八二年、三五三頁。

〔付記〕

本稿は発表当時、そのころの研究状況に基づき諸説について細かく注記を施したが、現在の段階においてもはや不要なものがあり、何箇所かについては今回省略に及んだ。なお、現在の注釈の状況については、上原作和・廣田收共編『紫式部と和歌の世界一冊で読む紫式部家集』（武蔵野書院、二〇一一年）を参照いただければ幸である。

第三節　『紫式部集』「数ならぬ心」考

はじめに

『紫式部集』に、次のような有名な和歌がある。古本系の最善本とされる陽明文庫本によると、

身をおもはずなり、なげくことの、やう〳〵なのめに、ひたぶるのさまなるを思ひける

かずならぬ（で―見セ消チ）心に身をばまかせねどみにしたがふは心（涙―見セ消チ）なりけり　（五五番歌）

心だにいかなる身にかかなふらむおもひしれども思ひしられず　（五六番歌）(1)

というものである。この詞書と二首の和歌については、流布本系統の最善本とされる実践女子大学本の本文との間に、表現上のいくつかの異同があるだけでなく、歌集全体にわたる問題としてもこの二首の直後から、五七番歌以下の和歌配列に異同があることについてはすでに多くの指摘がある。また、従来、この二首は、紫式部の内面をかいま見せるものとして、様々に論じられてきた(2)。特に、初句「数ならぬ心」は、研究史にみるように、あまり他に例を見ない、独自の表現であることが注意されてきた。本稿では、改めて「数ならぬ心」という表現を検討することによって、その意味するところを考える手がかりとしたい。

一　五五番歌と初句「かずならぬ心」の解釈

早く、岡一男氏は『源氏物語の基礎的研究』において、歌「数ならぬ」「心だに」など四首を挙げて、

これらにおいて、我々は平安朝の女性の苦悩・反省・自覚の最も深い点に触れることができる。すなはち、紫式部は現実の無常感や絶対的なる虚無感に屢々襲はれつつ、しかも毅然たる貴族的態度を喪はず、デカダンの泥沼からみづからをまもつたのである。絶えざる懊悩とこれを克服せんとする諦観とのたたかひが、実は一見凡庸で取るにたらないと思はれやすいこの歌集の内奥にあつて、それが他の時流の諸歌人の家集に見られない、永久につきぬ魅力の源泉になつてゐる(3)。

と論じられた。ここには紫式部の精神世界が『紫式部集』を用いることによって明らかにされている。また、今井源衛氏は、紫式部の伝記研究の立場から、この二首について、

無常感に裏打ちされた厭世的基調の中にも、なお自分自身の幸福やその分身であるわが子への愛が棄て切れない心境を訴えているのであるが、反面そうした不幸にも取り乱さず、冷静を失わないで、自身の姿を客観視している点が注目される。ことに自分自身—ひいては人間そのもの—を「身」と「心」という二元的存在と見、両者の相関関係の中に自分の具体的な姿を見出しているのは、驚くべきことかもしれない(4)。

とされ、紫式部が「強靱に生き抜くことができたのは、こうした知的・客観的な人間把握に基づくところが多かった」からだと論じられた(5)。今井氏が指摘されるように「自身の姿を客観視」すること、すなわち「自分自身」のみならず「人間そのもの」を捉える認識のありかたを、この二首に見てとることができよう。そのときに、「身」と「心」とは、ただちにいわれるところの「二元的存在」ということができるであろうか。そのように捉える前に、初句「数ならぬ心」という表現そのものを問う必要がある。

最初に『紫式部集』の注釈書を刊行された竹内美千代氏は、

「かずならぬ心」は、物の数に入らないつまらぬ自分の心。「身」は身の上、境遇。「まかせねば」とあるのは底本のみ。諸本みな「まかせねど」とあるのによる。変ることはないと思っていた心が、境遇に応じて変って来たことを意識している。(6)

と注を付されている。そしてこの和歌が『千載和歌集』に入集していることを指摘されている。(7)基本的な注釈はここに始まっている。いわれるように、「身」は、宿世に規定された身の程を意味している。その上で、「物の数に入らないつまらぬ自分の心」とは何か、その内実が問われる。

その後、「数ならぬ心」の解釈に触れたものは、管見に触れた範囲では次のような考察がある。まず、清水好子氏は、

「数ならぬ心」というところに、ささやかな希望でさえ叶えられなかったという運命にたいする恨みの気配がするから、彼女の内心はけっして「やうやうなのめに」はなっていなかったはずである。だからまた「ひたぶるのさま」になるのであるが、「数ならぬ心」とは同時に卑下の気味がある。何と比較して、何を意識して自分を「数ならぬ」と観じたのか。(8)

と問われる。そして表現を検討された後に「この二首は『心』と『身』、式部自身の内部にあるものと、彼女自身をも含めた外界、すなわち肉体、環境の対立を明確に意識した歌であるから、連作として見なければならないし、『心』と『身』の対立を崩さぬ形で理解しなければならない」とされる。(9)そして、清水氏は、藤原俊成が『千載和歌集』に掲載するにあたって、「数ならで」と改めたことは問題であるとされる。(10)そして、そのわけを、

「数ならぬ心」が「数ならで」、つまり「数ならぬ身の上なので」ということになってしまっては、「心」と「身」の鋭い対立がうやむやになってしまう。「数ならぬ心」だから、つぎの歌の「心だに」の「だに」

が利くのであって、式部の気持ちでは当然「数ならぬ心だに」のつもりである。(11)と説かれた。そして、『千載和歌集』が「『身』と『心』の乖離の自覚という、式部の本質に触れるようなこの歌の趣意を曖昧にした罪は消えない」と断じられた。(12)すなわち、「数ならぬ心」という表現は他に置き換えることができないものであることを説かれたことに賛意を表したい。

秋山虔氏は、さらに詳細に、和歌の表現に即して次のように論じられている。秋山氏はまず、この二首を、「身」と「心」の「組み合わせ」をもつ和泉式部の和歌と比べられる。(13)

「数ならぬ…」の語が、「身」と対立するものとして措定されている「心」に付されているのがいささか奇異の印象である。「数ならぬ」の語は国歌大系や国歌大観の索引を一瞥するだけでも明白なように、「身」を修飾する語である場合が圧倒的に多い。(14)

とされる一方、少数ではあるが、「数ならぬ心」という表現の例のあることについて、

数ならぬ心のうちにいとどしく空さへゆるすころのわびしさ　（信明集）(15)

数ならぬ心をちぢに砕きつつ人をしのばぬ時しなければ　（曽丹集）(16)

などを挙げられて、

これらの「数ならぬ心」は相手から顧みられぬ懸想心をいう謙辞にほかならないので、対置される「身」と「心」との関係をまじまじと見すえ、追求するごとき紫式部の歌とは異質であることはいうまでもないのである。(17)

と説かれた。さらに、

題しらず　　西行法師

はるかなる岩のはざまに独りゐて人目おもはで物思はばや

数ならぬ心のとがになしはてじ知らせてこそは身をも恨みめ　（『新古今和歌集』恋二、一〇九九・一一〇〇番）[18]

を引かれるとともに、清水氏『紫式部』の御説を検討されて、

この「数ならぬ心」は私見によればほとんど無きにひとしい、いわば存在根拠の奪われたそれとして逼迫する微小なわが心と解すべきではなかろうか。[19]

とされ、

そのような心であってみれば「身」すなわち具体的な現実の存在としての自分をどうしてそれに委ねることができるだろうか。（略）問題は、そのことをいう上句が逆接の確定条件を表す「ど」でうけられて下句に続いていく呼吸にある。[20]

と説かれた。そして、

この取るに足らぬ微小なわが心、しかしながらその心を措いてどこに身のよりどころがあるか、無きにひとしい心たりとも、それはついに否定しきれぬもの、それが拠点となるほかない、絶対否認しえぬまさに不退転の心がかえってそこに措定されたことになると見たいのだが、しかるに、そのように措定された心は、しょせん「身」―現実の境遇に押し流され、随従するほかないのだという深沈たる諦観的詠嘆として、下句があると考えることによって、上句との脈絡が成り立つのではなかろうか。[21]

と結論づけられている。この秋山氏の御説はまことにゆきとどいたものであり、もはや加えるところは何もないといわなければならない。

内藤早苗氏もこの初句の表現に注目された一人である。内藤氏は、「『数ならぬ心』に『身』をまかせることができないとはどういうことであろう」と問われて、

この場合「心」とは自分の内面世界の総体と受け取れる。紫式部にとってはその内面世界がほぼ自分自身

に等しいものだったのではなかろうか。だからこそ「数ならぬ心」であり、それは単なる卑下ではなく、そのように無常感ばかり感じている心に負ける自分自身すなわち「身」ではありたくない、という希望が生まれてくるのではなかろうか。しかし、下句ではそれが逆転している。（略）結局、自分の心、内面世界の方が、身、外的環境に左右される、と詠嘆しているのであるが、それは自己の内部の問題にひとつの答えを見いだしたという安堵、感激の詠嘆ではなく、これからまた問題が起こってくる可能性を秘めた諦観的な詠嘆である。(22)

と論じておられる。もう一人、後藤祥子氏もこの特異な表現に注目されている。後藤氏は、秋山氏の考察を踏まえられて、

「数ならぬ心」の造語は異様（秋山）だが、『源氏物語』の使用例に見ても、卑下の裏に、抗しがたい権力への抗議がひそむ。しかし問題なのは、「身にしたが」はざるをえないと一旦は観念した心（55番歌）がその実決して「身にかな」っていない（56番歌）ことへの認識、世の掟に流される生身の身体と一見自己同一性《アイデンティティ》を保つかに見えながら、たちまち反逆を開始する心の始末の悪さなのだ。宿運拙いというほかない生身と、その身の丈にあわぬ心の高さとの懸隔は、想像を絶する源氏物語世界との接点を見ることでいささか納得できはしないだろうか。(23)

と述べられ、この二首が『源氏物語』とかかわる可能性についても説かれている。最近の注釈においても、『新日本古典文学大系』は「所与の『身』に適合できぬ『心』の鬱屈、それは物語生成の一基盤でもあろう」と評している。(24)また、伊藤博氏は歌「数ならぬ」「心だに」の二首について、

社交雅語としての王朝和歌一般のありようから遠く、孤独な内面の凝視から生まれた歌だが、思うにまかせぬ「身」にしたがうほか術のない「心」の鬱屈が、そうした現実を「言葉」の飛翔によって超え得る世界

——物語構築への力源となったであろう創造の機密を窺わせる一方、現実にはますます「身」の不如意を痛感させられる宮廷女房への転身が迫っていたことを、暗示するものでもあった。(25)

と述べられている。そのような二首の示すところは、『源氏物語』の表現の基盤として捉えることができよう。また近時、中周子氏は「数ならぬ心」を「物の数にも入らぬ私の心」と注した上で、「自らの嘆きを、冷静に分析し客観視して書かれた詞書と、心の変容を凝視した歌」であるとみる。さらに、歌「心だに」について「卑小な自分の『心』に適う身の上さえ実現することは不可能である、という絶望的な現実認識と、なお悟りきってはしまえぬ『心』の自覚」と注しておられる。(26)

他方、山本淳子氏は、この二首の「表現の基盤」を探るべく「『身』と『心』の対照表現を和歌史と漢詩の両面から眺めていく」方法をとられた。それは、『紫式部集』が漢詩とのかかわりにおいて成り立つ表現であることを見事に解明されたことにおいて注目される。すなわち、山本氏は『萬葉集』から『古今集』に至って「身」と「心」という「対概念がそれに見合った対表現を獲得したという変化」をみてとる。そして、そのような「身と心への意識」が「環境要因」であり、「直接要因は白居易の詩でなかったか」と論じられた。(27)すなわち、「夏日独直寄蕭侍御」や「風雪中作」の他、特に「心問身」と「身報心」の連作について、例えば、歌「数ならぬ」については、

白居易は最終的に心に身を任せた。一方私は、そうできなかったし、しなかった。「数ならぬ」は白居易の心を念頭において、それとの対比で言っているのではないか。そして下の句、白居易は「自戯三絶句」の第二詩で、身を容認し、身とともに行くしかない心を認めた。

とされ、「任せねど」の逆説は白居易との対比による逆説である。「心なりけり」の断定と詠歎は、白居易との共通

性の中に心というものの普遍性をみたように感じたのではないか。

として「白居易『自戯三絶句』を念頭に置いたと想定することで、紫式部の連作は具体性を帯び、分かりやすくなる」とされて、それが「紫式部歌にとって一種の典拠である」ということを詳細に論じられた[28]。紫式部の和歌が、漢詩の表現を踏まえるところにその特質があることを見出そうとされたことにおいて、きわめて重要な指摘といえよう。

さらに最近、張龍妹氏は、『萬葉集』における身と心をめぐって、日本古代の霊魂観を論じ、「仏教思想の浸透」によって「身に対する執着」と「離脱しようとする心も結局現実の身に従属してしまう」という認識の変化を指摘する。それが「憂き世」「憂き身」という言葉であるとする。張氏は『紫式部集』の「数ならぬ心」の和歌について、

「身を思はずなり」の「身」は、式部の不幸な身の上を意味するものではない。憂き世を厭い、離脱を志向する「心」と背反する、現世に未練をおぼえ、執着する「身のありかた」と解すべきではなかろうか[29]。

そして、「『数ならぬ心』は『身を思はずなり』と嘆く心」であると見て、「出仕をめぐって、その人間的な本能と心の新たな関係が意識されたのである[30]」という。そして、

身心の乖離に加えて、「身にしたがふ心」と「身にかなはぬ心」との対立、つまり彼女における「身」に執着する心と現世離脱を志向する心の葛藤が連作歌のモティーフになっている[31]。

という。また、

連作歌および日記に見られる式部の複雑な思考は、単一な「身」と「心」の関係ではなく、身心の乖離を前提においた、「身」をめぐる彼女の葛藤の現れと考えられる。現世離脱に背反するもう一つの我が心の乖離を発見し、凝視する。それによって、式部はいずれにも安住する場が得られなかったのである[33]。

と論じている。

そのように「数ならぬ心」という表現については、さまざまに論じられてきたが早く南波浩氏は、次のように論じておられる。すなわち、

物の数にも入らぬ・取るに足らぬ自身の心。それはただ観念的に卑下して表現しているのではなく、すでに清水好子氏が言われているように、「ここには宮仕えの話がぽつ〳〵身辺に出始めていたのであろう」（『紫式部』一二二頁）。そういう高貴の辺りの意志・要請からみれば、一受領の未亡人たる式部は「数ならぬ身」であったであろう。（略）家集でそれを「数ならぬ身」と言わないで「数ならぬ心」としている点は、宮廷高貴の方から見れば、取るに足らぬ「心」にすぎないものであろうが、その心こそは私自身のものであるはずなのに、という意識がその基体としてあることを、われ〳〵に感じさせる。(33)

として、『伊勢集』に見え、『後撰和歌集』恋五、九三七番に入集している、

不諾（いなせ）とも言ひ放たれず憂きものは身を心ともせぬ世なりけり(34)

を引くとともに、『源氏物語』における、

いはけなくより、宮の内より生ひ出でて、身を心にもまかせず、　（梅枝巻）
心にまかせて、身をももてなしにくかるべき　（若菜上巻）
身を心にまかせぬ歎きをさへうち添へ給ひける　（御法巻）
宿世といふなる方につけて、身を心ともせぬ世なれば　（総角巻）
身を心ともせぬ有様なりかし　（宿木巻）
心に身をもさらにえまかせず　（浮舟巻）
身のおきても、心にかなひがたく　（夢浮橋巻）(35)

等に「類句」を見出すことによって、「登場人物の心象の形象にしば〳〵顔を出す作者自身の内面心理の見のがしがたい反映と見られるのである」と述べておられる。(36)

ここで私は、『源氏物語』における類句表現を参照させて理解しようとする指摘に立ち戻って、この「数ならぬ」の表現の考察を試みたい。すなわち、南波氏が「物の数にも入らぬ・取るに足らぬ自身の心」といわれたことは、つまるところ何を意味するのか。また、南波氏が指摘された『源氏物語』の「類句」とはどのようなかかわりをもつのだろうか。そのような二点に絞って考察を加えたい。

最初に押えておきたい問題は、五五番歌が「数ならぬ心」に「身」、すなわち竹内氏が指摘されたような「身の程」、境遇をも含むところのわが身を委ねるということはできないが、結局、わが身―身の程たる宿世に従わざるをえないのは、「数ならぬ心」なのであったということである。ここに示された認識は、運命的なものに対する苦悩のかたちである。上句は、おほけなき心の向くところにわが身を委ねることはできないとしつつ、下句は、抗いながらなお、宿世に心は屈服し、従わざるを得ないというところに、ますますわが心は「数ならぬ心」と鬱屈せざるをえなくなると見える。

ところで、五五番歌・五六番歌は、紫式部の寡居期から出仕期のころに詠じられたものであるといわれている。(37)そのような詠歌時期を考えあわせるならば、「数ならぬ心」とは、突然の夫宣孝の死の悲しみ、さらに幼な子を抱えて、考えもしなかった出仕を余儀なくされるという人生の大きな転機に出逢って、そのようなわが身の運命に思いをいたし、描きわが身の程を思い知らされることにおいて、初めて仏という存在に救いを求めたことがうかがえる表現なのではなかろうか。何ほどでもない心、というのは、出仕に際して直面した俗世の秩序としての身分の問題であるよりも、煩悩にとらわれ自らの力では解決することのできない、無力な自己を表しているのではないか。やがて仏に救いを求める「心」のありかた、いいかえれば「心」という語は、仏を志向する信仰のありかたを意味することに連なるのか否かが次に問われよう。

そのような見通しのもとに、南波氏が指摘された『源氏物語』における類句の存在の意味について考察を試みたい。

二　『源氏物語』における「身」と「心」

『源氏物語』の中で、この「数ならぬ心」に、最も近似している表現として、まず第一に参照すべきは、薫が大君に恋情を訴えたとき、大君が返事に窮すると弁御許が入れ替わって相手をした条。弁は次のようにいう。

「いともあやしく、世の中に住まひ給ふ、人の数にもあらぬ御有様にて、さもありぬべき人々だに、とぶらひかずまへ聞え給ふも、見え聞えずのみなりまさり侍るめるに。ありがたき御心ざしのほどは、数にも侍らぬ心にも、あさましきまでおもひ給へきこえさせ侍るを。わかき御心地にも、おぼし知りながら、きこえさせ給ひにくきにや侍らむ」と、いとつゝみなく物馴れたるもなまにくきものから、けはひ、いたう人めきて、よしある声なれば、（橋姫、四巻三一八頁）

玉上琢彌氏の『源氏物語評釈』は「物の数でもございません私などでも」と訳出する。(38)『全集』は「弁自身の心にも」と注する。(39)『集成』は「物の数にも入らぬ私ごときにも」と訳出する。(40)『新編全集』は「弁自身をさす」と注する。(41)内容として見るならば、「数にも侍らぬ心」とは、人並みの心を持ちあわせていないことをいう、という点で謙譲の意が強くうち出された表現であるとみられる。

弁御許は自分が長らくお仕え申し上げていた故宇治八宮が、世の中で暮らして行かれる上で「人の数にもあらぬ御有様」であって、当然御交誼のおありであるはずの人々でさえ、お訪ねになることも、折にふれてそれ相応の扱いをなされることもなくなってしまわれた状態であった、と嘆く。その八宮の「御心ざしのほど」は、弁尼自分自身のような「数にも侍らぬ心」にも、辱いものと感じられたという。

大君を相手にする物語に隠した薫の求愛をわずらわしく感じ、いらえにくく難儀した大君の代わりに、薫の相手として御簾の前近くに出てきた弁御許は、八宮が世に「人の数にもあらぬ御有様」であったと口にしたがゆえに、その八宮に寵ぜられたわが身の感激をいうには、今をときめく高貴なる都人薫を目の前にして、八宮を喩えた以上に、さらに八宮と自己との懸隔に思い至る。そのようにして、へり下っていうのが、「数にも侍らぬ心」という表現である。すなわち自らにも、ものを感じることがあった、というようなことや、わが心のことをいうことさえも、憚かられるほどであるようなさまをいうことに他ならない。にもかかわらず、恐縮しているにせよ、そのことを薫に申し述べることが、かえって自己主張になるというところにこの表現は成り立つ、ということができる。

そのことからすれば、『紫式部集』の「数ならぬ心」は、この場合、幾重にも隔たる階層の懸隔を思い知ったときに、反転して卑小なるわが心を意識したものということができる。

次は、「暮れゆく」のに「まらうど」薫は京へ帰ろうともしない。弁が薫からの言葉を伝えられた大君の嘆く条である。

弁、まゐりて、御せうそこども聞え伝へて、「うらみ給ふを、ことわりなるよし」をつぶ〳〵と聞ゆれば、いらへもし給はず、うたて嘆きて、「いかにもてなすべき身にかは。ひと所おはせましかば、ともかくも、さるべき人にあつかはれたてまつりて。宿世と言ふなる方につけて、身を心ともせぬ世なれば、みな例のことにてこそは、人笑へなる咎をも隠すなれ。（総角、四巻四〇〇頁）

大君は思う。八宮が在世中であれば、女房たちにもてなされて、なんとかしてやってゆけるであろう。しかるに、「宿世と言ふなる方」につけて「身を心ともせぬ世」であるという。すなわち、わが身の程は、心のままには如何ともしがたい、という嘆きである。そのような苦悩は、実は父八宮のそれであった。都の世界も知らず、結婚もすることなく、大君は物語によって得られたひとつの結論—命題をここに継承しているのである。

次は、薫が匂宮を宇治へ忍んで連れ申し上げる。大君は薫を警戒し廂の戸を強く鎖して薫と対面した。薫が大君に対して訴える条、

「今はいふかひなし。ことわりは、返〴〵きこえさせても、あまりあらば抓みもひねらせ給へ。やむごとなきかたにおぼし寄るめるを、宿世など言ふめる物、更に心にもかなはぬ物に侍るめれば、かの御心ざしは、異に侍りけるを。いとほしく思ひ給ふるに、かなはぬ身こそおき所なく、心憂く侍りけれ。猶、「いかゞはせん」に、おぼし弱りね。（総角、四巻四一五頁）

という。物語の経過を思い合わせれば、出生の秘密に捉われ続けている薫にとって、宿世は自らのあずかり知らぬものとして切実に受けとめられていたはずであろうが、自らを語らない薫の言葉は大君には通じない。一方、大君は、

此ののたまふ、「宿世」といふらんかたは、目にも見えぬ事にて、いかにも〳〵、思ひたどられず。知らぬ涙のみ、霧りふたがる心ちしてなん。（総角、四巻四一五頁）

と切り返す。ここにも、「宿世など言ふめる物」は「心にもかなはぬ物」であり、「かなはぬ身こそおき所な」いものであるという。心は宿世—身をどうすることもできないという。そのような言葉は、弁御許が漏らし、大君も述べ、薫もまた同じことをいう。それらの人々に共有された思考なのである。彼等にとって、「宿世」というものは「目にも見えぬ事」であるゆえに、「思ひたど」ることができないとするものである。

右に掲げた総角巻の二箇所の記事によって、大君は確かに、薫との結婚によってやがてうち捨てられるであろうことを予想し、それならば結婚はしたくないと思いながら、なおその意志をなかなか貫くことがむずかしい、

という思いを反芻していることが読み取れよう。大君は心のままに生きたいとしながら、宿世に規定された身―身の程を心のままにいかんともすることができない、しかも、宿世は目に見えないがゆえに、それがどのようなものであるのかはしかと掴むことができないという。かつて光源氏が罪の子薫の出生を、わが過ちの報いとして受けとめた、あの仏教の原理すなわち因果の思想を「信じることができない」と打ち消す。この言葉に滲む苦悩こそ、紫式部の苦悩そのものである。

このような宇治大君が「宿世」は目に見えないものであるとして苦悩した言葉と類似した表現は、『源氏物語』の何箇所かにわたって認められる。

例えば女三宮の処遇をめぐって苦悩する朱雀院の言葉、

いひもてゆけば、みなおなじことなり。ほど〳〵につけて、宿世などいふなることは、知りがたきわざなれば、よろづに後ろめたくなん。（若菜下、三巻二二四頁）

また光源氏の言葉、

女子を生し立てんことよ、いと、難かるべきわざなりけり。宿世などいふらんものは、目に見えぬわざにて、親の心にまかせがたし。（若菜下、三巻四〇二頁）

あるいは玉鬘の子左近中将の言葉、

「その、昔の御宿世は、目に見えぬものなれば、かう思し、の給はするを、「これは、契り異なる」とも、いかゞ奏しなほすべきことならむ」（竹河、四巻二八〇頁）

これらもまた、さまざまな人物において述べられる同一の表現であるといえる。『源氏物語』には、系図上はつながりのない人物間においても、認識や経験によって思考された軌跡は蓄積され、離れた箇所で継承されることがある。それが人物の系譜をなすのである。これもまたそのような物語の特質に根ざすものであろう。

ところで、このような宿世をめぐる「身」と「心」の嘆きは、すでに光源氏のものであった。夕霧に対して、光源氏の述べた言葉、

いはけなくより、宮のうちに生ひ出で、、身を心にまかせず、所せく、「いさゝかの事あやまりもあらば、かろ〴〵しき誹りをや負はん」と、つゝしみしだに、なほすき〴〵しき咎を負ひて、世にはしたなめられき。（梅枝、三巻一七七頁）

ここに光源氏自身によるわが半生の回顧がみてとれる。さらに、紫上の没後、光源氏は「いにしへより、御身の有様おぼし続」けた条。光源氏は「いはけなき程より、かなしく常なき世を思ひ知らすべく、仏などのすゝめ給ひける身を、心強く過ぐして、つひに、『来し方・行く先も、ためしあらじ』と、おぼゆる悲しさを、見つるかな」（御法巻、四巻一八八頁）と自己の半生を総括する。

おぼしめしたる心の程には、更に、なにごとも、目にも耳にもとゞまらず、心にかゝり給ふこと、あるまじけれど、「人にほけ〳〵しきさまに見えじ。今更に、我が世の末に、かたくなしく、心弱き惑ひにて、世の中をなむ、背きにける」と、ながれとゞまらむ名を、おぼしつゝむになん、身を心にまかせぬ嘆きをさへうち添へたまひける。（御法、四巻一八八頁）

「常なき世を思ひ知らすべく、仏などのすゝめ給ひける身」でありながら、今まで出家もできずにきたことを、「身を心にまかせぬ嘆き」である、と悔恨するのである。他に例のなきほどの数奇な運命を生き抜いた光源氏にして可能な、まことに重みのある言葉であるといえよう。

これと同一の表現が宇治十帖にもみてとれる。大君の嘆きは、浮舟の物語にも継承されている。匂宮が中君に話す条に、

「げに、あが君や。幼なの御物言ひや。（略）むげに、世のことわりを思し知らぬこそ、らうたき物から、

わりなけれ。よし、我が身になしても、思ひ廻らし給へ。身を心ともせぬ有様なりかし。もし、思ふやうなる世もあらば、人に勝りける心ざしの程も、しらせたてまつるべき一節なむある。たは易く、言出づべき事にもあらねば、命のみこそ」など、のたまふ程に、（宿木、五巻六一頁）

とある。また、匂宮は浮舟に、和歌「ながき世を」を詠じて、

いとかう思ふこそ、ゆゝしけれ。心に身をも、更にえまかせず、よろづにたばからんほど、まことに、死ぬべくなん、おぼゆる。（浮舟、五巻二二四頁）

という。これに、浮舟は、

心をば嘆かざらまし命のみ定めなき世と思はましかば（浮舟、五巻二二四頁）

と答える。このとき、浮舟は、「心をば嘆かざらまし」とすることにおいて、「心」のままにならないわが「身」を嘆くような大君の苦悩に対して、「心」を排除した設定がなされている。そしてさらに「身」を捨てるところに浮舟の造型がある。

一切の制約から自由で奔放に生きているとさえ見える薫や大君とは別の人生を歩んできたはずの匂宮もまた、光源氏から発し、薫や大君に表明されたと同じ認識を持つのである。これを聞いていた中君自身が、匂宮の訪れを待ち遠になる折々のあることを、予想はしながらも、情愛のさめたさまを嘆く条に、

「いと、かうしもやは、名残なかるべき。げに、心あらむ人は、かずならぬ身を知らで、まじらふべき世にもあらざりけり」と、返々も山路わけ出でけむ程、うつゝとも思えず、悔しく悲しければ、「猶、いかで、忍びて渡りなむ。」むげに背くさまにはあらずとも、しばし心をも慰めばや。（宿木、五巻六九頁）

とある。

また、浮舟の失踪の顛末を聞いた薫が、右近に述べる条、

「我は、心に身をもまかせず、顕證なるさまに、もてなされたる有様なれば、顕證なるさまに、もてなされた有様なれば『おぼつかなし』と思ふ折も、『今近くて、人の心置くまじく、目安き様にもてなして、行く末ながくを」と、思ひのどめつゝ、（蜻蛉、五巻三〇三頁）

とある。

すなわち、『源氏物語』においては、『紫式部集』第五五番歌に託されたのと同じ苦悩が、さまざまに登場人物の内面を覆っていたといえる。かつて藤井貞和氏は、「宇治十帖の問題」は「源氏物語正篇（光源氏物語）の主題が、どう、この宇治十帖を含む源氏物語第三部の世界につながるのかということ」と、「宇治十帖の世界が、どのように作家の終りを必然としたのか」という二点を問われた(42)。そして「光源氏物語を書き終えたひとりの作家が、なぜ、それの続編を書き出さないではいられなかったのか」と問う(43)。そして、「作家もまた王権、政治の叙述を物語から追放しながら、確実に救済の主題へにじり寄ってゆく」ことを指摘される(44)。いうならば、そのような転換にこそ、『源氏物語』の「作者」「紫式部」の存在を確かな手ごたえをもって認めることができるということがいえる。言い換えれば、光源氏物語から、宇治十帖へ向かうところに、『紫式部集』五五・五六番歌にうかがえる内面的な葛藤が、物語の表現の基盤としての原理として横たわっていると見てとることができる。

すなわち、浮舟にはすでに、大君におけるような「身と心との相克」はみられない。

なほ、わが身を失ひてばや。（浮舟、五巻二五〇頁）

まろは、いかで死なばや。世づかず、心憂かりける身かな。（浮舟、五巻二六二頁）

嘆きわび身をば捨つとも亡き影に憂き名流さむことをこそ思へ（浮舟、五巻二七二頁）

あさましう、心と身を、亡くなし給へるやうなれば、（蜻蛉、五巻二八二頁）

憂き物と思ひも知らず過ぐす身を物思ふ人と人は知りけり（手習、五巻三八一頁）

「心」をもって「身」―身の程にあらがった大君に対して、浮舟はまず「身」を捨てようとしたところから始まる。しかしながら、なお「身」を捨てきることはできない。原理的なこととしていえば、浮舟の持たされた「心」は、やがて出家へと連なるものであったところに、宇治十帖における大君から浮舟へ―すなわち宇治十帖の表現を支える思考の枠組みとして、「身」と「心」の関係が働いているということができる。

三　「心」の意義

そのような「心」の意義は、次のような仏教説話集の事例を対照させることにおいて、より明確なものとなろう。

『今昔物語集』巻第三十「中務太輔娘、成近江郡司婢語第四」はおよそ次のようである。中務太輔には娘が一人いた。太輔は兵衛佐を聟としたが、太輔は亡くなってしまう。娘は兵衛佐に対して、親の死とともにもはや十分な御世話ができなくなったゆえに、自分のもとに通ってこなくとも構わない旨を告げた。兵衛佐も、女のもとにしばらく通ったが、女の言葉に促されて離別した。その零落した女の住む邸宅に、近江国から郡司の子が長直のため上京し、その寝殿に仮の宿りをしたとき、女の世話をしていた尼君に向って、共寝のための女童を所望する。尼君は郡司の子を、女の部屋に導き入れる。郡司の子は、女を郷里である近江国に伴って下向したが、元の妻はこの女に嫉妬した。やむなく女は、郡司の子の親である郡司の使う下衆の中に「婢」として使われるようになる。そして、昔の兵衛佐が国守となって館に迎えられたとき、立ち働く美しい女に目をとめ、郡司に夜参上させるように求める。郡司は女を美しく仕立てて参らせる。国守は女を抱き、女との相性の睦ましさを不思議に思い、ついにある夜、女を問い詰め、それが旧き妻であることに気づく。国守は和歌「コレゾコノ」を詠じると、女も男が本の夫であることに気づく。たちまち、女は恥かしさに落命する。その話末評語には、女、「然ニコソ」ト思ケルニ、身ノ宿世思ヒ被遣テ、恥カシサニ否不堪デ死ニケルニコソハ。男ノ、心ノ無カリケル也。其ノ事ヲ不顕サズシテ只可養育カリケル事ヲ、トゾ思ユル。此ノ事、女死テ後ノ有様ハ不知ズトナム語リ伝ヘタルトヤ。[45]

とある。本話の趣旨は、不思議な再会による男と女の不幸にある。『大系』は「伊勢物語（62）と本語とは同原の説話に基くか。但し、彼の粗と本語の精とは比較すべくもない」とし「類話は巻十（二五）に見える」と注する。[46] そこに指摘されている『今昔物語集』巻十第廿五は、「高鳳流麦」の物語である。これは『前漢書』六四列伝、[47]『蒙求』「買妻恥醮」[48]、源光行『蒙求和歌』「買妻恥醮」[49]、『唐物語』「朱買臣」[50]の物語などと比較されるものである。そのような類話から、物語に共有される枠組みのあることが知られるが、本話巻第三十第四において、女は、夫とのあさましいほどの運命的な再会に「身ノ宿世」の拙なさを深く感じたといえる。

『今昔物語集』が他の類話の文献と決定的に異なるのは、女が「恥カシサ」のゆえに命を落してしまうことである。そして、編者が女の落命について「男ノ、心ノ無カリケル也」と断じることである。ここにいう「心」とは、単に感情をいうのではない。[51] 認識の謂である。男には、「宿世」に対する認識が欠けていた、というのである。深い信仰への願いへ転換する認識であるはずである。最近『今昔物語集』の編纂は南都仏教の法相宗の教義に基づくことが指摘されているが、もしそうであれば、この「心」は唯識をいうものかもしれない。[52] そのような「心」は、仏に対する帰依の縁となり、西方極楽浄土への往生を遂げたいという強い願いに至る可能性をもつものである。

『紫式部集』第五五番「数ならぬ心」を考察する上で、仏教説話集にみえるそのような「心」というものを参看することができるであろう。詞書にいう、「身をおもはずなり」とは、わが身―わが身の程の拙なさのことである。「なげくこと」がいや増すのみならず、「ひたぶるのさま」にまで昂じることになったときに詠じたものとするのである。

ところで『紫式部集』第五五番歌における「心」に仏教的な意味をみてとろうとされたのが、稲賀敬二氏である。稲賀氏は、

「数ならぬ心」とは「身を思はずなりと嘆く」心である。それに徹すれば出家してもよいところである。その「心」に「身を」まかすならば、心に感じたままに行動することになる。式部は決して「心」に「身を」まかそうとはしない。単純化していえば、ここで出家してもいいはずだと思っても、その思いに身をまかして、それを実際の行動には移さないのである。そこに「心」と「身」とのバランスが保たれているわけである。このバランスは「身」と「心」との間にも保たれていなくてはならないと思う。ところが、「心」の方は容易に「身」の現実に従って変わってしまう。それが最初の歌である。(53)

と述べられている。

つまるところ『紫式部集』第五五番における「数ならぬ心」とは、まだ現実のこととととして、出家するか否かを切迫して問う程には立ち至っていなかった時期の表現であろう。とはいうものの、まさに「目に見えぬ」ものとしてのわが宿世とは何なのか、考えてもついに答えのないまま、わが願いや望みにわが身をうちまかせることができない。にもかかわらず、宿世にねじ伏せられてしまうことを嘆かずにはいられないという苦悩を基盤とする。そのような意味で、浄土への志向を孕みうる表現であるということができるのである。

そのような「身」と「心」の葛藤は、『紫式部日記』の、いわゆる「消息文」の末尾に、

かく世の人ごとのうへを思ひ思ひ、はてにとぢめ侍れば、身を思ひ捨てぬ心の、さも深う侍るべきかな。何せむとにか侍らむ。(54)

とあるところにもかかわる。この「身を思ひ捨てぬ心」を、『大系』は「わが身に執着する心が本当に深いもの

なのでございますこと」と訳出する。[55]『全集』は「わが身を思いきれない気持がこんなにも深くあるものですね」と訳出する。[56]萩谷氏は、日記の中で「既に紫式部は、思いきって出家したとしても、往生を遂げるまでの、修業期間に、気持ちがぐらつくかもしれないことを恐れて、出家に踏み切れないでいるといっている」[57]という「出家についての堂々繞り」と、「本節における四段論法の屈折の多い思考形式、すべてが『未練』そのものであり、『煩悩』それ自体である。しかもその際限のない自他に対する批判性こそが、『源氏物語』ほどの大作を生み出す原動力であったわけである」と論じられている。[58]そのような「身を思ひ捨てぬ心」は、現世からの出離を願いつつ、なおわが身への執着を捨てきれぬという自己の発見であったといえる。しかもそこに、極楽浄土への往生を願いながら、わが罪業の深さの自覚と、そうであるとしても、これからどのように生きうるのかを思うときの絶望的な心情をみてとることができる。「身」と「心」との葛藤といいながら、『紫式部集』の「数ならぬ心」には、なお矮小なる自らに依りつつ生きるしかないという根拠がどこかに感じられるのに対して、『紫式部日記』の「身を思ひ捨てぬ心」は、謙辞というには足りない。出家を激しく熱望しながらも結局は自らに回帰して、如何ともしがたい執念き「身を思ひ捨てぬ心」を確認せざるをえない、とするところに、あたかも生きることに疲弊したような印象がみてとれるのである。

四　『源氏物語』における転換と『紫式部集』「数ならぬ心」の意義

『紫式部集』五五番歌・五六番歌と『源氏物語』と、成立の具体的時期や前後関係については、明確にすることはできないものであろう。しかしながら、『紫式部集』五五番歌・五六番歌は、『源氏物語』そのものの内在的な転換を象徴的に示すものではなかろうか。

桐壺巻から切り出された根本的な命題――『源氏物語』の本質は、男の側からする女についての言説を、女の側

から覆していくところにある。薫に「昔物語」した宇治八宮の言葉に、

なにごとにも、女は、もてあそびのつまにしつべく、物はかなきものから、人の心を動かすくさはひになむあるべき。されば、罪の深きにやあらむ。（椎本、四巻三四七頁）

という言葉には、物語自身の歴史が畳まれている。と同時に、紫式部自身の歴史が刻みこまれているのではないか。この言葉―認識には、読書体験だけからは得られない、あるいは、仏教的教義にはとどまらない、経験に基いた深く確かな人間認識がうかがえる。この言葉は、八宮が女房達に対して残した遺言ともいうべき言葉、

うしろやすく仕うまつれ。何事も、もとよりかやすく、世に聞えあるまじき際の人は、末のおとろへも、常のことにて、紛れぬべかめり。かゝるきはになりぬれば、人は、何と思はざらめど、口惜しうてさすらへむ契り、かたじけなく、いとほしきことなむ、多かるべき。もの寂しく、心細き世を経るは、例のことなり。生まれたる家の程、おきてのまゝに、もてなしたらむなん、聞き耳にも、我が心地にも、あやまちなくはおぼゆべき。「にぎはゝしく、人数めかむ」と思ふとも、その心にもかなふまじき世とならば、ゆめ〳〵しく、よからぬ方に、もてなし聞ゆな。（椎本、四巻三五一～二頁）

とも繋がっている。ここには、光源氏の物語において具体的に形象された造型の原理であり、結論であることが畳まれているといえる。さらに、八宮はいう。「思ふにえかなふまじき世を、思しいられそ」（椎本巻、四巻三五二頁）という言葉は、思うようにならない世に対して、心のあらがいを持たないことによって耐えていこうとする、ひとつの極をなす生き方が示されている。

そのような八宮の言葉―認識は、次のような類似する言葉とかかわっている。すでに、若菜上巻において朱雀院女三宮の婚嫁について朱雀院は、

さき〴〵、人の上に見聞きしにも、女は心よりほかにあはく〳〵しく、人におとしめらるゝ宿世あるなん、

いと口惜しく悲しき。（若菜上、三巻二一三頁）

という。乳母は、

かしこき筋と聞ゆれど、女はいと宿世さだめ難くおはしますものなれば、よろづに嘆かしく、かくあまたの御中に、とりわききこえさせ給ふにつけても、（若菜上、三巻二二一頁）

と述べている。また、若菜下巻において紫上は、

いひもて行けば、「女の身は、みな同じ罪深きもとゐぞかし」と、なべての世の中いとはしく、（若菜下、三巻三八五頁）

と出家を願う。さらに、浮舟巻には時方が、

女こそ、罪深うおはするものにはあれ。（浮舟巻、五巻二二五頁）

と述べている。そのように、宇治十帖にあっては、若菜巻以後の物語の結論が、さまざまな人物のまさにその折につぶやくにふさわしい言葉として繰り返されるところに、女についての言説がみとめられることになるのである。

それは、桐壺巻以降、さまざまな女性たちの経験の蓄積によってもたらされたものに他ならない。冒頭から辿れば、帚木巻の雨夜の品定め、光源氏のものいい、朱雀院の悩みと女房たちの皇女の婿選び、紫上のつぶやき、宇治八宮、宇治大君の嘆きというように、「女は」という言説は、人物は違ってもすべてが連鎖しているのではないだろうか。われわれは、違う人物によって吐かれる言葉に、それまでの物語の中で生きたさまざまな人生の蓄積を読み取ることができる。人物たちの織り成す物語の螺旋的反復において、位相を異にしながら、根源的な問いを問う、それが『源氏物語』の方法の特質である。

そのような問題は、南波浩氏が、「紫式部の根源的な意識基体」として「『女』というものについての根底から

の問い直し」があった、ということを説かれたことにも触れてこよう。[59]
光源氏物語は若菜上巻に大きな転換を迎える。すなわち、

女三宮の婚嫁と柏木の女三宮に対する犯しという二つの事件は、紫上と光源氏との関係を壊したという点で、一つの「事件」である。しかもそのことが、六条院の本質的な部分であり、かつ最も弱い部分をみごとに撃ち抜いているという点で、若菜巻はそれ以前の二十数巻に対して向き合っており敵対している。御法・幻巻に至る巻々において結局、藤裏葉巻以前に比べて最も変質したのは、光源氏と紫上との関係だったといえるからである。[60]

そして、女三宮たちの出家によって、光源氏は逆に愛執の罪を負わされたまま俗世に取り残されてしまう。

こうして、親子の情愛を否定しないまま、光源氏物語はゆゆしき関係を禁忌を伴わぬ者―ゆかりへ救い出していくことすなわち情愛を他者の中に育てることによって、男は女によって愛執の罪を負わされてゆく。すなわち男が女によって復讐されていく過程をもつ。[61]

というのである。さらに加うるならば、蜻蛉巻には、

女の道に惑ひ給ふ事は、人の朝廷にも、古き例どもありけれど、また『かゝること、この世にはあらじ』となん見たてまつる」と言ふに、（蜻蛉巻、五巻二八二頁）

という表現がみえる。さらに、手習巻にいたると、横川僧都は、

「まだ、いと行く先遠げなる御程に、いかでかひたみちに、しかは思したゝむ。かへりて罪ある事なり。思ひ立ちて、心を起し給ふ程は強く思せど、年月経れば、女の身といふ物、いと怠〳〵しきものになむ。（手習巻、五巻三八七頁）

という。あるいは、横川僧都は、薫を前にして、

「髪・鬚を剃りたる法師だに、あやしき心は、失せぬものあなり。まして女の御身といふ物は、いかゞあらん。いとほしう、罪得ぬべきわざにもあるかな」と、あぢきなく心乱れぬ。（夢浮橋、五巻四二二〜三頁）

と悩む。

これらの言説は結局、遠く、桐壺巻から始まる『源氏物語』の本質をいいあてているのではないか。すなわち、桐壺巻から切り出された、宮廷と政治の中で最も濃密な意味を負わせられる女性という存在とその運命を、仏教の側から救われるのか否かが最終的に問われるところにいたる。そのような転換は、まさに紫式部の苦悩のゆくえである。その意味で、『紫式部集』の和歌「数ならぬ心」という表現は、『源氏物語』全体のありかたと照応している、ということができる。

まとめにかえて

かくて本論は、物語や和歌に頻出する「数ならぬ身」に対して、『紫式部集』における「数ならぬ心」という特異な語句に注目し、それが紫式部固有の表現である可能性について論じた。

しかし一片の危惧もある。それは、陽明文庫本の見セケチ「身にしたがふは涙なりけり」の取り扱いである。これは身と心との対をなす表現からいうと、清水氏も触れているように「『心』と『身』の鋭い対立がうやむやになってしまう」という印象を与えるのだが、逆に、「身にしたがふは涙なりけり」が古形であり、「身にしたがふは心なりけり」というふうに、あえて対になしたものが新しい形であるのかもしれない。さらに想像を加えれば、写本の現在形は（『源氏物語』を読んだ）藤原定家による改訂である可能性も否定できない。

いずれにしても、陽明文庫本の見せ消ちを含む写本の形態そのもののうちに、最終形（現在形）の表現に対して、古写本の痕跡を透かし見ることはできるかも知れない。ただ見てきたように『源氏物語』における身と心と、人物造型とのかかわりを考え合わせるならば、「数ならぬ心」に紫式部その人の表現をみてとることはあながちに否定できないように思う。

注

（1）南波浩校注『岩波文庫　紫式部集』岩波書店、一九七三年、に翻刻されたものを用いる。以下同様。引用にあたっては、南波浩編『陽明文庫本　紫式部集』（影印）笠間書院、一九七二年、を参照した。南波氏は、『岩波文庫　紫式部集』の底本として、最善本である実践女子大学本を用いて校定本を制作しておられるが、ここでは陽明文庫本の本文を対象として『紫式部集』の表現について考察を試みた。

なお、『紫式部集』において「身」と「心」という語を詠みこんだ和歌は二四首ある。そのうち、「身」のみの和歌が七首、「心」のみの和歌が一四首、「身」と「心」両語を詠んだ和歌が三首である。『紫式部集』本文は「陽明文庫本」に拠る。現存伝本の歌数は一一四首である。

（2）この二首について論じた論文は、本稿において触れたものの他に、管見の及ぶかぎりで、南波浩「紫式部集」山岸徳平・岡一男編『源氏物語講座　第六巻　作者と時代』（有精堂、一九七一年）、管野美恵子「紫式部集における恋歌と哀傷歌」（『同志社国文学』第一一号、一九七六年三月）、野村精一「『身』と『心』との相克―劈かれたる存在について―」（『国文学』一九七八年七月）、木船重昭『紫式部集の解釈と論考』（笠間書院、一九八一年）、森本元子「『身』と『心』と―紫式部集の一主題―」（『武蔵野女子大学紀要』第一八号、一九八三年三月）。南波浩「私家集『紫式部集』の特異性」南波浩他編『日本の中古文学』（新日本出版社、一九八三年）、堀川昇「紫式部集の歌二首―身にしたがふ心・身にかなはぬ心―」（『実践国文学』第二九号、一九八六年三月）、伊藤博「紫式部集の諸問題」（『中央大学紀要（文学科）』第六三号、一九八九年三月）、伊藤博他校注「紫式部集」『新日本古典文学大系　紫式部日記他』（岩波書店、一九八九年）、三四二頁、山本淳子「『紫式部集』の方法（下）」（『国語国文』一九九六年一一月）、谷口茂「紫式部の自己形成―家集と日記を中心に―」（『明治学院論叢　総合科学研究』第三五号）、山本淳子「『紫式部集』後半の構造について」（『国語国文』一九九九年一一月）、などを挙げることができる。いずれの御論にも多くの学恩を蒙ったが、紙数のゆえに、すべての内容に言及することができなかったことを謝したい。

（3）岡一男『源氏物語の基礎的研究』「紫式部の作品（上）」東京堂、一九六六年、一八四～五頁。

（4）今井源衛『人物叢書　紫式部』吉川弘文館、一九六六年、一〇八頁。

(5) 同書、一〇八頁。
(6) 竹内美千代『紫式部集評釈』桜楓社、一九六九年、一一七頁。
(7) 同書、一一七頁。
(8) 清水好子『岩波新書　紫式部』岩波書店、一九七三年、一二二頁。
(9) 同書、一二三頁。
(10) 同書、一二三頁。
(11) 同書、一二三頁。
(12) 同書、一二三～四頁。「数ならぬ」の見せ消ちになっている「で」が、この歌の古態性を記憶している可能性も皆無ではないが、本稿では『千載集』の改訂という理解に基いて考察している。「数ならぬ心」という特異な表現を理解せず、勅撰集の「で」をもって訂した可能性もある。
(13) 秋山虔「鑑賞　紫式部の歌和泉式部の歌」『国文学』一九七八年七月。
(14) 同論文。
(15)『信明集』『新編国歌大観』第三巻、角川書店、一九八五年、八七頁。詞書「又」、八五番。
(16)『曽丹集』同書、一九四頁、四四二番。
(17) 秋山虔、前掲論文。
(18) 田中裕・赤瀬信吾校注『新日本古典文学大系　新古今和歌集』恋二、岩波書店、一九九二年、三三七頁。
(19) 秋山虔、前掲論文。
(20) 同論文。
(21) 同論文。
(22) 内藤早苗「『紫式部集』における『身』と『心』の歌」『愛媛大学　愛文』第一六号、一九八〇年七月。
(23) 後藤祥子「紫式部集全評釈」『国文学』一九八二年一〇月。
(24) 伊藤博他校注『新日本古典文学大系　紫式部日記付紫式部集』岩波書店、一九八九年、三四二頁。
(25) 同。
(26) 中周子『和歌文学大系　紫式部集』明治書院、二〇〇〇年、二一七頁。
(27) 山本淳子「紫式部の白詩受容─『身』と『心』の連作をめぐって─」『国語国文』一九九五年六月。

(28) 同論文。
(29) 張龍妹『源氏物語の救済』風間書房、二〇〇〇年、八九頁。
(30) 同書、九四頁。
(31) 同書、九八頁。
(32) 同書、一〇三頁。
(33) 南波浩『紫式部集全評釈』笠間書院、一九八四年、三一六～七頁。
(34) 片桐洋一校注『新日本古典文学大系　後撰和歌集』岩波書店、一九九〇年、二七六頁。
(35) 山岸徳平校注『日本古典文学大系　源氏物語　二～五』岩波書店、一九五九～六三年、に拠る。なお、私に表現を整えた。
(36) (34) に同じ、三一九頁。
(37) 諸説については、上原作和・廣田收編『紫式部と和歌の世界』(武蔵野書院、二〇一一年、四六～四七頁) を参照。
(38) 玉上琢彌『源氏物語評釈』第十巻、角川書店、一九六七年、九九頁。
(39) 阿部秋生他校注・訳『日本古典文学全集　源氏物語』第五巻、小学館、一九七五年、一三六頁。
(40) 石田穣二・清水好子校注『新潮日本古典集成　源氏物語』第六巻、新潮社、一九八二年、二八〇頁。
(41) 阿部秋生他校注・訳『新編日本古典文学全集　源氏物語』第五巻、新潮社、一九九七年、一四五頁。
(42) 藤井貞和「王権・救済・沈黙」『源氏物語の始原と現在』冬樹社、一九八〇年、一八一頁。
(43) 同書、一八二頁。
(44) 同書、一九七頁。
(45) 山田孝雄他校注『日本古典文学大系　今昔物語集』第五巻、岩波書店、一九五九年、二三〇～三頁。
(46) 同書、二二〇頁。
(47) 『四部備要　前漢書』六四列伝、中華書局、九オ～一一オ。
(48) 『蒙求』「買妻恥醮」、柳町達也『蒙求』中国古典新書、一九六八年、一〇五～六頁、池田利夫編『蒙求古註集成　中巻　旧注蒙求』汲古書院、一九八八年、三一二～三頁。
(49) 源光行「買妻恥醮」『続群書類従　第一五輯上　蒙求和歌』群書類従完成会、一九一〇年、一〇〇～二頁。
(50) 『群書類従　第一八上輯　唐物語』「朱買臣」群書類従完成会、一九一一年、一二四～五頁。
(51) 片寄正義氏は、『今昔物語集』において「仏教説話における根本理念」が「至心」であるといわれ、「真心」「誠心」「深信」「信心」「実の心」「専心」「発心」などの語で表現されているとし、「撰者は至誠心を以て三宝に帰依することが、自己を救ふ唯一無二の道であることを機会のある毎に、撰者自らが頭を出して、臨機応変に語を換へ用例を交へて屡々繰返してゐる」（片寄正義『今昔物語集論』芸林舎、一九六九年、五九頁・六八頁）という。

そのような「心」は、世俗説話集である『宇治拾遺物語』では、第一六話「尼、地蔵奉見事」では仏を求める「心」があれば地蔵菩薩にまみえることができる、第百二話「敏行朝臣事」では「心」がこもっていなければ写経の功徳はない、第一一〇話「ツネマサガ郎等仏供養事」では、仏を「心」をもって礼拝することに功徳がある、第一九一話「極楽寺僧、施仁王経験事」では「心」がこもっていなければ読経の効験はない、という例などに見えるように、信仰心に真心を籠めているものと見える。

(52)『今昔物語集』の編纂を法相宗の教団を基盤とする説は、原田信之氏による（『今昔物語集南都成立と唯識学』勉誠出版、二〇〇五年）。上原作和・廣田收編『紫式部と和歌の世界』武蔵野書院、二〇一一年、四七頁。

(53) 稲賀敬二『源氏の作者　紫式部』新典社、一九八二年、一三二頁。

(54) 池田亀鑑・秋山虔校注『岩波文庫　紫式部日記』岩波書店、八一～二頁。

(55) 池田亀鑑・秋山虔校注『日本古典文学大系　紫式部日記』岩波書店、一九五八年、五〇三頁。

(56) 中野幸一校注『日本古典文学全集　紫式部日記』小学館、一九七一年、二四八頁。

(57) 萩谷朴『紫式部日記全注釈　下巻』角川書店、一九七三年、三四三頁。

(58) 同書、三四三頁。

(59) 南波浩「紫式部の意識基体」『同志社国文学』第五・六合併号、一九七〇年三月。

(60) 廣田收「源氏物語における『ゆかり』から他者の発見へ」『中古文学』第二〇号、一九七七年一〇月、後に『『源氏物語』系譜と構造』（笠間書院、二〇〇七年）に収載。

(61) 同論文。

〔付記〕

小稿は、南波浩編『紫式部の方法』（笠間書院、二〇〇二年）に掲載されるにあたって、一九七二年一二月に提出した卒業論文を新たに書き直し、改めて故南波先生の御前に献ずる意図のもとに書き改めたものである。

第三章　『紫式部集』和歌の配列と編纂

第一節　『紫式部集』における和歌の配列と編纂

——冒頭歌と末尾歌との照応をめぐって——

はじめに

『紫式部集』の研究は、南波浩『紫式部集全評釈』（笠間書院、一九八三年）をもって諸注が包括され、総合された観があるけれども、岡一男氏から始まる『紫式部集』研究の作り出してきた既成観念に対する疑義として、諸氏の批判的研究が近時相次いで発表されている(1)。私は、南波浩氏が陽明文庫本や瑞光寺本、さらに実践女子大学本を調査し、校本を作成され（『紫式部集の研究　校異篇・伝本研究篇』笠間書院、一九七二年や、『紫式部集』岩波文庫、一九七三年など）、注釈研究を進めて行かれる時期に学んだことを出発点として、本稿は最近活発になりつつある諸兄の研究状況を踏まえ、少し角度を変えて別の切り口から私見を述べることにしたい。

『紫式部集』にとって一番の問題は、この歌集をひとつの完結性あるいは統一性をもった歌集として捉えられるかどうかである。というのも、われわれは知らず知らずのうちに、『紫式部集』のもつ研究史の陥穽から逃れられないでいる、と感じるからである。われわれを無意識のうちに縛る囚われのひとつは、かつてこの家集が伝記研究に用いられたことに発している。つまり、いつの間にか、この歌集の表現を紫式部の身の上に起こった事実そのものと錯覚しかねないからである。

言い換えれば、歌集の和歌と詞書をそのまま、詠じられた時のこととして迂闊にも了解してしまうことである。いうまでもなく、家集はひとつの編纂物である。すなわち、現存『紫式部集』の表現は、詠じられた時点における和歌や事情そのものとは別である。何より『紫式部集』の表現は、半生を振り返りうる齢となった編纂時において、編者の言葉によって捉えられ、整え直されたものとして捉える必要がある。成立過程の問題としていえば、素材としてが選び取られた和歌が、詞書も含めて一定の意図のもとに構成されるとともに、表現は整えられていると考えられるからである。言われてきたように『紫式部集』が自撰歌集であるとすれば、歌集全体の表現は、編纂時の表現として統一性を与えられているはずである。すなわち彼女の和歌が個々の場で詠じられたこととは別に、自らの詠歌の中から和歌を、新たな原理に基いて選び出し編纂しているということを言わなければならない。つまり、そのような視点のもとに『紫式部集』を読み直すことはできないだろうか。

これも指摘されてきたことであるが、『紫式部集』が他の私家集と著しく異なる点は、和歌の配列のありかたである。他の自撰私家集が、勅撰集である『古今和歌集』を規範として春歌を冒頭に、和歌を分類、配列するのに対して、『紫式部集』は冒頭歌以下の配列の様態から見て、歌集を貫いている構成の原理がいかにも分かりにくい。周知のように、『紫式部集』の伝本については、古本系と流布本定家本系との対立がある。とはいえ、少なくとも五一番までの和歌の配列が、この歌集全体を推測しうる手がかりとなるはずである。また一般に、私家集の伝本は、歌数の少ないものが古態を残す傾向のあることも予想されるところである。

右のように考えてくると、『紫式部集』における和歌の配列構成に原理的なものは働いているのか、いないのか。あるとすれば、それはどのようなものであるのか。また、その問題は、定家本系統の伝本と、古本系統の伝本の対立とどのように関係するのか。そのような問いをもって『紫式部集』冒頭部分と結末部分の数首に限って問題点を整理してみたい。

一　勅撰集の公と私家集の私

古代文学として私家集を考察の対象に据えるとき、個別の詞書・歌の解釈もさることながら、分析の視座として歌集全体にかかわる原則を問う必要がある。すでに松野陽一氏は次のように指摘されている。私家集とは、「物語や日記に対する『歌集（和歌作品の集成）』を上位概念とした場合の、下位概念としての、『勅撰和歌集』『私撰和歌集』と並ぶ『個人歌集』であるが、歌実情（ママ）からいえば、むしろ『個人名を冠する歌集』と考えておくことが妥当であろう[2]」といわれる。そして、「時に日記的になり、紀行文的になり」、「物語的、説話的、あるいは随筆的になっても個人の私的心情に連なって成り立っているところにこそ、公的な勅撰集類にはみられぬ独自な文芸性を持っている」とされている[3]。

特に、私家集を勅撰集と対置させ、「公的な勅撰集類にはみられぬ独自な文芸性を持っている」とされることは重要な基本的視点である。そのことの具体的な内実が改めて問われよう。有吉保氏は「古くは家集（いえのしゅう）、また単に集とか呼ばれ、家集（かしゅう）ともいい、撰集・打聞のような多人数の総合的歌集と区別される」[4]という。また「個人の詠草の集成に『家集』という名称をあたえたのは、『田氏家集』などの漢詩集にはじまるものとみられる」として、「家集の多くは、『家』の意識のもとに、家風を伝え継ぐといった血脈相伝の閉鎖性をもっていた」とされる。一方で「『家』の社交記録的なものや」「後宮サロンの『場』における詠を集めた家集」、

る。(5)

「架空の人物に仮託して自己の恋愛生活を物語風に綴った家集も現われた」という私家集の変遷を概観されてい

両氏に従うならば、私家集における「私」は、個人の人格や個性という意味での私ではなく、公としての勅撰集に対する私として理解することが求められる。これらは勅撰集の部立を規範としていることが明らかである。

すでに南波氏は、

勅撰集はいうまでもなく、私撰集や私家集においても、そのほとんどが、春の歌を冒頭として配置する伝統的常套的配列に従っているのに、この式部集では、秋の季節の、しかも「出あい」と「別れ」を詠んだ歌を冒頭に置いている点に注目したい。(6)

といわれている。これは『紫式部集』の独自性を考える上できわめて重要な指摘である。『和泉式部集』にしても『赤染衛門集』にしても、自撰と考えられる平安時代の私家集においては、春の歌を冒頭に据えるという構成をもつ。(7) 部立の問題からいえば、『紫式部集』は春の歌を冒頭に据えていないことにおいて、勅撰集の部立とは別の原理を有するかどうかが問われなければならない。(8) 違った問い方をすれば、『紫式部集』が冒頭に、秋の離別の歌を置くことにどのような意味があるのだろうか。

すでに指摘されていることであるが、『紫式部集』は歌数が『和泉式部集』や『赤染衛門集』など他の私家集に比べて少ない（ただし、当然自撰・他撰の問題も絡むのであるが、二〇〇九年に上野と京都とで開催された「冷泉家王朝の和歌守展」で展示された私家集の事例でみるかぎり、『紫式部集』の歌数は必ずしも少ないとはいえないように思う）。勅撰集との比較において、『紫式部集』には単純な季節詠がない。また、献じるよう求められたとされる歌はあるが、題詠として記されている詠作がない。そうであるならば、紫式部が題詠を作したかどうかということが問題ではなく、『紫式部集』に採録されていない和歌が多数存在したことは直ちに予想される。すなわち、『紫式部集』は、和歌の選択と配列において、ある意図をもって編纂されている、と推測されるのである。

二　勅撰集の部立と詞書

『紫式部集』所収歌を検討するときに、問わなければならない前提がある。それは、勅撰集と私家集との、歌に対する捉え方についての差異である。分類、配列、詞書を含めて、編纂上の差異の問題として現れる問題である。

古代の歌をどのように見るのかを問うとき、拠るべき重要な方法がある。かつて土橋寛氏は、鶴見俊輔氏の『限界芸術論』(9)に依拠しつつ、「純粋芸術」「限界芸術」「大衆芸術」という分類から、「純粋芸術としての創作歌」に対して「限界芸術としての民謡」という概念を提起された。そのとき、「民謡の限界芸術的性格」として「笑い」、「攻撃性」の形式などの特徴を指摘されるとともに、「即境性」を挙げて次のようにいわれる。

民謡では歌の目的が歌の場に即しているばかりでなく、その素材も歌の場に即したものを取り上げるのが原則である。（略）古代の民謡、そして万葉集の創作歌にもあるのであって、今日の読者にとって意味の分からぬ歌、理屈にあわぬ歌には、この種の理由によるものが少なくない（略）歌の場に即した主題・発想法・修辞法を表す語として「即境」的という言葉を用いることにする。(10)

さらに、「限界芸術としての民謡」には「作者がない」ということを指摘される。

集団が作者だということは（略）歌を個人の所有物と考えないで、集団全体の共有物と考えていることである。したがってその土地で昔から伝承されている歌はもちろん、他所の土地の歌であっても、自分たちの歌として歌うのである。つまり作者がないのではなく、作者という意識がないのである。(11)

土橋氏はこの問題を延長させて、『萬葉集』における「作者の異伝」を解釈される。

民謡の伝承は、昔からの伝統を単に守りつづけることではなく、自分たちのものとして所有し、機能させるということであった。（略）歌詞の異伝や類歌は、記憶の誤りや推敲によるもののほかに、さきの例が示すように、古歌を自分の歌として利用するために語句を改変したものも多いのである。

万葉集には作者についての異伝が少なくないが、異伝の生ずる主な理由は三つある。その一つは自作の歌を誦する代わりに、古歌を誦詠して「心緒を述べ」る場合があることで、誦詠者が作者として伝えられることがあるのである。その二は、歌を代作する場合で、これには他者が作るべき歌を専門的歌人が代わって作る場合と、他者に対する同情や共感から歌人がその気持を代わって代弁する場合とがある。その三は、作者のある歌が歌詞だけ伝誦されていった結果、新たに歌の作者を求めて歌物語が作られる場合で、これは歌謡伝誦時代に多く見られる現象である。(12)


民謡の原理をもって古代歌謡の原理に迫る土橋氏の方法の有効性は『萬葉集』のみならず、『古今和歌集』以後の、古代の歌についても射程距離をもつものであろう。平安時代の和歌においても、「古歌を自分の歌として利用するために語句を改変」することは認められるのであり、「異伝の生ずる主な理由」も同様に認められる。いいかえれば、その限りで古代の歌であると認められるのである。

歌そのものの問題に対して、もうひとつ勅撰集の詞書の問題がある。すでに風巻景次郎氏は、宮廷の和歌に触れて、

『後撰集』の詞書の多さはうるさいものである。しかし（略）それは、『古今集』で作者名を記す意識の延長だということである。一つ一つの歌の詠まれた事情を述べることによって、ある歌を特殊化そう（ママ）とする意識である。（略）だとすれば、歌の成立を限定することによって、民謡化することを防いでいるのである。無意識のうちにおける民謡からの背叛である。（略）捨てておけば古伝承の一つとみられるかも知

> れず、作られたときの実用的意味も表わすことができない。そこで、詞書をつけることによって、作歌の事情動機環境といったものを示し、それによって恋に入れるとか雑に入れるとかといった分類を決したのだとみられなくもない。（略）いわば周知の伝承歌をさまざまにひねれば、その場の役は果たせるということである。『後撰集』にはそういった歌が多いのだと思う。(13)

と論じられた。風巻氏の説かれる要点は「歌の成立を限定すること」「作歌の事情動機環境といったものを示」すことに『後撰和歌集』の詞書の機能をみておられることである。そのことが「民謡化することを防」ぐことであり「民謡からの背叛」であるとされる。すなわち詞書は「歌の不安定性(14)」を固定しようとする意図を持つということができる。そのとき「ある歌を特殊化そう《ママ》とする意識」とは何か。『後撰和歌集』がいわゆる「物語的」である、とされることとの内実が問われる。

つまり、歌が伝承体としての独立性をもつことと、詞書が伝承としての歌に対してどういう関係にたつのかということである。詞書における歌の限定ということは、歌の歴史的位置付けの問題である。この問題を考察するにあたって、参看しなければならないことがある。例えば、『古今和歌集』の場の問題がある。すでに片桐洋一氏は『古今和歌集』の詞書における人称の差異の問題として指摘されているところである。片桐氏は「古今集の和歌がどのような状況においてよまれたか」について、「侍り」に注目されて次のようにいわれる。

> 早く玉上琢彌氏は、古今集をはじめとする勅撰集の詞書において、いわゆる尊敬語は、帝のほか、それに準ずる上皇・皇后・皇太子にのみ用いられ、親王・内親王や摂政・関白をはじめとする上達部・殿上人には敬語がまったくつかないことを明らかにされたのであるが、これは、古今集をはじめとする勅撰集が、上皇・皇后・皇太子のみを天皇側の「あなたの人」として待遇し、それ以外の人、摂政・関白・上達部・殿上人などに親王・内親王を含めてすべてを「こなたの人」すなわちち廷臣として撰者の側に引き入れて敬語なしで

待遇することのためらいから、撰者が天皇に対して、いわば最敬礼をしつつ「侍り」を用いた感じだと理解することができる（略）古今集に用いられている「侍り」を、このように古今集の披講の場における、撰者の醍醐天皇に対する、きわめて生々しい、人間的なポーズの現れと見れば、その用い方はまことによく理解できる。(15)

と『古今和歌集』の「披講の場」という生態的な場を復元されている。このようにして勅撰集の詞書は、天皇に対して、いつ、どこで、誰が、なぜ、この歌を詠じたのかを明示しなければならないという性格をもつことがわかる。

勅撰集における歌に対する詞書のありかたを考える上で、風巻氏の触れた『後撰和歌集』から、詞書に詠作の時をいずれの天皇の代のことか明示する例を、任意に挙げれば次のようである。

① 延喜の御時、歌召しけるに、奉りける　紀貫之
春霞たなびきにけり久方の月の桂も花や咲くらむ　（春上、一八）

② 貞観御時、弓のわざ仕うまつりけるに　河原左大臣
今日桜雫に我が身いざ濡れ迎む香込めにさそふ風の来ぬ間に　（春中、五六）

③ 寛平御時、桜の花の宴ありけるに、雨の降り侍りければ　敏行朝臣
春雨の花の枝より流れこばなほこそぬれめ香もやうつると　（春下、一一〇）(16)

こうした春の歌の内容そのものだけを見れば、歌の内容というものは、どの天皇の代かということと直接関係がない。逆にいえば、取り上げられた歌の詠じた者が誰であり、詠じられたことがどの天皇の代のことかを記すことにこそ意味がある。いうまでもなく、勅撰集において詞書は、歌が、いつ、どこで、誰によって、どのような

事情のもとで歌われたかを記している。それゆえに、詠歌主が特定できないという場合は、明らかでないということを改めて記す必要が生じる。「読人知らず」とはそのことである。勅撰集は歌についての、いつ、どこで、誰がは、いわゆる「固有名詞」として、また歌についてのなぜを問うことは、歌の解釈を固定化することを狙っている。つまり歌が詞書の限定によっていわば歴史化されていくこととして了解することができる。

こうした詞書の機能は、さらに勅撰集のもっとも根本的な属性から発するものである。風巻氏は、「うたが半ば神にかかわるものであったのは、というのはうたが呪術的な宗教祭儀と関係したものであったのは、記紀・万葉・三代集までの時代であった(17)」といわれる。そして「三代集の時代を特色付けている巻として」『古今和歌集』の「大歌所御歌・神遊歌・東歌」、『拾遺和歌集』「神楽歌」を挙げる。そしてこれらの部立が後、消滅することについて「古代社会の崩壊」をみる。いったい部立は全体として何を原理として可視化されたものか。そして如上の部立の消滅がなぜ「古代社会の崩壊」となるのかは、説明が必要であろう。勅撰集において歌を分類するということはどういうことか。

奥村恒哉氏によれば、『古今和歌集』は『萬葉集』に対して「全編の組織が一貫した方針のもとに整然と統一されている」ことを挙げ、「個々の作品の配列、詞書の書式まで撰者の意図が浸透している(18)」といわれる。そして仮名序・真名序の思想が「古今集の編纂にいかに具現化しているか」を問い、「構造を支える理念」について、

四季の進行は、古代の哲学から考えれば、「礼」である。礼は宇宙人事の秩序である。礼が万物を成り立たせる。礼によって立つのが聖人の治である(19)。

として、『古今和歌集』が「基本的に月令の精神」に基づくことをいわれる。すなわち「律令体制の理想を文学の上に具現したもの(20)」であるとされる。

勅撰集は、天皇の命において古今の和歌を集めること、分類することに求められる。さらに披講において儀式

化されるとすれば、いわれるような儒教的枠組みをも含めて、天皇は、すべての歌をしろしめすのでなければならない。つまり勅撰集とは天皇の名のもとに和歌の歴史を編むことに他ならなかったといえる。

このような部立の規範と、特に詞書において明確にされる歴史化の方法と対照させることが、私家集研究において問われる。すなわち、公に対して私家集は、どのように私を標榜しているか、いないかが問題となる。繰返せば、それはただちに個人ということをいうわけではなく、勅撰集に対する家の集としての私の問題である。あるいは天皇を正統とする立場から歴史化されるということから、私家集は果たしてどのように自由であるかということである。私家集編纂の問題には、歌の表現そのもののありかた、そして部立[21]、さらに詞書の方法[22]という三つの視点において、公としての勅撰集の編纂が参看されなければならない。このことを念頭に置くことが勅撰集と私家集を融通させて理解してきた従来の注釈を省みることにも連なっていこう。

三　『紫式部集』冒頭歌の意義

そのような意味で、『紫式部集』の冒頭歌は重要である。

私は本稿において特に、紫式部本来の意図とは別に、定家本が一定の意図的な構成をもっているということを明らかにするために、藤原定家の関与していないと考えられる古本系の最善本として、陽明文庫本を考察の対象とすることから始めたい。

そこで、『紫式部集』古本系と流布本系との配列の異同について考えるには、例えば、平安時代に読まれていたとされる小式部内侍本『伊勢物語』が狩使の章段を冒頭に据えていたことに対して、定家本『伊勢物語』が初冠の章段を冒頭に据えるという一代記的構成をとったことを思い合わせることができる[23]。

改めて引くまでもないが、冒頭歌と二番歌は次のようである。

はやうよりわらはともたちなりし人にとしころ
へて行あひたるかほのかにて十月十日の程に
月にきおひてかへりにけれは
めくりあひて見しやそれともわかぬまに雲かくれにしよはの月かな
その人とをき所へいくなりけり秋のはつる日きて
あるあか月にむしの声あはれなり
なきよはるまかきの虫もとめかたき秋の別やかなしかるらん(24)

和歌「めぐりあひて」は「百人一首」にも採られている、紫式部の代表歌である。この和歌が、彼女の恐らく晩年における自撰歌集である『紫式部集』の冒頭に置かれているところに、特別の意味がある。幼馴染だった女友達と再会しながら、月の隠れるのと競争するように幼馴染は帰ってしまった、という。

南波説をなぞりつつ考えると、この詞書にある「とをき所」が、この場合女友達の父や夫などが国司赴任のためにおもむく地方のことをいうとすれば、紫式部の友人は、その父か夫と一緒に地方へ下ったと見られる。周知のように、紫式部も父藤原為時に伴って越前国、今の福井県武生に下向している。左注には「その人遠き所へ行くなりけり」とあり、「なりけり」という言葉は、種明かしするような場合に用いられるから、友人も急いで、恐らく父の任国への赴任に伴って旅立ちしたらしいことがわかる。想像を逞しくすれば、紫式部と彼女が出会ったのは、友人が父と共に地方へ旅立つにあたって、例えば別れを告げるために知人宅に立ち寄ったか、旅立ちに際して方違えのために、知人宅に泊まったときなどのときかと推測される。

したがって、この冒頭歌は「紫式部における『別離』の意味」を「『愛別離苦』を生み出す歴史社会的条件と結び合わせて理解してこそ、歌の内容もゆたかによみがえってくる」[25]と評されてきたわけである。

いわれるように、冒頭歌「めぐりあひて」は、単純に離別歌であると済ませるわけにはいかない。すなわち、この冒頭歌が含みもつ形式がどのようなものかは、次のような『古今和歌集』の歌を重ねてみれば明らかである。

① さだときのみこの家にて、藤原のきよふが近江の介にまかりける時に、むまのはなむけしける夜よめる

きのとしさだ

けふ別れ明日はあふみと思へども夜やふけぬらむ袖の露けき　（離別、三六九）

② こしへまかりける人によみてつかはしける

かへる山ありとはきけど春霞たちわかれなば恋しかるべし　（離別、三六九）

③ 藤原のこれをかが武蔵の介にまかりける時に、送りに逢坂を越ゆとてよみける

つらゆき

かつ越えて別れも行くか逢坂は人頼めなる名にこそありけれ　（離別、三九〇）[26]

これらの歌は、いずれも「あふ・別る＋景物」という形式を備えている。『紫式部集』の詞書には十月とあるから季節としては冬に入っていることになる。また、内容から見ると、勅撰集の部立にいう「離別歌」であるとともに「羈旅歌」であり、「雑歌」とも見做しうる。いずれの部立にも納まらないところに、この冒頭歌の特質がある。そして実は「哀傷歌」であるとさえいうことができる。それは、木村正中氏が指摘されたように、「雲隠れ」という言葉が「『離別』が比喩されているだけでなく」「『死』が暗示されている」[27]からである。したがって、改めていうまでもなくこの形式をもつ離別歌において、「別る」という語ではなく「雲隠れ」という語を置いた

ところに『紫式部集』冒頭歌の新しさと特異さがある。「とをき所」とは、旅する都の外の地をいうだけではなく、「雲隠れ」という言葉が示すように、他界が孕まれている。「秋のはつる日」の「むしの声あはれなり」とは、死の予感を潜ませている。この世における離別が同時に他界を孕んでいるところに、この和歌の重い主旨がある。

このように『紫式部集』冒頭歌は、『古今和歌集』の部立に納まりきらないような、分類のむずかしい歌であることは、『新古今和歌集』が『紫式部集』の詞書の「十月十日」を「七月十日」として、「めぐりあひて」の歌を「雑」の部に入れたことにもかかわる。むしろ『新古今和歌集』撰者定家による、この歌の理解がうかがえる。同時に、勅撰集の意図することを考えさせる。

すなわち冒頭歌の暦日について、「定家本・古本系ともすべて『十月十日』となっている」が、『新古今和歌集』に拠って「七月十日」とした「別本系では『七月十日』となっている」とされ、二番歌の「秋のはつる日」という語から冒頭歌の「『十月十日』では不合理である」(28)と冒頭歌の暦日を、校合において「七月十日」と直してしまうことは『紫式部集』の表現という立場からは問題がある。(29)初秋のこととして別離を歌うのであれば、特別に暦日をいう必要がない。『古今和歌集』以来、秋を別れにふさわしい季節とするゆえにこそ、「十月十日の程」という暦日をもって『紫式部集』の詞書はわざわざ断る必要があったといえる。月の満ち盈けや月の沈み方を暦日との関係で捉えて歌の解釈をするとしても、なお二番歌を冒頭歌と時間的連続性のもとに詞書を捉えるために暦日を訂正して読むことは適切ではない。

むしろ問題は、『紫式部集』の詞書が、詠作時をいつのことか、どの天皇の御代何年のいつのことかと特定する方向を持たないことである。その意味で『紫式部集』の詞書は、勅撰集の詞書のありかたと異なる。問題は、季節との関係である。「十月十日の程に」ととあり、また「秋のはつる日」とあることに私家集の特質は明らかである。「十月十日」という明確な暦日の示し方ではなく、「の程」という言葉に注意したい。(30)すなわち、これは

『源氏物語』における同様の表現を参照するまでもなく、節季を示す表現である[31]。もはや秋は過ぎて初冬であるということを示している。さらにいえば『源氏物語』の美意識からすると、「めぐりあひて」の歌はむしろ寒々とした冬のことであってよい。

ただそのように考えてきたとしても、再び呪文のような謎に捕らわれるかもしれない。歌「めぐりあひて」は、いつ歌われたのか。童友達に対した別れの場において歌われたものなのか、童友達が立ち去った後に、ひとり月を眺めて歌ったものなのか。

改めて考えてみると、この時代、男と女との間で、触れようとすれば触れうるような近い距離に居ながら、なぜ和歌を歌う必要があるのか。そこには日常生活におけるかすかな儀礼性がある。この歌をめぐる実際のところを推測すれば、「私」と童友達とがいくら急いで別れたとしても、歌を交わして別れを惜しんだに違いない。歌を交わす場があったと想像することは無理なことではない。しかるに問題は、詞書に「帰りにければ」とあるから、事実はいずれのようであれ、歌集の表現は童友達が立ち去った後に詠じたものであるとされている。ただ、それを童友達に贈ったものなのか、自ら独り詠じただけのものなのか。仮に重ねてそのように問うならば、実態としては童友達に贈ったと見てよいであろうが、むしろ歌集の表現は、人に対してというよりも、別離そのことに対して詠じられたということこそ重要である。いうならば童友達に送ったか送らなかったかを記さないところに、「私」の心の孤独が際立つ。この和歌をそのような詞書のもとに構成したところにこそ、編纂物としての『紫式部集』の表現を認める必要がある。

このように『紫式部集』の難しさのひとつは、その独特の文体的表現と、それに相俟つ配列のもつ意味にある。私は、この冒頭歌の持つ象徴性に注目したい。題詠の場合の儀礼性はいうまでもないが、和歌は私的なものであるとしても、何よりも詠み交わす場を共有するという儀礼性をもつ。繰り返していえば、ひとつの和歌が記されていても、独詠歌とばかりはいえない。友人との再会をめぐる贈答・唱和があったことを背後に予想することも、そう的外れではない。すなわち、「帰りにければ」とあるから、友人が帰ってしまったために、やむなく独詠とならざるをえなかったと考えることもできるし、後から友人のもとに送付したと考えることもできる。しかし私は、冒頭に据えられた和歌「めぐりあひて」が、そのような成立経過の次元を超えて、さらに重く深い意味を持たされていると考える。

　つまり、この歌はひとり幼なじみの友人の死を詠じているだけではない。描かれることのない母の死、そして何よりも早く逝った夫の死、そして宮仕えで出会ったかけがえのない友人の死などが、累々と畳み込まれているのではないか。晩年の紫式部が、自らの歌集を編もうとするときに、和歌「めぐりあひて」は、数々の死と向き合った自らの半生を代表する和歌として、改めて浮かび上がったのではなかろうか。

　そのとき、冒頭歌と二番歌、寡居期の和歌とされてきた三番歌、夫宣孝との最初の出会いと解釈されてきた四番歌と五番歌、というふうに並べ置かれる和歌の配列は、どのように理解すべきか。和歌の作り出す場面は、いうならば記憶の断片として示されており、大切な思い出のシーンであるとみえる。私は、冒頭歌・二番歌と、三番歌を隣接させる配置は、回想としてのフラッシュ・バックであり、連想の表裏をなすものであって、配列という前後関係の形でしか並べることのできないものである。それらは重層化された記憶なのではないかと考える。

　つまり『紫式部集』は、冒頭歌から三番歌、四・五番歌というふうに、現前する記憶として重ね合わせて読みとってほしいと呈示されたものではないか。冒頭歌・二番歌と、三番歌のもつ溢れるような悲しみに比べて、四番歌・五番歌には妙な明るさがある。四番歌・五番歌に見える男と交わした、若き日の不器用なやりとりは、悲しみの中に明滅する鮮明な記憶であり、それゆえにまた、夫を喪った悲しみを新たにするような構造を、この冒頭歌群は抱え込んでいる。『紫式部集』に、和泉式部のような亡き夫に対する追悼歌群がないという指摘はそれとして、この冒頭歌は何よりも夫への深い追悼歌なのではないか。

そして、冒頭歌は「わらはともたちなりし人」と「としころへて」出合ったのであるから、この間、二人は成人式としての裳着を済ませているであろう。つまり、成人式から死に至る一代記的な構成をもつ平安時代の物語と同様に、『紫式部集』もまた、成人式から死に至る一代記的な構成を持つのではないか。いや実は、そのような構成は、古本系の伝本のもつ仕組みであるだけでなく、流布本系の伝本において定家がより強調しようとしたものではないだろうか。

すでに、「わらはともたちなりし人」が誰であるかという考証に諸説のあることは、すでに知られているところである。(32) 確かに、当初は限られた人々のために編纂され、限られた人々の間で享受されたと考えられる私家集において、「わらはともたちなりし人」というような表現は、当事者にとっては特定の人を指すものと了解されたに違いない。それにしても「わらはともたちなりし人」という言い方は、特定の人を指すとしても、その人が幼なじみであるということに強い関心を示した表現である。長年の親交をもつ友と、いかにもはかない出会いと別れをかわしたことをいう。そのことの抽象性が注意されるべきである。逆にいえば、それが誰であるかを特定するところに『紫式部集』の関心はない。その友との別れが、何よりも嘱目の初冬の月に寄せて歌われるところに、伝統的な季節と景物とは異なった結合があり、そこに紫式部の内面が宿るのである。

四　『紫式部集』二番歌の意味

二番歌において「秋のはつる日」は、いうまでもなく季節の問題としてある。ただ右に見てきたように、冒頭歌が贈答・独詠という次元を超えて『紫式部集』の冒頭に置かれていることと、併せて二番歌の意味を問う必要がある。

この歌において注目されることは、冒頭歌の詠じられたとされる「十月十日の程」に対して「秋のはつる日」とされることである。これによれば、二番歌が詠じられた日時を、冒頭歌の詠じられた時点よりも、前に置いて理解してもかまわないことになる。

この問題については従来から激しい論議の応酬がある。例えば佐藤和喜氏は、二番歌の暦日は冒頭歌の暦日を遡ったものと捉え、「再会して十日余りをともに過ごしたことを『ほのかにて』と言っていると見ることもできる」と解いて、冒頭歌の別離と二番歌の別離をひとつのことと見る。(33) 考えるに、この「ほのかなり」という表現は、宿木巻で中君が薫に浮舟を紹介する条、「あながちに尋ねよりしを、はしたなくもえ答へではべりしにものしたりしなり。ほのかなりしかばにや、何ごとも思ひしほどよりは見苦しからずなん見えし」（宿木、五巻四五二頁）において、『新編全集』は「ほんのちらと見た」と訳出するとともに脚注に「几帳を隔てての対面であろう」（同）と注している。これは実に示唆的で、この用例からすると、『紫式部集』冒頭歌の詞書では幼馴染との対面が物越しであったことを表現したものとも考えられる。また、徳原茂実氏は『紫式部集』の表現通り、「十月十日」「なごりをおしみつつ詠まれたのが一番歌」であり、「一人とりのこされた式部」は「秋の果つる一夜を過ごし、冬を迎える日の暁」に二番歌を詠じたと見る。そして「秋の果つる日」を「立冬の前日」と見る。(34) いずれにしても、『紫式部集』の表現を勅撰集に照らして改めることなく、かつ同一人物との一連の出来事と理解する考え方に賛同したい。ただ、私の関心は「詠作事情」の復元にはない。むしろ歌集が冒頭歌と二番歌を重ね合わせて読むように促していることこそ重要である。

それでは二番歌はどのように読まれるべきか。南波氏がすでに比較に用いられている例であるが、『古今和歌集』離別歌、三八五番の、

藤原ののちかげが、唐物の使になが月のつごもりがた

にまかりけるに、うへのをのこども酒たうびけるついでによめる　兼茂　延長元年参議
藤原のかねもち
もろともになきてとゞめよきりぎりす秋の別れは惜しくやはあらぬ

と改めて比べてみたい。この歌は、詞書に、送別の宴における儀礼歌として記されている。「もろともに」の歌の表現と属性も、『源氏物語』須磨巻において、光源氏が紫上に離別する条の歌、

惜しからぬ命にかへて目の前の別れをしばしとゞめてしがな(35)

と重ねうる。あるいは『古今和歌集』の、

逢坂にて人を別れける時によめる　なにはのよろづを　万雄
逢坂の関しまさしきものならばあかず別るゝ君をとゞめよ　（離別、三七四番）
題しらず　読人しらず
かきくらしことは降らなん春雨にぬれぎぬきせて君をとゞめん　（離別、四〇二番）

などと重ねることができる。そしてこれらの歌から同じ形式を抽出することができる。すなわち、これらの歌を重ね合わせると、

景物＋別れをとどめむ

という形式の働いていることが分かる。「もろともに」の歌は「なが月つごもりがた」という季節の巡りと人の離別とが重ねられるところに特徴がある。

景物　＋　別れを惜しむ

と同一の形式に還元できる。

これに対して、『紫式部集』二番歌はどうか。すなわちこれは、虫も悲しいのか、私も悲しい、というふうに虫と私との同一化を含みもつ。これと類似の表現を備える和歌を、『古今和歌集』に探すと、次のような事例を挙げることができる。

①　音羽の山のほとりにて人を別るとてよめる　つらゆき

音羽山木高くなきて郭公きみが別れを惜しむべらなり　（離別、三八四番）

②　題しらず　よみ人しらず

わがために来る秋にしもあらなくに虫の音きけばまづぞ悲しき　（秋上、一八六番）

③　是貞のみこの家の歌合のうた　としゆきの朝臣

秋の夜のあくるも知らずなく虫はわがごと物やかなしかるらん　（秋上、一九七番）

秋歌は、「景物　＋　（心情）」いう形式をもつ。景物によって秋の思いが示される。秋の部立の歌は、秋が悲しいと歌う。これに対して『紫式部集』二番歌では、秋の別れが悲しいと歌う。離別と秋の別れとを重ねたところに新しさがある。つまり『紫式部集』二番歌は離別歌の形式を引きつつ、「景物　＋　（心情）」に転化させているのである。

また、『古今和歌集』三八五番歌において、「もろともになきてとゞめよ」と呼び掛ける対象は「きりぎりす」である。きりぎりすが秋の別れを泣いて惜しむことと、私が別れる友に秋の別れを泣いて惜しむこととが同化される。それに対して、『紫式部集』二番歌は、「虫」というだけであって特定の虫の名を出してはいない。例えば

「松虫」という名の虫を歌うならば、「待つ」という意味が合わせて求められることになる。出会いを待つことを歌うことになる。ところが「虫の声あはれなり」というのは、例えば、待つ虫という具体的な心情に関心はないことを意味している。歌の主旨は、虫も止めることのできない「秋の別」に対する哀切に向っている。秋の別れに、人の運命的な別れも含まれ押し流されてしまう。すなわち、歴史上の具体的な暦日にではなく、季節の巡りに記憶される出来事が、私の歴史である。冒頭歌にしても、二番歌にしても、離別に関係して実際上、現存『紫式部集』には記されてはいない贈答・唱和が、他に存在したことも予想される。そうした具体性は『紫式部集』においては捨象されており、それぞれの歌一首が記し置かれているばかりである。内面の表出のみをいうばかりでなく、歌一首が、状況全体を引き受ける形で置かれていると見るべきである。

違う言い方をすれば、冒頭歌の詞書が「虫の声あはれなり」と現在形で結ばれているのは、私家集の詞書としては異例であるが、いうならば詞書と歌とは、かつての別離の場面の顕現、悲しみの記憶の現前なのだ。あるいはそのように読むように詞書が促しているといえる。詞書が現在形で示されることにおいて、二番歌の離別の悲しみは冒頭歌と釣り合い、重なり合う。そして二番歌の離別の悲しみは、冒頭歌と釣り合い、重なり合うのである。このように見ればもはや冒頭歌と二番歌の前後関係を越えて、両者は同一化させられる仕組みをもたされている。そのような配列の構造を見ることができる。

ちなみに、南波氏はこの詞書の「とをき所」は、友人の父や夫などの国司赴任に伴う地方を指すとされる。「紫式部における『別離』の意味」として、『千載和歌集』「離別」四七八番の歌「なきよはる」の詞書から、邂逅と離別とにおける「悲しみは、単なる、乙女たちの感傷的な別離の哀感にとどまらぬ、受領階層という身の際を背負う女性の上にかぶさっている、ままならぬ世の運命のしみ出ているもの」(36)であるとされている。さらに、繰り返せば、冒頭歌と二番歌を「『愛別離苦』を生み出す歴史社会的条件と結び合わせて理解してこそ、歌の内容もゆたかによみがえってくる」(37)とされている。私家集としての『紫式部集』の読解における重要な提言である。そのとき「とをき所」とはどこか。都の外に出ることのうちに、他界が孕まれているという、表現の意味するところの重層性を指摘する必要がある。

重ねていえばこの「とをき所」という語は、冒頭歌の「雲隠れ」という語と響き合っている。「秋のはつる日」の「むしの声あはれなり」とは、死の予感を潜ませている。このことは『紫式部集』の編集全体にかかわる問題である。『紫式部集』冒頭歌とともに、二番歌が『古今和歌集』の歌からはみだしているとともに、『紫式部集』が勅撰集とは異なる編纂の原理をもつと予想されるところである。

もうひとつ、書誌の面から注意されるべき問題がある。実践女子大学本や瑞光寺本など流布本系においては冒頭歌と二番歌との間に一行分の空白がある。古本系の陽明文庫本では冒頭歌と二番歌とは続いて記されている(38)。このことが何を意味するかを合わせて問うことができる。単純に脱落や錯簡の痕跡として処理することも考えつかれるであろう。だとしても、流布本系の最終形として伝写されてきたこの形式は、冒頭歌がさまざまな死を畳み込んでいると理解できるとすれば、詞書・歌の脱落を云々する以上に『紫式部集』冒頭歌を特立させることによって、歌集全体を代表する歌として、強調させるものであるのかも知れない。南波氏は冒頭歌について、和歌の伝統における「人事の自然化」を指摘された上で「人間と自然の融合一体化」に「式部の詠法上の根幹的な特色」を認めておられる。さらに「秋の季節の、しかも『出あい』と『別れ』を詠んだ歌を冒頭に置いている」(39)といわれる。さらに「人との『出あい』と『別れ』というパターンの反復構成」に「紫式部集の一つの基調」を見て「紫式部の人生に対する基本的思考が、まざまざと反映している」(40)と編纂の問題にまで言及しておられる。すなわち冒頭歌を特立させ、歌集全体に向き合うように配置するところに、定家本の特徴的な意図が示されていると捉えることができるだろう。

五　『紫式部集』三番歌の解釈と和歌の配列

冒頭の二首は、詞書ではひとまず少女期の歌詠として置かれている。これに続く三番歌については、近時、寡居期の詠作と捉えることから解放しようとする読みがある。しかしながら私は今なお、紫式部が結婚してすぐ夫と死別した時期、すなわち寡居期の歌と捉える。

さうのことしはしといひたりける人まいりて
　御てよりえむとある返こと、
露しげきよもぎかなかの虫の音をおほろけにてや人の尋ん

ここではこの和歌の表現そのものから、この和歌の意味を考えることにしたい。まず、問題は「露しげき蓬が中の虫の音」という表現が鍵になる。この歌は自然についてではなく、人事を歌っているとみられるからである。まず、意味として動かないのは「蓬」である。「蓬」の用例を概観すると、勅撰集では『拾遺和歌集』巻第一九、雑賀、一二〇三番に、

　題しらず　　　　　　　　　　　　　よみ人しらず
いかでかは尋ねきつらむ蓬生の人も通はぬわが宿のみち(41)

とある。蓬の生い茂る「わが宿」は、人も通って来ないような閉ざされた生活と心情を表現している。また、『拾遺和歌集』巻第四、秋上、二三七番には、

　題しらず　　　　　　　　　　　　　曽祢好忠

なけやなけ蓬が杣のきりぎりす過ぎゆく秋はげにぞ悲しき　（一七三段）

とある。

物語の用例では、『大和物語』に、

① 蓬生ひて荒れたる宿を鶯の人来（く）と鳴くや誰とか待たむ

② 人の秋に庭さへ荒れて道もなく蓬茂れる宿とやは見ぬ[42]　（付載説話、第一段）

という例を挙げうる。①の歌意は、蓬の生い茂る宿なのに、鶯は人が来ると歌うが、誰も訪れては来ない、というのが本意である。蓬の生い茂る宿は「荒れたる宿」である。それは、誰も訪れ来ぬ宿である。②の歌意は、人に飽きられ庭さえ荒れ果てて、通い道も見えぬほど蓬の茂っている宿とは御覧にならないでしょう、というほどの意味である。人が訪れて来ないと、庭は荒れ果て蓬が道を隠してしまう。

いずれも、訪れる人の絶えたことと、茂った蓬に閉ざされた宿とは、そこに住む者の鬱屈した心情を表現している。勅撰集における「蓬」の初出が『拾遺和歌集』であるとすると、その用法は『源氏物語』と時代を共有しているであろうし、一〇世紀中頃に成立したと見られる『大和物語』の用例は、『源氏物語』に至る物語の伝統に立つものとして捉えることができる。

その他、『源氏物語』に先行するものとしては、同じく一〇世紀後半の成立と見られる『蜻蛉日記』に、

宿見れば蓬の門もさしながらあるべきものと思ひけむぞや

という用例がある。[43]また、同じく一〇世紀後半の成立と見られる『元良親王御集』には、

こまの丶院にて秋つとめて人々おきたりけるに

源ののぶるひとりごとといひける

白露の消返りつ丶夜もすがら見れども飽かぬ君が宿かな

といふを聞こしめして

蓬生の草の庵と見しかどもかくはた忍ぶ人もありけり

という用例がある。この「蓬生」という語は『公任集』にも認められる。

枯れたる枝に雪の凍りつきて花のやうに見えけれ
ばかくて所々にやり給ひける

雪降れば花咲くとのみ見えしかど今朝は枝さへ冴えてけるかな

みあれかへし

蓬生の枝なき雪に埋もれてあやしく今は枝を見るかな　（二一九五二・三番）

あるいは、

八月十五夜あきのぶがもとに

蓬生の闇も残らぬ今宵さへ錦の袖を知らずやあらむ

かへし

月といへど心の内は照らさぬに衣の上はそへてこそ鳴け　（二一八八〇・一番）

あるいは、

草の庵の橘

蓬生の繁き家には見しかどもかくはた忍ぶ人もありけり　（二三一二六番）

などである。[44]『公任集』の用例は『源氏物語』と同時代の表現であることが知られる。蓬の生いたる宿を歌う形式が一般化したことを基盤として、これを「蓬生」という熟した表現が成立したと考えられるからである。そのような文脈において用いられる用法を基盤として、『源氏物語』朝顔巻の和歌、

いつの間に蓬がもと、結ぼゝれ雪降る里と荒れし垣根ぞ

のような表現は可能となるといえる。つまり『紫式部集』の「露しげき蓬が中」という表現に組み込まれている「蓬」は、荒れたる宿を意味する。

そのような閉ざされた宿は「露」や「虫の音」とどのように結びつくのか。

題しらず　よみ人しらず

君しのぶ草にやつるゝふるさとは松虫の音ぞ悲しかりける　（秋歌上、二〇一番）

忍草によって私の宿の姿は窶（やつ）れている。その宿に鳴く松虫は、人の訪れを待つ私の泣く声でもある。佐伯梅友氏は「人は衰え、家は荒れてみにくくなるのを『やつる』という」と注している[45]。この虫が「松虫」という名を与えられているのは、訪れる人を待つという意味を引き寄せるために要請されたからである。繰り返せば『紫式部集』の「虫」は、松虫や鈴虫などの具体的な名を背負う虫ではなく、あえて抽象的な語を用いて「虫の音」と表現されているところに意味があると見做せる。そのことからすれば、次の『古今和歌集』哀傷、八五三番歌の事例は参看に値する。

藤原の利基の朝臣〔高藤公兄〕の右近中将にてすみ侍りけるざうしの、身まかりて後、人もすまずなりにけるに、秋の夜更けてものよりまうで来けるついでに見入れければ、もとありし前栽もいとしげく荒れたりけるを見て、早くそこに侍りければ、昔を思ひやりて詠みける　みはるのありすけ〔御春有助〕

君が植ゑし一叢薄虫の音のしげき野辺ともなりにけるかな

藤原利基が他界して後、人の訪れなくなった曹司をのぞくと、前栽はひどく荒れ果てている。亡き人の植えた一叢薄は、虫の鳴き声のすだく野辺と変わり果てているという。鳴く虫は、鳴く私である。そこに、本歌が哀傷歌として分類される根拠がある。

このように『紫式部集』における「蓬」と「虫の音」という語の結合は、亡き人への思いを托す文脈の上に成り立っている。そのようであれば、「露」の語義も定まってくる。

『古今和歌集』には「露」の語が四二例認められる。そのうち、二九の事例は光景としての露であり、比喩的な用法とは区別される。(46) 次に、露が枕詞的に用いられる事例が、三七五、四八六、六四一、八四二番の四首である。また、儚さを喩える事例が、五八九、六一五番の二首。わずかな時を喩えるものとして用いられる事例が、二七三番の一首。懸詞として用いられる事例が、二六一番の一首である。私が注目するのは、その他の用例で、涙の比喩として用いられる次の五首である。

①　さだときのみこの家にて、ふぢはらのきよふがあふみのすけにまかりける時、むまのはなむけしけるをよめる

今日別れ明日はあふみと思へども夜やふけぬらん袖の露けき　（離別、三六九番）

②　題しらず　読人しらず

夕さればいとゞひがたきわが袖に秋の露さへ置きそはりつゝ　（恋歌一、五四五番）

③　題しらず　読人しらず

④　題しらず　読人しらず

秋ならでをく白露は寝覚するわが手枕の雫なりけり　（恋歌三、七五七番）

あはれてふ言の葉ごとに置く露は昔を恋ふる涙なりけり　　（雑歌下、九四〇番）

⑤　題しらず　　　　　　読人しらず

（略）庭に出でてたちやすらへば白妙の頃もの袖に置く露の消なば消ぬべく思へども猶なげかれぬ春霞よそにも人に会はんと思へば　　（短歌、雑躰、一〇〇一番）

つまり、これらの用例が「露」「蓬が中」「虫の音」という語の連鎖によって表現される文脈の上に成り立つ。そのことからすれば本歌「なきよはる」の意味するところはもはや明確である。男女の恋情の介在する余地はない。

南波訳に拠りつつ現代語訳を試みれば次のようになる。

「箏（十三絃の琴）を、わずかな間（でよいから貸してほしい）」と言っていた人が、（後になって）「（自分があなたの御宅に）参って、（直接あなたの）御手から（演奏法を）教えてほしい（あるいは、借りたい）」と書いてあった（手紙の）返事に、

露がびっしり置いているように、涙にくれている、雑草のおいしげった私の宿の中の、まるで虫の音のように泣いている私を、並みたいていのことで人は尋ねてくれるでしょうか。

蓬は雑草であり、庭の荒れたようすをいう。一般に蓬が生い茂るのは、経済的な不如意という理由であったり、充実した気持ちを失っていて手入れをしないからである。いうまでもなく、夫の夜離れや主人の不在によって、邸宅の庭は荒廃する。すでに知られている紫式部の経歴から、夫であった藤原宣孝と、二、三年間のわずかな結婚生活の後に死別した時期の歌として捉えられる。連絡をよこした人はおそらく女友達であろう。女友達は、夫を失って悲しみにくれている紫式部を励まそうと、楽器を貸してほしいと伝えてきた。そのとき、紫式部は屹度何の反応もしなかった。らちがあかないと女友達は思ったのか、直接お目にかかりたいと言ってきた。楽器を貸してくれとか、教えてくれということが、直接会って慰めようとしてくれる、友人の口実にすぎないことは紫式

部にはわかっていた。それで、このような和歌を返事として送ったと理解しうる。「おぼろけにてや人の尋ねむ」とあるから、あなたが涙にくれている私のような者をわざわざ尋ねてくれるというのは、なみたいていのことではない、と。ありがとう、あなたの御好意に心から感謝している、という意味が含まれている。挨拶としての和歌のもつ儀礼性の中に、紫式部の心情が托されているのである。

三番歌は、そのような思い出の一場面として構成されている。

このようにして、もし三番歌が寡居期のものであるとすれば、『紫式部集』の和歌配列の原理はどのようなものであるのか。指摘されてきたように『紫式部集』には、「童友達」「姉」、宣孝と思しき「人」、「女院」「小少将の君」などの人々の死が表現されている。また、病床における自らの死を詠じたと解釈することが可能な歌もある。あるいは、この冒頭三首を一瞥しただけでも、『紫式部集』が死を基調とする家集であるという印象を、誰もが共感することができるだろう。

ところで、流布本系と古本系伝本に共有されている現存の和歌五一番までの共通部分の範囲から見ると、『紫式部集』はおよそ、次のような歌群から緩やかに構成されていると考えられる。

少女期
結婚期
寡居期
出仕期
晩年期

そのような大きな枠組みにおいて、みてきたように、冒頭二首と三番歌とは詠まれた時期が異なることになる。共通しているのは、友人の死と夫の死というように、死が家集の冒頭に据えられていることである。詠歌の時が異なる三番歌をなぜこんな順序で和歌を配列したのか。

これは、配列ということからいえば、早く竹内美千代氏が指摘されているように、恐らく類聚性の問題である(47)。表現における連想であるといってもよい。すなわち、二番歌と三番歌は、虫の声と死の悲しみの記憶を共有している。だからこそ振り返って冒頭歌「めぐりあひて」は、友人の死に、夫の死を重ねていると了解できるのだ。

そのような全体的な構成の中で、今改めて冒頭の歌群の配列を図示すれば、次のようになる。

①－②－④　⑤
　　│
　　③

原則として緩やかな時系列に添った、一代記的な配列を幹としながら、連想的な類聚性によって、枝を分岐させる構成とみることができる。

そのように考え至った時に、南波氏の指摘されたように、童友達をめぐる歌が『紫式部集』の冒頭に、小少将の君をめぐる歌が流布本の末尾に置かれることは偶然ではない。次に来たるべき冒頭歌の検討と同時に末尾歌の検討が不可欠となるに違いない。

六　流布本系本文と古本系本文における和歌の配列と異同

現在のところ、私は『紫式部集』の配列について、次のように考えている。『紫式部集』の冒頭歌と末尾歌との照応を考える上で、特に、52番歌以下の異同を考慮することが求められる。周知のように、現存『紫式部集』は知られる限りにおいて、流布本系と古本系との対立がありながら、冒頭歌から51番「誰が里の」までは共通した配列をもっている。51番までに部分的に脱落の痕跡があるにしても、基本的にある段階の本文を共有しているということができる。いま、流布本系の代表的本文である実践女子大学本と、古本系の代表的本文である陽明文庫本とを対照させると、大きな異同がいくつかの歌群単位でみとめられる。この異同を物理的な錯簡として処理することをいったん留保して、異同の内容を検討するならば、実践女子大学本と陽明文庫本の編集の意図がゆるやかに浮かび上がるのではなかろうか。

この問題について間近くは、山本淳子氏の詳細な分析（「『紫式部集』二類本修復の試み」）があるが、私は違った視点から配列について検討を始めたので、愚考するところを述べるだけにとどめたい。とり急ぎ、両本間における和歌の配列を比較すると、次のようである。ただし、A群以下の呼称は便宜的なものである。なお、対照表の上段は実践女子大学本、下段は陽明文庫本を示す。「哥」は陽明文庫本巻末に掲載されている「日記哥」を、「現日」は現存『紫式部日記』所収の歌を示す。

■実践女子大学本
49　世とともに（西の海の人）
50　かへりては

■陽明文庫本
49　よとともに
50　かへりては

51　誰が里の

…………………………

52　消えぬ間の（疫病）　→
53　若竹の（子の成長）　A群
54　数ならぬ
55　心だに

○56　身の憂さは（初出仕）　→
○57　閉ぢたりし（古里）　F群
○58　深山辺の
○59　み吉野は（春の歌奉れ）　←

○60　憂きことを
○61　つれづれと
○62　わりなしや
63　忍びつる（薬玉）

51　たが里の

…………………………

［　欠歌　］
52　をりからを（八重山吹）

53　きえぬまの　→
54　わか竹の　A群
55　かずならで
56　心だに

57　憂ことを
［　欠歌　］
58　わりなしや
59　しのびつる

64　今日はかく　←
○65　妙なりや（三十講）　哥1
○66　篝火の　哥2
○67　澄める池の　哥3
○68　影見ても
○69　ひとりゐて
○70　なべて世の　哥4
○71　なにごとと　哥5
○72　天のとの（くひな）　→

60　けふはかく　←
61　かげ見ても
62　わするるは　→
［　欠歌　］　B群
63　たが里も　←
64　くれぬまて（小少将の君）　→
C群
65　たれか世に
66　なき人を　←
67　あまの戸を　→

○73 真木の戸も		D群	68 まきの戸も	D群
○74 夜もすがら	哥15現日17			
○75 ただならじ	哥16現日18			
○76 女郎花	現日1		69 をみなへし	
○77 白露は	現日2	←	70 しら露は	←
78 忘るるは		→		
［　四行空白　］		B群		
79 誰が里も		←		
80 ましもなほ（旅）		→	71 ましも猶	→
81 名に高き		E群	72 なにたかき	E群
82 心あてに			73 心あてに	
83 けぢかくて			74 けぢかくて	
84 隔てじと			75 へだてじと	
85 峯寒み			76 みねさむみ	
○86 珍らしき（御産養）	現日5		77 めづらしき	

○87　曇りなく　現日7
○88　いかにいかが　現日9
○89　葦鶴の　現日10
90　をりをりに
91　霜枯れの
92　入る方は
93　さしてゆく
94　おほかたの
95　垣ほ荒れ（病気）
96　花薄
97　世に経るに
98　心ゆく
○99　多かりし（五節）　現日13
←

78　くもりなく
79　いかにいかが
80　あしたづの
81　をり〳〵に
82　霜がれの
83　いるかたは
84　さして行
85　おほかたの
86　垣ほあれ
87　花すゝき
88　よにふるに
89　心行
90　おほかりし
←

91　身のうさは　→
92　とぢたりし　F群
93　み山べの
94　みよし野は　←

○100　三笠山（小少将の君）　→ G群
○101　さし越えて
○102　埋もれ木の（紅梅）
○103　九重に（桜）
○104　神代には（桜）
○105　あらためて（古里）
○106　珍らしと（五節）
○107　さらば君
108　うちしのび
109　しののめの
110　おほかたに
111　天の河
112　なほざりの
113　よこめをも　←
114　菊の露　哥6現日4
○115　雲間なく（小少将の君）　哥8現日7
○116　ことわりの　哥9現日8

95　みかさ山　→ G群
96　さしこへて
97　むもれぎの
98　こゝのへに
99　神世には
100　あらためて
101　めづらしき
102　さらば君
103　うちしのび
104　しのゝめの
105　おほかたを
106　あまのかは
107　なをざりの
108　よこめをも　←

○117　浮き寝せし（大納言の君）哥10現日11
○118　うち払ふ　哥11現日12
○119　なにばかり

↓ H群

○120　たづきなき（相撲）
○121　いどむ人
122　恋ひわびて（初雪）
123　ふればかく

↑

↓ C群

124　暮れぬ間の（小少将の君）
125　誰か世に
126　亡き人を

↑

109　なにばかり

↓ H群

110　たづきなき
111　いどむ人
112　恋しくて
113　ふればかく

↑

114　いづくとも

「日記哥」（実）（現日記）

1　たえなりや　65
2　かゞり火の　66
3　すめる池の　67
4　なべて世の　70

5	なにごとと	71	
6	菊の露	114	4
7	水とりを		6
8	雲まなく	115	7
9	ことはりの	116	8
10	うきねせし	117	11
11	うちはらふ	118	12
12	としくれて		14
13	すき物と		15
14	人にまだ		16
15	よもすがら	74	17
16	ただならじ	75	18
17	よのなかを		

右表から次のようなことがわかる。いま仮に、陽明文庫本を基準として考えると次のようである。『紫式部集』51番歌までは歌の配列は共通している。51・52番には陽明文庫本で「欠歌」の記憶が記されている。もちろんどんな歌が、どれくらいの数の歌が欠落しているのかは不明である。欠歌から52番歌までがひとまとまりの可能性もある。そして実践女子大学本にはない「をりからを」の歌が陽明文庫本にある。歌数の少ない陽明文庫本を基準にすれば、53番「きえぬまの」から、途中、欠歌をはさんで60番「けふはかく」

までが実践女子大学本と共通する。この歌群をA群と呼ぶことにする。A群以下歌群について、便宜的に名を与えることにする。この間、実践女子大学本には陽明文庫本のF群が入る。

次に、陽明文庫本62「かげ見ても」が単独に置かれている。

63番「わするるは」から、欠歌をはさんで63番「たが里も」をB群とする。この間、実践女子大学本には「妙なりや」から「なにごとと」まで七首がある。これに対する歌は、陽明文庫本では61番「かげ見ても」があるだけである。

次に陽明文庫本は64番「くれぬまで」から66番「なき人を」のC群がある。これは実践女子大学本では末尾歌群である。

次に67番「あまの戸を」から70番「しら露は」のD群がある。ただし、実践女子大学本は途中「夜もすがら」「ただならじ」の二首が割り込んでいる。

次に71番「ましも猶」から90番「おほかりし」のE群は実践女子大学本と共通する。この間、実践女子大学本にはB群が入るが、78番「忘るるは」から空白を介し、79番「誰が里も」は破損の記憶を共有する形態をもっている。いずれの本文も、ある段階の本文を共有していることが明らかである。

次に91番「身のうさは」から94番「みよし野は」のF群がある。この歌群は実践女子大学本では前の方、陽明文庫本のA群に割り込んで入る。

次に95番「みかさ山」から108番「よこめをも」のG群がある。

次に119番「なにばかり」から113番「ふればかく」までH群がある。この間、実践女子大学本には『紫式部日記』もしくは『紫式部集』「日記哥」と共通する歌群が入る。

そして陽明文庫本の末尾は114番「いづくとも」で終わっている。と現存陽明文庫本は「日記哥」一七首を付加する。

これに対して、実践女子大学本がC群で終わっている。歌「いづくとも」はない。右の表によって概観すれば、歌数の少ない陽明文庫本は、おおむね実践女子大学本の範囲内に包括されうるが、いくつかの特徴も見出せる。

A群・E群・G群・H群など大きな歌群は両系統において一致している。しかし、それゆえに、B群の位置の異同を除けば、とくにF群の位置、C群の位置が両系統の伝本を特徴付けていることが明白である。さらに、比較上、実践女子大学本にあって陽明文庫本に見られない歌に共通性がある。

それらを改めて列挙すれば次のようである。

（1）実践女子大学本にあって陽明文庫本に見られない歌群が、現存『紫式部日記』もしくは陽明文庫本『紫式部集』「日記哥」の歌群にある程度一致すること。とくに陽明文庫本「日記哥」の配列に比較的によく重なっている。そしてこれらの歌群について、内容的には、実践女子大学本は小少将の君・大納言の君の関係する歌が多い。

（2）初出仕時期の歌群と予想されるF群が、実践女子大学本の配列において、出仕時期の歌と明らかに確認できる歌群の最初に位置すること。『紫式部集』51番歌以前には出仕期の歌はみとめられないこと。

（3）大きな異同として、小少将の君を悼むC群の位置がいちじるしく異なることと、陽明文庫本末尾114番歌が実践女子大学本に見られないこと。

これらの特徴は両系統の伝本の特徴を、わずかに浮かび上らせていると考えられる（両伝本間の異同の問題については他日改めて論じたい）。

単純化していえば、実践女子大学本は、少女期の歌の多い51番までの前半の歌群に対して、後半ともいうべき位置の始めに初出仕の時期の歌群を置き、さらに陽明文庫本に対して出仕中の歌が二箇所にわたって集中的に多く採り、中でも小少将の君・大納言の君に関係する歌を採るとともに、あわせて末尾に小少将の君に関する追悼の歌群を配しているところに特徴がある。このことは実践女子大学本が編年体的な傾斜をもつ、というよりも一代記的な構成をもたされているとともに、小少将の君に注目した配列の傾向をもつということができる。

すでに山本淳子氏は、一類本（定家本）と二類本（古本）について、「二系統は祖本を一とすること」を前提として「本文内容」について「二類本の古体性」を認めつつ「和歌配列については、未だ決着はついていない」という。そして「身のうさは」以下四首が「錯簡」であり一類本が「この箇所では原形復元に成功している」と見る通説に疑問を呈する。さらに山本氏は「参考にしたいのは、本文そのものではなく、内容の事実性」であるとして、

『日記歌』と一類本を合わせ見ることで、依拠資料の記した内容、つまり事実としての詠歌事情をある程度透かし見ることが可能なのである。(48)

と説く。そして二類本に添って「混乱部分の修復」を行なうとともに、「二類本が二類本なりの秩序を持つという前提をも支持するものである」という。(49)

私は山本氏とは切り口が異なる。すなわち、私は現在の二系統の間で「事実としての詠歌事情」を求める「修復」や「復元」を考えることに興味がない。また、「内容の事実性」の解明を考察の目的とはしない。仮に紫式部自筆本が存在したとしても、考察すべき対象としての本文は、編纂物としての家集であって、「詠作事情」の「事実」にはない。したがって、紫式部自筆本の復元ができればそれに越したことはないが、現存の『紫式部集』においては、そのような志向は断念すべきであり、それぞれの本文を所与のものとして受け入れる以外にはないと

と考えるものである。

考える。すなわち、定家本・古本それぞれの編纂物としての配列の原理の差異を、表現の次元において捉えたい

たしかに、もともと『紫式部集』が編年体によって配列されたと考えると、書写の過程において歌群の配列が乱されていくことにおいて、現存伝本の様態に固定したという考え方もありうる。『紫式部集』がもともと編年体的な構成をもつとするならば、80番「ましもなほ」以下三首は越前行旅の歌である。この位置に置かれていることは錯簡としか考えられないことになる。だがわれわれの目前にある所与のものとしての伝本のありようを受け入れるとするならば、現存『紫式部集』は、両系統に共通の冒頭歌から順番に検討していっても、単純に編年体であるといいえないことも明らかである。和歌の配列に類聚性や対照性ということを勘案する必要がある。もとより陽明文庫本は『紫式部日記』との重なりが比較的に小さく、実践女子大学本に見られない末尾歌に、この伝本の特徴は示されている。両系統の伝本の特質は、冒頭歌と末尾歌の置かれ方に象徴される配列に典型的に示されているにちがいない。

七　古本系の末尾歌の解釈

古本系の末尾は、相撲御覧の歌の贈答の後、次の三首をもって終わっている。現存陽明文庫本は、一一一番歌と一一二番歌との間、すなわち歌「恋しくて」の直前に一行の空白がある。これは先に述べた定家本系の冒頭歌と、二番歌との間の一行空白のもつ意味を考え合わせるならば、陽明文庫本が末尾三首をひとまとまりとして示そうとする主張であるのかもしれない。いずれにしても、末尾歌の解釈は前二首を対照させることにおいてより明確となる。

はつ雪ふりたる夕くれに人の

恋しくてありふる程のはつ雪はきえぬるかとそうたかはれける

返し

ふれはかくうさのみまさる世をしらてあれたる庭につもるはつ雪

いつくとも身をやるかたのしられねはうしとみつゝもなからふる哉(50)

陽明文庫本には、この後ろに改めて題を掲げ「日記歌」が付載されている。(51)「日記歌」と題する以上、伝本としての古本の完結性はこの三首をもって認めることが妥当である。そのことは、古本系伝本が紫式部本人の直接の編集によるものかどうか、あるいは成立当初より改変を受けているかいないかということとは別である。現存伝本たる古本の最終形としてのあり方の問題である。

この前二首は、雪は消えたかという問いと、雪は積もっているという答えから成る贈答歌である。嘱目の景物に寄せる問いと、切り返す答えとによって成り立つ贈答歌である。この二首と次のような歌を重ね合わせることにおいて、歌の形式を取り出すことができよう。

①　雪のすこしふる日女のもとにつかはしける

かつ消えて空にみだるゝ沫雪はもの思ふ人の心なりけり

（『後撰和歌集』冬、四八〇番）

②　久しうまかり通はずなりにければ十月ばかり雪の少し降りたる朝にいひ侍りける

贈太政大臣

身をつめばあはれとぞ思ふ初雪のふりぬることもたれにいはまし

（『後撰和歌集』恋六、一〇六九番）

③　心ざし侍る女みやづかへし侍りければあふことかたくて侍りけるを雪の降るにつかはしける

我が恋しきみがあたりを離れねば白雪もそらに消ゆらん

④　返し

山がくれ消えせぬ雪のわびしきはきみまつの葉にかゝりてぞ降る　（『後撰和歌集』恋六、一〇七三・一〇七四番）

①②には問いのみの歌が記されている。これらの歌の形式は、いずれも、嘱目の景物である雪に寄せて、

消ゆ　雪　経る

という縁語によって成る。これに心情が託される。

古本系末尾三首のうち、末尾歌「いづくとも」に対して前二首「恋しくて」「ふればかく」の歌う事柄は、悲痛さとは別である。歌「恋しくて」について、「はつ雪ふりたる夕くれに人の」という詞書によると、次のように考えることができる。初雪はすぐ消えるはずのものである。根雪にはならない。降ったのは「夕暮れ」とあるから、この歌は通い路に赴く男から女への打診の体裁をとるとみるのが穏やかである。雪が消えたら行く、ということか。あるいは、通い路に妨げとなる雪が今解けているのか、まだ残っているのかを問いかけているので、通い路の障害となる雪をもって女の心の冷ややかさをいうと見ることができる。しかるにそれは初雪である。たいしたことではない。そのようであるとすると、歌の形式から、恋の歌のやり取りともとれる。もちろん雪が本当に降ったか雪は消えたかどうかを尋ねることに歌の目的があるのではない。折節につけて男から女に言葉をかけるきっかけとして、雪は利用されている。

歌「ふればかく」について、修辞の問題としていえば、「降れば」には「経れば」が懸けられている。「ふればかくうさのみまさる」とあるとき、経ればと了解された語が「はつ雪」という語によって降ればでもあることが了解される。「かく」という語は、歌の詠出されるときの両者が状況を共有しており、相当の年月を経た男女関係のやりとりとして受け取ることができる。表現としては、返しが前歌に対して深刻すぎないかという印象も予想される。男が「経る程」に雪は消えたのではないか、と尋ねたのに対して、「あれたる庭につもるはつ雪」と

はあまりにも雪の降り方の程度に差がある。女が邸宅の庭に雪の積もったことをいうことにおいて、男が他の女の所に行っていたことを表すともみられる。「荒れたる庭」は男の来ない女の邸宅のようすをいいつのるとともに、荒涼とした内面をも表すことになる。ただ、歌の贈答におけるこの差をもって女の不幸をまでいう必要はない。男が通ってこないことに対して軽い嫌味をいうこととして解せる。一定の距離を保つことにおいて成り立つ男女関係の贈答とみることは許されよう。

一方、末尾の歌は景物と関係がない。

こうして前二首と歌「いづくとも」を比較してみれば、いよいよ末尾歌「いづくとも」は、男を必要としない世界を歌うかのようである。南波氏は「この歌の基底」に、

世に経れば憂さこそまされみ吉野の岩のかけ道踏みならしてむ　（『古今和歌集』九五一番、題しらず、読人知らず）

世の中を憂しといひてもいづこにか身をば隠さむ山梨の花　（『古今和歌六帖』第六、三五一一番、「山なし」）

惜しからぬ命なれども心にしまかせられねば憂き世にぞ住む　（『伊勢集』二〇六）

などの「古歌が意識されていたと思われる」とされている。[52] 内容についていえば、この世になお自己肯定的な姿勢を詠ずる伊勢の歌に近い。なお形式において、この三首との同一性の有無を検討する必要があろう。南波氏は、さらに、

（一二三）・（一二四）の贈答歌は、（一二五）と等価的配置ではなく、（一二五）の心境をよりよく浮きたたせるための対比的配置であろう。[53]

とされる。私もまた、陽明文庫本一一四「いつくとも」の歌を、前二首と対照させて読むべきであろうと考える。歌集における和歌の配列には類聚性の方法を認めることができる。

また、歌「恋しくて」について、竹内氏は「ことば通りに解すれば、異性からの恋歌となるが、家集の順から

して晩年に近い頃、そういうことは考えにくい(54)」といわれる。これに対して南波浩氏は「人」の用法を検討され、「やはり式部家集の用例の大勢から、夫宣孝とみたい(55)」といわれる。

ちなみに、流布本には初句「恋わびて」という異同がある。これであれば女に対する男の恋情の強調された表現となろう。遊戯性にあふれた生活を演出する存在として、「人の」を宣孝と見るのが穏やかであろう。というよりも「人」が実際の人物として誰であるのかを詮索することは勅撰集の詞書の方法に戻すことになる。『紫式部集』の詞書は「人」であって特定していない。もちろんこの贈答がいつのことかを明記することにも関心はない。夫であるか恋人であるか、私のいい人であるという抽象度に定まっている。私はこの二首の歌が人事の詠であり、題詠ではないということを「人の」という詞書が示しているとみる。配列の問題を別としても、まず歌「恋しくて」「ふれはかく」の二首は、贈答歌の形式からも、率直に男女関係の歌と理解すべきであろう。この二首と末尾歌の関係は、冒頭歌二首及び三番歌に対して、四・五番歌が男と女との出会いを思い出として対照させているのと同じ構造をもつ。すなわち鮮やかな思い出と現下の孤独とを対照すべく和歌を配列しているとみられる。その意味で、『紫式部集』全体が編年体かどうかはなお問題を残すけれども、末尾に置かれていることから、また「いつくとも」の歌の内容から、この三首が『紫式部集』全体を総括しているのではないかと考えられる。

末尾歌「いつくとも」においては、「いつくとも身をやるかたのしられねは」とわが身のやり場に困り、わが宿世の因果を悟り、執着を離れることができずにいることを表している。近親の死や知人の死を経験して、なお出家できずにいる。また過去の思い出を捨て切れずにいる。出家しても他界して後、自己の行くべきところが果たして約束されてあるのかどうかもわからない、特に救済の問題としていえば浄土に生まれかわることが約束されていないことを問う。技巧のない率直な歌である。「うしとみつゝもなからふる哉」と限りない自己肯定を認めざるをえない自己の発見に悲痛さが窺える。

この歌を考えるとき『紫式部日記』を参看しておく必要がある。

いかに、いまは言忌し侍らじ。人、といふともかくいふとも、ただ阿弥陀仏にたゆみなく、経をならひ侍らむ。世のいとはしきことは、すべて露ばかり心もとまらずなりにて侍れば、聖にならむに、懈怠すべうも侍らず。ただひたみちにそむきても、雲に乗らぬほどのたゆたふべきやうなむ侍るべかなる。それに、やすらひ侍るなり。としもはた、よきほどになりもてまかる。いたうこれより老いほれて、はた目暗うて経よまず、心もいとどたゆさまさり侍らむものを。心深き人まねのやうに侍れど、いまはただ、かかるかたのことをぞ思ひ給ふる。それ、罪ふかき人は、またかならずしもかなひ侍らじ。さきの世しらるることのみおほう侍れば、よろづにつけてぞ悲しく侍る。(56)

この有名な条は、『紫式部日記』の消息的部分とされ、日記「成立」の問題として議論されてきたところである。ただ、この条は晩年の、もしくは宮仕え以後の紫式部の内面を示しているであろうと推測できる。現世に対する執着のなくなったことをいいつつ、なお臨終の一念における迷いを恐れていることがわかる。そしてついこぼしてしまうことは「さきの世しらるることのみおほう侍れば、よろづにつけてぞ悲しく」あるということである。(57)『紫式部集』歌「いつくとも」の伝えるところは、『紫式部日記』におけるぎりぎりの出家志向とはなお径庭があるだろう。

八　流布本系の末尾歌の解釈

『紫式部集』における、他の私家集とは異質な冒頭歌と、両系統の伝本の末尾歌とにそれぞれ、照応が認められるかどうか、またあるとしてどのように認められるか。もちろんいうまでもなく、『紫式部集』の伝本の問題が介在する。その上でなお全体を貫くものがあるのかないのか。厳密には、各伝本における歌の配列について詳細に検討しなければならないが、冒頭歌のみならず、末尾歌が全体を締めくくるにふさわしいものかどうか考える意味がある。

繰り返して言えば、すでに『紫式部集』現存伝本の五二番以下が、古本系と流布本系との間に、いちじるしく歌順の異なることが指摘されている。しかしながらこの問題を単純に錯簡に戻せるかといえば、それはにわかには不可能であろう。伝本を系統化すること、歌集の原形を求めることを一旦差し控えて、現存の二系統を認めた上で何がいえるのか、なお考えることはあるに違いない。

古本系末尾三首のうち歌「いつくとも」は、現存流布本系伝本には存在しない。また「恋しくて」「ふれはかく」の歌は、流布本系の代表的な伝本実践女子大学本では、末尾直前の一二二・一二三番（陽六四～六六番・実一二四・一二六番）に配列されている。実践女子大本では、

　　こせうしやうのきみのかきたまへりし
　　うちとけふみのもの、中なるを見つけ
　　てか、せうなこんのもとに
くれれぬまの身をはおもはて人の世のあはれをしるそかつはかなしき
たれか世になからへてみむかきとめしあとは消えせぬかたみなれとも
　　返し
なき人をしのふることもいつまてそけふのあはれはあすのわか身を[58]

で末尾が終わっている。であるとすれば、古本・流布本間における歌の配列の相違はどのようなことを表しているのか。

まず歌「暮れぬ間の」「誰か世に」の詞書において、小少将の君の「打ち解け文」であることが重要である。「打

ち解け文」とはどういうものか。「物の中なるを見付け」たのは、小少将の君没後の身辺整理の折なのか。あるいは後日のことなのか。どちらしても没後そう遠くない時期のこととして編纂されている。とはいえ、時期の問題は二義的なことである。書き残した言葉によって、自己を反省することも思い至らず、「人の世のあはれを知る」ことはある。それだけではない。自己に照らして、小少将の君の「打ち解け文」が、人に見られ人の心を動かすことは、彼女が生きていれば彼女の羞恥をかきたてるはずのものである。

この歌は、次のような歌と重ねうる。

我が身からうき世の中と名づけつゝ人のためさへ悲しかるらむ　（『古今和歌集』雑歌、九五九番）

かさねてつかはしける

人の世のおもひにかなふものならば我が身はきみにおくれましやは　（『後撰和歌集』哀傷、一三九八番）

いずれの歌も、「我が身」「人の世」を、次のように対称的に配置することにおいて成り立つ。すなわち、

（我が）身　知らず　＋　人の世　知る

という形式をみとめることができる。「暮れぬ間の」の歌は、まさにが哀傷歌の形式の一つである。「暮れぬ間の」の歌は率直な歌である。末句「悲しき」には諸本に「はかなき」という異同がある。これは、歌の対照的な構成によって成り立つ形式に対して、自己の心情を加える言葉であるから、異同が起きやすい。とはいえ、この心情を表す表現の差異は、対称的な修辞を支えている形式そのものにかかわることがない。

次に、歌「誰か世に」にはいうまでもなく「誰か世に」と「誰かよに（まさか）」とが懸けられている。と同時に、故人の書き残した言葉を「形見」と捉え、人の存命の如何にかかわらず、故人の形見となった言葉がなお働きを

もつことを伝えている。いうまでもなく「形見」には「身」が懸けられている。「死者の鎮魂というよりも生き残った者の無常感が前面に出る(59)」というだけでは足りない。人は命の限りあるものであるが、言葉が人の命を超えていることを改めて認識した、ということであるはずである。物語作者ならではの認識といってもよい。「書きとめし跡は消えせぬ形見」であると捉えることこそ、これを末尾に据える流布本系『紫式部集』の編集意図にかかわっている。

さて、南波氏は『古今和歌集』哀傷歌、八三八番、紀貫之の歌、

紀友則が身まかりにける時よめる　紀貫之

あすしらぬわが身と思へど暮れぬまのけふは人こそかなしかりけれ

を「本歌」とするとされる(60)。それでは、これを「本歌」として特定しうる根拠が何か。今、哀傷歌の共有する形式の問題として捉え直すならば、

明日　わが身　知らず　+　今日　人（の世）（知る）

というふうに同じ形式を共有する歌であることが明らかである。そのようであれば、「暮れぬ間の」と末尾歌「亡き人を」とは同じ形式によるということができる。とすればさらに、歌を重ねることによって、さらに哀傷歌の形式を確かめることができる。

（我が）身　知らず　+　人の世　知る

誰か見む　+　形見

明日　わが身　知らず　＋　今日　人（の世）（知る）

いわば、歌「暮れぬ間の」と「亡き人を」とは同じ形式をもつ。「明日」「今日」という語がさらに対称的に配置されることにおいて強調されている。

さらにいえば、紀貫之の歌「あすしらぬ」では、関心は反省よりも故人を悼むことに向けられている。葬送や追悼の儀式的な場を予想させるものである。そのことは歌「あすしらぬ」が「哀傷歌」の部立に分類されていることからも予想される。

しかし、『紫式部集』末尾歌「亡き人を」の歌は、死者を悼むといっても彼我にどれくらいの差があるのか。彼女の死はわがことと同じことだという。無常感といえばそれまでのことであるが、生に執着する自己に対する反省が籠められている、といわなければならない。『紫式部集』末尾歌を考察するに際して、南波氏が冒頭一・二番歌と合わせて「愛別離苦・会者定離[61]」と解釈されたことを想起する必要があろう。『紫式部集全評釈』ではさらに詳しく、

> 現存の定家本の「紫式部集」をみると、（一）歌における友との「めぐりあい」と「別れ」という、「愛別離苦」・「会者定離」の常理をあらわす歌にはじまって、最後の（一二六・一二七・一二八）の歌における、親友小少将との死別、すなわち、「生者必滅」の理を示す歌で終わり、首尾の照応をみごとに構成している（略）[62]

と指摘されている。この問題は特に「現存の定家本の『紫式部集』」においてより強調されるべき問題に他ならない。この問題は流布本定家本の冒頭と末尾の照応の問題としてより強く記憶する必要がある。歌の配列を直接紫式部の内面に求める前に、ひとまず流布本の編纂意図に求めることができるであろう。

「加賀少納言」の存在に関しては、早く三谷邦明氏が「自撰の、しかも、ほぼ編年的に纏められた家集の、最

後の総括とも言える和歌が、紫式部の自作ではなく、加賀少納言という経歴・素性の全く分らない女房の歌になっているのは、他の平安朝の私家集と比較しても不思議な現象なのである」として、

加賀少納言の和歌は、そうした個人的な哀悼の情の悲痛さを越えて、人間存在の根底にある虚無の深淵にまで下降し、人間の生無情さを凝視している。(63)

といわれる。そして、『源氏物語』『紫式部日記』『紫式部集』の読者として見た場合、「この最後を飾っている歌こそが紫式部にふさわしく」「この歌は充分に詠めるはず」だとして、「加賀少納言」を「紫式部の創作した架空の人物のように思われる」ともしている。さらに「紫式部が自己を対象化・他者化しようとしていること」に「紫式部の虚構の方法の根源」があるとされる。

実に鋭い指摘であるが、「加賀少納言」の歌を「紫式部の自作」であるかないかにこだわりすぎるとすれば、むしろ古代の和歌のあり方から外れて行くことになる懼れなしとしない。土橋寛氏が論じたように、歌そのものが、折節における私の内面を表現するのにふさわしいものであれば、それを自己のものとして詠ずることを妨げるものではない。むしろ重要なことは「加賀少納言」より「うちとけ文」の方にあるのではないか。そのことは『紫式部集』の「虚構」をいうこととは異質のことである。死後に残る形見としての言葉それ自体に関心が向けられているとしなければならない。加賀の歌よりも重要なものは、私の歌「誰か世に」ではないだろうか。

ちなみに「誰か世に」を末尾歌とした『紫式部集』の編集の意図を考察するのに、流布本特に定家本を問題にするゆえに、この歌に対する『新古今和歌集』の扱いを参照することも必要であろう。定家本の代表的伝本実践女子大本の一二五番「誰か世に」の歌は、『新古今和歌集』哀傷、八一七番として、

上東門院小少将の君身まかりて後、つねにうちとけて書きかはしける文の物の中に侍りけるを見いで、加賀少納言がもとにつかはしける　　紫式部

誰か世にながらへて見む書きとめしあとは消えせぬかたみなれども[64]

とあり、藤原定家がとくに「誰か世に」の歌を取り出していることが注意される。

この三首「暮れぬ間の」「誰か世に」「亡き人を」は、陽明文庫本ではほぼ真ん中の六四～六六番歌（流布本巻末歌三首）として配列されている。配列における位置付けが異なることは、歌の解釈にも影響を与える。[65]陽明文庫本の場合、編年的に理解すれば歌は自己の寡居期、出仕期（宮仕期）の感慨を表現していることになる。類聚的に理解すれば、死に照らされて自己の存在の不安定さとともに、人の死を超えて働く言葉というものに関心を示しているいえる。自分の生きた証が物語であり、他ならぬ言葉であったというふうに。

九　流布本系伝本の一代記的構成

かつて岡一男氏は、群書類従本に従い歌の配列が「ほぼ年代順である」ことを説かれた。岡氏は、二番歌から見て一番歌の「旅立ちは冬で、秋でない」とわかるとされ、「その人の家集から前後の関聯を無視して歌を取り出してはいけない」[66]と現在の配列において解釈すべきであることをいわれる。全体が年代順の配列かどうか留保するにしても、一番歌・二番歌をできるかぎり現存の配列のまま読み解こうとされることには賛成である。氏は同時に、「暮れぬ間の」以下、流布本末尾三首の歌に触れ、「如何に紫式部が『友』といふものを、無情を媒介として、浪漫化してゐたか、同性愛にちかいほどに憧憬してゐたかが、この家集の始終をみるとわかる」とされ、他の家集に見られない特徴であるとされる。[67]末尾歌三首を紫式部その人への関心に寄せて解釈するのでなく、なお『紫式部集』が文学として成り立つかどうか、『紫式部集』それじたいの問題として問うならば、冒頭歌との関係が閑却されるべきではない。

本稿での関心は、ここから岡氏のめざされたところとはいささか離れて行く。特に冒頭歌を共有しつつ、末尾歌が流布本と古本とでは異なることに注意したい。このことは、伝本の混乱の問題と処理する以前に、伝本それぞれに独自の意図を予想するのが穏やかな考え方ではなかろうか。死を孕む冒頭歌に、伝本それぞれの末尾歌がどのように照応し合うのかが問われる。いずれが『紫式部集』のあり方として正しいか、あるいはいずれが原形か、という議論を排して、現存伝本が現存の配列において、それぞれ異なる編纂意図に基いて完結性と統一性をもつかどうかに注目したい。

すなわち流布本末尾三首では、言葉へのこだわりが浮かび上がってくる。古本が、夫との関係と対照させた自己の悲哀にとどまるのに対して、流布本には友人の死に触発される自己への反省がある。さらに没後に形見の言葉を遺すことに対する興味を示すことをもって歌集の閉じ目としていることは印象的である。

特に、流布本が友人の死をめぐる末尾三首をもって閉じられているところから、冒頭歌の詞書を改めて読み直せば、「童友達」と「としころへて」再会したわけであるから、歌集の中の私もまた、成人式を終えている年齢として置かれているといえる。そもそも、古代物語の性格として、『伊勢物語』や『竹取物語』、『宇津保物語』にしても『源氏物語』にしても、元服・裳着という成人式から物語は始まっている。成人式によって恋物語の主人公の資格が得られる。光源氏がそうであるように、成人式と結婚は同時に行われる。[68] つまり、冒頭歌に続いて、四番歌・五番歌が隣接させられているのは、『紫式部集』が物語のもつ一代記的構成と相同の構造をもつからである。すなわち、いずれの伝本系統にしても、

裳着
越前への流離
幸福なる結婚

というふうに、物語のもつ周知の話型を襲っていると見ることもできる。つまり、『紫式部集』における、少女

期から結婚期、寡居期、出仕期（宮仕期）、晩年期へという緩やかな時間的構成に、そのような物語の話型が重ね合わされていると見ることができる。

このように考えてくると、流布本『紫式部集』は、おそらく定家の意図のもとに、成人式から辞世に至るまので一代記の様式を、より進める形で構成し直されたものであると考えてよい。物語作者の歌集が、物語の構成をとって和歌を配列しているということは実に興味深い。それはもはや和歌の記録ではない。〃歌集の中に構成された紫式部の人生〃だったといえるのではなかろうか。

注

（1）本稿とかかわる問題に触れる論考で、管見に入った先行研究は次のようである。いずれも従来の『紫式部集』研究のありかたに対する批判的姿勢をとっている点で共通している。結局はいかに合理的に、整合性をもって『紫式部集』を読みうるかということで問題意識を共有しているであろう。例えば、清水好子氏の『岩波新書　紫式部』（岩波書店、一九八三年）は紫式部の少女時代を切り出して見せたが、私はそれも編者によって〃歌集の中に作り出された〃少女時代であると見る。

・伊藤博「紫式部集の諸問題—構成を軸に—」『中央大学文学部紀要』第一三〇号、一九八九年三月。

・後藤祥子「紫式部集冒頭歌群の配列」『講座　平安文学論究　第六輯』風間書房、一九八九年。

・佐藤和喜「古本系紫式部集の表現」『平安和歌文学表現論』有精堂出版、一九九三年。

・佐藤和喜「紫式部集と勅撰集（一・二）」『立正大学　国語国文』一九九九年三月・二〇〇〇年三月。

佐藤氏は『紫式部集』の考察に、勅撰集を対比させようとされる。私家集の研究にとってこの視点は重要である。ただ重複歌に絞って対照させるだけでなく、歌集編纂の原理そのものの相違を問う必要があるのではないだろうか。

・工藤重矩「紫式部集一番歌・二番歌について　解釈、伝記、説の継承」『福岡教育大学紀要』第四七号、一九九八年。後、『平安朝和歌漢詩文新考』風間書房、二〇〇〇年、に所収。

・工藤重矩「紫式部集の和歌解釈—伝記資料として読む前に—」『文学・語学』第一六二号、一九九九年三月。

・横井孝「『紫式部集』実践女子大学本管見」『実践国文学』第六号、二〇〇四年一〇月。

・久保朝孝「紫式部の初恋―明け暮れのそらおぼれ・虚構の獲得」『新講　源氏物語を学ぶ人のために』世界思想社、一九九五年。
・久保朝孝「紫式部集の歌一首―「おぼろけにてや人の尋ねむ」考―」樋口芳麻呂編『王朝和歌と史的展開』笠間書院、一九九七年一二月。
・山本淳子「『紫式部集』の方法（上下）」『国語国文』一九九六年一〇・一一月、
・山本淳子「『紫式部集』二類本錯簡修復の試み」『国語国文』一九九八年八月。
・山本淳子「『紫式部集』後半の構造について」『国語国文』一九九九年一一月。
・山本淳子「『紫式部集』の主題」片桐洋一編『王朝文学の本質と変容』和泉書院、二〇〇一年。これらの論考は、後、『紫式部集論』和泉書院、二〇〇五年、に所収。
・徳原茂実「紫式部集巻頭二首の詠作事情」『古代中世和歌文学の研究』和泉書院、二〇〇三年。
（2）松野陽一「私家集概説」の項目、岡一男編『平安朝文学事典』東京堂出版、一九七二年、一三八頁。また、後藤祥子氏は「平安時代、個人の歌集を『家の集』と呼んだ」事実に注目され、「『いへのしふ』という和語的な云いまわし」と「『家集』という漢語的云い方」を調査されて、同様の見解を述べている。そして「『家集』は単に個人の集であることを超え、自他ともに許す「歌よみ」が子々孫々に伝える、家単位の文化遺産として、晴れがましい栄誉を担った」（後藤祥子「私家集の位置」日本文学協会編『日本文学講座　第九巻』大修館書店、一九八八年、一五七〜八頁）とされている。
（3）同書、一三九頁。
（4）有吉保『和歌文学辞典』「私家集」の項目、桜楓社、一九八二年。
（5）同書、二八〇頁。
（6）南波浩『紫式部集全評釈』笠間書院、一九八三年、一四頁。
（7）これら私家集の冒頭歌のもつ季節の比較については、小考を発表したことがある。廣田收「紫式部の表現―宣孝の死をめぐって―」『同志社国文学』第九号、一九七四年三月。本書、第二章第一節参照。
（8）南波氏は『紫式部集』が「そのまま式部自撰時の原形とは考えがたいが、大むね、前半の部分は原形に沿うている」（6）に同じ、一五頁、とされている。古本系・定家本系の後半の異同を、特に末尾歌の置き方のもつ象徴性から両系統の内的な構成の原理を探ろうとするのが、本稿の狙いである。
（9）鶴見俊輔『限界芸術論』勁草書房、一九六七年。

(10)土橋寛「万葉序説」『万葉開眼　上』日本放送出版協会、一九七八年、二二頁。
(11)同書、二五頁。
(12)同書、三〇～一頁。
(13)風巻景次郎「宮廷文学の成立」『風巻景次郎全集　第四巻　源氏物語の成立』桜楓社、一九六五年、一六八頁。初出「八代集論の序」『国語と国文学』一九四一年四月。
(14)土橋寛氏が、中野好夫『古代歌謡を読む』の説を紹介されている。
(15)片桐洋一「古今和歌集の場（上）」『文学』一九七九年七月。
(16)松田武夫校訂『後撰和歌集』岩波文庫、一九四五年。以下の『後撰和歌集』引用はこれに拠る。
(17)風巻景次郎「日本文学における和歌の位置」『風巻景次郎全集　第四巻　源氏物語の成立』桜楓社、一九六九年、五五頁。
(18)奥村恒哉「古今集の精神」『古今集の研究』臨川書店、一九八〇年、一頁。
(19)同書、一六～一七頁。
(20)同書、一六～一七頁。
(21)勅撰集の一つの極として、神楽歌のような神と人との関係にかかわるものを認めることができる。もちろん神楽歌のような儀礼の歌は『紫式部集』に求めることはできない。『古今和歌集』におけるもう一つの極として、物名や誹諧歌など言語遊戯性にかかわるものがある。高木博「古今集における誹諧性を中心として」『相模女子大学紀要』一九六〇年三月、清水茂「詩歌における遊戯性―物名・誹諧歌の意義―」『文学』一九八五年一二月、などがある。
　このような遊戯性は『紫式部集』の文学性に関しても重要である。名付けや名に対する関心、表記や音韻、比喩などの修辞、いわば言葉への興味に『紫式部集』を貫く重要な意図があるのではないかということについて論じたことがある。廣田收「『紫式部集』の地名」『同志社国文学』第三三号、一九八九年三月。
(22)勅撰集では、天皇に対して撰者が歌を、いつ、どこで、誰が、どのような事情で詠じられたかを記すことによって、歌の場と意味を限定し固定して説明するところに詞書の機能があるが、『紫式部集』では、詞書で説明が完了している。歌は詞書の内容の反復となる傾斜があることについてすでに触れたことがある。廣田收「『紫式部集』の地名」『同志社国文学』第三三号、一九八九年三月。
(23)廣田收「『伊勢物語』の方法―初段と二段の地名から見る―」『日本文学』一九九一年五月。
(24)底本を、南波浩編『紫式部集　陽明文庫蔵』（影印、笠間書院、一九七二年）とする。翻刻は南波浩校訂『紫式部集』岩波文庫、一九七三年、に掲載されているものを参看した。以下、陽明文庫本の引用はこれに拠る。
(25)（6）に同じ、二五頁。
(26)佐伯梅友校訂『古今和歌集』岩波文庫、一九八一年。以下『古今和歌集』の引用はこれに拠る。
(27)木村正中「紫式部集冒頭歌の意義」南波浩編『王朝物語とその周辺』笠間書院、一九八二年。同「紫式部集全歌評釈」『国文学』一九八二年九月。
(28)（6）に同じ、六頁。
(29)田中新一氏がはやくこの異同について触れておられる（「『紫式部集』冒頭部の年時について」『愛知教育大学研究報告人文学編』第二九号、一九九〇年三月）。誤写説については、木船重昭『『紫式部集』の解釈と論考』笠間書院、一九八一年、五頁、重松信弘『紫式部と源氏物語』風間書房、一九八三年、後藤祥子「紫式部集冒頭歌群の配列」『講座　平安文学論究　第六巻』風間書房、一九八九年、など。
(30)『源氏物語』にも同様の表現を認めうる。廣田收「伝承者の系譜」『日本文学講座　物語・小説Ⅱ』大修館書店、一九八七年六月。これは改稿して、『『源氏物語』系譜と構造』（笠間書院、二〇〇七年）に所収。
(31)例えば、『源氏物語』朝顔巻において、光源氏が冬の月の美しさを愛でる条がある。
(32)（6）に同じ、一〇頁。
(33)佐藤和喜「紫式部集と勅撰集（一）」『立正大学　国語国文』一九九九年三月。
(34)徳原茂実「紫式部集巻頭二首の詠作事情」『古代中世和歌文学の研究』和泉書院、二〇〇三年。
(35)阿部秋生他校注・訳『新編日本古典文学全集　源氏物語　②』小学館、一九九五年、一八六頁。
(36)（6）に同じ、二三頁。
(37)（6）に同じ、二五頁。
(38)「その人とをき所へ行くなりけり」について、南波氏による校定本文では、二番歌の詞書として置かれているが、先生は大学院の講義で、この一文を冒頭歌の左注であるとともに、二番歌の詞書という両面性をもつことを論じておられた。この考えに従いたい。
　南波浩『紫式部集の研究　校異篇・伝本研究篇』（笠間書院、一九七二年）によると、この他の箇所にも、何行空白、破れてなし、などと記したものが見られる。これらすべての箇所を同等に扱いうるかどうかは問題である。
(39)（6）に同じ、一四頁。

(40) (6) に同じ、一六頁。
(41) 以下、和歌の検索と用例については、渡邊文雄・松下大三郎編『国歌大観　正・続』(角川書店、一九七三年) による。なお、一部表記を改めたところがある。
(42) 今井源衛校注『日本古典文学大系　大和物語』(岩波書店、一九五七年、三四六・三五二頁) による。なお、一部表記を改めたところがある。
(43) 川口久雄校注『日本古典文学大系　蜻蛉日記』岩波書店、一九五七年、一八一頁。
(44) (41) に同じ。
(45) (26) に同じ、一四一頁。
(46) 『古今和歌集』における「露」の具体的な用例については、紙幅の都合上、省略した。
(47) 竹内美千代『紫式部集評釈』桜楓社、一九六九年、四七頁。竹内氏は、三番歌が「歌集の排列順から見ると、未婚時代になる」が「編纂時に、時代順を破って置かれた」と推定する。
(48) 山本淳子「『紫式部集』二類本錯簡修復の試み」『国語国文』一九九八年八月。両系統の比較から別途山本利達氏の考察がある (「解説」『新潮日本古典集成　紫式部日記』新潮社、一九八〇年)。
(49) 同論文。
(50) (24) に同じ。陽明文庫本一一二～一一四・実践女子大学本一二二・一二三、「いつくとも」はナシ。
(51) 古本系末尾記載の「日記歌」については、南波浩「古本系巻末『日記歌』と『紫式部日記』の性格」『紫式部集の研究　校異篇・伝本研究篇』(笠間書院、一九七二年) に詳しい研究の総括がある。
(52) (6) に同じ、六二一頁。
(53) (6) に同じ、六三二～三頁。
(54) (47) に同じ、一九〇頁。
(55) (6) に同じ、六一七頁。
(56) 池田亀鑑・秋山虔校注『紫式部日記』岩波文庫、一九六四年、八〇～八一頁。
(57) 廣田收「『紫式部集』『数ならぬ心』考」南波浩編『紫式部の方法』笠間書院、二〇〇二年。本書、第二章第三節、参照。また「家集の中の『紫式部』」(新典社、近刊) にも触れたところがある。
(58) 三谷邦明「実践女子大学図書館本　むらさき式部集」『源氏物語とその周辺』(武蔵野書院、一九七一年) に拠る。

(59) 佐藤和喜「紫式部集と勅撰集（二）」『立正大学国語国文』二〇〇〇年三月。
(60)（6）に同じ、六二七頁。
(61) 南波浩『紫式部集』岩波文庫、一一頁脚注、解説二〇三頁、。
(62)（6）に同じ、一五頁。
(63) 三谷邦明「源氏物語における虚構の方法」『源氏物語講座』第一巻、有精堂、二八頁。
(64) 佐佐木信綱校訂『新古今和歌集』岩波文庫、一九五九年、一四三頁。
(65) 自撰と他撰の問題、作者初校本、精選本などを想定する立場もあろうが、現在各伝本のありかたそれ自体とは別の問題である。後人補訂の可能性については、久保木寿子「紫式部集の増補について（上・下）」『国文学研究』第六一・六二集、清水好子「紫式部集の編者」『関西大学　国文学』第四六号（一九七二年三月）、菅野美恵子「紫式部集の成立」『同志社国文学』第九号（一九七三年三月）、上田記子「紫式部集と紫式部日記」『同志社国文学』第九号（一九七三年三月）、などがある。『紫式部集』は基本的に自撰であるとされ、またそう考えられようが、現存伝本が原形の表現のままかどうかは分らない。それゆえにこそ、それぞれの伝本の完結性・統一性を重視する立場から考察を加えることが有効である。南波氏も指摘されているように、『紫式部集』は歌数から他の私家集などと比較して見て、紫式部の歌がもともと少なかったというよりも、精選された歌集なのではないかと考えられるからである。
(66) 岡一男「『紫式部集』の本文の成立とその文芸的価値」『源氏物語の基礎的研究』増訂版、東京堂、一九六六年、一七七頁。
(67) 同書、一七四〜一七五頁。
(68) 廣田收「古代物語と成人式」『説話・伝承学』第一一号、二〇〇三年三月。

〔注記〕

本稿は、かつて一九八八年から九〇年にかけて、勤務先の大学の授業「日本文学講読」において講じたものを基にする。眠っていた旧稿（一九九〇年一〇月初稿）を元に、改めて「日本文学史」の講義（二〇〇四年一〇月二八日、二〇〇五年一一月一日）で論じたことを契機に、纏め直したものである。

第二節　『紫式部集』離別歌としての冒頭歌と二番歌

はじめに

『紫式部集』は冒頭歌として歌「めぐり逢ひて」、二番歌として歌「泣き弱る」を置く。陽明文庫蔵本の本文を示すと、次のようである。

（1）　はやうよりわらは友達なりし人に、年ごろ経て行きあひたるが、ほのかにて、十月十日のほどに月にきほひて帰りにければ

めぐりあひて見しやそれともわかぬまに雲隠れにし夜半の月かな

（2）　その人遠き所へ行くなりけり。秋の果つる日きてあるあか月に、虫の声あはれなり

泣き弱るまがきの虫もとめがたき秋の別れやかなしかるらん(1)

冒頭歌は、詞書の示す詠歌事情をめぐる議論を一旦措くとすれば、「夜半の月かな」という呼びかけの語感nuanceからみても、歌そのものの表現形式からみても、離別歌であることは動かない。(2)ところで、周知のように「雲隠る」という語が、離別した者の死を象徴するのではないかということが指摘されてきた。(3)そのとき問題

は、離別の場 contxet における儀礼的な表現において「雲隠る」という語が、「歌ってはならない」忌詞（いみことば）という禁忌 taboo を帯びた語かどうか、である。「雲隠る」が常に死を象徴する意味をもつとすると、この歌は離別歌の表現形式から見た場合、離別の場の儀礼性に反しているように見える。

いったいこの問題はどのように解決できるであろうか。また、二番歌は詞書から見るとあたかも独詠歌のように見える。しかしながら、これもまた、贈歌と答歌とのいずれかは今措くとしても、旅に出る者とこれを送る者との離別の場の詠歌、離別歌であった可能性はないだろうか。

一方、冒頭歌の左注であり二番歌の詞書を導く「その人遠き所へ行くなりけり」の一文からすると、二番歌「泣き弱る」は、惜秋の歌に、冒頭歌と同一人物の童友達に対する惜別の思いを託した歌であることになる。これも詞書からみると、「秋の果つる日」とあるから、惜秋の歌を詠む折節の歌であり、贈答の場を想定することができる。つまり、二番歌の詞書に惜秋と離別とを重ね合わせた詠歌の場を想定するならば、これを単純に独詠歌とだけ断じることはできない。つまり、歌「泣き弱る」は、贈答をなす離別歌の片方である可能性がある。

以上のような問題意識に基いて、本稿では、まず「言忌み」とは何かという問題と、「雲隠る」という語の用いられ方について検討したい。そのことによって、歌「めぐり逢ひて」がこの家集の冒頭に置かれた意味について、小考を加えたい。

一　離別歌の禁忌――「言忌み」と忌詞――

平安時代における斎院や斎宮にかかわる忌詞の存在については、すでによく知られている。ただ、それらの多くは、具体的にどんな言葉が忌まれたかという調査と分析、それも清浄に対する穢れの問題として論じられてきた(4)。そのような研究史に対して、特筆すべき考察がある。早くに駒木敏氏は、『萬葉集』の羇旅歌・離別歌に「旅を行く者の心性として、どうにかして妹（家人）のことを頭から滅し去ろうとする意志と、にも拘らず恋しさのあまりその名（人のこと）を口にせざるをえぬ現実的感情との相克」を見ておられる。(5) すなわち、羇旅歌・離別歌に、このような禁忌tabooを敢えて破るところに、歌うという営為を捉えるという視点は、本稿の問題を考える上で、きわめて重要な指摘である。

私はまず、『紫式部集』の離別歌の表現形式を考えようとするときに、離別歌の贈答の場において「雲隠る」が禁忌tabooにかかわる忌詞であるかどうかを知りたい。そこで、忌詞に関連して、『源氏物語』の内在的な語彙である「言忌み」という語を手がかりとしたい。卒忽の間に検索した「言忌み」の用例には、次のようなものがある。

最初に、『紫式部集』の用例とともに、『紫式部日記』『源氏物語』の用例を対照させ、検討を加えておきたい。『紫式部集』にはわずか一例を認めうる。陽明文庫本一〇〇番歌（実践女子大学本では、一〇五番歌）に、

　睦月の三日、内裏より出でて、ふるさとのただしばしの程にこよなう塵積り、荒れまさりたるを、言忌みもしあへず、

　改めてけふしも物のかなしきは身の憂さやまたさま変はりぬる(6)

とある。「睦月の三日」には、祝賀の語を用いるべきであり、もしくは逆に凶辞を用いてはいけないのに、里邸の荒廃を目にして、思わずわが「身」すなわちわが「身の程」、わが拙き宿世に絡め取られた境遇の悲哀を嘆く歌「改めて」を詠んでしまうことになった、という。祝賀すべき正月には、祝賀の和歌を詠むべきであるのに、悲しみの思いが溢れて思わず「悲し」や「憂さ」などという語を用いて、不吉な和歌を詠んでしまった、という。逆に言えば、正月の祝意に溢れた世にも、私の悲しみは癒されることがないというのが、歌「改めて」の本意で

ある。

このことを、『紫式部集』冒頭歌にひきつけて言えば、離別という場においては、旅に出る者の平安を祈り、早く戻ってくることを願うという主題を詠む必要がある。ところが、歌「めぐり逢ひて」において、もし「雲隠れ」が不吉な意味をもつのなら、離別歌に詠み込んではいけないのに、不吉な歌を詠んでしまったということになる。もしそうであれば、むしろ詞書になぜ「言忌み」について触れないのかが問題となるだろう。

次に『紫式部日記』には、次の二例を認めうる。

① いみじうおそろしうこそ侍しか。納殿のある御衣とり出でさせて、この人々に給ふ。朔日の装束はとらざりければ、はだか姿は忘れず、おそろしきものから、をかしうともいはず。

正月一日、言忌もしあへず。坎日（かんにち）なりければ、若宮の御戴餅のこと、とまりぬ。（二九九頁）(7)

② いかに、いまは言忌し侍らじ。人、といふともかくいふとも、ただ阿弥陀仏にたゆみなく、経をならひ侍らむ。（三二五頁）

①は、大晦日に宮中に盗賊の押し入る事件が起きたが、翌日の正月元旦にもこの凶事を話題にせずにはいられなかった、という。この「言忌み」について、『新大系』は「不吉な事を口にするのを忌むこと。ここは元日のおめでたい日なのに、つい昨夜の盗難事件に言及してしまうという」と注する（二九八頁）。祭儀の行なわれる清浄な日に、不浄なる言葉を慎むという事例である。ここで「言忌み」を持ち出すのは、恐怖感の強さゆえに敢えて「言忌み」を破ってしまった。そのときの悲しさは、筆舌尽くしがたいものであった。いうならば「言忌み」は、破られるために置かれているといえる。

また、②の事例について、『全集』は「言忌は不吉なことを避けていわないこと。以下に述べている阿弥陀仏に帰依して出家しようなどということは、ふだん口にすべきではないが、今はもうそんなことにかまってはいられない」と注する（二六四頁）。それまでなら、他界や出家などということを口にすることさえ忌避していたが、出家することを決めた以上は、「言忌み」する必要がなくなったという。「言忌み」にこだわることは世俗のことだからである。

そのことからすると、先の『紫式部集』一〇〇番の事例も『紫式部日記』の二つの事例も、敢えて言挙げするというときに、「言忌み」ということが意識されているといえる。いずれも「言忌み」が持ち出されるときには、それを破るほどに思いが溢れて心底が言葉に現われたのだということができる。

次に『源氏物語』の事例を見ておきたい。

①　男君は、朝拝に参り給ふとて、さしのぞき給へり。（略）「儺やらふとて、犬君がこれをこぼちはべりにければ、つくろひはべるぞ」とて、いと大事と思いたり。「げに、いと心なき人のしわざにもはべるなるかな。いまつくろはせはべらむ。今日は言忌して、な泣いたまひそ」とて、出でたまふ気色、ところせきを人々端に出でて見たてまつれば、姫君も立ち出でて見たてまつりたまひて、雛の中の源氏の君つくろひたてて、内裏に参らせなどしたまふ。（紅葉賀、一巻三二一頁）[8]

②　入道、例の後夜より深う起きて、鼻すすりうちして行ひいましたり。いみじう言忌すれど、誰も誰もいと忍びがたし。若君は、いともいともうつしげに、夜光りけむ玉の心ちして、袖より外には放ちきこえざりつるを、見慣れてまつはしたまへる心ざまなど、ゆゆしきまでかく人に違へる身を、（松風、二巻四〇三頁）

③　今日は子の日なりけり。げに千年の春をかけて祝はんに、ことわりなる日なり。（略）北の殿よりわざとがましく集めたる鬚籠ども、破子など奉れたまへり。えならぬ五葉の枝にうつる鶯も思ふ心あらんかし。

「年月をまつにひかれて経る人にけふうぐひすの初音聞かせよ

音せぬ里の」と聞えたまへるを、げにあはれと思し知る。事忌もえしたまはぬ気色なり。「この御返りは、みづから聞えたまへ。初音惜しみたまふべき方にもあらずかし」とて、御硯取りまかなひ、書かせたてまつらせたまふ。（初音、三巻一四六頁）

④ 男は、際もなくきよらにおはす。古人どもも御前に所えて、神さびたることども聞こえ出づ。ありつる御手習どもの、散りたるを御覧じつけてしをれたまふ。「この水の心尋ねまほしけれど、翁は言忌して」とのたまふ。

「そのかみの老木はむべも朽ちぬらむ植ゑし小松も苔生ひにけり」

男君の御宰相の乳母、つらかりし御心も忘れねば、したり顔に、

いづれをも蔭とぞたのむ二葉より根ざしかはせる松のすゑずゑ

老人どもも、かやうの筋に聞こえあつめたるを、中納言はをかしと思す。（藤裏葉、三巻四五七〜八頁）

⑤ 世をそむきたまひし人も恋しく、さまざまにもの悲しきを、かつはゆゆしと言忌して、

住の江をいけるかひある渚とは年経るあまも今日や知るらむ」

おそくは便なからむと、ただうち思ひけるままなり。

昔こそまづ忘られね住吉の神のしるしを見るにつけても

と独りごちけり。（若菜下、四巻一七二頁）

⑥ 人、はた、さらに知らぬことなれば、ただ一所ところの御心の中にのみぞ、あはれ、はかなかりける人の契りかなと見たまふに、おほかたの世の定めなさも思しつづけられて、涙のほろほろとこぼれぬるを、今日は事忌すべき日をとおし拭ひ隠したまふ。（柏木、四巻三二三頁）

⑦ いと恥づかしげになまめきて、また、このたびはねびまさりたまひにけりと、目もおどろくまでにほひ多く、人にも似ぬ用意など、あなめでたの人やとのみ見えたまへるを、姫君は、面影さらぬ人の御事をさへ思

ひ出できこえたまふに、いとあはれと見たてまつりたまふ。「尽きせぬ御物語なども、今日は言忌すべくや」など言ひさしつつ「渡らせたまふべき所近く、このごろ過ぐして移ろひ侍るべければ、夜半、暁とつきづきしき人の言ひはべるめる、

（早蕨、五巻三五五頁）

⑧　いま一人、

過ぎにしが恋しきことも忘れねど今日はたまづもゆく心かな

いづれも年経たる人々にて、みなかの御方をば心寄せ聞えためりしを、今はかく思ひあらためて言忌するも、心憂の世やとおぼえたまへば、ものも言はれたまはず。

（早蕨、五巻三六三頁）

⑨　いと若やかなる手にて、「おぼつかなくて年も暮れはべにける。山里のいぶせさこそ、峰の霞も絶え間なくて」とて、端に、「これも若宮の御前に。あやしうはべるめれど」と書きたり。（略）この立て文を見たまへば、げに、女の手にて、「年あらたまりて何ごとかさぶらふ。（略）若宮の御前にとて、卯槌まゐらせたまふ。大き御前の御覧ぜざらんほどに、御覧ぜさせたまへとてなん」と、こまごまと言忌もえしあへず、もの嘆かしげなるさまのかたくなしげなるも、うち返しうち返しあやしと御覧じて、

（浮舟、五巻一一一～二頁）

⑩　この車を、向かひの山の前なる原にやりて、人も近うも寄せず、この案内知りたる法師のかぎりして焼かす。いとはかなくて、煙ははてぬ。田舎人どもは、なかなか、かかることをことごとしくしなし、言忌など深くするものなりければ、「いとあやしう。例の作法などあることどもしたまはず。下衆下衆しく、あへなくてせられぬることかな」と譏りければ、

（蜻蛉、五巻二一二頁）

右に見る『源氏物語』の用例は、晴の行事に臨んで壽ぎの唱え言としての「壽詞（よごと）」こそ唱えられるべきことであり、不吉な言葉を発することや涙を流すことは忌まれるということが多い。それが言忌みであり、事

忌みである。

紅葉賀巻の①は、光源氏が「朝拝」に出掛ける日、すなわち「言忌み」すべき元旦である。幼くて何もわからない少女若紫を、泣くことは忌むべきことであると光源氏が宥（なだ）めるために、「言忌み」は持ち出されている。

初音巻の③は、この年は元旦と春の行事である小松引く子の日とが重なったので、長壽「千年の春」を壽ぐ日であるが、北の殿明石御方から鬚籠や破子など祝いの物とともに、歌「年月の」が贈られてきた。「音せぬ松の」という言葉が添えられていて、この歌は、「初音聞かせよ」と、光源氏の夜離れを恨み、訪れを要請するものである。壽ぎの言葉を言うべきであるのに、逆に忌まわしい恨みの言葉を用いていることを、「言忌み」を我慢できなかったようすだと語り手は評している。光源氏から促された明石姫君は「ひきわかれ年は経れども鶯の巣立ちし松の音を忘れめや」と、壽詞に言い換えて明石君に返歌している。ここでは恨みがましい言葉が忌詞とされる。いずれにしても、歌「年月の」は、賀歌を詠むべき日に、禁忌を破る営みである。

藤裏葉巻の④は、『新編全集』が、太政大臣（昔の頭中将）が夕霧・雲居雁の「新婚の二人に涙は禁物と遠慮」していると注する（四五七頁）。老人は口を慎む方がよいという自嘲的なもののいいだが、壽ぎを言うべき役割を負う翁であるがゆえに、『新編全集』が指摘するように、雲居雁の歌「なき人のかげだに見えずつれなくて心をやれるいさらゐの水」に「大宮への懐旧の情」（四五七頁）はあるが、故人を悲しむ歌を詠むことはせず、つまり禁忌を破ることはせず「小松も苔生ひにけり」と子どもの成長を祝う賀歌を詠んでいる。いずれも、詠むべき場の規制によって、歌の主題や表現形式が決まるということの顕著に見てとれる事例である。

若菜下巻の⑤は、光源氏の住吉神社参詣に際して催された宴遊に、光源氏から明石君や尼君の乗る車に「たれかまた心を知りて住吉の神世を経たる松にこと問ふ」と贈られた歌に、感激した尼君の返歌。『新編全集』は「うれしい感涙とはいえ、神前の盛儀では慎まねばならない」と注する（一七三頁）が、上京する明石君との別れ、明石入道との別れなど「さまざまにもの悲しき」ことを回想しながら、歌うべき禁忌を意識している条といえる。⑤もまた、祝禱の言葉が求められ、悲哀など不吉な言葉を忌むところに、和歌の儀礼性の見てとれる事例である。

柏木巻の⑥は、正妻女三宮と柏木との一件について、光源氏がことの顛末（てんまつ）をわが胸の内に納めながら、他愛ない薫を見守りながら、亡くなった柏木を思い、「世の定めなさ」の宿命を感じながら「涙のほろほろとこぼれぬる」ことを光源氏は、事忌みすべきだと押し隠す。ここは涙を流すことを忌む、か。若宮五十日の産養の日の禁忌を示すもの。

早蕨巻の⑦は、中君が匂宮に都へ迎えられる前日。『新大系』は「大君の思い出話をして涙を見せては、明日の転居を前に不吉だから、口にしない方がよかろう」と注する（一一頁）[9]。『新編全集』は、「京への出発を明日に控えて前途を祝う日に、死者を回想する不吉を避ける」と注する（三五五頁）。転居や離別にかかわる災厄の危険を踏まえて、死者となった大君のことについて語ることを忌むもの。

早蕨巻の⑧も同様だが、いよいよ出立する場面での禁忌であるが、後に「ものも言はれたまはず」とあるから、亡くなった大君のことを語ることの禁忌。

浮舟巻の⑨は、匂宮が中君の女房の消息を読む条。その中に、禁忌を意識してはいないつつましさを欠いた言葉のあることをとがめたもの。『新編全集』は、「めでたい正月に、表に出してはならぬ言葉をそのまま書いて、今の住いが『ふさはしからず』とか、『つつましく恐ろしきものに思しとりて』など、年頭の挨拶にふさわしくない文字」のあることを指摘している（一一一頁）。不吉な言葉を忌む事例。

蜻蛉巻の⑩は、浮舟の亡骸はないけれども、「御葬送の事」に寄せて「田舎人ども」が葬儀を仰々しく行い、言葉も厳しく忌むことをいう。都の貴人の葬儀と、「田舎人ども」の葬儀との違いをいう。こにいう「田舎人ども」

とは「内舎人や大夫など」として『花鳥余情』の「入棺拾骨などやうの事也」を引く（『新編全集』二一二頁、欄外注九）。また『新大系』は「縁起かつぎなども深刻にするものなので」と注する（二七二頁）。この場合は、言葉の禁忌でもあり、事柄の禁忌でもある事例か。

このように『源氏物語』にはおよそ年中行事や祭儀、もしくはその当日における言動についての禁忌、とりわけ言葉の禁忌を示す事例が多い。そして、その禁忌が③④⑤⑧のように、和歌とかかわる事例もみられる。そして『源氏物語』の事例には、「言忌み」に従って言動を慎む場合と、「言忌み」を破って情愛の発現の行われる場合とが認められる。

この中では特に、『紫式部集』冒頭歌を考える上で、松風巻の②の次の事例が、離別歌の事例として注目される。ここには、離別の場の禁忌 taboo がかかわっている。

「秋のころほひ」のある日の暁、明石入道は若君との離別を思い、涙がちに勤行した。明石姫君と明石君とが、嵯峨野大井川のほとりの旧中務宮邸に移り住む出発の日の朝、人々は「いみじう言忌みすれど、誰も誰もいと忍びがたし」というありさまであった。『新編全集』は「晴れの門出だから、不吉な言葉を口にすることを慎む」と注する（第二巻四〇三頁）。どのような会話が交わされたのかは記されていない。むしろ、人々の心情は歌に集約されている。「忍びがたし」とは、『新編全集』が訳出するように、単に「涙をこらえきれない」（第二巻四〇三頁）ということではなくて、言忌みを守ることができないで、と理解すべきである。

若君は、いともいともうつくしげに、夜光りけむ玉の心地して、袖より外には放ちきこえざりつるを、見馴れてまつはしたまへる心ざまなど、ゆゆしきまでかく人に違へる身をいまいましく思ひながら、片時見たてまつらではいかでか過ぐさむとすらむと、つつみあへず。

（A）　**行く先を遥かに祈る**別れ路にたへぬは老の涙なりけり　（明石入道）

いともゆゆしや」とて、おしのごひ隠す。尼君、

（B）　もろともに都は出できこの度や**ひとり野中の道にまどはむ**　（明石尼君）

とて泣きたまふさまいとことわりなり。ここら契りかはして積もりぬる年月のほどを思へば、かう浮きたることを頼みて棄てし世に帰るも、思へばはかなしや。御方、

（C）　**いきてまたあひ見むことを**いつとてか限りも知らぬ世をば頼まむ　（明石君）

送りにだに」と切にのたまへど、かたがたにつけてえさるまじきよしを言ひつつ、さすがに道のほどもいとうしろめなたき気色なり。

（松風、二巻四〇三～四頁）

この条、出立に向けて交わされる歌は、まさに離別歌である。**太字**の部分は、『古今集』（以下、歌集名は略称を用いる）以来の離別歌の定型的な表現形式である[10]。物語は、人物それぞれにとっての離別の意味を、この三首でもって代表させている、といえる。これらの歌は、いうまでもなく離別歌の伝統的な表現を用い、離別歌の構造を備えている。もちろん実際の離別の場面には、このような家族的な雰囲気の中では、乳母や女房たちも唱和することはありえないわけではない。

そのように予想される数多く存在したはずの離別歌群が、歌集の中に置かれたひとつの和歌の基盤 ground である。

さて、（B）尼君の歌や（C）明石君の歌は、「言忌み」に従って、伝統的な離別歌の表現形式に基く、抑制された表現をとっているが、特に興味深いことは、（A）入道は送り出す側の立場にあるから、本来は挨拶の儀礼として門出に際して、若君の将来を寿ぐような祝意を歌うべきである。あるいは離別に際して離別を惜しむとか、早い再会を期すとかを歌うべきである。ところが入道はわが思いを「つつみあへず」、「涙なりけり」と歌ってい

る。「涙」を流すことも、「涙」という言葉も忌まれるべきことである。それゆえに「いともゆゆしや」と述べているのだと考えられる。入道の歌は言忌みに反した歌を詠んだ。言忌みをしなければならないのに、不吉な言葉をこらえきれなかった、ということである。つまり、この物語にあっては、敢えて言葉のtabooを破って悲しみを言挙げすることが、出て行く者とこれを送り出す者との連帯感を確認することになるわけである。このような現象は、おそらく公儀としての離別の宴においてよりも、私の離別の場においてこそ顕著に生じるものであったといえる。

ただ「言忌み」の語の用例から見るかぎり、残念ながら『源氏物語』の中には、「雲隠る」の語の禁忌は認められないし、離別歌に禁忌や具体的な忌詞を意識する事例が少ない。と同時に、『紫式部集』冒頭歌に戻して言えば、その詞書に言忌みの意識は認められない、といわなければならない。

二　忌詞としての「雲隠れ」

平安期の常識からすれば、「雲隠る」という語は、不吉な印象をもっている。それでは、古代にあって「雲隠る」は常に死を象徴する語であったのであろうか。あるいは離別歌における忌詞であったといえるのだろうか。以下、事例を挙げて検討したい。(11)

まず和歌の伝統において、歌語としての用例はどうか。最初に、『萬葉集』の用例を見ておきたい。

柿本朝臣人麻呂、妻の死りし後、泣血哀慟みて作れる歌二首并短歌

1　（略）玉かきる　岩垣淵の　隠（こも）りのみ　恋ひつつあるに　渡る日の　暮れぬるがごと　照る月の
雲隠るごと　沖つ藻の　なびきし妹は　もみち葉の　過ぎていにきと　（略）　（巻二、二〇七番）

雑歌　天皇、雷丘に御遊しし時、柿本朝臣人麻呂の作れる歌一首「右は、或本に忍壁皇子に献れるな

りといへり。その歌に曰く」として注記された歌

2　王は神にしませば雲隠る雷山に宮しきいます　（巻三、二三五番）

挽歌　大津皇子の被死えし時、磐余の池の般（つつみ）にして流涕（なかし）みて作りませる御歌一首

3　ももづたふ磐余の池に鳴く鴨を今日のみ見てや雲隠りなむ　（巻三、四一六番）

神亀六年己巳、左大臣長屋王の賜死し後、倉橋部女王の作れる歌一首

4　大君の命恐み大あらきの時にはあらねど雲隠ります　（巻三、四四一番）

七年乙亥、大伴坂上郎女、尼理願の死去りしを悲嘆きて作れる歌一首并短歌「反歌」

5　留め得ぬ命にしあればしきたへの家ゆは出でて雲隠りにき　（巻三、四六一番）

老いたる身に病を重ね、年を経て辛苦み、また児等を思ふ歌七首「反歌」

6　慰むる心はなしに雲隠り鳴き往く鳥のねのみにし泣かゆ　（巻五、八九八番）

冬十二月、大宰帥大伴卿の京に上りし時、郎子の作れる歌二首

□　おほならばかもかもせむを恐みと振り痛き袖を忍びてあるかも　（巻六、九六五番）

7　**大和道は雲隠りたりしかれどもわが振る袖を無礼**（なめ）**しと思ふな**　（巻六、九六六番）

豊前国の郎子の月の歌一首

8　雲隠り行方を無みとわが恋ふる月をや君が見まく欲りする　（巻六、九八四番）

海に寄する

9　雲隠る小島の神のかしこけば目こそ隔つれ心隔てめや　（巻七、一三一〇番）

天平五年葵酉春閏三月、笠朝臣金村の入唐使に贈れる歌一首并短歌「反歌」

10　**波の上ゆ見ゆる児島の雲隠りあな気**（いき）**衝かし相別れなば**　（巻八、一四五四番）

巫部麻蘇娘子の雁の歌一首

□　誰聞きつ此の間ゆ鳴き渡る雁が音の妻呼ぶ声のともしくもありき　（巻八、一五六二番）

大伴家持の和ふる歌一首

11　聞きつやと妹が問はせる雁が音はまことも遠く雲隠るなり　（巻八、一五六三番）

大伴家持の秋の歌四首

12　ひさかたの雨間もおかず雲隠り鳴きぞ行くなる早田雁がね

13　雲隠り鳴くなる雁の去きてゐむ秋田の穂立繁くし思ほゆ（以下略）　（巻八、一五六六～七番）

弓削皇子に献れる歌三首

□　さ夜中と夜は深けぬらし雁が音の聞こゆるそらゆ月渡る見ゆ　（巻九、一七〇一番）

□　妹があたり茂き雁が音夕霧に来鳴きて過ぎぬともしきまでに　（巻九、一七〇二番）

14　雲隠り雁鳴く時に秋山のもみち片待つ時は過ぎねど　（巻九、一七〇三番）

秋相聞　七夕

15　汝が恋ふる妹の命は飽き足りに袖振る見えつ雲隠るまで　（巻一〇、二〇〇九番）

秋相聞　七夕

16　萬世に照るべき月も雲隠り苦しきものぞ逢はむと思へど　（巻一〇、二〇二五番）

雁を詠める

17　秋風に大和へ越ゆる雁がねはいや遠ざかる雲隠りつつ　（巻一一、二一二八番）

雁を詠める

18　秋風に山飛び越ゆる雁がねの声遠くざかる雲隠るらし　（巻一一、二一三六番）

雁を詠める

19　鶴がねの今朝鳴くなへに雁がねはいづく指してか雲隠るらむ　（巻一一、二一三八番）

月に寄する

20　秋の夜の月かも君は雲隠りしましも見ねばここだ恋しき　（巻七、二二九九番）

寄物陳思

21　若月の清にも見えず雲隠り見まくぞほしきうたてこのころ　（巻一一、二四六四番）

放逸せる鷹を思ひ、夢に見て感悦びて作れる歌一首并短歌

22　大君の　遠の朝廷ぞ　み雪降る　越と名に負へる　天ざかる　鄙にしあれば　山高み川とほしろし　野を広み　草こそ茂き（略）三島野を　背向に見つつ　二上の　山飛び越えて　雲隠り　かけり去にきと　帰り来て（略）　（巻一七、四〇一一番）

帰る雁を見る歌二首

23　燕来るときになりぬと雁がねは本郷（くに）思ひつつ雲隠り鳴く

春設けてかく帰るとも秋風に黄葉の山を越え来ざらめや　（巻一九、四一四四・五番）

右の1番から6番の歌群は挽歌である。葬送儀礼にかかわる追悼の文脈においては、「雲隠る」の語は、他界する人の比喩として用いられる必然性がある。

ところが『萬葉集』のその他の事例の多くは、季節詠や相聞歌である。ただ、その中で注意すべきは、7番や10番の歌などの離別歌である。これらにおいて、旅に出る相手を「雲隠る」と喩えることは、必ずしも死という意味を象徴していない。つまり「雲隠る」という語は、必ずしも離別歌の忌詞としては意識されてはいなかったように見える。

一方、中古勅撰集における「雲隠る」という語の用例は、案外と少ない。三代集では、次のようである。

『後撰集』夏、一八二番

三条の右大臣、少将に侍りける時、忍びに通ふ所侍りけるを、立ちやすらひてあるじ出だせばなど戯ぶれ侍りければ　　あるじの女

五月雨にながめ暮せる月なればさやかに見えず雲隠れつつ

同、秋歌上、三四〇番

題知らず　　読人知らず

女郎花ひる見てましを秋の夜の月の光は雲隠れつつ

『拾遺集』恋三、七八三〜五番

題知らず　　人麿

三日月の清かに見えず雲隠れ見まくぞほしきうたて此の頃　　読人知らず

逢ふことはかたわれ月の雲隠れおぼろけにやは人の恋しき　　人麿

秋の夜の月かも君は雲隠れ暫しも見ねばここら恋しき

『後拾遺集』哀傷、五四〇番

三条院の皇太后宮隠れ給ひて葬送の夜、月あかく侍りけるに詠める　　命婦乳母

などてかく雲隠るらむ〔れけむイ〕かくばかり長閑に澄める月もあるよに

取り急ぎ、紫式部の時代までの用例を中心として考えるために、以後の事例及び私家集の事例は煩雑になるので、ここでは省略した。(12)この中で、「雲隠る」の語が死を象徴する事例は『後拾遺集』だけである。これは『萬葉集』における挽歌の場 context における用法と同じと見える。

と同時に、中古の勅撰集には、「雲隠る」の語が離別歌に用いられた事例がない。逆に『後撰集』や『後拾遺集』などの恋歌においては、恋人が姿を現さないことを「雲隠る」と喩えるものであり、『拾遺集』の哀傷歌では、后の他界を「雲隠る」と喩える。つまり、私家集の事例の考察は別の機会に譲るとして、この限りでは、平安時代にあっても「雲隠る」という語は、常に禁忌 taboo とされるわけではないことがわかる。つまり、哀傷歌では「雲隠る」は、他界した者の表象として用いるが、離別歌ではむしろ用いることが忌避されているのかどうかはよく分からない。つまり『紫式部集』に戻して言えば、童友達との「元の離別の場」において、離別歌であるのに、友人との別れを「雲隠る」と表現した可能性がある。

それでは次に、『源氏物語』における「雲隠る」の用例を見ておきたい。

① いさよふ月にゆくりなくあくがれんことを、女は思ひやすらひ、とかくのたまふほど、にはかに雲隠れて、明け行く空いとをかし。はしたなきほどにならぬさきにと、例の急ぎ出でたまひて、軽らかにうち乗せたまへれば、右近ぞ乗りぬる。そのわたり近きなにがしの院におはしまし着きて、預り召し出づるほど、荒れたる門の忍ぶ草茂りて見上げられたる、たとしへなく木暗し。（夕顔、一巻一五九頁）

② のたまひしもしるく、十六夜の月をかしきほどにおはしたり。（略）おのおの契れる方にも、あまえてえ行き別れたまはず、一つ車に乗りて、月のをかしきほどに雲隠れたる道のほど、笛吹きあはせて大殿におはしぬ。（末摘花、一巻二六八～七三頁）

③ 御山に参でたまひて、おはしまし御ありさま、ただ目の前のやうに思し出でらる。（略）御墓は、道の草

しげくなりて、分け入りたまふほどいと露けきに、月も雲隠れて、森の木立木深く心すごし。帰り出でん方もなき心地して拝みたまふに、ありし御面影さやかに見えたまへる、そぞろ寒きほどなり。

なき影やいかが見るらむよそへつつながむる月も雲隠れぬる

（須磨、二巻一八一～二頁）

④　秋になりぬ。初風涼しく吹き出でて、背子が衣もうらさびしき心地したまふに、忍びかねつつ、いとしばしば渡りたまひて、おはしまし暮らし、御琴なども習はしきこえたまふ。五六日の夕月夜はとく入りて、すこし雲隠るるけしき、荻の音もやうやうあはれなるほどになりにけり。御琴を枕にて、もろともに添ひ臥したまへり。

（篝火、三巻二五六頁）

⑤　あなたに通ふべかめる透垣の戸を、すこし押し開け見たまへば、月をかしきほどに霧わたれるをながめて、簾を短く捲き上げて人々ゐたり。簀子に、いと寒げに、身細く萎えばめる童一人、同じさまなる大人などゐたり。内なる人、一人は柱にすこしゐ隠れて、琵琶を前に置きて、撥を手まさぐりにしつつゐたるに、雲隠れたりつる月のいとにはかにいと明くさし出でたれば、「扇ならで、これしても月はまねきつべかりけり」とて、さしのぞきたる顔、いみじうらうたげににほひやかなるべし。

（橋姫、五巻一三九頁）

『源氏物語』の事例については、すでに触れたことがあるが、(13)「雲隠る」が離別歌にかかわる事例はない。ちなみに、③の事例は、北山の桐壺帝の「御墓」を参拝した光源氏が「なき影やいかが見るらむ」という神祇歌に特有の形式をもって、故帝の御霊に呼びかける。そして、崩御した帝を月に「よそへ」て「雲隠れぬる」ことを歌う。ここでは、「雲隠る」という語は、他界を喩えるものである。

参考までに、他の用例も見ておくと、『栄華物語』には二例が認められる。

①皇太后研子が崩御し、七日ごとの追善供養が行われた。その間の追悼の和歌に、女房たちの哀傷歌群が記され

ている。

十六日の月明きに、内侍のすけ、

君が見し月ぞとおもへども慰まず別れし庭を憂しと思へば」弁の乳母、

眺めけん月の光をしるべにて闇をも照らす影と添ふらん」中将の乳母、

立ちのぼる雲となりにし君故につきぞ憂き世の影とのみ見る」五節の君、

憂けれども見し面影の恋しきに今宵の月をあかず見るかな」

などて君雲隠れけむかくばかりのどかに澄める月もあるよに」少将、

さやかなる月とはいさや見えわかずただかき曇る心地のみして」

（二九巻「玉の飾り」、三一四頁）(14)

『旧大系』は、『後拾遺集』の詞書では、葬送の夜に命婦乳母の詠とあることに注意している（三一四頁）。『新編全集』によると、萬壽四年一〇月のことかとして、「以下の歌は、同じ日の月を眺めながら葬送当夜を思い起して詠出された」かとする（一四一〜二頁）。いずれにしても、「雲隠れ」は皇太后研子の他界を意味している。

②中宮賢子が崩御し、追善のため白河天皇は御堂を造営した条。

御堂を造らせ給。世の常ならず弔ひ申させ給。前の世の御契おしはからる。世の人もいみじうあはれがり申けり。

およびなく影も見ざりし月なれど雲隠るるは悲しかりけり

（四〇巻「紫野」、五三八頁）

これも「雲隠る」は、中宮の他界を意味している。

また、『今鏡』巻第八「月の隠るる山の端」にも認められる。

この大将殿、帝の孫、宮の御子にて、ただ人になり給へる、この世にはめづらしく聞きたてまつるに、なさけ多くさへおはしける、いとありがたく聞きたてまつりしに、まだ盛りにて雲隠れにけむ、いとかなしく

こそ侍れ。(15)

これら『栄華物語』『今鏡』の事例は、追悼、追善の儀礼性の文脈の中で哀傷歌として、「雲隠る」の語が他界を喩えるものである。

このように中古の事例を並べ置いてみると、(16)『紫式部集』冒頭歌の「雲隠る」について、次のように整理することができる。

冒頭歌における「雲隠る」の用法は、松風巻の離別の場の離別歌のように、悲しみをあえて口に出すことで、情愛を確認するというものとは歌の性格が違う。再会した友人との離別を意識したか否か、あるいは「夜半の月」の「雲隠れ」と喩えたことは、若き日の彼女にとって深く思うところもなかったのか、偶然の出来事であったのかどうか、その経緯は分からない。三代集の事例はむしろ離別歌に「雲隠る」という語が忌避されているという印象もある。ただし一方では、離別歌ということを離れてみれば、歌の中に「雲隠れ」が死を象徴しない事例は、『萬葉集』にも中古勅撰集にも、『源氏物語』にも存在する。

そこで再び問題を『紫式部集』に移して言えば、最初、幼馴染に対して詠んだ「雲隠れ」は、不用意にも（幼かったゆえなのか、あるいはあまり禁忌を強く意識しなかったためなのか、）離別を歌っただけの言葉であったが、後になって友人の死を経験してみると、冒頭歌の「雲隠れ」が死の意味を帯びるものとして改めて捉え直された、というふうに整理することはできないか。さらに、夫宣孝の死を経ることによって、この歌は夫との出会いと死別を表象するものと改めて深く意識し直され、「雲隠れ」はますます忌むべき意味を帯びるに至ったという二段階、もしくは重層性を含みもつといえる、というふうに整理することができないであろうか。

付け加えれば、物語では、先の松風巻の事例において入道と尼君、明石君の歌はそれぞれの立場で、離別歌の伝統的な表現形式を用いて詠んでおり、物語におけるこの離別全体のもつ意味を詠んでいるわけではない。その点から見ても、『紫式部集』の冒頭歌「めぐり逢ひて」は、離別を歌うというにしても、童友達とか、西の海の人とか、さらに宣孝までも含めて、具体的な人間関係を超えた、遥かに抽象度の高いものになっている。いうならばこの歌が、個別の人事を超えて、彼女の人生を動かす見えない摂理を表現したものと見えてくるのである。

これ以上はいわずもがなのことであるが、かくて「雲隠る」が他界を象徴する事例と、象徴しない事例が併存することから、私は、この歌「めぐり逢ひて」が彼女の晩年に至り家集の編纂にあたって、家集の冒頭に置かれた経過 process を、論証は難しいけれども、かつて次のように推論したことがある。

その概要はおよそ次のようである。彼女の悔恨は、幼馴染に離別歌として歌った歌に「雲隠れ」という不吉な表現を用いたことが、友人の早世を招来してしまったというふうに、言葉によって復讐されたという反省から生じたのではないか。不用意な表現を用いたことの不安は友人の客死という結果によって的中した。自ら発した言葉に自ら復讐された経験を基盤とする。さらにそのような認識を強くさせたのは、結婚してわずか二年あまりで夫を亡くした時に、この歌が記憶の底から蘇ってきたからではないか。詞書の示す状況によると、冒頭歌は、直接的には数年ぶりの再会のことをいうが、家集の冒頭に置かれたことを勘案すると、宣孝との「めぐり逢ひ」は、この世に生まれて「めぐり逢ふ」ことのできた奇蹟であり、編纂に臨んだ晩年になって思い返せば、「めぐり逢ひ」は「ほのかに」はかない夢幻のごときことと感じられたのではないか。夫の死を契機に、この歌が自分の半生を象徴する意味を帯びて蘇ってきたのではないか。おそらく、紫式部は夫の死の悲しみの中で（『源氏物語』を書き続けたか否かは知らず）、この歌を繰り返し口ずさんだのではないか、と。『和泉式部集』などと比べて、『紫式部集』の中で、紫式部が夫を亡くした悲しみを詠じた歌の希薄なことはすでに指摘されているが、この歌が繰り返し噛み締められることによって、友人の死だけでなく、夫の死の意味をも包み込む歌に変容していったのではないか。それで私はかつて、歌「めぐり逢ひて」が、彼女自身の生涯を通した愛唱歌だったのではないか、と推測した。(17)

すでに南波浩氏は、この歌に「愛別離苦・会者定離」という意味を読み取っているが、そのような法文を詠み込んだというよりは、晩年に至り家集の編纂に向かう頃には、友人の死も夫の死も、半生にかかわったすべての人々との出会いと別れとを貫く運命的なるものに思い至り、この歌の中に釈教的な気分 atomosphere を持つことになっていったのではないか、と解したい。このような仮説は、先に述べた「雲隠る」という語をめぐる冒頭と歌の重層性を指摘することによって補強できるだろう。

さらにこれもすでに述べたことであるが、歌「めぐり逢ひて」において、現在までに伝わる諸本の中では、問題とされる「月かな」「月影」より他に重大な異同はみあたらない。「雲隠る」という語は、詠じられた当初から歌「めぐり逢ひて」のうちにあり、『紫式部集』にも、この歌に「雲隠る」はこのまま組み込まれていたと考えてよいだろう。そして、定家本系がこの家集の一代記的構成を強めた、と私は考えているが、(18)それは古本系が一代記的構成をもたなかったということを意味するものではない。定家本系は、古本系のもつ緩やかな一代記的構成を、冒頭歌に対して「暮れぬ間の」（一二六番）、「誰か世に」（一二七番）、「亡き人を」（一二八番）を選び取り、末尾歌群として配置することによってより強く縁取り、より強調したのだと理解したい。

三　離別歌としての二番歌

さて、そのような推論はひとまず措くとして、もう一度言えば、二番歌の詠じられた場は、友人との離別の場が、秋の果てる日すなわち行く秋を惜しむ歌の場と重なったところにあるといえる。つまり、二番歌は、部立の問題として言えば、『古今集』の秋歌と離別歌と、つまりは季節と人事との複合した歌である。

虫も（秋との別れが）悲しいのか。

私も（人との別れが）悲しい。

虫が秋の別れをとどめがたいように、私は人との別れをとどめがたい、これも『古今集』の表現形式から見るかぎり、やはり離別歌である。惜秋に寄せた離別歌である。いうまでもなく詞書に従って読むことが、家集という作品 text の意図に添うことになる。ところが、冒頭歌の「十月十日」と、二番歌の「秋のはつる日」とはもともと、前後関係で言えば逆ということになるのかもしれない。しかしながらこの十日ほどのずれは、同じ相手と、場を変えて離別歌を交わす機会を、繰り返しもったことによると考えることは許されるだろう。むしろ離京に際して離別歌を繰り返し詠む場が、須磨巻を引くまでもなく、何度も持たれた可能性がある。

さて、形態から見ると、『紫式部集』の二番歌も冒頭歌と同様、ただ紫式部の一首だけが置かれているために、あたかも一首だけが詠じられたように見える。しかしながらこれもまた、もとは独詠歌ではないかもしれない。なぜなら、陽明文庫蔵本・実践女子大学蔵本のいずれも、「秋の別れや悲しかるらむ」と疑問形で詠まれており、この表現にも、虫に寄せて相手に離別の悲哀について同意や共有を求めるような呼びかけの語感 nuance があるからである。

だから、実際に詠じられた場面において、歌「なきよはる」はおそらく独詠ではなく、（贈歌か、答歌かは断定できないが）贈答の歌の片方である（恐らく贈歌と考えられる）可能性がある。離別の日、しかもそれが秋の果てる日であるゆえに、（勅撰集の秋の部に見えるように、歌の詠ずべき折節であったからこそ）同じ別れ行く幼馴染との間に、和歌の贈答のなかったなどということは考えにくい。おそらく別離の場面 scene で、もしくは別れを悲しみ合う消息の中で、お互いに和歌は交わされたと考えられる。具体的な場面が違っても、離別歌を詠む場は複数存在した。そして歌は交わされた。しかしながら、編者である晩年の紫式部は、わざと自らの歌一首だけを置いたのである。

そこには、この歌と刈り込まれた詞書でもって、離別までの経過や相手の歌も含めて、友人との離別のすべてが表現されている、という確信があるにちがいない。歌「泣き弱る」は、一首だけが置かれることにおいて具体的な贈答の次元を超えて、離別の状況の全体を象徴する表現へと転換するのである。

　注意すべきことは、二番歌の詞書が、家集の詞書としては珍しく「むしの声あはれなり」と終止形で結ばれていることである。例えば、森本元子氏は、『紫式部集』における「詞書の個性」について（1）「挿入句的叙述の説明」の他、（2）いわゆる「左註」については、「歌が詞書に吸収された形であり、それだけ散文の力が大きく、その補助に頼る傾向」のあることをいう。また、（3）詞書の文末に見られる特徴が「終止形の文体」で、「一旦そこで事実なり所見なりについて確認することであり、それだけ叙述の内容に対し重視されること」を言われる。また「けり」の多様などに触れた後、「紫式部集の魅力」が「歌の『うまさやさおもしろさ』」だけでなく、「個々の歌を配列する家集としてのあり方」のあること、などを説いている[19]。

　そのような考察を踏まえて言えば、つまり、二番歌において、詞書と和歌とは同じ重さで釣り合っている。あたかも自らの歌一首でもって、贈答の場における「詠じようとする今」の記憶、詠じる現在をそのまま記し置こうとしたといえる。家集において、歌の詠まれた状況が置かれた歌そのものであり、歌が状況の全てを象徴するという方法は、もはや贅言を尽くすまでもないことであるが、『源氏物語』の表現と共通するところである。

　ところで、最初に掲げた『紫式部集』二番歌と並行 parallel をなす記事が、周知のように『千載集』巻第七、離別歌、四七八番歌である。

　　遠所へまかりける人のまうできて、あか月帰りけるに、九月尽日、虫の音もあはれなりければよみ侍る　　紫式部

鳴きよはるまがきの虫もとめがたき秋の別れやかなしかるらん

『千載集』の詞書は、幼馴染がかつて「遠所へまかりける人」であったが、今般都へ「まうできて」再会したが、再びあわただしく下向すべく「あか月帰りけるに」ということになったという。そして、それがちょうど九月晦日であったという。『紫式部集』の詞書が示す以上に、『千載集』は歌「なき弱る」が『紫式部集』の冒頭歌とは場を異にするものということを、明確に示そうとしている。『千載集』にとって『紫式部集』冒頭歌「めぐり逢ひて」と、二番歌詞書に見える友人と同一の友人である必要はないように見える。

さて、『紫式部集』二番歌に戻って、これを『古今集』の表現形式の側から見ると、その歌の新しさに注目する必要がある。

まず『古今集』において歌に「籬」という語は単独で認められるのだが、『紫式部集』においては「籬に虫が鳴く」という表現を一挙に「籬の虫」と凝縮して表現しているところに特徴がある。というのも、『国歌大観』で見るかぎり、「籬の虫」は、『新拾遺集』三八〇番歌、『玉葉集』六〇五番歌まで見られず、古代和歌には見えない表現だからである。

しかも二番歌の詞書には「虫の音」とある。また『紫式部集』では、この「虫の音」が、歌語として三番歌にも用いられている。ちなみに、『古今集』には、「虫の音」は次の二例があるだけである。

秋歌上、一八六番歌

①　題知らず　　読人知らず

我がために来る秋にしもあらなくに虫の音聞けばまづぞ悲しき

哀傷歌、八五三番歌

②　藤原利基朝臣の右近中将にて住み侍りける曹司の、身まかりてのち、人も住まず

なりにけるに、秋の夜更けて、ものよりまうで来けるついでに見入れければ、もとありし前栽いと繁く荒れたりけるを見て、早くそこに侍りければ、昔を思ひやりてよみける　　御春有助

君が植ゑし一群薄（ひとむらすすき）虫の音のしげき野辺ともなりにけるかな

②の八五三番歌の詞書は、有助が利基の生前住んでいた曹司を、秋の夜に訪れ、荒れた前栽を眺め、昔を思って詠んだ歌であるという。興味深いことは、そこにいう「虫」とは、「きりぎりす」（秋歌上・一九六番歌、一九八番歌、離別・三八五番歌、物名・四三二番歌、雑体歌・一〇二〇番歌）でもなく、「松虫」（秋歌上・二〇〇番歌、二〇一番歌、二〇二番歌、二〇三番歌）でもなく、「鈴虫」でもない。名を負わぬ「虫」という抽象性において表現されていることである。

もちろん『古今集』には「虫」という表現もある。「鳴く虫」（秋上一九七番歌）、「虫のわぶれば」（秋歌上・一九九番歌）、「野辺の虫」（物名・四五一番歌）、「虫のごと声にたてては泣かねども」（恋歌二・五八一番）、「藻に住む虫」（恋歌五・八〇七番）などというような例も存在する。しかし「虫の音」は、「松虫」ならば人を待つとか、「鈴虫」ならば鈴を振るなどというような、虫の名に寄せる修辞を放棄した表現であり、『紫式部集』の二番歌の詞書と三番歌とに、連続して用いられていることには、類聚的な配列を見てよい。

少し違った角度から言えば、『紫式部集』の二番歌の表現形式は、『古今集』の段階でならば、上句だけで少なくとも一首をなすはずである。すなわち、

秋の行く晦日に籬に鳴く虫は鳴き弱っている。（惜秋）

籬に鳴く虫は行く秋をとどめることができない。（惜秋）

などというふうに。また、下句は、類型的であるが、

（離別）

　（私は）行く秋の別れが悲しい。

というふうに。『紫式部集』二番歌は、いわば上句に相当する二首分ないしは一首分と、下句に相当するに一首分とを、「も」で繋いだような印象がある。二番歌は、この「も」が利いている。訳出すれば、

　虫「も」秋との別れをとどめることができない（ように私は、人との秋の別れをとどめることはできない）。そのことが悲しい。

というふうに。つまり、惜秋に寄せた離別歌と見たい。「秋との別れを鳴く虫のさまに、人との別れを泣く私のさまに重ねる」ところに、譬喩歌の様式が用いられている。いずれにしても、冒頭歌と同様、二番歌も『古今集』の部立からいえば、離別歌と秋歌とに跨るような構成をもつところに、紫式部歌の特徴がある。

すでに述べたように問題は、歌の末尾の「らむ」という推量にある。私はやはり、これが呼びかけとしての贈歌である証（あかし）と見る。つまり、二番歌もまた紫式部歌だけが採られて、答歌は排除されていると考えられる。ただし、この歌はただひとり呟いただけの歌とか、覚えに書き付けただけの独詠歌と言うよりも、別れた友人に向かって贈られたものなのか、友人を思い自分の身の回りの女房などとのごく親しい家族の中で詠じられたものであろう。ただその判別は難しい。後者であったとしても、誰かが歌を返せば、贈答が成立する。姫君たる若き日の紫式部の歌を、仮に身近に仕える人々がそのまま聞き流すことがあるとすれば、それは非礼にあたるであろう。

いずれにしても、冒頭歌「めぐり逢ひて」と、二番歌「鳴き弱る」とでは、歌の場が異なると考える方がわかりやすい。

もう少し述べることが許されるならば、三代集において、詞書に九月晦日の折に詠じられたとされる秋歌を検索しても、歌「めぐり逢ひて」の類歌は出てこない。すなわち、秋の別れと友人との別れを重ねて歌う事例が、『紫

式部集』以前にはない。[20] 逆に言えば、両者を重ねて歌うところに、紫式部歌の新しさ、特質がある。すでに見たように、歌「めぐり逢ひて」は、秋歌の伝統にはない。歌「とめがたき」別れは、秋のことであるよりも、離別のことに重心があると考えられる。歌「鳴き弱る」もまた、なお離別歌である可能性がある。

『紫式部集』冒頭歌・二番歌において、詞書が離別の場を記し、歌も離別歌が置かれている。このとき、歌の主題は、詞書からすでに明らかである。何が明らかであるかというと、離別の場が示されたときに、挨拶としての歌は、歌うべきことがすでに決まってしまうからである。それは儀礼性に基く歌だからである。秋の別れに寄せて、人との別れを惜しむ歌だからである。まさに、それこそ離別の場の挨拶としての歌である。詞書が歌うべき場の如何を記せば、歌われるべき儀礼的な歌は、儀礼的な表現形式をとるより他はない。

問題は、どのような技巧を凝らして歌うか、その修辞技巧にかかっている。ただ、誤解のないように言い添えれば、挨拶としての表現と、個人的な哀切なる心情とはいつも矛盾するわけではない。重なり合っていてもよい。挨拶の歌の中に、詠う者の心情は畳み込まれている、といえる。

かつて南波浩氏は、二番歌を分析するために、『古今集』離別、三八五番歌を対照させている。[21] それは次のような歌である。

藤原の後蔭が唐物の使に長月のつごもり方に罷りけるに、うへのをのこども酒たうびけるついでに詠める　　藤原かねもち

もろともに鳴きてとどめよきりぎりす秋の別れは惜しくやはあらぬ

これは冒頭歌と同様、離別歌の場が、秋の晦日と重なることにおいて、比較には適切な事例である。この歌について、松田武夫氏は、唐物使の公儀（三八五番）に、「『離別の情』と『暮秋との別れ』を、『こおろぎ』に託して詠んだもので、その点に、この歌の眼目がある。宴席であるためか、軽快即興的である。役目が終れば再び帰

京することを予想して詠んだために、深刻な悲哀感にあふれるというほどの歌ではない」(22)と注している。
考えてみるに、『古今集』の所収歌三八五番歌が公儀や宴の歌であり、『紫式部集』の所収歌である二番歌が私的な離別の歌だとしても、両者を晴と褻（け）などというふうに、対比的にだけ捉えることは充分ではない。逆に、公私のいずれにおいても、挨拶としての儀礼性は働いている、といわなければならない。

以上論じてきたように、左注「その人とをき所へいくなりけり」は、冒頭歌の左注であると同時に、二番歌の詞書でもある。とはいうものの、冒頭歌と二番歌とは、時間的に連続しているというふうに、必ずしも捉える必要はない。同一人物との離別であるとしても、同じ機会、同じ場でなくともよいのである。

二番歌の「秋の別れ」という語句を、『国歌大観』で検索すると、先に挙げた『古今集』三八五番歌「もろともに」の他には、古代の事例では、『源氏物語』賢木巻の次の事例だけを認めうる。娘の斎宮に伴って下向しようかと悩む六条御息所に、光源氏が野宮を訪れる条、情愛の薄れた光源氏は引き留めるが、御息所は心を動かしかねないままに悩む場面。

やうやう明けゆく空のけしき、ことさらに作り出でたらむやうなり。

あかつきの別れはいつも露けきをこは世に知らぬ秋の空かな　（光源氏）

出でがてに、御手をとらへてやすらひたまへる、いみじうなつかし。風いと冷やかに吹きて、松虫の鳴きからしたる声も、をり知り顔なるを、さして思ふことなきだに、聞き過ぐしがたげなるに、ましてわりなき御心まどひどもに、なかなかこともゆかぬにや。

おほかたの秋の別れもかなしきに鳴く音なそへそ野辺の松虫　（六条御息所）

悔しきこと多かれど、かひなければ、明けゆく空もはしたなうて出でたまふ、道のほどいと露けし。

（賢木、二巻八九〜九〇頁）

六条御息所の歌は、

　秋の別れ「も」悲しい（が、人との別れが悲しい）

　　鳴く音を添えるな、松虫よ（余計に悲しくなるから）

というふうに、秋との別れと人との別れを重ねて歌う。このような表現形式は、二番歌と同じ方法をとるものだといえる。と同時に、紫式部において詠まれた新しい表現形式だということが言えるだろう。

四　『源氏物語』における離別歌群

周知のように『源氏物語』において、典型的な離別の場面は、須磨巻に並んでいる。この巻には、須磨に赴くにあたって、光源氏が繰り返し親しい人々と対面し、離別歌を交わす場面 scene が記されている。以下に、誰と誰とが対面し、誰と誰とが贈答したかを示す。なお、○印は、和歌が詠じられたことを示す。

	（邸宅）	（贈歌）	（答歌）
①	大殿	光源氏	左大臣
		○光源氏「鳥辺山」	○大宮「亡き人の」
②	二条院	○光源氏「身はかくて」	○若紫「別れても」
③	麗景殿女御邸	○花散里「月影の」	○光源氏「行きめぐり」
④	（消息）	○光源氏「逢ふ瀬なき」	○朧月夜「涙川」
⑤	入道宮	○藤壺「見しはなく」	○光源氏「別れにし」

⑥（院墓参）　○将監「ひき連れて」　○光源氏「うき世をば」
　　　　　　○光源氏「亡き影や」　（故院）（歌なし）
⑦　東宮　　○光源氏「いつかまた」　○命婦（東宮）「咲きて見よ」
⑧　二条院　○光源氏「生ける世の」　○若紫「惜しからぬ」

注目すべきは、①の場面。大宮のもとから夕霧の乳母宰相君をして消息があり、光源氏は「鳥辺山もえし煙もまがふやと海人の塩やく浦見にぞ行く」と誦じた条。

「暁の別れは、かうのみや心づくしなる。思ひ知りたまへる人もあらむかし」とのたまへば、（宰相君）「いつとなく、別れといふ文字こそうたてはべる中にも、今朝はなほたぐひあるまじう思うたまへらるるほどかな」と鼻声にて、げに浅からず思へり。（須磨、二巻一六八～九頁）

離別の場において、「別れといふ文字」が禁忌として意識されていたことがわかる。

もうひとつは③の場面。光源氏は花散里を訪ねる条。西面は「あはれ添へたる月影のなまめかしうしめやかなるに」光源氏は忍び入る。花散里も「月を見ておはす」。対面も「物語のほどに、明け方近うなりにけり。『短かの夜のほどや』」と光源氏は急ぎ退出した。折しも「例の、月の入りはつるほど、よそへられてあはれなり」というさまであった。花散里は「月影のやどれる袖はせばくともとめても見ばやあかぬ光を」と詠むと、光源氏は「行きめぐりつひにすむべき月影のしばし曇らむ空なながめそ」と返し、「明けぐれのほどに出でたまひぬ」（一七四～六頁）。場面の全体にわたって、景物としての「月」「月影」は、離別の場において、帰り出て行く光源氏を喩えている。

ちなみに、物語において、なぜ煩を厭わず離別の場面（離別歌の贈答の場面）が繰り返されるのか、というと、

らである。(23) 物語はひとたび、「三月二十日あまりのほどに都離れたまひける」と、一旦光源氏が離京したことを言う。そして、物語は「二三日かねて、夜に隠れて」と、あたかも時を逆転させ（るかのように）、光源氏が離別の挨拶に出掛けるさまを記す。このような構成は、土橋寛氏のいう「主題の提示とその説明」という叙述の構成(24)を表している。家集の冒頭歌と二番歌という歌の配列も、これに類比するものといえる。すなわち、冒頭歌が家集全体を象徴的に主題をなすのに対して、二番歌以下はその半生がどのようなものであるかを説明する、というふうに解せよう。少なくとも冒頭歌と二番歌とは、詠歌の場の次元を異にするのである。

物語における離別の場を参照すれば、『紫式部集』において冒頭歌と二番歌とでは、同じ童友達との離別が、異なる場であるということでよい。さらに私は、『紫式部集』にとって左注が、他の私家集とは異なり、独特の用いられ方をしていると考えているが、その考察については他日を期したい。

まとめにかえて

編纂とは、何よりも選択 selection と配列 arrangement とにかかっている。家集本文の現在形において歌の選択と配列とを見るかぎり、歌「めぐり逢ひて」は、家集の中の彼女の半生を象徴している。実際に離別の場を共有して唱和された歌（なのか、離別の後に贈歌・答歌とされた歌なのかは分からないが、）を、贈答・唱和という枠組みから外し、冒頭に単独に置いたことによって、離別の挨拶として詠まれた歌から、離別というものの持つ意味を象徴的に示す歌へと転換させているといえる。冒頭歌において、もと贈答をなした相手の歌を外し、詞書によって自らの歌の詠まれた事情を説明しているが、贈答・唱和の形を記すことによって具体的な人間関係やある日ある時の経緯や経過を、忠実に記録したりするなどというところに、この家集の意図はなかった、といえる。

したがって、家集の冒頭に歌「めぐり逢ひて」を置き、左注「その人とをき所へいくなりけり」を置いたことによって、確かに冒頭歌と二番歌とにかかわる友人は同じ人であり、同じ人との離別を詠じたものと読むことはできるのであるが、二番歌と、総序としての冒頭歌とでは、家集における配置の次元 dimension が違う。定家本は、冒頭歌と二番歌との間に、一行空白を置くことによって、総序としての性格をより強調したといえる。それゆえに、冒頭歌と二番歌との関係を、暦日の連続や逆転、合理・不合理などという次元で論（あげつら）う必要はない（論うことはできない）。

さらに、ここで詳しく述べる暇はないが、二番歌「鳴き弱る籬（まがき）の虫」と三番歌の「虫の音」とは連鎖している。これは時間的な連続性の問題ではなく、類聚性の問題である。さらに、三番歌の「人の尋（ね）ん」から、四番歌の「方たかへにわたりたる人の」へと、類聚性の連鎖がある。

早くから冒頭歌・二番歌の童友達と、六番・七番歌の「西の海」の人、八番から一〇番歌の「おもひわづらふ人」、一一番・一二番歌の「物思ひわづらふ人」、一五番・一六番歌の姉君・中君と呼び合った友人と、いずれが同一の人物かということが議論されてきた。しかし、詞書は必ずしも同じ人として読むように指示してはいない。

考えるところ、父に伴って下向せざるをえない受領の運命に思いを致す、冒頭歌・二番歌から導かれる友人の人生と、同様の運命を負う私の人生が共鳴するところに、配列の意味は求められる。知人たちの身の上に起こる、父や夫の地方への下向は、何も紫式部が少女時代だけに見聞したわけではないであろう。都から地方へ下向せざるをえない拙き宿世に対する哀感を共有する歌群のあとに、友人の旅に隣接させ類聚的に自らの越前への旅が置かれている、とみなければならない。物語の話型がそうであるように、幸福に至るべく若き日に試練としての旅が、置かれるべくして置かれたのである。家集は、友人の下向にわが下向を連想的に重ねる配置を、家集前半の少女時代の歌群として、意図的に置いたのである。この家集の基本的配列は、時間的配列であるとともに、類聚的配列である。そして、三九番歌の友人の死と、四〇番歌の紫式部の夫の死とを結節点として、夫宣孝との思い出が配置される、というふうに読めるのではないか。現行の配列の中で、読み進めて行くうちに、再び冒頭歌に立ち戻って歌「めぐり逢ひて」の意味するところの重層性を確かめるという構成を認めることができる。

注

（1）廣田收「陽明文庫本」久保田孝夫・廣田收・横井孝編『紫式部集大成』笠間書院、二〇〇八年。なお、私に適宜表記を整えた。

（2）廣田收「『紫式部集』冒頭歌考―歌の場と表現形式を視点として―」『同志社大学　人文学』第一八六号、二〇一〇年一一月。本書、第一章第一節参照。

（3）木村正中「紫式部集冒頭歌の意義」南波浩編『王朝物語とその周辺』笠間書院、一九八二年。

（4）忌詞の研究史において、代表的なものは、國田百合子『女房詞の研究』（風間書房、一九六四年）であるが、最近の研究としては、KaoruN.Villa「俊頼髄脳・袋草紙・八雲御抄における『煙』と禁忌」『京都大学　国文学論叢』第二四号、二〇一〇年九月、が興味深い。

（5）駒木敏「言挙げと言忌み」『同志社国文学』第一一号、一九七五年一二月。

（6）（1）に同じ。

（7）伊藤博校注『新日本古典文学大系　紫式部日記付紫式部集』岩波書店、一九八九年、二九八頁。

（8）阿部秋生他校注・訳『新編日本古典文学全集　源氏物語』小学館、一九九四年。以下『源氏物語』の本文はこれに拠る。ちなみに、紫式部に先んじる表現としては、『蜻蛉日記』がある。

①②　かくはかなながら、年たちかへるあしたにはなりにけり。年ごろ、あやしく、世の人のする言忌などもせぬところなればや、かうはあらんとて、とくおきてゐざり出づるままに、「いづら、ここに人々今年だにいかで言忌などして、世の中こころみん」といふをききて、（今西祐一郎校注『新日本古典文学大系　蜻蛉日記』岩波書店、一九九八年、九五頁）

①の事例について、『新大系』は「不吉な言葉を慎むこと。転じて、ここではことほぎの詞の意であろう」と注する（九五頁）。
また『栄花物語』には次のような事例がある。

①　「正月のついたちの程をだに過さんとてなん。あなかしこ、よく真心に仕うまつれ」とて、御装束の料などたまはせて

奉らせ給ひつ。宮に参りたれば、帥殿出であはせ給て、よろづに言ひ続けて泣き給ふ。若宮抱き奉りて、あはれにいみじうおかしげにて、何とも思したらぬ御気色も、いとかなしくて涙とゞまらねど、われはなほ言忌みせまほしうて、しのぶるも苦し。

（巻第七「とりべ野」『日本古典文学大系　栄花物語』上巻、岩波書店、一九六四年、二二六〜七頁）

② 若宮五十日うち過ぎさせ給へるほど、いふかたなくうつくしうおはしますに、大宮も言忌みもえせさせ給はしけれど、よく忍びあへさせ給へり。

（巻第二七「衣の珠」、二四七頁）

③ 五節、臨時祭など、例のやうにて過ぎぬ。若宮の御事ぞつきせず思しなげかせ給ける。年かはりて、御戴餅の折も言忌みせさせ給はず、いみじき御心のうちなり。殿の上などは、ただ月日の過ぐるにつけても、類なくいみじかりし御かたちありさまの、恋しういみじう限りなきものに思ひきこえさせ、

（巻第三九「布引の瀧」）

なお、他にも以下のような用例がある。『大鏡』昔物語、

あはれに候ける事は、村上うせおはしましてまたのとし、をの〳〵みやに人々まいり給て、いと臨時客などはなけれど、「嘉辰令月」などうち誦ぜさせ給次に、一条の左大臣・六条殿など拍子とりて、席田うちいでさせ給けるに、「あはれ、先帝のおはしまさましかば」とて、御笏もうちをきつゝ、あるじどのをはじめたてまつりて、事忌もせさせ給はず、うへの御衣どものそでぬれさせ給にけり。

（松村博司校注『日本古典文学大系　大鏡』岩波書店、一九六七年、二六五頁）

『旧大系』は「言忌とも。めでたい席上で不吉なことを言ったりしたりするのを慎むこと」（二六五頁）、『新編全集』は「年頭に涙を流すのは不吉で、本来なら忌み慎まねばならない」（三九一頁）と注している。

『浜松中納言物語』巻四

あたらしき年とも言はず苦しきに、大将もの〳〵しう、きよらげにて入りおはす。うち見渡し給ふに、この御方のさまことなるを、猶いとあたらしう、くちをしげに、こといみもせず、涙ぐみつゝ、うちまぼり聞え給へるを、

（遠藤嘉基・松尾聡校注『日本古典文学大系　浜松中納言物語』岩波書店、一九六四年、三六八頁）

『十六夜日記』

山より侍従の兄の律師も、出立見むとておはしたり。それもいと物心細しと思ひたるを、此手習どもを見て、又書き添へたり。

あだにたゞ涙はかけじ旅衣心の行きて立ち帰る程

とは事忌しながら涙のこぼるゝを、荒らかに物言ひ紛らはすもさま〴〵あはれなるを、

（福田秀一校注『新日本古典文学大系　中世日記紀行集』岩波書店、一九九〇年、一八四～五頁）

『新大系』は「不吉な動作を慎むこと。『涙はかけじ』と涙を抑えようとしたのを指す」という（一八五頁）。羇旅歌の「言忌み」の事例。

『増鏡』巻五「内野の雪」

父おとゞ「まことか」との給ふまゝに、よろこびの御涙ぞおちぬる。哀なる御気色と、見る人も言忌みもしあへず、

（倉園好文『増鏡評解』荘文社、一九三五年、二六五頁）

これらの分析の詳細は別の機会に譲りたい。また、とり急ぎ辞典・索引類を活用したかぎりでは、『竹取物語』『伊勢物語』『宇津保物語』『落窪物語』『今昔物語集』『宇治拾遺物語』『更級日記』『和泉式部日記』『讃岐典侍日記』『うたたね』『海道記』などには、「言忌み」の用例が見当たらなかった。

（9）室伏信助他校注『新日本古典文学大系　源氏物語』第五巻、岩波書店、一九九七年。

（10）（2）に同じ。

（11）松下大三郎・渡邊久雄編『国歌大観』（旧版）、角川書店、一九五一年。なお一部、表記を整えたところがある。

（12）以下の勅撰集の事例、並びに私家集の事例は次のとおり。離別歌の事例があまりにも少なく、「雲隠る」という語が禁忌となっているかどうかは確認しにくい。

『金葉集』雑歌上、六四〇番

堀河院の御時、源俊重が式部丞申しける申文にそへて頭の弁重実がもとへ遣はしける

源俊頼朝臣

日の光あまねき空のけしきにもわが身ひとつは雲隠れつつ

『千載集』羇旅歌、五一二番

百首の歌召しける時、旅の歌とて詠ませ給うける

待賢門院堀川

みちすがら心も空にながめやる都の山の雲隠れぬる

同、釈教歌、一二四六番

山階寺の涅槃会の暮れ方に遮羅入滅の昔を思ひ詠み侍りける

恵章法師

望月の雲隠れけむ古のあはれをけふの空に知るかな

『新古今集』夏歌、二六六番

雲隔遠望といへる心を詠み侍りける　源俊頼朝臣

遠ぢには夕だちすらし久方の天の香具山雲隠れ行く

同、秋歌下、四九八番

題知らず　人丸

秋風に山とびこゆる雁がねのいや遠ざかり雲隠れつつ

同、雑歌上、一四九七番

早くよりわらはともだちに侍りける人の年頃へて行きあひたる、ほのかにて七月十日頃、月にきほひてかへり侍りければ　紫式部

めぐりあひて見しやそれともわかぬ間に雲隠れにし夜半の月影

『新勅撰集』釈教歌、五八九番

普賢十願請仏往世　選子内親王

みな人の光をあふぐ空のごと長閑に照らせ雲隠れせで

同、雑歌三、一二四一番

従三位能子隠れ侍りにける秋月を見て詠み侍りける　入道前太政大臣

哀れなどまたとる影のなかるらむ雲隠れても月は出でけり

『続後撰集』秋歌中、三〇二番

題知らず　中納言家持

秋霧に妻まどはせる雁がねの雲隠れ行く声の聞ゆる

『続拾遺集』雑歌下、一三〇四・五番

九月ばかりに、四条太皇太后宮にまゐりあひて、前大納言公任に遣はしける　法成寺入道前摂政太政大臣

君のみや昔を恋ふるそれながら我が見る月も同じ心か

返し　前大納言公任
今はただ君が御影を頼むかな雲隠れにし月を恋ひつつ
『新後撰集』釈教歌、六二二番
神力品　俊頼朝臣
大空を御法の風や払ふらむ雲隠れにし月を見るかな
同、釈教歌、六三四番
久安の百首の歌に　皇太后宮大夫俊成
常にすむ鷲の高嶺の月だにも思ひ知れとぞ雲隠れける
『玉葉集』恋一、一三三〇番
題知らず　山上憶良
慰むる心はなしに雲隠れ鳴き行く鳥の音のみ知るかな
同、恋五、一四九二番
月の晴れ曇りする夜、里なる人のもとへ遣はしける　選子内親王
雲隠れさやかに見えぬ月影に待ち見待たずみ人ぞ恋しき
『続千載集』釈教歌、九七一番
壽量品　権律師澄世
末の世を照らしてこそは二月の半の月は雲隠れけれ
同、恋三、一三三四番
嘉元の百首の歌奉りし時、忍逢恋　入道前太政大臣
形見とも後にこそ見め忍びつつ逢ふ夜の月に雲隠れせよ
『続後拾遺集』釈教歌、一一九一番
わづらひ侍りける頃、寂昭上人にあひて戒受けけるに程なく帰りければ　三条院女蔵人左近
長き夜の闇にまどへる我をおきて雲隠れぬる空の月影

『風雅集』雑歌下、一九八一番
月催無常と云ふ事を　　　　　　　　　　　　　　正三位季経
澄むとても頼なき世と思へとや雲隠れぬる有明の月
『新続古今集』哀傷歌、一五六三番
前左兵衛督教定、四月八日に身まかりぬる事を思ひ出で侍りて
前参議雅有
月影の浮き世に出でし今日しもあれなど垂乳根の雲隠れけむ
同、雑歌下、二〇四七番
浄土宗の心を詠める長歌　　　　　　　　　　頓阿法師
朝日影憂き世の闇に出でそめて山の高嶺を照らすより鶴の林の夜半の月雲隠れにし別れまでいそぢの春の（略）
『新葉集』恋一、六八四番
題知らず　　　　　　　　　　　　　　　　読人知らず
知られじな富士の高嶺の雲隠れむせぶ煙は空に立つとも

＊

『古今六帖』三一九八八番
秋の田
雲隠れ鳴くなる雁の行きてゐる浮田の穂向き繁くしぞ思ふ
『家持集』一五九五九番
秋歌
雲隠れ鳴くなる雁の行きて見む秋の田のほも繁くし思ほゆ
『家持集』一六〇六八番
雑秋
秋霧に妻まどはせる初雁の雲隠れ行く声の聞ゆる
『公任集』一二三一八三番
九月十五日、宮の御念仏始められける夜、遊びなどせられて、月の朧ろなるに、ふるき事など思ふ心を人々よみける

に

古を恋る涙にくらされて朧ろにみゆる秋の夜の月

権弁

雲間より月の光や通ふらむさやかに澄める秋の夜の月

かへし

蓮葉の露にもかよふ月なれば同じ心に澄める池水

これを聞き給うて左の大殿より

君のみや昔を恋ふるよそながら我見るよりも同じ雲居を

又

今よりは君がみかげを頼むかな雲隠れにし月を恋ひつつ

『元真集』二〇四四九番

雲隠れ過ぎ行く月の夜もすがら朧げにては帰る心か

『金槐集』二九三八九・九〇番

恋の歌（四首略）

月影のそれかあらぬか陽炎のはつかに見えて雲隠れにき

雲隠れ鳴きて行くなる初雁のはつかに見てぞ人は恋しき

『登蓮法師集』二七三五三番

正実不滅度

世の中の人の心の浮雲に雲隠れする有明の月

(13)（2）に同じ。

(14)松村博司・山中裕校注『日本古典文学大系　栄花物語』下巻、岩波書店、一九六五年。

(15)竹鼻績『今鏡　下巻』講談社、一九八四年、二九七頁。

(16)ちなみに、他の事例も挙げておきたい。

『宇津保物語』吹上上巻

侍従のきみ、時雨いたく降る日、

神無月雲隠れつつしぐるればまづ我が身のみ思ほゆるかな

（宇津保物語研究会編『宇津保物語　本文と索引　本文編』笠間書院、一九七四年、五六八頁。適宜私に表記を訂した。）

『狭衣物語』巻四

「光失する心地こそせめ照る月の雲隠れ行くほどを知らずは

さるは、珍しき宿世もありて、思ふこともなくありなんものを。とくこそ尋ねめ。昨日の琴の音あはれなりしかば、かくも告げ知らするなり」とて、日の装束うるはしうして、いとやんごとなき気色したる人の言ふと、見給て、うち驚き給へる殿の御心地、夢現とも思し分かれず。

（三谷栄一・関根慶子校注『日本古典文学大系　狭衣物語』岩波書店、一九六〇年、三四一頁）

『今昔物語集』巻第二四「公任大納言、於白川家読和歌語」第三四

亦、此の大納言、九月許に月の雲隠たりけるを見て読みける、

すむとてもいくよもすげじ世の中に曇りがちなる秋の夜の月

（小峯和明校注『新日本古典文学大系　今昔物語集　第四巻』岩波書店、一九九四年、四四八頁）

『堤中納言物語』「逢坂越えぬ中納言」

琴・笛などとり散らして、調べまうけて、またせ給なりけり。ほどなき月も雲隠れぬるを、星の光に遊ばせ給ふ。

（大槻修校注『新日本古典文学大系　堤中納言物語』岩波書店、一九九二年、三九頁）

なお、この他にも「雲隠る」の語を検索したが、『竹取物語』『伊勢物語』『土佐日記』『大和物語』『蜻蛉日記』『古今著聞集』『落窪物語』『枕草子』『和泉式部集』『伊勢集』『古本説話集』『更級日記』『和泉式部日記』『紫式部日記』『大鏡』『水鏡』『十訓抄』『宇治拾遺物語』『平家物語』（金田一春彦他校注、旧大系、一九七四年）、『浜松中納言物語』『とりかへばや物語』『御伽草子』（榊原邦彦他、笠間書院、一九八八年）、『西行物語』（青木怜子他校注、笠間書院、一九九六年）、『唐物語』（池田利夫校注、笠間書院、一九七五年）、などには認められなかった。

(17) 廣田收「『紫式部集』における和歌の配列と編纂」『人文学』第一七八号、二〇〇五年一二月。

(18) (17) に同じ。

(19) 森本元子「詞書の個性—自撰家集にみる—」『和歌文学新論』明治書院、一九八二年、四一～五五頁。

(20) 三代集における九月晦日に詠まれた歌の事例は、次のとおり。

『古今集』秋歌、

秋のはつる心を龍田川に思ひやりてよめる　貫之
年毎にもみぢ葉流す龍田川もなとや秋のとまりなるらむ（三一一番）
なが月のつごもりの日大井にてよめる
夕月夜をぐらの山になく鹿の声のうちにや秋は来るらむ（三一二番）
同じつごもりの日よめる　躬恒
道しらば尋ねも行かむ紅葉を幣と手向けて秋はいにけり（三一三番）

『後撰集』秋歌、
なが月のつごもりの日もみぢに氷魚をつけておこせて侍りければ
ちかぬがむすめ
宇治山の紅葉をみずば長月の過行く日をも知らずぞ有まし（四四〇番）
九月つごもりに　貫之
長月の有明の月はありながら儚く秋は過ぎぬべらなり（四四一番）
同じつごもりに　躬恒
何方によはなりぬらむ覚束なあけぬ限りは秋ぞと思はむ（四四二番）

『拾遺集』秋、
くれの秋重之が消息して侍りける返りごとに　平兼盛
暮れて行く秋の形見に置く物は我元結の霜にぞありける（二一四番）

『後拾遺集』秋、
九月尽日惜秋心をよみ侍りける　藤原範永朝臣
あすよりはいとゞ時雨や降り添はむ暮行く秋を惜しむ袂に（三七二番）
九月尽日終夜惜秋心をよめる
明け果てて野べをまづ見む花薄招くけしきは秋に変らじ（三七三番）
九月尽日よみ侍りける　法眼源賢

秋はただけふ詠むれば夕暮にさへなりにけるかな　（三七四番）
九月尽の日伊勢大輔がもとにつかはしける
大弐資通
つもる人こそいとゞをしまるけふ計なる秋の夕暮　（三七五番）
九月晦夜よみ侍りける
源兼長
終夜詠みてだにもなぐさまむ明けてみるべき秋の空かは　（三七六番）

なお、『紫式部集』陽明文庫本八七番（実践女子大学蔵本では九六番歌）の詞書には次のように「九月晦日」の用例がある。私に適宜漢字を宛てた。

「物や思ふ」と人の問ひたまへる返事に、九月晦日に、
尾薄が葉分きの露や何にかく枯れ行く野辺に消えとまるらむ

(21) 南波浩『紫式部集全評釈』笠間書院、一九八三年、二五頁。
(22) 松田武夫『新釈古今和歌集』上巻、風間書房、一九六八年、七五〇頁。
(23) 廣田收『講義日本物語文学小史』金壽堂出版、二〇〇九年。
(24) 土橋寛氏は、古代歌謡の「音楽的側面」に対して「歌詞」は「上の句と下の句との二部から構成され、両者の意味的関係は基本的には問いと答え、または主題の提示とその説明という関係にある」といわれる（『古代歌謡の世界』塙書房、一九六六年、四〇四頁）。あるいは、古代歌謡の「二部形式」について「両者の関係は、問いと答え、または主題の提示部とその説明部という関係」をいわれる（同書、四〇五〜六頁、同様の指摘は、四〇九頁にもある）。また、この二部構造、二部形式の「起源が集団的儀礼における唱和形式にある」ともいう（同書、四二一頁。いずれも傍線は、引用者による）。
私は、問いと答え、もしくは「主題の提示とその説明」と論じられていることについて、あれかこれかではなく、両者は表現形式上異なるけれども、構造において同一だというふうに理解する方がよいと愚考する。そのようにして、私は経験的に、この指摘が古代歌謡のみならず、説話や物語、和歌などの構成や構造としても認められると考えている。また、小著『『宇治拾遺物語』表現の研究』（笠間書院、二〇〇三年）、『『源氏物語』系譜と構造』（笠間書院、二〇〇七年）などにも同様の指摘をした。
なお、儀礼歌としての離別歌が、送別の宴でどのように唱和されたか、されなかったのかについては未調査でありまた不案内であるが、歌の表現から見るかぎり、離別歌に儀礼性が働いていることは動かない。

〔付記〕

本稿は、古代文学研究会における研究発表「『紫式部集』冒頭歌考―歌の場と表現形式を視点として―」（於龍谷大学大宮学舎、二〇〇九年九月）を分割し、その前半部分を第一章第一節に掲載するとともに、その後半部分を纏めたものである。

第三節　話型としての『紫式部集』

はじめに――清水好子『紫式部』を手がかりに――

清水好子氏は、『紫式部』の冒頭において、「紫式部集は可能性に充ちた青春時代を記録する点で、同時代の女流には類を見ないもの」であるという。そのような着眼には「娘時代というものが千年の過去も今もほとんど変わらない」という清水氏の確信が籠められている。またその「娘時代」の部分には「源氏物語の執筆にもっとも近い時期にいた作者自身の言葉」があるに違いない、ともいう(1)。岡一男氏から始まった『紫式部集』に対する注目(2)は、どちらかというと常に作家論に収束する方向で議論されたが、清水氏の『紫式部集』研究もまたその系譜に連なるものである。ただ、矛盾するように感じられるかもしれないが、この書は、これからの『紫式部集』研究の可能性を併せ含んでいる。清水氏は次のようにいう。

①式部集は本来彼女自身の手によって編まれたのであろうけれども、非常に早い時期に破損があり、また、何らかの事情で、これも非常に早い時期に式部以外の人の手で編まれた部分も混入していたりして、そう簡単に排列の順に考えてゆけない場合がある。ことに、後半の宮仕えの歌で、紫式部日記と重なるものにはその疑いが濃いのであるが、前半にも、年代順に排列されたとみると都合の悪い歌も一、二首は出てくる。たとえば、第三番目の歌が千載集によって、宮仕え後の歌と解釈されているのはその一例である。が、前半の大

部分は自撰、年代順の排列と考えてよいと思われる（以下略、五〜六頁）(3)

これは、実に抑制の利いた一文で、簡潔ではあるが『紫式部集』研究史を概観したものといえる。伝本間に共有されている傷、配列の原理、自他撰の区別など、清水氏の見解がここには集約されている。一方、清水氏が家集歌を具体的に評し進めて行くときに、私は次のような箇所でしばしば立ち止まったり、考え込んでしまうのである。

②家集の冒頭にこの一首を置いたのは紫式部である（八頁）。

③夫とともに「はるかなる所」に発って行ったのではないか。だからもうこれに対する式部の返歌はない。式部集に記さないのは、式部のメモに書き忘れたのではなくて、返しをやらなかったのにちがいない（一七頁）。

④つぎの贈答は彼女の身辺にほのかに緊張した空気が漲っていたことを語っている。恋の歌の型に嵌らないのも、かえって思春期の少女心をあまさず示す結果になっている（二〇頁）。

⑤ここにこの歌を置く式部には、過去の若さの意味が苦く反芻されていたのではないだろうか（三〇頁）。

⑥相手の行く先の地名を詠み込むのは餞別の歌の儀礼である（三〇頁）。

⑦あきらかなことは、宣孝との交渉は、式部が越前に下る前からあったはずなのに、彼女はその資料を越前下向以前の歌群には用いなかったことである（三七頁）。

いくらでも抜き出す箇所はあるが、いずれも実に思慮深い指摘ばかりである。例えば②は、冒頭歌が、家集の冒頭に置かれるべくして置かれたことを教える。⑤は、そのような選択と配置の問題が、冒頭歌のみならず家集の全体に及ぶことを教えている。さらに、⑦の指摘を敷衍して行けば、例えば旅に出る友人との贈答にしても、何も紫式部の若き日だけに限られたことではないと考えることができる。つまり、紫式部自身の越前への旅が一回限りのことであったとしても、友人との離別歌群を自らの旅の歌群と重ね合わせたところに、『紫式部集』の配列の問題が浮かび上がる。従って、②⑤⑦などは、編纂とは何かを考え直す手がかりとなるのである。また、④は恋の贈答歌の型の問題を教える。また、⑥は離別歌の儀礼と表現形式との関係を教えている。従って、④⑥は、家集に収載されている和歌の生態を捉える手がかりとなる。

一　『紫式部集』分析の方法

『紫式部集』がもともと、自撰の家集であったことは、まず動かない。(4) 齢を重ねた紫式部が半生を顧みつつ自らの歌集を編纂しようとしたとすれば、その冒頭に和歌「めぐりあひて」を置いたのはなぜか。あるいは家集本文 text の側からいえば、和歌「めぐりあひて」が家集の冒頭に置かれている意味とは何か。

このような問いに答えるには、幾重にも説明を必要とする。私は、私家集の中でも、特に『紫式部集』を論じるにあたって、次のような二点を念頭に置きたい。まず、実際に和歌が詠じられた時と編纂時との間には、明らかに時の隔たりがある。つまり、紫式部にとって和歌の持つ意味も変化しているはずで、編纂時には、過去に詠じた和歌に新たな意味を与え、配列し直しているに違いない。どんな和歌を選び、どう配列するか、編纂には選択 selection と配列 arrangement が働いている。すなわち、具体的な場 context で詠じられた和歌がその時持たされた意味に対して、家集編纂時に選び出された和歌に与えられた意味とは、同じではない、ということを言わなければならない。そこにどのような編纂の原理が働いているのかが問われる。

もうひとつ違う視点からいうと、『紫式部集』に掲載されている和歌の多くが、ここでは冒頭歌は、もともと贈答・唱和といった具体的な離別の場において詠じられたものである。ここにいう場とは、実態的な空間の謂ではなく、ある意図・目的をもつ表現の基盤 ground をいう。したがって、書かれた和歌であるか、詠じられた和歌であるかの違いがあるにしても、和歌という表現は、特定の場において相手とのかかわりの中で詠じられるという「即境性」(5)、言い換えればある種の儀礼性を帯びている。ところが他の私家集とは違い、『紫式部集』には本来、贈答・唱和であったものを省略して（もしくは、片方を切り取って）記載しているのではないかと考えられるふしがある。そのために、当代の読者には自明であったはずなのに、われわれは詠じられる場 context の問題を看過して、抒情的に理解するという誤りを犯す可能性がある。

周知のように勅撰集は、春、夏、秋、冬、賀、離別などというふうに和歌を配列している。ところが『紫式部集』は他の私家集とは全く違う配列を示す。それゆえ、ひとつひとつの歌が恋なのか、離別なのか、ややもすると私たちは歌の内容だけから判断する惺れなしとしない。本当は、どのような場で詠まれたものか、歌の表現形式はどのようなものか、見極める必要があるのではないか。

そのように『紫式部集』という歌集の編纂というものを見通すとすれば、編纂における和歌の取捨選択と配列の特異さにこそ、家集『紫式部集』の構成の独自性は認められるに違いない(6)。

二　類型という視点

折口信夫も風巻景次郎も、立場の違いはあれ、古典の属性として類型というものの存在を指摘している。風巻は「類型は民衆の友である」と述べる(7)。この言葉には、風巻の文学史の理論が凝縮されている。

かつて私は、古典が貴族や僧侶の文学であったとしても、民衆（のものである類型）が貴族や僧侶の表現を支えている、と捉えていた。ところが類型というものは、必ずしも階級や階層とかかわりなく、時代を覆い尽くす性質がある、と考えるようになった。作品と言おうが、表現と言おうが、本文 text と言おうが、それは作者ひとりの個性の産物ではなく、時代の産物であってよい。今の私の考えによれば、ここにいう「民衆」とは、民俗学のいう常民とか、階級史観にいう民衆とかというふうに、限定的に捉える必要はない。おそらく類型性は、身分の貴賤とは関係がない。空気のように時代を覆っている、認識と思考とそして表現の枠組みである。

確かに物語には類型が働いている。例えば、歌を組み込んで構成された小さな物語を、さらに章段として配列することによって成り立つ『伊勢物語』には明らかに編纂物として構成的な原理が働いている。いうまでもなく、類型は、物語だけに認められるものではない。和歌は、伝統的な型に基いて詠じられるだけでなく、詠じられた和歌それ自体が記憶され、さらに規範として働く。まさに和歌は伝承である。すでに『萬葉集』からして、たくさんの類歌がある。それは、古代和歌が個人の創作（に基づく作品）なのではなく、時代の人々に共有されていた伝承であるということから考えなければならない。異なる歌人の詠じたものなのに、なぜ類歌は存在するのか、和歌にも類型は働いている。発想といい、様式といい、形式といい、和歌そのものの表現を構成する原理が働いている。

したがって和歌を編纂した歌集は、個別の和歌を論じるだけでは足りない。歌の（詠まれた経緯の）説明としての詞書を含め、歌を取捨選択し配列した編纂 compilation にかかわる原理があるのか、ないのかを考える必要がある。

やっかいな問題であるが、もともと『紫式部集』は、当初から伝記研究の資料として利用されてきたところに、最大の不幸がある。それゆえ、『紫式部集』の校訂本文とそれに基く研究に対する批判が、『紫式部集』本文 text の自立性を求める地平に辿り着かず、なお伝記研究にとどまってしまう場合もみられる。現在でも、通説を批判しながら、いつの間にか私家集に「史実」とか「事実」を求めてしまう分析もある。それで、私が最近考え至ったことは、この歌集の編纂と、（意外に思われるかも知れないが）、定家本の『伊勢物語』の章段の配列とに、共通の原理を見ることができると気付いたことである。(8) それは genre の意識からは考えも及ばない問題である。話型という視点を媒介にしたときに、始めて見えることだが、両者に共通性を見るとすれば、それが、一代記

biography の方法である。(9)

三　一代記という話型

ここにいう「一代記」とは、主人公の事蹟を人の一生をもって伝える伝記であり、誕生から他界までという、時間進行によって叙述する形式をいうもの、とみておきたい。もともと「一代記」という言葉は、江戸期の浄瑠璃や「桃太郎一代記」などで認められる用例からすれば、文献語彙としては、おそらく近世語と言ってよい。逆にいうと、「一代記」のような叙述は、本来超越的な存在である主人公を、俗なる人の一生になぞらえて捉えるという認識の歴史的な形成と、深く関係している。

平安期では、紫式部の愛した物語のひとつである『伊勢物語』が代表的な一代記だといえる。現存定家本の『伊勢物語』は、昔男の初冠から東下り、東国へのさすらいを経て、都に戻り、最後に辞世の歌で彼の人生を締め括っている。元服から流離を経て他界へ、ここに一代記の枠組みが働いていることは容易に見てとれる。初段は、末尾の段と首尾をなすことにおいて、全体として『伊勢物語』を枠付けている。初段は、昔男の存在のありかたを定めるとともに、昔男にさすらいの端緒を与えている。その意味で、初段は『伊勢物語』の部分であるとともに、全体である。

昔男は元服した後、平城の京春日の里に、父祖以来の伝領の地があって、狩に出掛ける。昔男が元服したことは明記されていないが、平安京のどこかである。ところが昔男は元服してすぐに、かつて都の在った「ふるさと」、先祖代々の地である旧都平城京へ狩に出かける。春日里に父祖以来の土地があったからである。そのことからも明らかなように、昔男は藤原氏ではなく、奈良に本居地をもつ旧氏族である。昔男の model が、在原業平とされてきたことには理由がある。そして昔男は、そこで垣間見した姉妹に心ときめきする。昔男は平安京における立身出世にも、平安京における女性にも興味はないと見える。つまりこの昔男は、後ろ向きの青春を送っている。『伊勢物語』は、そのような昔男を主人公に据えたのである。

第二段は、「平城の京は離れ、この京は人の家まださだまらざりける時」のこととして、昔男は「西の京」の女性に通う。「その女、世人にはまされりけり」であり「かたちよりは、心なむまさりたりける」さまであったという。この「西の京」という地名は、左京に比べて早く衰退した右京に生きる場所を与えられた者の、心行かない地位や憂鬱な内面が暗示されているといえる。(10)

かくて現存定家本の『伊勢物語』では、冒頭章段からいわゆる東下り章段まで、歌物語とよばれながら、昔男の歌だけが記されている。相手の女性の歌は記されていない。それは、贈答・唱和の形をなしていないことを意味している。昔男は、出会う女性に一方的に求愛している。物語の語り手は、昔男の行動だけに関心を寄せている。このように、孤独な憂鬱を深めた果てに、昔男の東国へのさすらいを用意するという章段の配列は、定家本独自の構成の問題である。

四　『紫式部集』の歌群配列

定家本に比べて古態性を強く残すと考えられる陽明文庫本の側から、歌群の配列を見ると、次のようである。(11)

冒頭歌群（一～五番）

めぐりあひて	童友達との離別。
泣き弱る	同。
露しげき	寡居期の消息。類聚的配置。
おぼつかな／いづれぞと	結婚の瀬踏み。

少女期（離別歌群）（六〜一九番）
西の海を／西へ行く／露ふかく／あらし吹く／もみぢ葉を／霜こほり／ゆかずとも／時鳥／はらへどの／北へ行く／ゆきめぐり／難波がた／〔陽、欠歌〕／あひみむと／ゆきめぐり

少女期（旅中詠）（二〇〜二六番）
みをの海に／いそかくれ／かきくもり／しりぬらん／おいつしま／ここにかく／をしほ山

結婚期（二七〜三八番）
ふる里に／春なれど／みづうみに／四方の海に／くれなゐの／とぢたりし／こちかぜに／いひたえば／たけからぬ／をりてみば／桃といふ／花といはば

寡居期（三九〜五六番）
いづかたの／雲のうへの／なにしこの／夕霧に／ちる花を／なき人に／ことわりや／春のよの／さをしかの／見し人の／よとともに／かへりては／たが里の
（一行空白）
をりからを〔陽52・実ナシ〕／きえぬまの／わか竹の／かずならで／心だに〔陽53〜56・実52〜55〕

宮仕期（五七〜七〇番）
うきことを〔陽57・実60〕／〔陽、返し　哥本ニなし〕／わりなしや／しのびつる／けふはかく〔陽58〜60・実62〜64〕
かげみても〔陽61・実68〕
わするるは〔陽62・実78〕／〔陽、返し　やれてなし〕／たが里も〔陽63・実79〕
くれぬまで／たれか世に／なき人を〔陽64〜66・実124〜126〕

あまのとの／まきのとも〔陽67～68・実72～73〕
をみなへし／しら露は〔陽69～70・実76～77〕

旅中詠（七一～七三番、錯簡か。）
ましも猶／名にたかき／心あてに〔陽71～73・実80～82〕

宮仕期（七四～一一一番）
けぢかくて／へたてじと／みねさむみ／めづらしき／くもりなく／いかにいかが／あしたづの／をりをりに／霜がれの／いるかたは／さして行く／おほかたの／垣ほあれ／をすすきが／
よにふるに／心行く／おほかりし〔陽74～90・実83～99〕
身のうさは／とぢたりし／みよし野は〔陽91～94・実56～59〕
みかさ山／さしこえて／むもれ木の／ここのへに／神世には〔陽95～99・実100～104〕
あらためて／めづらしき／さらば君／うちしのび／しののめの／おほかたを／あまのかは／なほざりの／よこめをも〔陽100～108・実105～113〕
なにばかり／たづきなき／いどむ人〔陽109～111・実119～121〕（一行空白）

晩年期（一一二～一一四番）
恋しくて〔陽112・実122〕　若き日の記憶。対照的配置。
ふればかく〔陽113・実123〕　同。
いづくとも〔陽114・実ナシ〕　編纂時期の総括的詠歌。

ところで、伊藤博氏は、家集の「後半の配列」について、「越前からの帰路の歌」（七一～七三番）や「宣孝らしい相手との贈答歌」（七四～七六番）など、部分的に「錯簡と見る」説もあるけれども、これを「前半に移そうとし

てもぴったり収まるところはなさそうで」あり、

前半の二八～三七あたりとは別の形で結婚に至るまでの経緯を跡づけた構成と見るべく、宮仕え歌群にこうした里居時代の歌が随所に折り込まれているのは、一方で宮仕え女房としてふるまい折々の歌詠をも紡ぎ出しながら、ともすればそうしたみずからに反乱するように里居の頃の回想に沈みがちであった心の振幅を、こうした構成によって暗示したものではなかろうか。(12)

と述べている。まことに興味深い説であるが、その検討は今措くとして、このように、この家集は、五二番歌以降、古本系と流布本系との間に大きな対立はあるが、一首一首の単位ではなく、より包括的に見た場合に、

少女期／結婚期／寡居期／宮仕期／晩年期

というふうに、歌群単位で緩やかな構成をなしている。そのとき、私が興味深く感じることは、冒頭歌は、詞書で童友達だった二人が、数年経って再会したとあり、成人式を意識していると考えられることである。もちろん、細部には連想性、類聚性に基く配列もみられるが、配列の幹となる部分は、物語と同じように成人式から他界（もしくは晩年）まで、緩やかな一代記として構成されている。

五　「身」と「心」との対立

歌群の配列の中で注意されることは、寡居期から宮仕期への境目に、「数ならで」「心だに」の二首が置かれていることである。前歌は、実践女子大学蔵本など、定家本では「数ならぬ」と異同がある。清水好子氏は、この二首について「連作として見なければならないし、『心』と『身』の対立を崩さぬ形で理解しなければならない」とされる。そして、清水氏は、藤原俊成が『千載和歌集』に掲載するにあたって、「数ならで」と改めたことは問題であるとして、『千載和歌集』が「『身』と『心』の乖離の自覚という、式部の本質に触れるようなこの歌の

趣意を曖昧にした罪は消えない」と断じられた。(13)

また南波浩氏は、『伊勢集』に見え、『後撰和歌集』恋五、九三八番に入集している、

いなせとも云ひ放たれず憂きものは身を心ともせぬ世なりけり

を引くとともに、『源氏物語』における、

いはけなくより、宮の内より生ひ出でて、身を心にもまかせず、（梅枝巻）
心にまかせて、身をもてなしにくかるべき（若菜上巻）
身を心にまかせぬ歎きをさへうち添へ給ひける（御法巻）
宿世といふなる方につけて、身を心ともせぬ世なれば（総角巻）
身を心ともせぬ有様なりかし（宿木巻）
心に身をもさらにえまかせず（浮舟巻）
身のおきても、心にかなひがたく（夢浮橋巻）(14)

などの「類句」を見出すことによって、「登場人物の心象の形象にしば〳〵顔を出す作者自身の内面心理の見のがしがたい反映と見られる」と述べている。(15)このような「類句」はどのような意味をもつのか。

実践本など定家本によれば、五五番歌は「数ならぬ心」に、「身」すなわち「身の程」という、境遇をも含んだわが身を委ねることはできないが、結局、わが身―身の程たる宿世に従わざるをえないのは、「数ならぬ心」なのであったという。ここに示された認識は、運命的なものに対する紫式部の苦悩のかたちである、ということができる。

六　『源氏物語』における「身」と「心」

『紫式部集』にみえる「身」と「心」との緊張関係は、『源氏物語』と共有されている。(16) 薫からの言葉を伝えられて大君の嘆く条、

うたて嘆きて、「いかにもてなすべき身にかは。ひと所おはせましかば、ともかくも、さるべき人にあつかはれたてまつりて。宿世と言ふなる方につけて、身を心ともせぬ世なれば、みな、例のことにてこそは、人笑へなる咎をも隠すなれ」（総角巻、四巻四〇〇頁）

大君は思う。八宮が在世中であれば、女房たちにもてなされて、なんとかしてやってゆけるであろう。しかるに、「宿世と言ふなる方」につけて「身を心ともせぬ世」である。すなわち、わが身の程は、心のままには如何ともしがたい、という嘆きである。そのような苦悩は、実は父八宮のそれではなかったか。都の世界も知らず、結婚もすることなく、大君は物語によって得られたひとつの結論―命題をここに継承している。

大君は確かに、薫との結婚によってやがてうち捨てられるであろうことを予想し、それならば結婚はしたくないと思いながら、なおその意志をなかなか貫くことがむずかしい、という思いを反芻している。大君は心のままに生きたいとしながら、宿世に規定された身―身の程を心のままにすることができない、しかも、宿世は目に見えないがゆえに、それがどのようなものであるのかはしかと掴むことができないという。私は、宇治十帖における登場人物たちを苦しめてやまない「身」と「心」の問題こそ、『紫式部集』のこの二首と響き合っていると考える。

このような大君の嘆きは、浮舟の物語にも認められる。匂宮が中君に話す条、

「げに、あが君や。幼なの御物言ひや。（略）むげに、世のことわりを思し知らぬこそ、らうたき物から、わ

りなけれ。よし、我が身になしても、思ひ廻らし給へ。身を心ともせぬ有様なりかし。もし、思ふやうなる世もあらば、人に勝りける心ざしの程も、しらせたてまつるべき一節なむある。たは易く、言出づべき事にもあらねば、命のみこそ」など、のたまふ程に、（宿木巻、五巻六一頁）

とある。また、匂宮は浮舟に、和歌「ながき世を」を詠じて、

いとかう思ふこそ、ゆゝしけれ。心に身をも更にえまかせず、よろづにたばからんほど、まことに死ぬべくなんおぼゆる。（浮舟、五巻二二四頁）

という。これに対して浮舟は、

心をば嘆かざらまし命のみ定めなき世と思はましかば（浮舟、五巻二二四頁）

と答える。このとき、浮舟は、「心」のままにならないわが「身」を嘆くような大君の苦悩に対して、「心」を排除した設定がなされている。そして、そのような「身」を捨てようとするところに浮舟の造型がある。原理的なこととしていえば、「身」と「心」との問題は、大君と浮舟とでは逆転している。浮舟の持たされた「心」は、やがて出家へと連なるものであった。かくて、宇治十帖における大君から浮舟へ――すなわち宇治十帖の表現を支える思考の枠組みとして、「身」と「心」の関係が働いている。

私が重要だと考えることは、『源氏物語』の主題を担う、そのような「身」と「心」との葛藤を、『紫式部集』は寡居期から宮仕期への転換点として配置していることである。

七　話型としての『紫式部集』

『紫式部集』は、平安期の他の家集とは著しく異なって、まるで古代物語と同じように、成人式から他界まで、和歌の配列を一代記的に構成している。そして、冒頭歌が家集全体を象徴するように置かれている。

そもそも家集に組み込まれた和歌を、時と場とに縛られた歴史的で一回的な表現の集積と単純に考えることはできない。例えば、『紫式部集』の配列で言えば、自分の若かりし日に、友人と別れ、友人が旅に果てたという一回きりの経験を記している、というふうに理解してはいけない。考えて見れば、そのような経験は、紫式部の娘時代だけのことではなかったであろう。成人してからも、友人の下向や不幸を見聞、経験することはあったであろうから、益田勝実氏の所説に倣って言えば、むしろ受領の日常的な出来事だった。『紫式部集』は、自分の旅とさすらいに同調するように、友人も旅とさすらいをした、というふうに構成している。そのような経験が、他ならぬ青春に重い意味を与えた、というふうに構成している。

　宣孝の死後、時を隔て歌集編纂を考える今、若き日の幼友達と交わした和歌「めぐりあひて」が、わが心情を見事に表現するものとして蘇ってきた。顧みてわが人生はこの歌に象徴される、と。若かりしころの言忌みもせず詠じた和歌が、彼女の運命にはね返ってきたことを、『紫式部集』は和歌の配列において示している。このように、ひとりの人生を物語として構成する時に、成人式から流離と結婚、そして晩年に至るまでという、一代記の構成を潜ませている。それは古代から中世に出現する、人生を model とした、新しい話型と見てよい。

であるとすれば、『紫式部集』という家集の本文 text は、もしかすると、実人生の記録というよりも、伝記的構成の基層に、流離の果ての結婚という、話型の問題が潜んでいるとさえ見えてくる。そもそも、『紫式部集』が紫式部の人生そのものだという保証はどこにもない。紫式部自身が歌集に自分の人生を物語として構成した可能性もありうる。紫式部は自分で、自分の歌をもって、自分の伝記 biography を書いたといえる。そして一代記という枠組みの基層に透かし見える、

　　成人式

　　流離

結婚
出仕

という構成は、まさに物語の類型そのものである。「話型としての『紫式部集』」とはそのような重層的な枠組みの謂である。もしそうであるとすれば、「めでたし」で完結するはずの、物語の規範的な類型をさらにまた裏切って行くところに、『紫式部集』独自の構成がある。

注

（1）清水好子『岩波新書　紫式部』岩波書店、一九七三年。
（2）岡一男『源氏物語の基礎的研究』東京堂、一九六六年。
（3）（1）に同じ。
（4）清水好子「紫式部集の編者」『国文学（関西大学）』一九七二年三月。
（5）土橋寛『古代歌謡の世界』塙書房、一九七六年。
（6）廣田收「『紫式部集』における和歌の配列と編纂」『同志社大学　人文学』二〇〇五年一二月。本書、第三章第一節参照。
（7）風巻景次郎「文芸と個性」『風巻景次郎全集　第一巻　日本文学史の方法論』桜楓社、一九六九年。
（8）廣田收『講義　日本物語文学小史』第六講、金壽堂出版、二〇〇九年。
（9）三谷邦明「源氏物語における虚構の方法」『源氏物語講座　第一巻　主題と方法』有精堂、一九七一年。
（10）廣田收「『伊勢物語』の方法」『日本文学』一九九一年五月。
（11）廣田收「陽明文庫本『紫式部集』解題」久保田孝夫・廣田收・横井孝共編『紫式部集大成』笠間書院、二〇〇八年。
（12）伊藤博「紫式部―人と作品―」『新日本古典文学大系　紫式部日記付紫式部集』、一九八九年。
（13）（1）に同じ、一一三～四頁。
（14）山岸徳平校注『日本古典文学大系　源氏物語』第三～五巻、岩波書店、一九六一年～三年。『源氏物語』の本文は以下、これに拠る。
（15）南波浩『紫式部集全評釈』笠間書院、一九八三年。

（16）廣田收「『数ならぬ心』考」南波浩編『紫式部の方法』笠間書院、二〇〇二年。この問題については、本書、第二章第三節を参照。

第四章　『紫式部集』の研究史

一　陽明文庫本の性格

早く南波浩氏は『紫式部集』の伝本を博捜され、その成果を『紫式部集の研究　校異篇・伝本研究篇』（笠間書院、一九八二年）に纏められた。そして、池田亀鑑氏の分類を襲いつつ、改めて伝本を、

第一類　定家本系
第二類　古本系
第三類　別本系

に分類された(1)。そして南波氏は、定家本系の最善本を実践女子大学蔵本と認め、古本系最善本を陽明文庫蔵本と認められた。実践女子大学蔵本（一二六首）は、「天文廿五年」という最も古い奥書を有し、かつ由緒の明らかなことにおいて流布本系統の最善本とされるが、この奥書の問題点については、横井孝氏に一連の考察がある(2)。

一方、古態を残すとされる陽明文庫蔵本（一一四首＋「日記歌」一七首）は、数箇所に和歌の欠落の痕跡があるが、現在の形態では総歌数一一四首を記す。さらに末尾に「日記哥」と題して、歌集部分にはない一七首を加えている。

先に『紫式部集大成』において報告した陽明文庫蔵『紫式部集』の解題は次のようである。

写本・一冊　江戸初期

〔寸法〕縦二七・〇×横二〇・一センチの大型本。

〔表紙〕題簽はなく、表紙左肩に「紫式部集」と打ち付け書きで外題を記す。表紙は古薬袋紙様表紙。内題も同筆で「紫式部集」とある。名和修氏によると、この題は近衛信尹（のぶただ）の筆、慶長年間の書写とされる。

〔料紙〕内題及び本文は、楮紙。

〔装幀〕袋綴。

〔墨付〕墨付き二〇丁。一面十行書き。前遊紙、一丁。後遊紙、二丁。

〔奥書〕なし。

〔印記〕蔵書印、なし。

〔備考〕極札、なし。

なお名和修氏の教示によると、『紫式部集』の本文は、陽明文庫蔵『桧垣嫗集』『九条右丞相集』『猿丸太夫集』『菅家集』などの表紙題字と同筆。また本文は、同文庫蔵『桧垣嫗集』『九条右丞相集』『猿丸太夫集』の本文と同筆。また、同文庫蔵の『三十六人集』は寄合書で、題字は近衛信尹の筆とは別筆と見られるが、その内『赤人集』『遍昭集』『敏行集』『頼基集』などの本文とは同筆である。いずれにしても『紫式部集』は他の歌集とともに、江戸初期に書写、整理されたものとみられる。(3)

さらに、後に気付いたこととして、写真版でも確認できるが、十一首の和歌の頭に・点が打たれている（『日記哥」の歌には打たれていない）。写本として整えられた後に加えられた可能性もある。これが何を意味するかは不明である。

なお、別本は江戸時代の刊記をもつ雑纂的本文である。また、他の家集に比べて知られている断簡は少ない。

その後、南波氏は実践女子大学蔵本を底本として校定本文（欠歌を補訂し全一二八首）を立てられ、岩波文庫『紫式部集』を刊行された。その後の研究は、実践女子大学蔵本を底本とするものが多く、中野幸一校注『紫式部日記　付紫式部集』（武蔵野書院、一九七一年）もこれに従うものである。

ただし最近では、山本利達校注『新潮日本古典集成　紫式部日記』（『紫式部集』を付載）（新潮社、一九八五年）や、伊藤博校注『新日本古典文学大系　紫式部日記　付紫式部集』（岩波書店、一九八九年）など、陽明文庫蔵本を底本とする注釈研究も現れるようになった。陽明文庫蔵本は、奥書をもたない江戸初期の写本であるが、さらに禁裏に伝来していた写本の古い姿を伝えている可能性もある[4]。

陽明文庫蔵本が古態を残している可能性は、文法や文体の点から瑕瑾とも見られる表現を保存していることからもうかがわれる。言い換えれば、違和感を与える表現を合理的な本文に改めず、そのまま残している。これらには単純な誤写も含まれていると見られるが、このような本文の状態は、内容を考えずに書写したというよりは、恣意に訂することなく、そのまま本文として伝えられていることが重要である。

また、陽明文庫蔵本の本文には、幾つかの「見せ消ち」や補入がある。これらは、論理的には辿れず、そのままの表現では意味をなさないとみえる表現が、「合理的」な表現に訂されている経過を残している。違和感を抱かせる表現がそのまま残されていることと併せて考えると、書写の後に加える校訂が徹底していなかったことを証明しているようにも見える。むしろ親本の本文の様態を意識的に変えず、親本の痕跡を残して伝えているところに、陽明文庫蔵本の姿勢がある。

また、陽明文庫蔵本付載の「日記哥」は、定家本系諸本には認められず、それゆえに陽明文庫蔵本に代表される古本系の伝本の性格を特徴付けるものである。「日記哥」はいうまでもなく、ある段階で歌集部分に載せられていなかった和歌を、ある段階の『紫式部日記』所収歌をもって補ったものである。単純化すると、歌数の多い定家本系よりも歌数の少ない古本系の方に古態がうかがえるといえる。そのとき、問題となるのは、『紫式部日記』がどのような形態であったか、ということである。ただ、和歌の闕脱の生じた時期がいつのものかは、なお明らかでない。日記歌をもって補われたときに、当時の『紫式部日記』、あるいは日記歌との関係が問われる。歌集と日記歌との関係については、別に論じることにしたい。

あるいは、稲賀敬二氏は、「『紫式部日記』の特殊な形態」が「紫式部は消息文を記す時、寛弘五年夏の記事の部分を反故化して使った」ところに生まれたという仮説を示している。そして「定家は、『紫式部集』古本系統の一本を増補するために、資料を博捜するうち、この『赤染衛門集』と合綴・混成された「日記歌」を入手し、定家本『紫式部集』にその歌を増補した。つづいて雑纂本『紫式部集』の根幹原型部分を手に入れた定家は、家本の『紫式部集』に再増補した」と見る。[5]

『紫式部集』の成立について確実なことはわからないが、構成からみると、冒頭歌から五一番歌までは、定家本系と古本系との双方が和歌の配列を共有している。そのことからすれば、両系統はもともと祖本を同じくすると考えられる。一方、五二番歌以後、後半の和歌の配列には錯簡が想定される。錯簡を手がかりに復元し原形を求めようとする考察もある（今井源衛「紫式部集の復元と恋愛歌」（『文学』一九六五年二月）以降、山本淳子『紫式部集論』（和泉書院、二〇〇五年）まで多くの議論はあるが、最も説得力をもつ論考は、久保木寿子「紫式部集の増補について（上）」（『国文学研究』第六一集、一九七七年三月）であり、私は二類本が古態性をもつと愚考する）が、後半部分の錯雑した配列を残す伝本のありかたからすれば、現状ではむしろ紫式部自筆本の復元はにわかには困難なこととすべきであろう。なお後考を俟ちたい。

二 『紫式部集』の研究史

戦後における『紫式部集』研究の初まりのエポックは、岡一男『源氏物語の基礎的研究』（東京堂、一九六六年）である。岡氏は『源氏物語』の「基礎的研究」のために、『紫式部日記』とともに『紫式部集』を「伝記資料」として扱われ、『紫式部集』が自撰家集であり、ほぼ年代順の配列をもつことを論じられた。ただし岡氏は、歌群は年代順の排列であるとしつつ部分的には類聚的排列のあることを説かれている。これが、後の『紫式部集』研究のひとつの指標となった。

初めて諸本を見渡した南波浩氏の成果は、『紫式部集の研究　校異篇・伝本研究篇』（笠間書院、一九七二年）や、岩波文庫の『紫式部集』（岩波書店、一九七三年）、『紫式部集全評釈』（笠間書院、一九八三年）などに集約されている。これと並行して、清水好子氏の岩波新書『紫式部』（岩波書店、一九七三年）が刊行された。若き日の少女期の紫式部像を照らし出したものとして評価が高い。その後、『紫式部集』をめぐって角田文衛、萩谷朴、今井源衛などの諸氏がそれぞれ著作、研究論文を続けて発表された。ところが、なお紫式部その人に対する関心が強かったといえる。さらに一方では、私家集研究全般にめざましい研究の進展があり、『紫式部集』の注釈も増えた。中でも、山本利達校注『新潮日本古典集成』（新潮社、一九七八年）、秋山虔編「紫式部集全歌評釈」（『国文学』一九八二年一〇月）、伊藤博校注『新日本古典文学大系』（岩波書店、一九八九年）、中周子校注『和歌文学大系』（明治書院、二〇〇〇年）などの注釈が、『紫式部集』の普及と研究を一段と促したといえる。

もし伝本の現状に立って、錯簡や後人の改訂のさまから原形を透かし見るとすれば、『紫式部集』は少女期、結婚期、寡居期、宮仕期、晩年期というふうに、緩やかに一代記的構成を備えていたと予想される。そのような基本的構成を基幹としつつ、部分的には類聚性を派生させている。両系統の配列の差異には、むしろそれぞれの構成の意図の違いが表現の次元に及んでいるとみられる。

それは末尾歌群の置かれかたにも象徴されている。つまり、陽明文庫蔵本の末尾では、和歌「いどむ人」の後に、三首の和歌「恋しくて」「ふればかく」「いづくとも」との間に、一行空白が見られる。これは欠落を意味するのではなく、末尾三首を特立させる陽明文庫蔵本の意図的構成と見たい。まさに家集編纂時における老いの感慨を詠じるものといえる。

これに対して、定家本が、末尾三首を加賀少納言との贈答で締めくくっていることについては、すでに三谷邦明氏の指摘がある(6)。私は、小少将の君が残した消息を前に、紫式部が書きつけた文こそ、その人を偲ぶ形見であるというところに、物語作者としての感慨を見る。そしてそれは定家の意図的な構成ではないかと推測するものである。

現在共有されている歌群の配列を例にとると、紫式部の少女時代にだけ下向する人々との離別があったわけではないであろう。いわば、友人との離別歌群にすぐ引き続いて自らの越前下向の歌群が配置されているといえるのであり、そのような構成こそまさに意図的なものであるにちがいない。配列という点では相前後する他はないが、両歌群を重ね合わせ響き合わせようとしているとみるべきである。このような対照的な配列は『源氏物語』の場面の構成法と同質性をもっている(7)。私家集研究における『紫式部集』の評価は今措くとして、物語作者としての家集に独自の編纂原理を見ようとすることは重要な課題である。

三　歌集としての内容的特質

『紫式部集』の歌群配列においては、他の資料には記されていない少女期の勝気で率直な性格が読み取れるとされる。一方、冒頭歌から続く離別歌群には、受領階層の運命を冷静に受け止める理知的な歌が散見される。そして友人たちのうち続く下向に関する歌群と連動するように、紫式部自身の越前下向の歌群が類聚的に構成されている。この往復の旅中の詠歌は、都を離れる辛さや悲しみ、都に戻る喜びや期待感だけでなく、地名に寄せて詠まれた言語遊戯的な歌に、機智を好む彼女の気質をうかがうことができる。さらに、この歌集を全体的に覆う暗湛たる印象の中で、二八番から三八番あたりまでに及ぶ結婚期の歌群はひときわ明るい。編纂時の晩年期の思いからすれば、まるでひとときの輝きのような鮮明な記憶であるに違いない。それらは、当事者しか分からないような歌のやりとりであり、歌集自撰の根拠とされていることからも首肯される。

ところがこの配列の中で、「遠き所へ行きにし人」（三九番歌）が亡くなり、女院（四〇番）が崩御し、「亡くなりし人」（四二番）夫宣孝の急逝というふうに、身近な人々の死が押し寄せるように配列されている。明るい結婚期の歌群と、これに続く一転して暗い歌群は、あたかも意図的に構成されていると見える。すなわち三九番以下に見える、夫の突然の他界を悲しみ夫を偲ぶ思いは、挨拶という儀礼的な歌の贈答の中で抑制されて表現されている。恋人を喪った和泉式部が慟哭の歌を数多く詠んだのに対して、紫式部の夫への思いは対照的であると評されてきたところである。歌の配列ではその後、「身」と「心」との葛藤を歌う五五・五六番歌が置かれている。「身」とは身の程であり、「心」とは認識の謂である。この抽象的な思考、根源的な苦悩のかたちは『源氏物語』の主題にもかかわる。そしてこの二首を介して、宮仕期の歌群が続くという構成になっている。この時期の歌は、道長や彰子中宮の繁栄に連なる名誉を自負する歌と、これとは対照的に、夫の死ゆえに思いがけなく出仕せざるをえなかっただけでなく、内裏における人間関係の確執に耐ええず、憂き世という認識、描きわが身の程の意識に囚われて、孤独感のただよう憂鬱な歌が多い。

かくて晩年期においてわが半生を総括しようとして編纂された『紫式部集』には、紫式部のかけがえのない記憶が記されている。[8]

四　南波浩氏の『紫式部集』研究をめぐって

本当は言挙げすべきことではないかもしれないが、不遜であることを承知の上で、あえて言うならば、南波浩氏の『紫式部集』研究に対する私の批判点は、大きくみて三つである。ひとつは、「伝記資料」として『紫式部日記』や『紫式部集』を読んだ岡一男氏の『源氏物語の基礎的研究』（東京堂、一九六六年）から始まり、今井源衛氏、清水好子氏、そして南波浩氏に至る『紫式部集』研究が、大きく言えばなお伝記的研究の枠内にとどまることである。南波氏においても『紫式部集』は「伝記資料」であると位置づけられている（「紫式部集」『源氏物語講座第六巻』有精堂、一九七一年）。最近では『紫式部集』の研究者に、ほぼ共有されるようになったことであるが、私の『紫式部集』研究の目的は、『紫式部集』を伝記的資料であることから解放し、『紫式部集』をひとつの作品textとして自立させることである。

もうひとつは、南波氏が文献学的方法によって、現存する諸本から『紫式部集』の紫式部自筆本を復元すべく、校訂本文を立てようとされたことである。最善本であるとされる実践女子大学蔵本を底本としながら、諸本の異同の中から、「適切な」語句を取り出し、校訂作業をするとともに、注釈と評釈に及ぶように展開されたわけだが、そのときの違和感は、底本の「傷」と認める箇所を諸本の異同を参照して慎重に訂するというのではなく、諸本の異同を横並びにして、どの表現が最善かというふうに取り出すことを目的とされたことである。その取捨選択の基準、すなわち「より紫式部に近い」表現、「より古代的な」表現をめざす、ということに対して抱いた違和感である。異同のうちに見える語、同じ表現の用例を集め、延々と語句の属性や語義について検討し、本文を確定するという作業は実際にはなかなか判断が難しく、言葉は悪いが、いかに誠実に扱ったとしても、校訂作業そのものが恣意的にすぎるのではないか、あるいは結局のところ個別の text を損ねているのではないか、という不信感に苛まれ続けた。私がずっと頭を離れなかったことは、実践女子大学蔵本は実践女子大学蔵本であって、陽明文庫蔵本は陽明文庫蔵本だという確信である。(9) しかももし古態というのなら陽明文庫蔵本こそ採るべきではないか、という考えである。したがって実践女子大学本を底本として立てた校本をもってただちに紫式部を論じることはできないのではなかろうか。

もうひとつ、これもまた、私が申し上げるべきことではないと思うが、畏れながら南波氏の評釈研究が和歌を散文化し、和歌の表現を解体して説明してしまうという危惧のあることである。そのようにいう私も、同じ誤りを犯しているようにも思えるのだが、課題は和歌をそのままどのように批評できるのか、ということである。残念ながら私は、和歌を律文として批評する力を持ち合せていない。かつて私は、南波先生に「紫式部の和歌は伝統的な和歌ではなく、漢詩的ではないでしょうか」と申し上げたことがある。極論すれば、紫式部の歌は律文的というよりも、散文的である。しかしながら、この問題は最近、山本淳子氏が紫式部の歌に、『白氏文集』の影響を論じておられる（『紫式部集論』和泉書院、二〇〇五年）。怠惰な私は、かつて抱いた疑問を具体的に検証することなく、無駄に時間を過ごしたが、この問題はおそらく、他の私家集と違って、『紫式部集』の和歌と詞書が、共に説明的であることとも関係があるだろう。

さらにもし、四つめとして言わずもがなの贅言を加えるなら、土橋寛氏が『萬葉集』に代表される古代和歌を抒情詩的に解釈することの誤りを繰り返し説かれたことこそ、(10) 今『紫式部集』の和歌を読むときになお必要な問題なのではないか、と思う。言い換えれば、紫式部の歌とて、常にすべてが彼女の苦悩に満ちた内面を宿しているわけではない。『紫式部集』の殆どの歌は、特定の場に即した挨拶、儀礼の歌だったのではないかという疑問がある。もし紫式部の和歌が、儀礼的なものであれば、詞書によって示される詠歌の事情―場が示されたときに、詞書は歌うべき事柄の全てをすでに表してしまっていて、和歌は詞書に包括されてしまうことになる。つまり、挨拶というのは決まった形があるので、決まった形で表現する意味と必要がある、ということである。

今、一番『紫式部集』の研究に欠けているのは、この視点である。私の理解は、日常的な古代和歌の主たる機能は、公・私における挨拶ではないか、ということである。祝賀の場では奉祝の歌を歌い、恋の場では掛け合いを楽しみ、別離の場では別れを悲しむ。それが古代和歌の基本的な儀礼性である。ところが私たちはややもすると、和歌は常に、直に心情を詠じたものだと単純に読んでしまうことがある。そのような視点から、紫式部の歌を読み直すことが（私の）喫緊の課題である。

五　『紫式部集』研究の現在

二〇〇九年春、中古文学会において関西大学を会場校として、工藤重矩・徳原茂実・山本淳子・横井孝の四氏を講師（敬称略、アイウエオ順）に招いて『紫式部集』のシンポジウムが開催された。[11] 僭越ながら私が司会をさせていただくにあたり、東京を中心に全国に『紫式部集』について発言してこられた研究者は多数おられるが、比較的若手の先生方を中心に議論したいという意図があるのだというふうに企画の主旨を理解した。特にここで講師として御名前の出た方々は、最近『紫式部集』に関する研究書を単著として刊行され、継続して刺激的な御論を発表されてこられたからだ、というふうに理解した。

そこで、シンポジウムに向けてどのような問題意識を共有できるかを話し合った際に、私が提起した論点の概要は次のとおりである。それは、およそ次の三点に集約できる。

（一）伝記的研究に対する批判。

従来からの通説に対しては、早くから工藤重矩氏や徳原茂実氏が問題を提起してこられたところである。

だが、さらに伝記研究の枠組みを超えることができるかどうかが問われる。

（二）信頼できる本文は何か。

従来からの校本は信頼できるのか。できないとすれば、どうすればよいのか。とりわけ、流布本系の最善本である実践女子大学蔵本を一番身近かに精査されてきたのが、横井孝氏である。古本系の最善本陽明文庫蔵本とともに、『紫式部集』の本文そのものについて、なお検討を要する問題が残されているのではないか。

（三）伝記的研究をどのように克服できるのか。

山本淳子氏は、『紫式部集』をひとつの作品として捉えることができるか、を提起している。伝記的研究に対して批判を加えながら、新たな『紫式部集』研究の可能性はどこにあるのか模索する必要がある。

そのような問題提起を受けて、各位からいただいた発題の概要は次のようである。

まず山本淳子氏は、冒頭歌の童友達から一五番歌の「西の海の人」や三九番歌の「遠き所へ行きし人」を、同一人物として読むことができるように『紫式部集』は伏線や謎かけを組み込んで物語として構成されている、という。山本氏の説かれる物語とはストーリー的なものであるが、配列構成に仕掛け性を見てとる指摘は重要である。

考えてみれば紫式部の少女時代にだけ下向する人々との離別があったわけではないであろうから、いわば、友人との離別歌群にすぐ引き続いて自らの越前下向の歌群が配置されている、といえるのであり、そのような構成こそまさに意図的なものであるにちがいない。このような歌群の配列において、童友達や友人たちとの離別と、自らの旅とがもつ悲哀の意味が浮かび上るのである。それは運命的なるものの認識である。ともかくも物語作者としての家集に独自の編纂原理を見ようとすることは重要な問題提起である。

次に徳原氏は、実践本に基いて、自撰家集とされてきた通説に対して他撰説を提起されている。たとえば、宣孝との贈答とされてきた歌群の中で、二九番歌の「近江守の娘懸想すと聞く人」を「若い男性」と理解し、四〇番歌の「もとより人の娘を得たる人」も「中年男性ではない」とされる。あるいは八三・八四番歌を「新婚早々の贈答」と理解される。また、寡居期に喪に服していたとき別の男性からの懸想とされてきた四九～五一番歌を、「宣孝の不実を知り」拒否したときの歌群とされる。宣孝との贈答が自撰説のひとつの根拠であるから、これらの贈答が宣孝とのものではないと証明できれば、自撰説が崩れるというのが徳原氏の主旨といえる。

しかしながら詞書や歌の解釈の決め手となる注釈の詳細が聞かれなかったことは惜しまれる。思うに、すでに岡氏が説かれたように『紫式部集』には年代的配列だけでなく類聚的配列があり、両者がどのように組み合わされているか、というふうに考え直すことができるのではないか。また、清水好子氏や久保木寿子氏などの指摘されたように、現存伝本は基本的には自撰であるが、部分的には後人の手が加わっているというふうに、重層的に捉える方が穏やかであろう。

次に、横井氏は実践女子大学蔵本を中心に、なお書誌的な問題が残っていることを説かれた。私が興味を引かれたことは、『紫式部集』も定家本はひとつではないと予想する向きに対して、実践女子大学蔵本とこれに近い瑞光寺蔵本との間にみられる異同も、字母や行移りは違うけれども、本文としてはそう大きく異ならないと説かれたことである。昨年関西部会のシンポジウムでは、『源氏物語』定家本の再検討が論議されたけれども、横井氏は『紫式部集』の定家本とは何かという問題提起をされたといえる。考察の対象となる本文とは何かを問い続けることは、ややもすると思弁的な立論に陥りやすい研究の傾向に対する警告である。

次に工藤氏は、現在読み方の定まらない箇所を列挙された。例えば、桜を瓶に挿して詠み交わされた三六・三七番歌が、宣孝との間の「寓意」ある贈答ではなく、「純粋に桃を歌ったもの」と解釈された。印象深かったことは、『紫式部集』の中には「人の」とだけ記されている詞書があり、読み方が難しく議論を呼んできたところであるが、工藤氏は『紫式部集』では「人」は他人を指すとされて、「去年より薄鈍なる人」や、「亡くなりし人の娘の親の手書き付けたりけるものを見ていひたりし」人が誰かをめぐって、従来の解釈に対する疑義を示されたことである。と同時に「転写過程での本文の乱れの可能性」を提起されたことである。特に、工藤氏が意識的に対峙された先行研究は、岡一男氏から清水好子氏の御説に絞られているというふうに拝聴した。

なお時間の猶予があればより一層議論が深まったのではないかと残念に思うが、中古文学会において『紫式部集』そのものを初めて真正面から考察の対象として据える機会となったことには大きな意義がある。これからどのような議論がなされて行くのか、今後を期したい。

まとめにかえて

現在『紫式部集』研究において何が問題となるかを改めて考えると、次のように集約できるであろう。まず信頼できる本文とは何か、である。あるいは、従来の校本をどのように捉えるか、である。そのような視点から、とりわけ流布本系の最善本である実践女子大学蔵本を一番身近かに精査されてきたのが、横井孝氏である。古本系の最善本陽明文庫蔵本とともに、『紫式部集』の本文そのものについて、なお検討を要する問題は残る。

さらに、伝記的研究に対して批判を加えながら、新たな『紫式部集』研究の可能性はどこにあるのか。『紫式部集』はもとより自撰歌集であり、編纂時期は紫式部晩年の長和年間ごろかと推測されている。四季の季節詠は少なく、多くは人事詠であり、儀礼的贈答、挨拶の贈答などが中心となっている。私はやはり、『紫式部集』を物語作者紫式部の家集としてどのように読めるかという視点と、他ならぬ古代和歌の歌集としてどのように読めるかという視点とが重要であると考える。いずれにしても、これからどのような研究の地平を切り開くことができるかが問われる。

注

（1）池田亀鑑氏は「雑纂本」と称している（『紫式部日記』至文堂、一九六一年、八八頁）。南波氏は「別本系」と呼ぶが「系」をなすかどうか、今留保すべきであろう。
（2）横井孝「『紫式部集』実践女子大学本管見」、あるいは同「実践女子大学本『紫式部集』奥書考」。
（3）廣田收「陽明文庫本　解説」久保田孝夫・廣田收・横井孝共編『紫式部集大成』笠間書院、二〇〇八年。
（4）陽明文庫文庫長名和修氏の御教示による。
（5）稲賀敬二「『紫式部日記』と「日記歌」と「集」」平安文学論究会編『平安文学論究　第六輯』風間書房、一九八九年。なお、「日記歌」の問題については、他日を期したい。
（6）三谷邦明「源氏物語における虚構の方法」『源氏物語講座　第一巻』有精堂、一九七一年。両系統の伝本における構成や主題については、すでに河内山清彦、佐藤和喜などの各氏に重要な指摘がある。
（7）廣田收『講義日本物語文学小史』第八講、金壽堂出版、二〇〇九年、二〇五頁。
（8）本書、第三章第一節参照。
（9）廣田收「陽明文庫本解説」、もしくは（7）、第六講、参照。
（10）土橋寛『古代歌謡論』（三一書房、一九六〇年）あるいは『古代歌謡の世界』（塙書房、一九六八年）による。
（11）『二〇〇九年度　中古文学会大会　研究発表シンポジウム資料』。

〔主要参考文献〕

1　本文・書誌

南波浩『紫式部集の研究　校異篇・伝本研究篇』笠間書院、一九七二年。

南波浩編『陽明文庫本　紫式部集』（笠間影印叢刊）笠間書院、一九七二年。

南波浩校注『紫式部集』（岩波文庫）岩波書店、一九七三年。（底本、実践女子大学本）

和歌史研究会編『私家集大成　中古Ⅰ』明治書院、一九七三年。

山本利達解題「紫式部集」『新編国歌大観　私家集編Ⅰ』第三巻、一九八五年。（底本、陽明文庫蔵本）

横井孝「『紫式部集』実践女子大学本管見」『実践国文学』第六六号、二〇〇四年一〇月。
横井孝「実践女子大学本『紫式部集』奥書考」『国語と国文学』二〇〇七年一月。
久保田孝夫・廣田收・横井孝編『紫式部集大成』笠間書院、二〇〇八年。（実践女子大学本、陽明文庫本、瑞光寺本　写真版・翻刻）
横井孝「実践女子大学本『紫式部集』の現状、その他」『実践国文学』第七四号、二〇〇八年一〇月。

2　注釈・評釈

竹内美千代『紫式部集評釈』桜楓社、一九六九年。

山本利達校注『新潮日本古典集成　紫式部日記・紫式部集』新潮社、一九七八年。（底本、陽明文庫本）

秋山虔編「紫式部集全歌評釈」『国文学』一九八二年一〇月。

南波浩『紫式部集全評釈』笠間書院、一九八三年。

伊藤博『新日本古典文学大系　紫式部日記付紫式部集』岩波書店、一九八九年。（底本、陽明文庫本）

中周子『和歌文学大系　紫式部集』風間書房、二〇〇〇年。

中野幸一編『紫式部日記　付紫式部集』武蔵野書院、二〇〇二年。

田中新一『紫式部集新釈』青簡社、二〇〇八年。

笹川博司「紫式部集注釈（一）」『大阪大谷国文』第四一号、二〇一一年三月、「同（二）」第四二号、二〇一二年三月。

上原作和・廣田收共編『紫式部と和歌の世界　一冊で読む紫式部家集』武蔵野書院、二〇一一年。

3　論考・著書

今井源衛「『紫式部集』の復元とその恋愛歌」『文学』一九六五年二月。

角田文衛『紫式部の身辺』角川書店、一九六五年。

岡一男『源氏物語の基礎的研究』東京堂、一九六六年。

角田文衛『紫式部とその時代』角川書店、一九六六年。

今井源衛『紫式部』吉川弘文館、一九六六年。

角田文衛『若紫抄　若き日の紫式部』至文堂、一九六八年。

日本文学研究資料刊行会編『日本文学研究資料叢書　源氏物語Ⅱ』有精堂、一九六九年。

清水好子「文体を生むもの」『国文学』一九七〇年五月。

今井源衛『王朝文学の研究』角川書店、一九七〇年。

三谷邦明「源氏物語における虚構の方法」『源氏物語講座　第一巻』有精堂、一九七一年。

南波浩「紫式部集」『源氏物語講座　第六巻』有精堂、一九七一年。

清水好子「紫式部集の編者」『関西大学　国文学』一九七二年三月。

清水好子『紫式部』（岩波新書）岩波書店、一九七三年。

萩谷朴「解説」『紫式部日記全注釈』下巻、角川書店、一九七三年。

森本元子「西本願寺本兼盛集付載の佚名歌集」『和歌文学研究』一九七三年三月。

久保木寿子「紫式部集の増補について（上）（下）」『国文学研究』一九七七年三・六月。

久保木寿子「紫式部集の構成と主題」『和歌文学研究』一九七七年九月。

伊藤博『源氏物語の原点』明治書院、一九八〇年。

河内山清彦『紫式部日記・紫式部集の研究』桜楓社、一九八〇年。

木船重昭『紫式部集の解釈と論考』笠間書院、一九八一年。

木村正中「『紫式部集』冒頭歌の意義」南波浩編『王朝物語とその周辺』笠間書院、一九八二年。

後藤祥子「『紫式部集』冒頭歌群の配列」『講座　平安文学論究』第六輯、風間書房、一九八九年。

伊藤博「『紫式部集』の諸問題」『中央大学文学部紀要』第六三号、一九九〇年三月。

佐藤和喜『平安和歌文学表現論』有精堂出版、一九九三年。

後藤祥子「紫式部集」『国文学』一九九五年二月。

南波浩編『紫式部の方法』笠間書院、二〇〇二年。

山本淳子『紫式部集論』和泉書院、二〇〇五年。

原田敦子『紫式部日記　紫式部集論考』笠間書院、二〇〇六年。

角田文衛『紫式部伝　その生涯と源氏物語』法蔵館、二〇〇七年。

徳原茂美『紫式部集の新解釈』和泉書院、二〇〇八年。

紫式部顕彰会編『源氏物語と紫式部　資料篇』角川学芸出版、二〇〇八年。

工藤重矩『源氏物語の婚姻と和歌解釈』風間書房、二〇〇九年。

久保朝孝『古典解釈の愉悦』世界思想社、二〇一一年。

平野由紀子『平安和歌研究』風間書房、二〇〇八年。

曽和由記子「『紫式部集』伝本の比較―表現にみられる相違―」『国文目白』第四八号、二〇〇九年二月。

曽和由記子「『紫式部集』伝本の比較―構成にみられる相違―」『瞿麦』第二四号、二〇〇九年七月。

4　研究史の概観

南波浩「紫式部集研究の史的概要」『紫式部集の研究　校異篇・伝本研究篇』笠間書院、一九七二年。

三谷邦明「『紫式部集』の現在」『解釈と鑑賞』一九七五年四月。

後藤祥子「紫式部集」『国文学』一九九五年二月。

山本淳子「紫式部集研究史概括」『紫式部集論』和泉書院、二〇〇五年。

付論　『紫式部日記』の構成と叙述

はじめに

『紫式部日記』は、その特異な形態のゆえに、早くから首部残欠説の議論、消息文の混入の有無の議論があり、いわゆる日記的部分と消息文的部分、断簡的部分との関係を含めて、紫式部の内面の吐露や精神の孤愁などという問題とともに、その成立をどのように捉えるべきかという議論が重ねられてきたことは周知のとおりである。(1)すでに室伏信助氏は「紫式部日記の構成を、その内容から三部に分けて見る立場は、かなり一般化しているが、そこに作品として主題の一貫性を認めうるかどうかについては、まだ統一的な見解に達していないのが実情である」と指摘されている。その上で、「紫式部日記全体を現存形態のまま、作品としての一貫性を保持する固有性」(2)の解明をめざされる。私は、この主張こそ『紫式部日記』を読み解く上で最も基本的な視点であると考える。

先に篠原昭二氏は、この日記の「全体が一私人の主体的な視点よりする宮廷行事見聞記であった」と指摘された。それは「この作品の日付」が「連続する時間の区分として付せられているのではなく、特定の宮廷行事の行われた時間の示標である」といわれる。それゆえに「女房日記というものの性格」を考える必要を説かれる。そして「紫日記が儀式の記録ではなく、作者の儀式をめぐる印象を構成したものである」ことを指摘された。(3)

篠原氏は後の論考において「紫式部の記述の対象は、主家の祝事であり、それも当帝の中宮腹の皇子の誕生と、それに関する祝賀行事の詳細である。したがって、記述の対象としては漢文日記と共通し、記録すべき事柄として選択されたものも、行事記録としての女房日記の伝統を受け継いでいる。しかし、ついに記述された世界が異なるのは、作者の行事に対する姿勢、関心の持ち方の差に基づくと考えられる」といわれる。(4) さらに、「『紫式部日記』は作者自身およびそれに近い場所にある人々について記述が最も詳細である」として「記述者としての自分の位置の把握が明確」であることをいわれる。そこに「彼女の視座」があるとされるのである。すなわち、『紫式部日記』が行事の執行の様態よりも、「主家の盛儀に参会した人々の個々の姿をそれぞれに把握しようとするのである」と論じられた。(5)

私は、篠原氏が『紫式部日記』の「記述対象」こそ「主家の祝事」であるとし、「女房日記」の伝統に立ち、自分の周囲の人々に関する見聞を記述するところに「彼女の視座」を見てとろうとされたことに賛意を表したい。『紫式部日記』は、中宮御前の日々の動きを同時進行的に書きとめたものではない。この日記は、皇子誕生の後、幾程かの月日を経て、どのように日記を構成するかを考えた上で、あくまでも意図的に構成されたものと捉える必要がある。

そこで、私は成立過程や成立時期などの議論を一旦留保して、現在形のままで『紫式部日記』の構成と叙述のありかたそのものに注目すると、女房日記としての『紫式部日記』の特質が浮かび上がってくると考える。まず、個別の記事がそれぞれ、どのように枠付けられ縁取られているかを見ると、次のようになる。(6)

一　『紫式部日記』の構成

この日記において、ひとつひとつの記事がどのように枠付けられているか、ということから場面や記事を分割すると、緩やかではあるが次の（Ⅰ）から（Ⅴ）というふうに区分することができる。

なお〔女房の配置〕〔女房の装束〕〔上達部の座〕などの注記は、各記事の中でそれぞれの叙述のもつ傾向の顕著なものについて注記した。

（Ⅰ）記憶と回想の場面

① 秋のけはひ入りたつままに、土御門殿のありさま、いはむかたなくをかし。池のわたりの梢ども、遣水のほとりの草むら、おのがじし色づきわたりつつ、おほかたのそらも艶なるにもてはやされて、不断の御読経の声々、あはれまさりけり。やうやう涼しき風のけはひに、例の絶えせぬ水の音なひ、夜もすがら聞きまがはさる。御前にも、近うさぶらふ人々はかなき物語するを聞こしめしつつ、なやましうおはしますべかめるを、さりげなくもてかくさせ給へり。御有様などの、いとさらなることなれど、憂き世のなぐさめには、かかる御前をこそたづねまゐるべかりけれと、うつし心をばひきたがへ、たとしへなくよろづ忘らるるも、かつはあやし。

② まだ夜ふかきほどの月さしくもり、木の下をぐらきに、（略）人々まいゐりつれば夜もあけぬ。

③ 渡殿の戸ぐちの局に見いだせば、ほのうち霧りたる朝の露もまだ落ちぬに、（略）

④ しめやかなる夕暮れに、宰相の君とふたり、物語してゐたるに、（略）立ち給ひにしさま、物語にほめたるをとこの心地し侍りしか。

かばかりのことの、うち思ひいでらるるもあり、そのをりはをかしきことの、過ぎぬれば忘るるもあるは、いかなるぞ。

⑤ 播磨の守碁の負わざしける日、（略）扇どものをかしきを、その頃は人々持たり。

（Ⅱ）暦日

八月廿日あまりのほどよりは、上達部殿上人ども、さるべきはみなとのゐがちにて、　（八月廿日余）

廿六日、御薫物あはせはてて、　（八月廿六日）

九日、菊の綿を、　（九月九日）

十日の、まだほのぼのとするに、御しつらひかはる。　〔女房の配置〕（九月十日）

十一日の暁に、北の御障子、二間はなちて、　〔女房の配置〕（九月十一日）

（Ⅲ）行事

今とせさせ給ふほど、御物怪のねたみののしる声などのむくつけさよ。

午の時に、空晴れて、朝日さしいでたる心地す。

御湯殿は酉の時とか。　〔女房の配置〕

夜さりの御湯殿とても、　〔女房の配置〕

三日にならせ給ふ夜は、　〔女房の配置〕〔上達部の座〕（九月十三日）

五日の夜は、殿の御産養。　〔女房の配置、装束〕〔上達部の座〕（九月十五日）

またの夜、月いと面白し。　〔女房の配置〕（九月十六日）

七日の夜は、おほやけの御産養。　（九月十七日）

八日、人々、いろいろそうぞきかへたり。　（九月十八日）

九日の夜は、春宮の権大夫つかうまつり給ふ。　（九月十九日）

十月十余日までも、御帳いでさせ給はず。（十月十余日）
行幸近くなりぬとて、
その日、あたらしく造られたる船ども、さし寄せられて御覧ず。
〔上達部の座〕〔女房の配置、装束〕（十月十六日）
またのあしたに、うちの御使、（十月十七日）
御五十日は霜月のついたちの日、〔上達部の座〕〔女房の配置〕（十一月一日）
入らせ給ふは十七日なり。〔女房の配置〕（十一月十一日）
五節は廿日にまゐる。〔女房の配置〕（十一月廿日）
寅のあしたに、殿上人まゐる。〔女房の配置、装束〕（十一月廿二日）＊
臨時の祭の使は、殿の権の中将の君なり。（十一月廿八日）
しはすの廿九日にまゐる。（十一月廿九日）
つごもりの夜、追儺はいと疾くはてぬれば、〔女房の装束〕（十一月三十日）
正月一日、坎日なりければ、（寛弘六年一月一日）
二日、紅梅の織物、（一月二日）
三日は、唐綾の桜がさね、〔女房の評価、装束〕（一月三日）
　宰相の君の、御佩刀とりて、殿のいだき奉らせ給へるにつづきて、
　大納言の君は、いとささやかに、小さしといふべきかたなる人の、
　宣旨の君は、ささやけ人の、いとてほそやかにそびえて、

（Ⅳ）女房の評価

この次に、人のかたちを語りきこえさせば、　〔女房の評価〕

源式部は、丈よきほどにそびやかなるほどにて、

小兵衛小弐なども、いときよげに侍り。

宮木の侍従こそいとこまやかにをかしげなりし人。

五節の弁という人侍り。

小馬といふ人、髪いと長く侍りし。

斎院に、中将の君といふ人侍るなり。

いと御覧ぜさせまほしう侍りし文書きかな。人の隠しおきたりけるをぬすみて、みそかに見せて、とりかへし侍りにしかば、ねたうこそ。

和泉式部といふ人こそ、おもしろう書きかはしける。

丹波の守の北の方をば、宮、殿などのわたりには、

清少納言こそ、したり顔にいみじう侍りける人。

かくかたがたにつけて、一ふしの、思ひいでらるべきことなくて、（略）さすがに心のうちにはつきせず思ひつづけられ侍る。

風の涼しき夕暮、聞きよからぬひとり琴をかき鳴らしては、　〔女房の評価〕

いかに、いまは言忌し侍らじ。（略）よろづにつけてぞ悲しく侍る。

御文にえ書きつづけ侍らぬことを、よきもあしきも、（略）身を思ひすてぬ心の、さも深う侍るべきかな。何せむとにか侍らむ。

（Ⅴ）**暦日**
十一日の暁、御堂へわたらせ給ふ。（寛弘七年某月十一日）
ことし正月三日まで、宮たちの、〔女房の配置〕（寛弘七年一月一日）
ことしの朔日、御まかなひの、（一月二日）
二日、宮の大饗はとまりて、（一月三日）
またの日、夕つかた、
あからさまにまかでて、二の宮の五十日は、正月十五日、〔女房の配置、装束〕（一月十五日）

二　日記の構成と配置

まず右の（Ⅰ）に示した冒頭の幾つかの場面は、何が描かれているかということから考えを進め、結局のところ描かれていることが何を意味するかというふうに考えると、次のように理解することができる。
①　土御門殿の庭と中宮の御前の讃美（日記叙述の視座の呈示）
②　僧たちの配置と土御門殿における中宮御産の準備態勢
③　道長の讃美
④　頼通の讃美
⑤　装束の讃美

この（Ⅰ）の各場面は、周知のように「秋のけはひ入りたつ」頃のこととされる場面から切り出される。（Ⅰ）においては、いずれの場面も「いつ」と特定される日の出来事を伝えているわけではない。あるいは（Ⅰ）は、時系列に基づいてだけ事柄を示しているのではない。それでは、日記の基本的な視座とは何か。その頃の土御門殿の状況とは何か。土御門殿の主とは誰か。この日記の冒頭は、そのような基本的な問いに答えることに集中している。すなわち、女房の役割として与えられた廂の間、あるいは孫廂など、端近な場所から投げかけられるまなざしの中で日記は叙述されている。そして、僧侶の配置によって現在の土御門殿が中宮御産という事態に対処すべき態勢にあることを示し、理想的な主として道長があり頼通がいる、というふうに答えている。そのような場面を、わが記憶の中に浮かび上がることとして回想の形式を縁取りすることによって示すのである。

以下、もう少し具体的に辿ってみたい。

(Ⅰ)①において、この日記の冒頭について、土御門殿の秋の庭を描くことから日記が始まることの意義をめぐって、かねてより様々に論じられてきた。

「秋のけはひ入りたつ」頃とは、暦日をもっていえば、七月十日余あるいは二十日頃までを意味するであろう。というよりも、秋の訪れがまさに実感される時候である。日記はその頃の「土御門殿のありさま」を「いはむかたなくをかし」と絶賛するのだが、建築物そのものの荘厳ではなく、他ならぬ庭のさまを取り挙げているのである(7)。すなわち、「池のわたりの梢ども、遣水のほとりの草むら」が見渡すかぎり紅葉している。その綾なす色相の美しさが、西の夕方の空の「艶なる」夕焼けの色に「もてはやされ」るとともに、「不断の御読経の声々」は、「あはれ」がまさっていた。やがて夕暮れに「やうやう涼しき風のけはひ」がきざしてくる。そして暗闇とともに、「例の絶えせぬ水の音なひ」は、「御読経の声々」と「夜もすがら聞きまがはさる」のであった、と。

ここには、鮮やかな夕暮れの美しさを讃える視覚から、日暮れて不断の御読経と遣水の音とが絶え絶えに交差する聴覚的な記憶へと、緩やかに時間の経過がある。それが「その頃」の光景の強い印象であったというのだ。それにしても、そのように土御門殿を描きうるのは、常に庭を眺めうる位置に居続けたことを示している。あるいは「その頃」はそうであることが常であったということを示す。それは、昼から夜、夜から朝へと「とのゐ」し、御前に伺候することにおいて可能となる女房の視座を示している。

ところで日記は、庭を見るまなざしから一転して、次に「御前にも、近うさぶらふ人々はかなき物語するを聞こしめしつつ、なやましうおはしますべかめるを」と中宮の御前のさまを語り出す。しかしながら庭の光景の叙述の次に、あらまほしき中宮の御前のさまを述べたということではない。

私は、問題が、屋外の庭の叙述と同時に、視線を反転させて「御前にも」と屋内の中宮の様子を、同時に叙述するところにあると考える。すなわち、そのような日記の叙述は殿の内外を見渡しうる視座によって可能となる。繰り返せば、ここに日記を記す基本的な視座の設定がある。

そのような視座の顕在化する表現が、日記の中には散見される。

・渡殿の戸ぐちの局に見いだせば、ほのうち霧りたる朝の露もまで落ちぬに、　（道長との和歌の贈答）
・例の渡殿より見やれば、妻戸の前に、　（午の時に）
・ひんがしの対の局よりまうのぼる人々を見れば、　（夜さりの御湯殿とても）
・朝霧の絶えぬ間に見わたしたるは、　（行幸近くなりぬとて）
・御簾のなかを見わたせば、　（その日、あたらしく造られたる船ども）
・御前の池に、水鳥どもの日々におほくなりゆくを見つつ、　（入らせ給ふべきことも近うなりぬれど）
・はしに出でゐてながめば、　（かく、かたがたにつけて）

などである。

廂の間の端近な位置、端近とはまさに女房がその役割を演じうる場所(8)である。日記が夕暮れから夜半に至るまで庭のさまの変化を通して、土御門殿のありさまを伝えると同時に、寝殿の奥深くに据えられた中宮のさまを伝えるというのは、まさに「とのゐ」し伺候する女房の視座によるものに他ならない。このような視座は、いうまでもなく『源氏物語』が語り手として女房の視座を設定したことと無関係ではありえない(9)。

（Ⅰ）②は、前段において示された不断の御読経や、中宮の御悩が、中宮御産のゆえのことであることを説明していく。五壇の御修法の開始とともに、観音院の僧正が東対から渡殿を通り伴僧を従えて登場し、以下、法住寺の座主、浄土寺の僧都、さいさ阿闍梨などの登場を、煩をいとわず記している。私は、このように中宮御産に立ち会う僧侶の名を列挙するところにこの日記の必要があり、そこにこそこの日記の特質があると考える。

③には「渡殿の戸ぐちの局に見いだせば、ほのうち霧りたる朝の露もまだ落ちぬに」、と続く。殿の内からまた反転して庭を「見いだす」のである。従来、『紫式部集』と並行する和歌の贈答は、ややもすると紫式部に引き付けて理解されてきた。しかしながら日記の中では和歌の贈答において讃美されているのは道長である。土御門殿の主である藤原道長を讃美し、ただちにひき続いて息頼通を讃美するのが、（Ⅰ）③④の記事である。

日記は、以上の「かばかりのこと」は記憶が曖昧であり、断片的であると弁明しつつ、しかしながら最も重要な要件を、的確にひとつひとつの場面として序列化して示しているのである。そして、「その頃の人々持たり」とあるように、（Ⅰ）は、日記を記す現在から遠い時期のことを、「その頃」のこととして一括する。「その頃」とは、負け態が催された頃とだけ限定的にとる必要はない。

（Ⅱ）の部分は、記事が基本的に暦日をもって列挙されている。この（Ⅲ）の部分は、皇子誕生以前の時期である。冒頭の「秋のけはひ入りたつままに」が七月中旬であるとすれば、（Ⅱ）の「八月廿日あまりのほど」という頃から、いよいよ中宮御産に向けて、土御門殿全体が臨戦態勢に入ったことを、諸卿が「とのゐ」がちになったことをもって示している。

（Ⅱ）の部分における叙述の問題は、暦日の性格や意味に収束するものではない。例えば、八月廿日余の条では、上達部、殿上人たちが夜中じゅう伺候し、異例ながら時に歌や管絃の遊びなどもあったことを、宮大夫斎信、左宰相中将経房、兵衛督美濃少将済政などの名を挙げて記す。つまり、この日記は、中宮御産に向けてその折々ごとに誰がどこにどのように控えていたか、配置を記しているのである。九日の菊の行事も、折角心づもりして用意した私の和歌が、無用となったことの落胆や無念に収束するのではない。「その夜さり」に小少将の君や大納言の君と伺候していたこと、口々に中宮の御前のありさまを讃美していたところ、中宮は俄に不例となり、御加持とともに女房が伺候する配置を変えたことを記す。中宮の様態によって女房たちの態勢、人員配置が動いたことこそ日記に記しとどめられるべき事柄であった。

十日も同様である。中宮が常の御座所である東対から寝殿に移ったことに伴って、ありとあらゆる僧侶、験者、陰陽師を呼び集えたこと、そして御帳の東面には「内の女房」が集まり伺候したこと、御帳の西面には物怪のよりましと験者、御帳の南面には僧正、僧都、北の御障子と御帳の間には四十余人の女房が伺候していたことを伝えている。つまり、中宮御産の場所と僧侶、権貴、女房の配置を記すところにこの日記の本質がある。

十一日条も同様である。中宮は廂の間に移った。僧侶として、きやうてふ（定澄カ）僧都、法務僧都などの加持、院源僧都などが願文を読み上げ、東面には讃岐の宰相の君、内蔵の命婦など、別の一間には、大納言の君、小少将の君、宮の内侍、中務の君、大輔の命婦、大式部のおもと、殿の宣旨など、几帳の外には尚侍の中務のめのと、姫君の少納言のめのと、姫君の小式部のめのとなど、その他多数の女房の名を列挙している。さらに、東面にも殿上人に混じって、女房たちの伺候していたことを記している。

（Ⅲ）の部分は、（Ⅱ）に比べて鮮やかに、「今はとせさせ給ふほど」以後、皇子誕生から時間進行が、生育儀礼の行事に即して、こと細かに記述されるところに特徴がある。このときにも、よりましと物怪を退散させる験者の配置が示される。すなわち、源の蔵人には心誉阿闍梨、兵衛の蔵人にはそうそ、右近の蔵人には法住寺の律師、宮のつぼねにはちそう阿闍梨、さらに念覚阿闍梨を追加している。このように（Ⅲ）は、産後の生育行事に関して、人員の配置を記すのである。

そのとき、常に意識されているのは、「御前」と「上達部の座」の位置関係である。
・ひんがしの対の、西の廂は、上達部の座、北を上にて二行に、南の廂に、殿上人の座は西を上なり。白き綾の御屏風どもを、身屋の御簾にそへて、外ざまに立てわたしたり。（三日にならせ給ふ夜は、）
・上達部の御座は西の対なれば、こなたは例のやうにさわがしうもあらず。（その日、あたらしく造られたる船ども、）
・上達部の座は、例の東の対の西おもてなり。（御五十日は霜月のついたちの日）
つまり、中宮の御前、「御帳」に対して上達部の座はどこか、その時に殿はどこにいるのか、そして女房たちはどこに伺候しているのか。この日記は、常に土御門殿における全体の配置はどうであるか、という問いを持ち続けている。邸第と人の配置、そのことを端近なる女房の視座によって描くこと、そのような認識と表現の枠組みこそ、『源氏物語』を書いた紫式部のものであるにふさわしい。

配置を記すということにおいて典型的であるのは、例えば（Ⅲ）の中で言えば、五日の夜の殿の御産養の記事である。外を見出して「十五日の月くもりなくおもしろき」中に、庭では「屯食」が振舞われた。庭のあちこちにいる「上達部の随身などやうの者ども」さえ、喜色満面の笑顔で皇子誕生を喜んでいる。そして「御膳」を給仕するのに「女房八人」が奉仕したとして、その名を列挙している。女房たちは「さりぬべき人々」が選ばれ、いずれも「いときよら」なる身なりであったという。

さらに、身屋の中に視線を転じると、中宮の「御帳」の東面二間に「三十余人」が居並んでいた。そのさまはまさに「見もの」であった、という。夜になると采女をはじめとして女官たちが「寝殿のひんがしの廊、渡殿の戸ぐちまで、ひまもなくおしこみてゐ」たことをいう。さらに「御膳」が終わると、女房たちは「御簾のもと」

出て並んで座った。その女房たちの名とともに、装束をひとりひとり言い立てていく。そのようにして殿の屋敷の中の人々のようすや、大勢の女房が奉仕していたこと、その装束の美しさを言い立てて行くことが、理想的な御前のさまを讃美することになる。

さらに「上達部、座を立ちて、御橋の上に」出た。道長たちは「儺」を打ってくつろいでいる。和歌も詠じられ、女房にも和歌を詠むように命じられた。ここには「めづらしき」という紫式部の和歌も記されているが、それとても、このようなうちくだけた場においてのことにすぎなかったわけである。

さらに「またの夜」は、中宮女房が端近く、内裏女房が北の陣に伺候していることが飽くことなく、かつ鮮やかに記されている。

（Ⅳ）の部分は、「この次」に、「人のかたち」すなわち女房の容貌を記す。日記はいわば、配置から紹介へと展開して行く。女房の配置の説明に連なるものとして、ひとりひとりを紹介していく体である。かつて中野幸一氏が「戴餅の儀に役付きをつとめた大納言の君や宰相の君などの衣装を細叙しているうち、筆はいつしかこれらの上臈女房の容姿や心ばせにまで及んで、やがて他の女房の人物批評に移って行く」と評された(10)ことは、まさに無理なく理解される。この部分は、（Ⅲ）における記事の展開、敷衍であり、この日記の本質的性格の突出したものと見做すことができる。「もののかざり」たる女房を個別に記すところに、女房日記としての特質が顕わになるといえる。

三　『紫式部日記』成立をめぐる問題

早くから（Ⅴ）の部分については、錯簡の可能性や消息文の混入などという説と絡んで、複雑な成立の経緯がかかわっているのではないかと推測されてきた。（Ⅴ）の部分の直前まで、「いかに、いまは言忌し侍らじ」以下、自らの出家について触れ、「御文にえ書きつづけ侍らぬことを」という、日記のまとめともとれるような記事が置かれていることを考えると、あまりにも客観的と見える文体が、読者には解きがたい違和感をもたらしてきたといえる。今、この小稿においては（Ⅴ）の部分と日記全体との関係の最終的な結論については留保しておくことにしたいが、何よりこの部分においても、（Ⅰ）から（Ⅳ）と同様に、日記の記すべき基本が女房の配置を記すことにあることは動かない。

ただ、（Ⅴ）において、各記事の縁取りは、暦日と二宮の産後の成育行事が混ざり合っている。日記の成立が一回限りのものであるかどうかという問題を差し措いたとして、この部分が日記本来の記事であるとすると、皇子二宮の誕生の後、中宮御産の結果、重ねての皇子誕生によって、道長の栄華がもはやゆるぎないものとなったことが確信された時期に、この日記は回想形式をもって制作されたと考えることができる。

それでは、この日記は誰に向かって書かれたか。それは（Ⅳ）の部分が象徴的に示すように、女房をひとりひとり紹介するところに端的にみてとれる。この部分は何よりも「侍り」を伴っていることが早くから議論されてきた。ところで、早く片桐洋一氏が『古今和歌集』の詞書に「侍り」が用いられていることを、撰者がこの勅撰集を天皇に献上するという場とかかわりがあると指摘されている。[11]このような「侍り」の機能と場との関係を予想する仮説を援用すれば、日記におけるいわゆる消息文体の部分は、強く身分の高い読者を意識したものともとれる。いずれにしても、日記が女房の配置を記すということ、そして女房がどのような人物であるのかということは、中宮御産の記録として、道長・中宮彰子など主家に報告する形式であったといえる。

まとめにかえて

土御門殿のありさまを讃美するにあたって、どのような叙述の方法がありうるのか。物語における理想的な邸第のさまを描く上で、ひとつの伝統的な類型は四方四季である。例えば、『宇津保物語』における種松の家は、いわば「家讃め」ともいうべきものであり、厳選された素材と、「金銀、瑠璃」をもって荘厳され、さらに庭に四季の植物を植えるさまは、あたかも極楽浄土を想起させるほどであるという(12)。これに対して、『源氏物語』乙女巻において示される光源氏六条院は、建築的な側面からする説明が、ない。なぜか、四季の邸宅が四季の植物の名を列挙することだけによって説明されているところに特徴がある(13)。詳細は別の機会に譲ることにしたいが、このような叙述は、『古今和歌集』の四季の景物の配置に基づくものであり、後代に至っては御伽草子『浦島太郎』における海龍王宮に神仙の異界の叙述にまで及ぶものである。いうならば乙女巻は、四町における人と植物の配置を説明することが物語の重要な関心事なのである。だから『源氏物語』六条院の内実は後に、藤裏葉巻において、天皇と上皇の行幸、御幸によって六条院の理想的な美質が明らかにされる。あるいは、玉鬘十帖において、例えば夕霧が順番に紫上、玉鬘、明石姫君を垣間見することによって、明らかにされる。そこに、物語の説明するという機能が働いている。

そのようなことを対照させると、『紫式部日記』の冒頭が、土御門殿の栄耀栄華を説明するにあたって、何よりも庭の叙述から始めたということは、物語作者の営為として改めて注目される。例えば、日記の中には、土御門殿の庭の清掃が行なわれたことに触れる条がある。

・いとよくはらはれたる遣水の、心地ゆきたるけしきして、（暮れゆくままに、楽どもいとおもしろし）

・日ごろの御しつらひ例ならずやつれたりしを、あらたまりて、御前のありさまいとあらまほし。（またのあしたに、うちの御使）

庭というものが、常に維持管理されているさまこそ「御前」の理想的なさまなのである。言い換えれば、冒頭の庭の叙述は、理想化された殿のありさまの一面である。

日ごろうづもれつる遣水つくろはせ給ひ、人々の御けしきども心地よげなり。（午のときに、空晴れて、）

行幸が近づいた頃「殿のうちをいよいよつくろひみがかせ給ふ」とは、建築のことではなく、清浄なる空間を現出させる必要がある。しかしながら、本質的なことは、美しく管理された庭の問題だけではない。

帝、后、御帳のうちに二ところながらおはします。朝日の光りあひて、まばゆきまで恥づかしげなる御前なり。（またの日、夕つかた）

さらに、帝はどのような装束であったか、若宮を抱いて「御帳のはざまより南ざまにゐて奉る」「中務のめのと」がどのような装束であったか、を書き記す。このような家族こそ、道長というよりも土御門殿の全体が待ち望んだものであった。そのことを、中宮御産の経過の中で時期に応じた殿の中の人々の見事な配置を通して描くのである。

すなわち、『紫式部日記』が記そうとしたことは、中宮御産という出来事が主家にとって、まさに歴史的な出来事であるということを記すにあたって、中宮御産の前後の各段階に応じて土御門殿において、僧侶や殿上人を始めとする貴紳たちと、とりわけ女房たちがどのように配置されていたかを記すことにあった。特に、御前における女房の配置こそ、女房日記の記すべき主題に他ならなかった。

注

（1）私は、この日記の成立に関して、書簡体の部分をもっとも客観的、外在的に捉えたものとしては、原田敦子氏の一連の論考が、この間の問題をうまく整理していると見る（原田敦子「『紫式部日記』の成立」今井卓爾他編『女流日記文学講座　第三巻　紫式部日記』勉誠社、一九九一年）。なお、家集と日記との関係について愚考するところは、他日を期したい。廣田收「『紫式部集』における歌と署名―女房の役割と歌の表現―」同志社大学文化学会編『文化学年報』第三八輯、一九八九年三月、廣田收「『紫式部集』歌の場と表現」同志社大学人文学会編『人文学』第一四七号、一九八九年三月。本書、第一章第二・三節参照。

（2）室伏信助「紫式部日記の表現機構」『国語と国文学』一九八七年一一月。
（3）篠原昭二「紫式部日記の成立」『国文学』一九六九年六月。
（4）篠原昭二「紫式部日記の世界」松村博司・阿部秋生編『鑑賞日本古典文学　紫式部日記』角川書店、一九八二年、四二九～三四頁。なお、『紫式部日記』を「女房日記」と捉える視点は、すでに加納重文「『紫式部日記』の記録性」今井卓爾他編『女流日記文学講座　第三巻　紫式部日記』（勉誠社、一九九一年）に見える。私は、加納氏の拠って立つ「事実と記録」という基本的な枠組みには立たず、女房という立場と視点から書かれた日記と捉える点が重要だと考える。
（5）（4）に同じ、篠原昭二「紫式部日記の世界」四二七～三五頁。
（6）池田亀鑑・秋山虔校注『紫式部日記』岩波文庫、岩波書店、一九六四年。以下、日記本文はこれに拠る。なお＊印を付けた暦日は、文庫本による注記である。
（7）原田敦子氏は、『紫式部集』における庭に注目する。原田敦子「紫式部の庭―『紫式部集』の巻頭部と巻末部をめぐって―」『大阪成蹊短期大学紀要』創刊号、二〇〇四年三月。そのような庭に対する志向が、紫式部固有の認識や表現の問題なのか、女房特有の視点によるものであるのかは、なお問題となろう。
（8）多木浩二『生きられた家』青土社、一九八四年。多木氏は「生きられた家」とは、住むことのできる家が「人間が本質を実現する『場所』」であるという（同書、一八頁）。私に言えば、存在の根拠にかかわりつつ、身体と不可分であるような場所をいうものと見ることができる。
（9）廣田收『『源氏物語』系譜と構造』笠間書院、二〇〇七年、第三章「垣間見から見る六条院の構造」。本稿の鍵語とする「配置」の概念規定についてはこれに譲る。
（10）中野幸一校注・訳『日本古典文学全集　紫式部日記』小学館、一九七一年、二二五頁頭注。このように考えると、和泉式部や赤染衛門の次に清少納言が記されていることについて、定子付女房であるはずの清少納言が「一時彰子中宮に出仕したこともあったか」という中野氏の評（同、二二八頁）は興味深い。
（11）片桐洋一「古今和歌集の場（上）」『文学』一九七九年七月。
（12）河野多麻校注『日本古典文学大系　宇津保物語』第一巻、岩波書店、一九五九年、三〇七～八頁。
（13）（9）に同じ。

付論　『源氏物語』「独詠歌」考

はじめに

一般に古代和歌は、贈答・唱和・独詠というふうに分類されることが多い。少しばかり研究史を遡ってみると、この分類基準はおそらく小町谷照彦氏の『源氏物語　歌ことば表現』（東京大学出版会、一九八四年）における規定に辿り着くであろう。しかしながら、いったい独詠歌とは何か。『源氏物語』における「独詠歌」を洗い出してみると、ことはそう単純ではない。問題は、この分類のもつ近代的な誤りをただし、『源氏物語』の表現を古代のものとして捉え直すことにある。

私の分析の目的は、一貫して（依然として）『源氏物語』を古代物語として読むということに尽きる。そのような立場から、いわゆる「独詠歌」とは何かを考え直したいとするものである。

一　『源氏物語』における「独詠歌」

『源氏物語』七九五首のうち、小学館の『新編日本古典文学全集』の分類によると、一一〇首が[1]、従来から「独詠歌」と認定されてきた。この「独詠歌」の事例の中から、単純な独詠歌と割り切ることのできない事例を、任意にではあるが、桐壺巻から順を追って次のように挙げてみた。

① （命婦は桐壺更衣母からの）かの贈物御覧ぜさす。亡き人の住み処尋ね出でたりけんしるしの釵（かんざし）ならましかば、と思ほすもいとかひなし。

たづねゆくまぼろしもがなつてにても魂のありかをそこととしるべく

絵に描ける楊貴妃の容貌は、いみじき絵師といへども、筆限りありければいとにほひすくなし。

（桐壺、一巻三五頁）(2)

② 小君の渡り歩くにつけても胸のみふたがれど、御消息もなし。あさましと思ひ得る方もなくて、されたる心にものあはれなるべし。つれなき人もさこそしずむれ、いとあさはかにもあらぬ御気色を、ありしながらのわが身ならばと、とり返すものならねど、忍びがたければ、この御畳紙の片つ方に、

空蝉の羽におく露の木がくれてしのびしのびに濡るる袖かな

（空蝉、一巻一三〇～一頁）

③ （右近）「この方の御好みにはもて離れたまはざりけりと思ひたまふるにも、口惜しくはべるわざかな」とて泣く。空のうち曇りて、風冷やかなるに、いといたくながめたまひて、

見し人の煙を雲とながむれば夕の空もむつましきかな

と、独りごちたまへど、えさし答へも聞こえず。かやうにておはせましかばと思ふにも胸ふたがりておぼゆ。

（夕顔、一巻一八八～九頁）

④ 八月廿余日の有明なれば、空のけしきもあはれ少なからぬに、大臣の闇にくれまどひたまへるさまを見たまふも、ことわりにいみじければ、空のみながめられたまひて、

のぼりぬる煙はそれと分かねども雲居のあはれなるかな

殿におはし着きて、つゆまどろまれず、年ごろの御ありさまを思し出でつつ、などて、つひにはおのづから

見なほしたまひてむとのどかに思ひて、（葵、二巻四八頁）

この他にも、須磨に赴く前に、光源氏が院の御墓に参り、⑤「なき影やいかが見るらむよそへつつながむる月も雲隠れぬる」と詠んだこと（須磨、二巻一八二頁）、須磨に謫居の春三月上巳の日、光源氏が海辺に出て禊祓をした折に、⑥「知らざりし大海の原に流れきてひとかたやはにものは悲しき」と詠んだこと（須磨、二巻二一七頁）、⑦「八百よろづ神もあはれと思ふらむ犯せる罪のそれとなければ」（同）と詠んだことなど（以下を略す）を次々に挙げることができる。旧稿において触れたものもあるが、(3) ⑤⑥⑦が典型的であるというのは、儀礼（墓参、禊祓など）ritualの場の詠歌であることにおいて、言挙げとでもいうべきもので、異界への働きかけが強くみとめられるからである。

⑤⑥⑦の事例に比べると、他の事例は儀礼性が希薄で（あり、遊戯性をもつという他はないが、ここにいう遊戯性とは滑稽さや戯笑性をいうものではないので）ある。例えば①は、帝が女官たちと亡き更衣を追憶する場の詠歌である。(4) 此界と他界とを往来できる方士を求める内容である。②は、光源氏の懸想を受けた空蝉が、かつて若き日の自分であったらと煩悶しつつ、畳紙に歌を書き記す条であるが、以後この歌がどのように取り扱われたかは記されていない。ここに置かれた歌が、贈答の如何（にかかわらず、贈答の具体的な次元）を超えて、物語の状況のすべてを象徴する表現たりえている。したがって、このような場合、歌「空蝉の」が贈答歌か独詠歌かという区分には意味がない。問題は、語り手の聞き手の間に共感をもって、この歌が共有されていることである。そこにこの物語の特性がある。（そして実は、この方法が『紫式部集』における冒頭歌、あるいは特に二番歌の置かれ方と同質性をもつと考えられるが、別稿に譲りたい。

特に③・④は、夕顔への追悼や葵上への追悼の気持ちのこめられた歌である。③について、『新編全集』は「源氏はひとり胸中の悲傷を詠誦したのであり、源氏と対等にない右近は、返歌をせず、彼の独詠歌の鑑賞者にとどまる」（一巻一八九頁）と注する。右近はこれに「えさし答へも聞えず」とあるから、歌をもって和することはできなかったということができる。ここでもし右近が歌で答えれば贈答が成り立つはずである。贈答・唱和となる可能性がありながら、結果的に独詠歌となるわけである。

④は、光源氏が右近とともに亡き夕顔を追憶する私的な場である。「空のみながめられたまひて」とあるから、歌「のぼりぬる」は、いずれも他界なる死者への追慕である。これも儀式的、儀礼的な場ではないが、私的な追憶の場である。

そのことからすると、③もまた、空をながめて光源氏は歌「見し人の」を詠んだのであるから、光源氏は亡き夕顔に向かって詠んで（呼びかけて）いると理解することができる。③は必ずしも周忌法要などの場ではないが、ここには、他界との贈答という、異なる次元の交感が認められる。

また、⑦のような須磨巻の言挙げの歌の事例を俟つこともなく、他界からの働きかけを期す歌が存在する。言い換えれば、これらが此界と他界との間において、結果的に贈答をなしたか否かは、いずれでもよい。問題は、歌が此界から他界への方位性において働きかける言葉であることにある。あるいは託宣歌のように、神や仏から人に向かって働きかける言葉もある。そのように考えることによって、なぜ歌の力というものが働くのかということを説明できる。

そもそも、従来からする独詠か贈答か唱和か、といった区分には、此界の人間（としての登場人物）しか想定されていないように見える。古代において歌は何よりも呼びかけであり、呼びかける相手が此界の存在か、異界の存在かを問わず、問いをもって呼びかける機能 function をもつ。[5] この呼びかけという一点に、中世和歌と決定的に異なる古代和歌の本質がある。このような視点から独詠歌・贈答歌の分類を捉え直して行けないだろうか。独詠歌（と見えるもの）の中には、死者 soul spirit や神格 god、霊格 spirit に対する呼びかけであるにもかかわらず、近代的なまなざしからすると独詠であるかのように見える歌も存在する。物語では家集以上に、この機能が如実にうかがえる。[6]

さてそこで、独詠歌というものを考える上で、③の表現から「ひとりごつ」という言葉を手掛かりとできないか、しばし検討を加えてみたい。『新大系』の総索引に拠ると、『源氏物語』には「ひとりごつ」の用例を四四例認める。[7]この「ひとりごつ」を指標として、独白という意味で典型的な独詠歌と見做すことのできる事例を探すと、次のようなものがある（事例の本文の冒頭の番号は、用例四四例中、第何番目の事例であるかを示す）。

32　幼心ちにほの聞きたまひしことの、をりをりいぶかしうおぼつかなう思ひ渡れど、問ふべき人もなし。宮には、事のけしきにても知りけりと思されん、かたはらいたき筋なれば、世とともの心にかけて、「いかなりけることにかは。何の契りにて、かう安からぬ思そひたる身にしもなり出でけん。**善巧太子の我身に問ひけん悟り**をも得てしがな」とぞ独りごたれたまひける。

おぼつかな誰に問はましいかにしてはじめもはても知らぬわが身ぞ

答ふべき人なし。事にふれて、わが身につつがある心地するも、ただならずもの嘆かしくのみ思ひめぐらしつつ、宮もかく盛りの御容貌をやつしたまひて、何ばかりの御道心にてか、にはかにおもむきたまひけん、

（匂宮、四巻二一六頁）

この場合「ひとりごつ」は、直接には「善巧太子」の故事にかかわっているが、薫の歌「おぼつかな」もまた独詠歌である。この歌を、『(旧)全集』『新編全集』ともに、「独詠歌」と分類する。[8]確かに、この歌は彼の存在の根源にかかわる問いを抱えている。玉上『評釈』は「かたはらいたき筋」を「若君幼時からの煩悶は、出生の秘密、実の父は別にあるとの疑問」とみる（二一八頁）。「はじめもはても知らぬわが身ぞ」とあるように、自分が（光

源氏の子としての）系図の中に正しく位置付けられるのか、位置付けられないのではないかという不安を抱える。薫の苦悩は、出生に対する疑いについて誰にも話せないという設定に意味がある。従来から竹河三帖の意義についてはさまざまな評価と議論のあるところだが、宇治十帖の直前に薫の設定を和歌をもって造型する意味は軽くない。

さてこの歌は「問ふべき人もなし」であり、独白性の強いものであるが、のみならずこの歌にすぐ続けて「答ふべき人なし」とあって、誰も返答応和する人がいないということを示している。呟くにせよ、書かれるにせよ、表現された歌に対して、その場に居合わせた誰かが応じた場合は、結果的に贈答や唱和になるはずであり、この場合は、結果的に独詠歌となっている。と同時に、この歌は外に対してではなく、薫の内に向かって詠じられていることにおいて、まさに独詠歌といえる。恐らくこれは『源氏物語』における独詠歌の究極の事例である。

二　『源氏物語』独詠歌の研究史

右に今仮に独詠歌と判断する根拠が何かということについて、少しばかり考えてみたが、改めて問うならば、いったい独詠歌とは何か。何をもって独詠歌と呼ぶことができるのか。

早く小町谷照彦氏は『源氏物語』における「物語の形成の方法」として、「和歌による表現の具体相は、形態、形式としては、独詠・贈答・唱和といった和歌の諸形態の他に、引歌や歌語といった和歌的な表現技法や語彙、自然表現や心情表現の方法などに求められよう」と述べている。そして、独詠・贈答・唱和の概念を次のように規定している。

①　独詠歌は愛情の齟齬など表現伝達の困難な状況や死別や離別など感懐の横溢した場面などに詠まれ、独白やすさび書きといった形をとる。贈答歌は求婚や挨拶に用いられ、とくに愛情関係における多様複雑な作中

人物の対応を浮き彫りする役割を果たす。唱和歌は三人以上の作中人物が一座となって同時に和歌を詠むもので、遊宴的な社交や心情的な連帯を示すことになる。独詠といっても、本人が知らない間に相手の目に触れたり、本人の意志にかかわりなく相手が応じたりして、結果的に贈答になる場合もあり、元来が贈答の意図がなく心情を率直に表明したものであるだけに、相手に与える感銘は深く効果的な贈答をもたらす。唱和も単に多人数の歌を羅列しているものではなくて、複数の歌の有機的な関連によって物語の展開の位相に即した状況や心情の表現を果たすものであり、贈答歌的な応答が単位となって唱和の全体像を形成している場合もある。(9)

また別稿において、小町谷氏は明確に次のように規定している。

② 複数で詠み交す贈答と唱和は、古来その概念が明確ではないが、ここでは詠みあう人数によって、一人を独詠、二人を贈答、三人以上を唱和として区別した。ちなみに、人数には無関係に、二人以上が同一場面で詠んだ場合を唱和、場面の異る（ママ）場合を贈答とする分類法もある。しかし、実際には三人以上の場合はすべて同一場面における詠作であるから問題なく唱和の範疇に入るが、問題は二人の場合である。（略）ここで採用した、一人だけ（独詠）、一人対一人（贈答）、三人以上（唱和）の基準による分類法は、右の場面性を考慮する必要がないだけに曖昧さがなく、しかも物語和歌としての関係性や表現性を知る上で、最も有効であろうとみられる。(10)

このような小町谷氏の概念規定は、最近の鈴木日出男氏の論文(11)にも、方法的前提として継承されていて、もはや通説となっているということができる。なお、久保木哲夫氏は、「折」という切り口から、この概念の検討を試みている(12)が、結果的に従来の概念と変わらないように見える。いずれにしても、小町谷氏の規定の特徴は、歌の機能を詠歌の人数と対応させた点に特徴がある。

ちなみに私は、小町谷氏が付記された、傍線部のような場に即した分類法の方が合理的であると考えるが、[13]ここで、①において興味深い指摘は、独詠歌が個人的な内面の表出として「独白やすさび書きといった形」をとるというだけでなく、「本人が知らない間に相手の目に触れたり、本人の意志にかかわりなく相手が応じたりして、結果的に贈答になる場合」のあることを指摘されていることである。とするならば、小町谷氏の規定では、独詠歌は詠歌の時点における「本人」の責任に帰せられる範囲において独詠か否かが問われていることになる。

そもそも、古代における独詠歌とは何か。

私は、小町谷氏の規定はいささか近代的にすぎるのではないか、と考える。もう少し言えば、小町谷氏は独詠歌が「愛情の齟齬など表現伝達の困難な状況や死別や離別など感懐の横溢した場面などに詠まれ、独白やすさび書きといった形をとる」（傍点廣田）というが、常にそのように限定できるわけではない。また、「独詠といっても、本人が知らない間に相手の目に触れたり、本人の意志にかかわりなく相手が応じたりして、結果的に贈答になる場合もあり、元来が贈答の意図がなく心情を率直に表明したものであるだけに、相手に与える感銘は深く効果的な贈答をもたらす」（傍点廣田）というが、元来贈答の意図があったかなかったかというような次元の問題ではない。独詠と見えたものが、本人とかかわりなく、「結果的に贈答になる場合」があるのは、歌がもともと呼びかけを本質とするものだからである。つまり、古代和歌は呼びかけを本質とすることにおいて、根源的に贈答を要請するという属性を持っているということから考察を始めるべきではないか。

つまり、従来からの独詠・贈答・唱和という分類の枠組みが、表層的であり結果論的であり、またあまりにも此界的、現実的すぎるのである。いわば、『源氏物語』における歌の呼びかけの機能には、時に異界との交感をもたらす歌の力を発揮することが顕著にみてとれるが、古代における日常的な歌の贈答にも、なお歌の呼びかけの機能は潜んでいると考えなければならない。
そのことからすれば、独詠歌は果たして独白 monologue と呼べるような性質にとどまるのか、という疑問がある。ここにいう独白とは、発語主が自らに向かって語りかけるという意味とするならば、独詠とは独白と同義といえるだろうか。
もうひとり、独詠歌について忘れがたい考察がある。それが後藤祥子氏の規定である。すなわち後藤氏は、独詠歌とは「相手のある贈答や唱和と区別されるべき歌の成立事情を、指す言葉」であるとしつつ、

定数歌や屏風歌、歌合歌の如き、需めに応じ、題に即して差出す歌も、人とのやり取りに用いた古物を二度の用に立てるのでない限り、独詠の類に入れるのかもしれないし、逆に独詠歌として作られながら贈答に供されることも少なからずあってみれば、殊更独詠歌というものを、区別することも無意味であり、又最終的には不可能であるように思えて来る。(14)

と述べる。独詠歌をあえて他と区別する必要性について疑問を呈しておられることに、私は賛同したい。後藤氏はそして、

唱和や贈答には、猶いくばくかの社交辞令的なもの、といって悪ければ、和歌世界でのかけひきのようなもの、が認められてよかろうが、独詠はそれを抜きにして考え得る。たとえできあがった贈答と独詠との歌の質内容が、等質であるにしても、独詠歌の持つ和歌的かけひきは、和歌という詩形に感慨を託す限りでの最低限のものであるにちがいない。(15)

と論じている。そして、後藤氏は次のような「独詠歌の四つのあり方」を挙げる。私に整理すると次のようである。

①　**哀傷歌**　「桐壺巻で最初に、帝の詠嘆がいみじくも示すように、哀傷歌はまずあげねばならないだろう。夕顔の場合にも葵上の場合にも、源氏は縁者たちとの贈答・唱和の他に、独詠を以ってこれを悼んでいる。他の誰もが代行し得ない歎きを、源氏は歌いあげねばならない」

②　**不遇の述懐**　「他の者が代行することのできぬ、或は分かち合うことのできぬ悲しみが独詠の成因というならば、独詠哀傷歌に於けるこの限定は、不遇の述懐にもそのまゝ及ぼう。その最も顕著なのが須磨巻に於ける源氏の独詠であり、又手習巻での浮舟のそれである」

③　**最も切実な恋愛感情による独詠歌**　「ここらであげておかなければならないのは、最も切実な恋愛感情による独詠歌である。後にのべる狭衣物語などのそれと画然と区別されるのは、源氏物語に於けるこの種の独詠の厳選された数の少なさである。若紫巻の例を引こう。（略）手につみていつしかも見む紫のねに通ひける野辺のわか草」

④　**追懐の独詠歌**　「最後に追懐の独詠歌をあげておかねばなるまい。先にあげた哀傷歌と重複する部分がないことはないが、もっと純粋な例をあげるなら、若菜下の明石の尼君の一首である。（略）若菜下の住吉行啓で、尼君は源氏に唱和するが、更に彼女一人で、昔こそまづ忘られね住吉の神のしるしをみるにつけても[16]」要するに独詠歌の概念を云々するときに問題となるのは、独詠歌の範疇の問題であるといえるだろう。

さて、右の規定において興味深いことは、独詠歌の幾つかが『古今和歌集』における哀傷歌、恋歌などの部立の概念と交差してくることである。つまり、純粋に独詠歌であれば、哀傷歌が内に向うものではなく、外に向って働きかけることを無視できなくなる。

付言すれば、さらに後年になって、後藤氏は独詠歌をもっと簡潔に定義している。

贈答歌・唱和歌・歌会歌合の歌・応召歌・盃酌歌・座興の即詠など、作者以外の人物に対して詠まれる和歌に対し、純粋に自己の心やりのために、内部の表現欲求にこたえて詠まれ、あるいは心中に浮かんだ歌の意。独吟に準じて仮に名づけたもの。作歌状況は歌集などの詞書でもある程度弁別できるが、厳密には不明な場合が多いので、特に日記文学や物語など作者が状況を明示している作品に関して考察が有効となる。物語では特に作中人物の他者と分かちかたい憂悶や感懐を表現する方法として効果的であるが、初期物語にくらべ、源氏物語を境として急増し、主人公ないしはそれに準ずる人物が周囲への疎外感や憂悶を抱く内面的人間として造型されている事と見合う。物語文学史上のこうした現象は逆に平安末期の創作和歌（歌会歌合などの題詠歌）に影響を及ぼし、見立ての技法や客観的叙景にかわってあらわれた、物語的時間や背景を連想させるような歌風の発生に与る所が少なくない。(17)（傍線廣田）

後藤氏は、恐らく詠歌の場を考え合わせることにおいて、「歌会歌合の歌・応召歌・盃酌歌・座興の即詠」などを立てることで、「贈答歌・唱和歌」の属性を際立たせておられる。

しかしながら、独詠歌については、小町谷氏の規定も後藤氏の規定も、登場人物の詠歌を、結局のところ〝個人の心情や内面の表出〟という近代的な枠組みにおいて考えておられるのではないかと感じざるをえない。

おそらく小町谷氏も後藤氏も、物語における独詠歌を論じていると思われるが、小町谷氏に対してと同様、私の後藤氏の所見に対する私の疑問はただ一点である。すなわち、結局のところ贈答歌・唱和歌や独詠歌という区別は、詠じるときの目的や意図に還元できるかという疑問である。あるいは、物語内部における歌の機能において、贈答歌・唱和歌や独詠歌はなお截然と区別できるのかという疑問である。

この間、私は、『紫式部集』や『紫式部日記』において、ひとり置かれた歌がいつもいつも、自己に向かって詠じられたものではないということを論じてきた。[18] 私は、紫式部の内面や精神の孤独を云々する前に、歌の形式として説かれてきた、いわゆる贈答・独詠・唱和という伝統的な分類法そのものを見直すことにおいて、古代和歌の生態に即した理解が得られるのではないかと考えるものである。

ここで倉田実氏の問題提起を思い出しておこう。倉田氏は、従来からの唱和歌に対する違和感から、唱和歌とされる一八組のうち一四組が「晴の趣の会合の歌」であり、残り四組を「家族の場合でも褻の会合の歌」と理解したいとされる。[19] きわめて刺激的な提案である。なぜなら、唱和歌がどこで歌われるかということから規定されているからである。私に言い直して恐縮であるが、小町谷氏の規定が形態的なものであったとすれば、倉田氏の規定は場の問題からするものであったからである。すなわち私は、古代和歌を生態的に捉えるには、場 context（基盤 ground）の問題こそ不可欠である、と考えるからである。

かねてより私は、古代和歌を詠歌の場を基盤とすることにおいて捉え直したい、と考えてきた。すなわち本論は、詠歌の場の目的や意図に即して、歌の呼びかけの機能を重視する視点から、独詠歌の概念を検討したいとするものである。言い換えれば、本論の狙いは、古代の和歌を抒情性においてではなく、儀礼性において捉え直すことである。すなわち、それが詠歌の場の機能から考え直すことである。

早く鈴木日出男氏は「詠歌における場と表現との一般的な関係」について、「もとより場とは、詠歌の産み出される時と所に関係する事物現象や状況であり、表現以前の事実にほかならない」としつつ、「そうした場は、詠歌に対して素材を提供したり表現に何がしかの規制を加え」るのであり、むしろ「場の規制」が詠歌を促すのは、「場の約束事がおのずから表現形式（パターン）を示唆するからである」という。[20]

僭越ながら私も同様の問題意識をもつものであるが、詠歌の場とは、詠歌の具体的な機会や実態的な場面、その現実的な空間をのみ指示するものではない。私は暦日的な時間性においてだけではなく、また実態的な空間性においてだけではなく、むしろ場を文脈 context の問題として捉えようとするものである。[21]そのような場と詠歌との問題を具体的に考える前に、いささか唐突であるが、『小右記』の次のような詠歌の事例を参照しておきたい。

三　『小右記』道長の詠歌と和すこと

『小右記』寛仁二（一〇一八）年一〇月一六日条、藤原道長の娘彰子と研子に続いて、後一条天皇の後宮に入内した藤原威子が立后する。儀式の後の饗宴に糸竹の遊びがあり、卿相・殿上人等が楽器を演奏し、歌うと、堂上も地下も相応じたという。

余執盃勧摂政、摂政度左府、左府献太閤、太閤度右府、次第流巡、次給禄太閤已下、大掛、太閤云、祖の得子禄ハ有やと、又給伶人禄、太閤招呼下官、①欲読和歌、必可和者、②答云、何不奉和乎、又云、誇たる歌になむ有る、但非宿構者、「此世乎は我世とそ思望月の欠たる事も無と思へハ」、余申云、御歌優美也、無方酬答、満座只可誦此御歌、元稹菊詩、③（白）居易不和、深賞歎、終日吟詠、諸卿響応、余言数度吟詠、太閤和解、④殊不責和、夜深月明、扶酔各々退出、[22]

この一節を北山茂夫氏は次のように解する。

式のあと、恒例の管絃の遊びに移り、祝宴の座が賑わい、その席上で、道長は、実資に声をかけて①自分はいま和歌を披露するから必ず和せよといい、いくらか照れながら詠んだのが、／この世をばわが世とぞおもふ望月の欠けたる事もなしとおもへば／の著名な一首である。

実資は、「御歌はまことに優美でございます。②拙者にはとうてい和するすべがありません。満座只この御歌を朗誦すべきであります。唐朝の昔、元稹が菊の詩を示したさい、③白楽天は和することなく、深く賞歎して終日それを吟詠したという故事もあります」といって、婉曲に和詠をうけながした。なみいる諸卿は、実資の発言に応じて数度吟詠に及んだ。道長もこの対応に気をよくして④ことさら和の歌を責めなかった。そのあと、夜深く月さえ渡るなかを、諸卿は宮中を退出した。道長の日記には、そこのところを、「ここに於いて、余和歌を詠む、人々これを詠ず、事了りて分散す」とあっさり書き、さすがの道長も「この世をば…」の歌をかかげていない。しかし、これが大殿の本音でなくて何であろう。(23)

この記事のおもしろさは、道長の歌が饗宴の場で詠まれた歌であったことにある。つまり、このようにして詠まれた道長の歌を、単純に独詠歌と捉えることで納まりがつくであろうか。

北山氏の解説を踏まえて、もう少し丁寧に文脈に即して、愚考するところを纏めると、次のようである。

この記事は、太閤道長が臣下たる実資を招き寄せて、①「今から和歌を詠みたい、(ついては必ず御前もこれに和してほしい」と述べたので、②私実資は「(殿の和歌に)和し申し上げないなどということはございません(必ず和歌をもって応えます)」と答えた、ということである。主の殿が和歌を詠じたとき、臣下たるもの和歌をもって和しなければならないということが、作法であり掟であったということが分かる。そこで道長は、「いささか僭越な和歌であるが」と言い「あらかじめ用意していたわけではない」などと釈明しながら、歌「この世をば」を詠じた。私実資はすかさず「殿の御歌はまことに優美であられる。これに(私などのごときが和歌をもって)御答えするすべがありません。ここにおられる満座の人々は、ただこの御歌を誦すべきであります。(かつて中国のことであるが)元稹が菊の詩を作したとき、③白楽天は(漢詩をもって)和することなく、深く賞嘆して、終日(その漢詩を)吟詠し、諸卿は響むように応え(漢詩を朗詠したという故事があっ)たと申し上げて、私実資が数度(道長の和歌を)吟詠すると、(満座の人々も道長の和歌を詠唱したので、)太閤道長は(大変喜んで)和解し、④特に(私が和歌をもって)和しなかったことを責めることはなかった、というものである。

この記事の場合、娘威子の立后の折の饗宴であるから、歌われるべき歌は、『古今和歌集』にいう賀歌でなければならない。普通、儀式に伴う饗宴の場の歌は、儀式の性格に強く規制されるので、行幸なら天皇や神々に対する讃美を、産養なら子孫の長寿を、大饗なら主の繁栄を壽ぐことになる。いずれも賀歌が歌われる必要があるというふうに、儀礼性が強いということである。そこに個人的な内面性を求めることは文脈が違うといえる。

さて、この記事から何がモデル化できるかというと、基本的に、古代和歌はひとりが和歌を詠ずれば、場を同じくするものがこれに和歌をもって応えることが（あたかも不文律のように）決まっていた、ということである。ただし、最初に詠まれた和歌が、あまりにもすぐれて場の空気を代表し、共感を得られるものであるときには、あえてこれに和歌をもって答えることはなかったということである。

ところで、いうまでもなく行事や儀式において、歌が詠まれるのは饗宴の場である。早く倉林正次氏は、大臣大饗において、第一次会と第二次会とを分けて次のようにいわれる。

この一次会を「宴座」と称する。この宴座を「公宴座」などと書いている例があるから、これは正式な宴会、儀式的宴といった性格をもつものと考えられていたのである。[24]

このように大臣大饗は拝礼という儀式的部分の後に宴会が展開するが、その宴会がさらに宴座と穏座という二つの部分に分かれる。つまり、拝礼—宴座—穏座という三つの部分からなる。[25]

という。そして、このように宴は、儀式と直会（宴座）、そしてさらにうち解けた場（穏座）というふうに、三段階をもつという。[26]院政期の『江家次第』では、宴座・穏座はそれぞれが「庇」と「簀子」という場所と対応している。そして、歌の詠じられる場は、最もうち解けた場（穏座）であると考えられる。私は、歌の場をこの「穏座」における文脈において捉える必要があると考える。

一般的化していえば、慶事なら、例えば道長が詠んだことに応え、さらに諸卿が順番に詠歌し、（実際には）果てもなく唱和が続くというものであろう。あるいは、客人が順番に詠じ、さらに仕候する女房たちが順番に詠じるであろう。例えば『源氏物語』と比べると、『栄華物語』は詠歌の場を（比較的に）詳しく伝える。その多数の事例の全てについては略す他はないけれども、例えば『紫式部日記』においては中宮御産の皇子御五十日、寝殿南面に若宮に御膳を献じ、（御前の儀式の後）、上達部は東対西面であったが、座が乱れ始め、「そのつぎの間」では、「さかづきの順くるを、大将（実資）はおぢ給へど、例のことなしびの、千とせ萬代にて過ぎぬ」とある。[28]（座がバレて乱座の中で）、参加者たちが入り乱れ、「千歳」「萬代」という賀語を詠み込んだ歌が、果てしなく延々と続いたという。『紫式部日記』はそのような歌群を省略している。[27]

さて話題を『小右記』の元の記事に戻していえば、私は、この歌「望月の」をめぐる君臣唱和の事例が、当代きっての権勢家道長をめぐる特殊なものであるとは考えず、むしろ普段は言葉には出されないで隠れている和歌の作法が、言葉として顕在化された事例であると考えたい。

そうであるとすると、『小右記』においては、道長の和歌は道長ひとりが詠じ、その歌が単独で記録されているということをもって、ただちにこれを独詠歌と呼ぶことができるのか、という疑問が生じる。逆に言えば、（物語に、あるいは歌集に）歌一首が記されているからといっても、その詠歌の経緯は単純には辿れない。あるいは、自らの内に向かって詠んだものなのか、周囲に誰もいないがゆえに、もし誰かが歌を歌ったとしても、これに和する者がなく、結果的に独詠たらざるを得ない場合もありえよう。つまり、歌の機能は、歌を詠んだ人の意図や意志とは別に、これに応じるか否かで、独詠歌であるか贈答・唱和であるかが定まるということが重要である。

したがって、ここまでの範囲でとりあえず、『源氏物語』における従来からの「独詠歌」の概念規定に含まれる範囲は、次のようなものであると整理しておきたい。まず、いわゆる「独詠歌」には、

1　詠じられた歌が、神格や霊格に向かって呼びかける場合。
2　詠じられた歌が、場の人々の気持ちを共有し代表するものであるゆえに、これに応える歌の詠まれることがなく、結果的に独詠歌となる場合。
3　詠じられた歌が、その場に詠歌主以外には誰もいないゆえに、これに応える歌の詠まれることがなく、結果的に独詠歌となる場合。
4　独白。

などが含まれているということができる。つまり、〃独詠歌は儀礼的なものから遊戯的なものへ、集団的なものから個人的なものへ、層をなして色々な段階ものが存在する〃のである。そこでは「独詠歌」とは近代的な意味にいう独白に限定できるものではない、ということが明らかになるであろう。これが独詠歌に関するひとつの結論である。

四　『源氏物語』における呼びかけ、問いかけとしての「ひとりごつ」

（1）夕顔の歌「心あてに」の解釈をめぐって

そこで先に掲げた③の夕顔巻の本文にみえる「ひとりごつ」という語を手がかりとして考察を進めてみたい。『源氏物語』における「ひとりごつ」の全用例について、「ひとりごつ」ことの対象となる表現を、用例の番号の頭にそれぞれ、□漢詩や○和歌（引歌を含む）をいうもの、×漢詩・和歌にかかわらないもの、と分類して示した。[29]
なお「ひとりごつ」言葉が和歌的表現ではない事例は、ここから排除して補注に示した。

さて、用例を概観したときに、意外なことのように見えるが、

① 歌を「ひとりごつ」場合、（何をひとりごちしてもよいというわけではなく、）その歌が独詠歌であるとは限らない、結果的に贈答をなす場合がある。

② ほとんどの事例において、「ひとりごつ」言葉が、日常的な言葉を呟くだけでなく、時に漢詩の一節である事例も見られるが、とりわけ多くの事例は、歌（にかかわるもの）であることが明らかになる（散文的な言葉はわずか五例であり、ほとんどが歌謡もしくは和歌の事例である。補注参照）。

③ 「ひとりごつ」歌は、（ほとんどが和歌や歌謡であるが、）古歌を引く場合と、独詠歌を詠ずる場合とが認められる。

という結果が得られる。

それでは幾つか具体的に検討してみたい。

次は、夕顔巻冒頭で、光源氏が乳母を見舞う折、光源氏は「をかしき透影」の動くさまを認めた。隣家の女性に興味を示す条。

1　切懸だつ物に、いと青やかなる葛の心地よげに這ひかかれるに、白き花ぞ、おのれひとり笑みの眉ひらけたる。「**をちかた人にもの申す**」と独りごちたまふを、御随身ついゐて、「かの白く咲けるをなむ夕顔と申はべる。花の名は人めきて、かうあやしき垣根になん咲きはべりける」と申す。げにいと小家がちに、むつかしげなるわたりの、この面かの面あやしくうちよろぼひて、むねむねしからぬ軒のつまなどに這ひまつはれたるを、「口惜しの花の契や、一房折りてまゐれ」とのたまへば、このをし上げたる門に入りて折る。

さすがにされたる遣戸口に、黄なる生絹の単袴長く着なしたる童のをかしきなる出で来てうち招く。白き扇のいたうこがしたるを、「これに置きてまゐらせよ。枝も情なげなめる花を」とて取らせたれば、門あけて惟光の朝臣出で来たるして奉らす。（夕顔、一巻一三六〜七頁）

さて後に、光源氏がその白き扇を開いてみると、

　惟光に紙燭召して、ありつる扇御覧ずれば、もて馴らしたる移り香、いと染み深うなつかしくて、をかしうすさび書きたり。

　心あてにそれかとぞ見る白露の光そへたる夕顔の花

　そこはかとなく書きまぎらはしたるもあてはかにゆゑづきたれば、いと思ひのほかにをかしうおぼえたまふ。

（夕顔、一巻一三九～四〇頁）

と歌「心あてに」が認めてあったという。

　従来から、この歌「心あてに」は女性の方から男性に歌いかけた事例として注目されてきた(30)。『（旧）全集』『新編全集』ともに、これを「贈」歌と分類している（五四七頁、六一一頁）。いずれもこの「心あてに」を、女主側の贈歌とみて、後に光源氏の返した歌「寄りてこそ」を答歌と捉えている。ところで一般的に考えても、私はこの歌「心あてに」が、やはり何のきっかけもなく女性から男性に歌を贈るということに違和感をもつ。単純に贈歌とするには躊躇される。

　そこで本稿において提案したい仮説は、歌「心あてに」がそれに先立つ光源氏の歌「をちかた人に」の答歌ではないかということである。そのとき、玉上琢彌氏が光源氏の「ひとりごち」した歌「をちかた人に」について、

　『古今集』の歌は問いかけである。だのにここでは、「問ひたまふ」でなく「ひとりごちたまふを」とあるのはなぜであろうか。答える者があろうとは思いもかけなかったからである。まわりに然るべき者もいない忍び歩きなのである（三四五頁）（傍線、廣田）(31)。

と注する。これは重要な指摘である。ただ問題は、玉上氏の指摘のとおり「『古今集』の歌は問いかけ」ではあるが、答えがないと見ることはいささか早計である。なぜなら、ひとたびは随身が、あれは夕顔だと答えている

からである。ただし、『源氏物語』の中で光源氏の歌に随身が応じた事例はない。（『源氏物語』において）家司の良清などと違い、随身は答歌を詠ずる資格を与えられていない（ようである）。確かにこの場面だけでいうと、主人公の恋の相手となるにふさわしい人物として、答える者は他に誰もいないように見えるが、すでに答歌は女童の差し出した扇の中に認められていたというべきではないか。

改めて結論からいうと、私は問いとしての光源氏の歌言葉「をちかた人にもの申す」に対して、この歌「心あてに」が、女君による答えとして呼応していると捉えるものである。

つまり次のようである。

光源氏は「ものはかなき住まひ」の垣根に咲く花に心を留め、『古今和歌集』雑体、旋頭歌、一〇〇七番歌の一句「をちかた人にもの申す」と口ずさんだ。周知のように、この「をちかた人にもの申す」は、誰もが記憶し伝承されている有名な歌の上句である。なぜ時代に共有されていたことがわかるかというと、『古今和歌六帖』（新編国歌大観、二五一〇・一番）に「せんどう歌十七首」のうち、一組みの贈答として収載されているからである。しかもただひとつだけ、贈答として記録されているからである。

改めて引けばこの歌は、

題しらず　　よみ人しらず

うちわたす遠方人にもの申すわれ／そのそこに白く咲けるは何の花ぞも

返し

春されば野辺にまづ咲く見れど飽かぬ花／まひなしにただ名告るべき花の名なれや(32)

という贈答の贈歌にあたる。

ただ「をちかた人にもの申す」は、そのような贈歌の上句ではあるが、いや上句というべきではないのかもしれない。光源氏は間違いなく古歌（そのもの）を口ずさんだのである（といえる）。すなわち、光源氏は古歌の部分を口ずさんだ（ことを意味する）のではない。当事者のみならず、読者も古歌の全体を了解したのである。あるいは古歌の一組みの贈答そのものを、全体として了解したのである。あまりにも周知の歌であるゆえに、口ずさむとしても、歌をすべて示すのではなく部分だけにとどめてあるが、古歌をもって光源氏は問いを喚起しているということができる。あえて言えば、「引歌」という概念を用いることが、『源氏物語』の表現の仕組みを見えにくくさせている、というべきである。

さらにいえば、この贈答は、単純化すれば、

そこに咲く花は何という花か。
名告るべき花の名ではない。（本当は、花の名は…であるがあえて言わない）

という問答形式をもつことに留意したい。ここで注意すべきことは、名告りである。いうまでもなく名告りは、名を名告らせること、名を名告ることが「求婚」の手続きであることを意味している。

名告りについては、『萬葉集』の冒頭歌、雄略天皇の歌謡とされる「籠もよみ籠もち　この丘に菜摘ます子名聞かな　名告らさね」を引くまでもない。ここにいう名告りとは、「古代では名をみだりに明かすことは忌まれ、男が女に名のれということは求婚の意志の表明であった」とされるものである。[33]『源氏物語』の時代にあって、「をちかた人にもの申す」という光源氏の言葉は、このような言問い、妻問いの贈答、問答を全体として想起させるものであるはずである。なぜなら、この一組の贈答は、『古今和歌六帖』にも対の形で収載されているからである。折節の詠や題詠のように外から機会の与えられる場合のある一方、感興を催したときこそ歌を詠む機会である。

夕顔巻の1の事例は、光源氏が新たな歌を詠んでもよい場面である。そのとき古代にあって歌を詠むことが「創作」でなければならない理由はない。引歌ということ、歌を引くという理解の中に、歌を「創作物」と捉える近代的な認識が潜んでいる。この場面では、古歌「うちわたす」が光源氏の詠もうとする心情に一致していたからこそ利用されたということができる。

つまり光源氏は、この歌をもって、そこに咲く花は何という花か、と尋ねたのである。この歌（の上句）を引いて発した言葉は問いである。これに対する答えは、とりあえずは随身の「かの白く咲けるをなむ夕顔と申侍」である。玉上琢彌『評釈』は、「夕顔」という花の「擬人化」について「偶然にも御随身の答えも同じ線に沿っていた」という。[34]それは「偶然」なのではない。光源氏の「ひとりごち」したことに対する、これがひとまずの答えである。

しかし実は、随身の答えは光源氏に対する本当の答えになっていない、と私は見る。小沢正夫氏は、『古今和歌集』のこの旋頭歌を「求婚の問答歌」と注する。[35]『源氏物語』に取り入れる以前に、この歌は呼びかけであった。少なくとも、光源氏の引いた歌は、「そのそこに白く咲けるは何の花ぞも」という問いの形式をもっているから、歌言葉による答えが必要である。いわば呼びかけとしての歌が、答えとしての歌を喚起している。それは本来「うちわたす遠方人」に対する問いであるはずである。より説明的にいえば、光源氏の用いた歌に対して、随身が歌をもって応じてもよかった（のかもしれない）が、随身は歌をもって応じる資格をもたされていない。そもそも光源氏の興味は、粗末な垣根に咲いている植物としての花そのものにあるのではない。光源氏の「すき心」は、常に女性に向けられている。光源氏の関心はあくまでも、隣家の女性に対して働いており、随身は光源氏の問いが隣家の女性に向けられているものと理解し（て、隣家の女性に応えてもらおうとし）たのだ、と考えることができる。つまり、光源氏は随身に花の名を尋ね、「くちをしの花の契や。一房折りてまいれ」と命じたので、随身は隣家に入って行くが、最初のきっかけは光源氏の「をちかた人にもの申す」に存するのである。光源氏の問いは、随身への指示によって物語として具体化するわけである。

　ここに光源氏が「ひとりごち」したことを、必ずしも光源氏の独白 monologue ととる必要はない。いうまでもなく、催された感興のゆえに和歌や漢詩など、詩的な言葉をおのずと発するということが、「ひとりごつ」ということである。繰り返すけれども、歌は呼びかけの機能をもつ。歌「をちかた人に」は、自己の内面を表現したというよりは、雅びやかならぬ粗末な垣根に咲く花に寄せた問いである。それはすなわち、花の主たる女性に向けた呼びかけに他ならない。

　研究史においては早くから、夕顔の方から歌をもって光源氏に働きかけたことが不自然であるとして問題とされ、さまざまに論じられてきた。旧来「それ」を光源氏、「夕顔の花」を光源氏と解いてきたが、これを頭中将と夕顔と解くのが黒須重彦氏の提案である[36]。ところが、本当は遠く光源氏の問いに対する答えとして、夕顔の歌は光源氏に届けられたということができる。答えとは、

　　心あてにそれかとぞ見る／白露の光そへたる夕顔の花

である。つまり、歌の形式から見ると、

　　尋ねたい。／そこに咲いている、その花は何という花か。　　問（光源氏）
　　推測するにそれかと思います。／（それは）夕顔の花です。　　答（夕顔）

という単純な構造が見てとれる。さらにもっと単純化すると、

問　その花は何か。
答　それは夕顔の花です。

という形式に還元することができる。問答の形式からすると、『古今和歌集』の旋頭歌の問答を踏まえているのであることは明らかである。

したがって、議論されてきた「それか」は、光源氏や頭中将など相手のことを指示するのではなくて、女性を比喩する「夕顔の花」のことを指示している。問いにおいて示された〃名の分からないもの〃として呈示された花を、答えにおいて「それ」と受けているのである。確かに「光添へたる」という修飾的表現からすれば、「白露の光」は光源氏のことを示していると考えるべきであろう。光源氏の光栄に浴した夕顔、である。それはもはや光源氏か、頭中将かという単純な問題ではない[37]。この事例はまさに、光源氏の歌に対する夕顔の答えという、広義の贈答に他ならないのである。

この夕顔の事例について、かくも長々と論じたわけのひとつは、和歌と和歌との贈答・唱和ではなく、古歌（あるいはその一部）をもってしても贈答・唱和の範疇に入れるべきだという提案である。言い換えれば、「引歌」という概念の枠をはずしてみる必要を説くものである。

重ねて言えば、『源氏物語』の研究史からすると、女童の歌は、「それかとぞ見る」をめぐって、相手を光源氏と見るか、頭中将と見るかに議論は集中してきた。私は、『古今和歌集』の旋頭歌の問答を踏まえた、和歌の問答という視点から、光源氏の問いに随身は、歌ではなく説明をもって花の名前を答えた、と見るのである。それ

は物語の表層における問いと答えの関係である。

改めて読み直すことによってこの度初めて気付いたことであるが、近代注の中でも、施頭歌と女童の差し出した和歌との呼応に言及しているのは、『新日本古典文学大系』だけである。すなわち、歌「心あてに」について、
先の源氏の言「をちかた人に」への受け答えでもある（一巻一〇三頁）（傍点廣田）。

と注している。私はもう一歩進めて、歌「心あてに」はまっすぐに「をちかた人に」という光源氏のひとりごつ施頭歌を受けていると考えるものである。

繰り返せば、場面が異なるので、遠く離れているように見えるが、いわば男が女に妻問いするという文脈にあって、光源氏の問いに対する本質的な答えが、女童の持ち来たった歌「それかとぞ見る」ではないか。いわば物語の表現は二重に仕掛けられている。

一方、独詠歌の問題としていえば、「ひとりごつ」という言葉を伴っていたとしても、それはどく独詠なのではない。独詠としての和歌に和歌をもって応える事例のあることは、独詠という概念を再検討する根拠となるに違いない。

（2）「ひとりごつ」呼びかけに応じて答える事例

『源氏物語』の全体において、引歌に和歌で応える事例がどれくらいあるのかは未調査であるが、夕顔巻の「ひとりごつ」とこれに歌で応じるという事例は他にもある。ひとたびは歌を「ひとりごつ」ときに、（呼びかけとしての歌に対して）本来伝えたい相手が不在の場合でも、そこに居合わせた誰かが、歌をもって答えるという事例である。

薫は大君の没後、故八宮邸の寝殿を寺として改築するつもりであることを、弁尼に告げるとともに「かの形代」

のことを口にする。弁尼は八宮の北方の産んだ姫君（浮舟）が、常陸国に下向していたが、この度上京してきたことを告げる。翌日帰路に着くにあたって、薫が色づいた蔦の絡む深山木を匂宮への土産にしようとする条、

○38　木枯のたへがたきまで吹きとほしたるに、残る梢もなく散り敷きたる紅葉を踏み分けたる跡も見えぬを見わたして、とみにもえ出でたまはず。いとけしきある深山木にやどりたる蔦の色ぞまだ残りたる。こだになどすこし引き取らせたまひて、宮へとおぼしくて、持たせたまふ。

やどり木と思ひいでずは木のもとの旅寝もいかにさびしからまし（薫）

と独りごちたまふを聞きて、尼君、

荒れはつる朽木のもとをやどり木と思ひおきけるほどの悲しさ（弁御許）

あくまで古めきたれど、ゆゑなくはあらぬをぞいささかの慰めにはおぼしける。（宿木、五巻四六二～三頁）

玉上『評釈』は、この「ひとりごち」について、「弁の君のような者に対して歌を詠みかけることはないから『ひとりごと』という。しかし、返歌できるにこしたことはない」という（二三七頁）。薫の歌「やどり木と」は、本来亡き大君に向けて伝えたい気持ちであろうが、今やそれはかなわない。薫が弁御許に面と向うことが羞恥であるゆえに横を向いて呟いたというよりも、やはり身分社会ゆえのことと理解したい。薫が詠みかけたいと思う相手は亡き大君以外にはない。詠みかける相手のいない薫の、やり場のない心情を慮んぱかって弁尼は、薫の歌「やどりきと」に対して僭越ながらも歌をもって答えるのである。そのことによって、薫は「いさかの慰め」を得るのである。独詠に、他の存在が歌で答えることによって、贈答（唱和と呼ぶにふさわしいもの）に転化する事例である。

（3）「ひとりごつ」呼びかけに応じないために独詠となる事例

○28　殿に帰りたまへれば、格子など下ろさせて、みな寝たまひにけり。この宮に心かけきこえたまひて、かく

ねむごろがりきこえたまふぞなど人の聞こえ知らせたれば、かやうに夜更かしたまふもなま憎くて、入りたまふをも聞く聞く寝たるやうにてものしたまふなるべし。「**妹と我といるさの山の**」と、声はいとをかしうて、独りごちうたひて、「こは、など。かく鎖し固めたる。あな埋れや。今宵の月を見ぬ里もありけり」とうめきたまふ。（横笛、四巻三五八頁）

「**妹と我といるさの山の**」は伊井春樹編『源氏物語引歌索引』（笠間書院、一九七七年）によると、『催馬楽』四三「姉と我」「いもとあれと　入るさの山の山あららぎ　手な取り触れそや　かほにまさるがにや　とくまさるがにや」を指摘している。夕霧が落葉宮のもとから三条殿に帰宅すると、女房たちはすでに寝入っていた。夕霧があえて声に出して催馬楽を謡うところに、直接聞えるか否かは別として、雲居雁に対する呼びかけがある。『新編全集』は、「心中には、落葉の宮への思慕を託しながら、一方では、雲居雁のご機嫌とりのために、部屋に入って共寝したいとの意味で、わざと聞えるように謡った」と注する（三五八頁）。引歌という枠を外し、「妹と我といるさの山の」に対して、雲居雁方の女房たちはこの呼びかけに、あえて答えようとはしていない。夕霧の帰宅を知らないふりをすることにおいて、待つ女主の心情を伝えようとしている。あえて答えないところに、夕霧の言葉は独白として放置されたままになっている。

次は、妻を亡くした中将が尼君の住む家に女君の姿をみとがめ、誰がすむのかと庭の女郎花を折り、浮舟に懸想する条、尼君は中将が亡き妻への思いをまだ絶ちがたくあることを思い遣るが、中将は、

42　こまかに問へど、そのままにも言はず、「をのづから聞こしめしてん」とのみ言へば、うちつけに問ひ尋むもさまあしき心ちして、「雨もやみぬ。日の暮ぬべし」と言ふにそのかされて、出でたまふ。

前近き女郎花を折りて、「**何にほふらん**」と口ずさびて、独りごち立てり。「人のもの言ひを、さすがに思し咎むるこそ」など、古代の人どもはものめでをしあへり。「いときよげに、あらまほしくもねびまさりたまひにけるかな。同じくは、昔のやうにても見たてまつらばやとて、（手習、六巻三〇九頁）

中将は、古歌の一節「何にほふらん」を「口ずさび」して「ひとりごち」したという。その古歌は、次の『拾遺和歌集』雑秋、一〇九八番歌である。

房の前栽見に、女どもまうで来たりければ、　僧正遍昭
こゝにしも何にほふらん女郎花人の物言ひさがにくき世に(38)

『新大系』は「女性が居るのを憚る僧房に、女郎花が咲き、また見物の女性が集まっているのを、世間の人はどれほど悪い噂を立てるのかと戯れたもの(39)」と解する。「口ずさび」は、『紫式部集』二四番歌「おいつしま」の用例では、秀句などをものすることをいうが(40)、ここでは唱詠法に乗せずに、まさに口ずさんだものか。中将がこの歌を口ずさんだ理由は（浮舟が）なぜこんなところにいるのか、という疑問である。

この場合にも、中将からの歌「にほふらん」という呼びかけ、働きかけは放置されたままとなる。浮舟の歌は歌われなかった。あるいは浮舟の応える前に、「古体の人ども」も応じることがなかった。周りにいる誰もが応えなかったゆえに、独詠歌となる事例だといえる。中将みずからの歌がないことを云々する必要はない。古歌をもって今の中将の心情を詠じることができたのである。

（4）「ひとりごつ」呼びかけに答える者のいない事例

次は、斎宮と六条御息所が伊勢に向かって旅立った有名な条である。光源氏は六条御息所が生霊となって正妻葵上の命を奪った一件以来、御息所をうとましく思うに至った。御息所は賭けに出て、娘斎宮とともに伊勢に下

向したいと願い出るが、光源氏は振り向かなかった。しかし光源氏は離別の場においてみずからの心情とは別に、私を振り捨てて行ってしまれるのか、とその気もないくせに、儀礼的に私を「ふりすてて」形どおりの離別歌を送る。それが挨拶としての儀礼的な表現である。六条御息所は光源氏に返歌「鈴鹿川」を贈る条。

7　暗う出でたまひて、二条より洞院の大路を折れたまふほど、二条院の前なれば、大将の君いとあはれに思されて、榊にさして、

ふりすてて今日は行くとも鈴鹿川八十瀬の波に袖はぬれじや　（光源氏）

と聞こえたまへれど、いと暗うもの騒がしきほどなれば、またの日、関のあなたよりぞ御返りある。

鈴鹿川八十瀬の波にぬれぬれず伊勢まで誰か思ひおこせむ　（六条御息所）

ことそぎて書き給へるしも、御手いとよしよししくなまめきたるに、あはれなるけをすこし添へたまへらましかばと思す。霧いたう降りて、ただならぬ朝ぼらけに、うちながめて独りごちおはす。

行く方をながめもやらむこの秋は逢坂山を霧なへだてそ　（光源氏）

西の対にも渡り給はで、人やりならずものさびしげにながめ暮らしたまふ。まして旅の空は、いかに御心づくしなること多かりけん。　（賢木、二巻九四～五頁）

歌「行く方を」について、『(旧)全集』『新編全集』ともに「独」詠歌と分類している（五三九頁、六〇三頁）。この歌「行く方の」の場合すでに歌「ふりすてて」と歌「鈴鹿川」を贈答した、光源氏と六条御息所との前の離別の場とは異なる。光源氏は歌「行く方の」を「ひとりごつ」のであるが、返歌はなされていない。

この歌「行く方の」は『古今和歌集』の規範からすれば、離別歌の典型的な表現形式に基いている。(41)あえていえば、いささか陳腐である。それは光源氏の六条御息所に対する態度を示してもいる。『古今和歌集』に見られるような典型的な離別歌であるということは、光源氏が六条御息所に対する情愛の熱さの冷めたことを示すもの

かもしれない。普通、離別歌の表現形式からすれば、詠じられた場は、離別の場であり、贈られるならば返歌をもって応ずるはずだが、ただこの場合、呼びかけつつ返歌する者がいない（ものとして語られている）。あるいは、またそのことが六条御息所と別れる他はなかった、六条御息所との径庭のある光源氏の孤独を表している。これは結果的に独詠歌と呼ぶ以外にはない。

次は、光源氏が須磨に独居し「冬になりて雪降り荒れたるころ」に、良清に「歌うたはせ、大輔横笛吹きて遊び給」う条である。光源氏は「ただ是西に行くなり」と道真の絶句を「ひとりごち」して、さらにみずから歌「いづかたの」を「ひとりごち」した。そしてまた歌「友千鳥」を詠むとともに、自らの歌を「返々ひとりごち」したという。この条は光源氏が徹底して「ひとりごち」しているところに特徴がある。

9・10・11　昔胡の国に遣はしけむ女を思しやりて、ましていかなりけん、この世にわが思きこゆる人などをさやうに放ちやりたらむことなど思ふも、あらむことのやうにゆゆしうて、「**霜の後の夢**」と誦《ず》じ給ふ。月いと明かうさし入りて、はかなき旅の御座所は奥まで隈なし。床の上に、夜深き空も見ゆ。入り方の月影すごく見ゆるに、「**ただ是西に行くなり**」と①独りごちたまひて、

いづかたの雲路に我もまよひなむ月の見るらむこともはづかし　（光源氏）

と②独りごちたまひて、例のまどろまれぬ暁の空に千鳥いとあはれに鳴く。

友千鳥もろ声に鳴くあかつきはひとり寝ざめの床もたのもし　（光源氏）

また起きたる人もなければ、かへすがへす③独りごちて臥したまへり。夜深く御手水まゐり、念誦などしたまふも、めづらしきことのやうにめでたうおぼえたまへば、え見たてつまり棄てず、家にあからさまにもえ出でざりけり。　（須磨、二巻二〇八～九頁）

『(旧)全集』『新編全集』はともに「独」詠歌と分類する（五四〇頁、六〇四頁）。

さて、「ひとりごつ」は古歌についても、古詩についても用いられている。ただこの場合、「**霜の後の夢**」が「誦す」であり、玉上琢彌編『評釈』はこれを「吟じ」ると訳出している。また「**ただ是西に行くなり**」がひとりごつであるのは、玉上編『評釈』は「一人言をおっしゃって」と訳出する（一一九頁）。両者は詠法の違いとみられる。

周知のように「たゞ是西に行くなり」とは、『菅家後集』道真の漢詩を受けている。

代月答。

冥発桂香半且円　三千世界一周天　天廻玄鑑雲将霽　唯是西行不左遷　（五五一番）[42]

光源氏が①「ひとりごち」したという詩句の意味は、「私は左遷されているのではない。ただ西に行くさだめなのだ。無実を天道に訴えている。流謫・左遷は、私にいわれのないことだということを月に托して叫びあげている[43]」であるが、光源氏が「ひとりごち」したことは、この漢詩が光源氏の心情をみごとに言い当てているからである。と同時に、光源氏がみずからに歌題を示したということになる。これに対して、光源氏は、歌「いづかたの」を詠じた。同じ場に（もしくは近くに）家司である良清や大輔たちがいるはずだが、二人には届かないように詠じたかのごとくである。誰もいないわけではなくて、②「ひとりごち」とならざるを得なかった。問いと答えを光源氏はみずから演じたことになる。さらに光源氏は歌「友千鳥」を詠じるが、③「又起きたる人もなければ、返々ひとりごち」するより他はなかったというわけである。これは光源氏が行動を共にする家司たちと問答にならない立場におかれていて、他に人がいないことによる場合である。

逆に言えば、歌は本来、贈答・唱和の形態をとるものであり、集団的なものであるはずだが、そうでない場合に、あえて「ひとりごつ」といいつのる必要があったというわけである。

他の場面からすれば、光源氏が良清や大輔と唱和することもありうるはずである。事実須磨巻には光源氏に良清たちが唱和する場面がある。

前栽の花いろいろ咲き乱れ、おもしろき夕暮に、海見やらるる廊に出でたまひて、たたずみたまふ御さまのゆゆしうきよらなること、所がらはましてこの世のものと見たまはず。（略）ほのかに、ただ小さき鳥の浮かべると見やらるるも心細げなるに、雁の連ねて鳴く声楫の音にまがへるを、うちながめたまひて、涙のこぼるるを、かき払ひたまへる御手つき黒き御数珠に映えたまへるは、古里の女恋しき人々の、心みな慰みにけり。

初雁は恋しき人のつらなれやたびのそらとぶ声の悲しき　（光源氏）

とのたまへば、良清、

かきつらね昔のことぞ思ほゆる雁はその世ともならねども　（良清）

民部大輔、

心から常世をすててなく雁を雲のよそにも思ひけるかな　（民部大輔）

前右近将監、

常世いでて旅の空なるかりがねも列におくれぬほどぞなぐさむ　（前右近将監）

友まどはしては、いかにはべらまし」と言ふ。親の常陸になりて下りしにも誘はれで参れるなりけり。下には思ひくだくべかめれど、誇りかにもてなして、つれなきさまにしありく。（須磨巻、二巻二〇一～二頁）

問題を元に戻すと、光源氏に対して③「起きたる人もなければ」返歌することができなかったという。ところが物語は、この場面では、光源氏が独りで歌を詠むことを記し伝えることに徹している。そのことが、歌の内容以前に、光源氏の孤独の形を浮き彫りにしているといえる。そのことは光源氏のさすらいが光源氏自らの導いたことを、ひとり受け止める他はない孤独を示すのである。

次は、崩御した藤壺を光源氏が二条院にひとり籠って追悼する条である。

16　をさめたてまつるにも、世の中響きて悲しと思はぬ人なし。殿上人などなべて一つ色に黒みわたりて、ものの栄なき春の暮なり。

二条院の御前の桜を御覧じても、花の宴のをりなどおぼし出づ。「今年ばかりは」と独りごちたまひて、人の見とがめつべければ、御念誦堂にこもりゐたまひて日一日泣き暮らしたまふ。夕日はなやかにさして、山際の梢あらはなるに、雲の薄くわたれるが鈍色なるを、何ごとも御目とどまらぬころなれど、いとものあはれに思さる。

入日さす峰にたなびく薄雲はもの思ふ袖に色やまがへる

人聞かぬ所ならばかひなし。（薄雲、二巻四四八～九頁）

『(旧)全集』『新編全集』はともに「独」詠歌と分類している（五四一頁、六〇五頁）。

光源氏が呟いた「ことしばかりは」とは、いうまでもなく『古今和歌集』哀傷、八三一番歌の第四句である。

堀河の太政大臣、身まかりにける時に、深草の山に納めてける後によみける

僧都勝延

空蝉はからを見つつもなぐさめつ深草の山けぶりだにたて

上野岑雄

深草の野辺の桜し心あらば今年ばかりは墨染に咲け(44)

「人の見とがめつべければ」に、『新大系』は「誰かが（藤壺との秘密に）気づいてしまいそうなので。藤壺への悲傷が表情にあらわである」と注する（二二三二頁）が、人に見とがめられることを避けたのは、本当に「表情」ゆ

えなのか。むしろ歌の意味するところ、光源氏があってはならない思いを藤壺に寄せていたことに、人が疑いをもつかもしれないことを恐れたと見るべきであろう。普通なら側近の女房や家司が返歌することがあってもよい。しかしここでは、亡き藤壺への思いについて人目を避ける必要がある。

ところで歌「今年ばかりは墨染に咲け」は表現上、桜に対する問いかけである。亡き人に対するものではない。したがって、直接的には亡き藤壺に対する問いかけにはなっていない。玉上『評釈』は、

阿弥陀如来のいます浄土の方角、西の空を、念誦からながめているのである。そして一人歌をよむ。それでは、この歌は、どうして伝えられたのか。ここではその説明がない（一九七頁）。

という。『新編全集』が「夕日の光は阿弥陀如来来迎の折の光明を連想」させ、服の色に「来迎の折の紫雲の連想」を見てとり、「源氏は藤壺が極楽浄土に向かえられたことを思う」と注する（四四八頁）ことは深読みに過ぎる。いずれにしても、光源氏の「ひとりごち」したこの歌に対して、誰も応える者が周りにいない。さらに、歌「入日さす」を詠じても、誰も返歌をすることがないのは、「人聞かぬ所」だからである。誰もいないからである。つまり、この場合の独詠歌は誰も応える人がいないゆえに、独詠歌たらざるをえないものである。

物語の中で、人物が歌を詠じるとき、贈るべき相手が同じ場に居るか居ないかということがあったとしても、実際には曖昧な面も残るが、傍らに居る（と考えられる）人が応えるかどうかである。贈るべき相手が応じ（ることができ）ないとしても、傍らなる者が、①階層的な身分差ゆえに応じることができないのか、②最初詠じられた歌の心情を居合せている人も共有しているから応じられないのか、いずれかだと考えられる。

（5）「ひとりごつ」歌で応じるとき謙譲の姿勢を示す事例

○3　今様色の、えゆるすまじく艶なう古めきたる、直衣の裏表ひとしうこまやかなる、いとなほなほしうつま

づまぞ見えたる。あさましと思すに、この文をひろげながら、端に手習すさびたまふを、側目に見れば、

なつかしき色ともなしに何にこのすゑつむ花を袖にふれけむ　（光源氏）

「色濃き花」と見しかども」など書きけがしたまふ。花の咎めを、なほあるやうあらむと思ひあはするをりをりの月影などを、いとほしきものからをかしう思ひなりぬ。

紅のひとはな衣薄くともひたすらくたす名をしたてずは　（命婦）

心ぐるしの世や」と、いといたう馴れて独りごつを、よきにはあらねど、かうやうのかいなでにだにあらましかば、とかへすがへすくちをし。（末摘花、一巻三〇〇～一頁）

『引歌索引』は、**「色濃き花」**の引き歌として、次の歌を指摘する。

『古今和歌集』巻第一九、雑体、一〇四四、題しらず、読人不知

紅にそめし心の頼まれずひとをあくにはうつるてふなり

『細流抄』

紅の色濃き花と見しかども人を飽くにはうつるてふなり

本来ならば光源氏の歌には末摘花が応えるべきところであるが、命婦が女主に代わって「ひとりごつ」形で応じたものである。命婦の側に「ひとりごつ」が用いられた事例である。光源氏が末摘花を手に入れたことに悔恨の思いを表明したことに対して、命婦は歌「紅の」を詠んで光源氏を慰め申し上げた形になっている。命婦ははっきりと答えたわけではなく、遠慮がちに歌をもって答えたといえる。

（6）異界の存在への呼びかけとしての「ひとりごつ」

前に第一節において、独詠歌の中で異界に向かって呼びかける事例を幾つか挙げたが、「ひとりごつ」と重な

る事例について、改めて検討を加えておきたい。

次の事例は、某院で夕顔の命を落すことになった光源氏が、東山で夕顔の亡骸を荼毘にふした後、二条院で前栽を前に右近に語りかける条である。右近は、光源氏の嘆きを聞きつつ、光源氏の歌に返歌することはなかった。

2　「はかなびたるこそはらうたけれ。かしこく人になびかぬ、いと心づきなきわざなり。みづからははかばかしくすくよかならぬ心ならひに、女は、ただやはらかに、とりはづして人に欺かれぬべきがさすがにものづつみし、見ん人の心には従はんなむあはれにて、わが心のままにとり直して見んに、なつかしくおぼゆべき」などのたまへば、「この方の御好みにはもて離れたまはざりけりと思たまふるにも、口惜しくはべるわざかな」とて泣く。空のうち曇りて、風冷やかなるに、いといたくながめたまひて、

見し人の煙を雲とながむれば夕の空もむつましきかな　（光源氏）

と、独りごちたまへど、えさし答へも聞こえず。かやうにておはせましかばと思ふにも胸ふたがりておぼゆ。耳かしがましかりし砧のおとを思し出づるさへ恋しくて、「**正に長き夜**」とうち誦じて臥したまへり。

かの伊予の家の小君参るをりあれど、ことにありしやうなる言づてもしたまはねば、うしと思しはてにけるをいとほしと思ふに、かくわづらひたまふを聞きて、さすがにうち泣きけり。　（夕顔、一巻一八八～九頁）

『（旧）全集』『新編全集』ともに「独」詠歌と分類されている（五三七頁、六〇一頁）。

右の条、「ながめ」つつ光源氏の歌「見し人の」は、他界した夕顔に向けられている。光源氏は独白 monologue を呟いたとだけ取る必要はない。ここで問題は、光源氏が歌を「ひとりごち」したとき、右近は「えさしいらへも聞こえず」さまであったという。玉上『評釈』は、「独りごちたまへど」について、

右近によみかけたのではないのである。右近をそれほどの者とは思っていないのだ。右近は「えさしもい

らへ聞えず」、だまっている。よみかけられないにしても、こういう時は返歌をする方がよいのであるが、遠慮しているのだ。女君が生きていられれば、と思うばかりの右近である（四六八頁）。

思いの溢れた右近は光源氏の歌に歌をもって返答することができなかったのである。その理由は、身分の差ゆえにというだけではないであろう。この「えさしもいらへ聞こえず」には、右近が何か応えなければならなかったという気分 nuance が感じられる。右近は「胸ふたがりて」悲しみに閉ざされているからであると物語は説明している。右近が光源氏の歌に返歌しなかったのは、光源氏の歌に共感し、あるいはあまりにも深い悲哀のゆえに返歌できなかったというべきかもしれない。

物語はこの歌に、右近が応えることによって贈答に落ち着かせるようには扱わない。むしろ光源氏は、応えるはずのない亡き夕顔に向かって「呼びかけ」ていると見ることができる。もちろん、現実的に、ここで右近が歌をもって返せば、贈答となるということである。このように、物語は歌が異界の存在への働きかけと、此界の女房に対してというふうに、重層的に機能していることを描いている。

もうひとつ事例を挙げておきたい。葵上の亡くなった折、時雨降る暮れがたに、中将が光源氏を見舞った条。

□5〇6 風荒らかに吹き時雨さとしたるほど、涙もあらそふ心地して、①（光源氏）「**雨となり雲とやなりにけん、今は知らず**」とうち独りごちて、頬杖つきたまへる御さま、女にては見棄てて亡くならむ魂ならずとまりなむかし、と色めかしき心地にうちまもられつつ、近うついゐたまへれば、しどけなくうち乱れたまへるさまながら、紐ばかりをさしなほしたまふ。これは、いますこし濃やかなる夏の御直衣に、紅の艶やかなるひき重ねてやつれたまへるしも、見ても飽かぬ心地ぞする。中将も、いとあはれるまみにながめたまへり。

雨となりしぐるる空の浮雲をいづれの方とわきてながめむ　（中将）

行く方なしや」と②独りごとのやうなるを、

見し人の雨となりにし雲居さへいとど時雨にかきくらすころ　（光源氏）

とのたまふ御けしきも、浅からぬほどしるく見ゆれば、あやしう年ごろはいとしもあらぬ御心ざしを、院などゐたちてのたまはせ、大臣の御もてなしも心苦しう、大宮の御方ざまにもて離るまじきなど、かたがたにさしあひたれば、えしもふり棄てたまはで、ものうげなる御気色ながらあり経たまふなめりかしと、いとほしう見ゆるをりをりありつるを、まことにやむごとなく重き方はことに思きこえたまひけるなめり、と見知るに、　（葵、一巻五五～六頁）

『(旧)全集』『新編全集』はともに、両歌を「贈」「答」と分類している。この①の事例で興味深いことは、光源氏が漢詩「雨となり」を「ひとりごと」のように（誦じるのでなく）呟いたことに対して、中将は歌「雨となり」と応じているが、さらに中将が②「行く方なしや」と呟いたのに対して、光源氏は歌「見し人の」と返歌している。ここに、「とのたまふ」とある。詠じたというよりも、普通のものいいをもって答えたのである。これは歌の唱詠法の有無の問題とみられる。頭中将の歌に、光源氏は敢えて答えたのである。

結果的には①②いずれもが贈答をなしている。2の夕顔巻の事例のように、「ひとりごつ」言葉がそのまま放置されれば、独詠歌のようになる。「雨となり」は、『古今和歌集』を規範とすると、哀傷歌の形式を襲うものである。いわば、他界した葵上に対して呼びかけられたものといえる。

この5・6の場合、御互いが返歌したために、贈答の形態をなす結果となっている。そのように物語における歌の機能は複線化している。

もしれない。

おそらく（7）が古代における古層をなす事例であり、（5）やこの（7）は派生的なものであるといえるか

（7）駆け引きとしての「ひとりごつ」

「ひとりごつ」ことが、最も意識的に、それゆえに遊戯的に用いられる事例は次のようなものである。姫君の五十日の祝いに光源氏は明石に御使いを遣る。入道は感激して返事を認めた。

13・○14・15　御使出だし立てたまふ。「かならずその日違へずまかり着け」とのたまへば、五日に行き着きぬ。思しやることもありがたうめでたきさまにて、まめまめしき御とぶらひもあり。

海松や時ぞともなきかげにゐて何のあやめもいかにわくらむ　（光源氏）

心のあくがるるまでなむ。なほかくてはえ過ぐすまじきを、思ひ立ちたまひね。さりともうしろめたきことは、よも」と書いたまへり。（略）御返りには、

数ならぬみ島がくれに鳴く鶴を今日もいかにととふ人ぞなき　（明石君）

よろづに思うたまへむすぼほるるありさまを、かくたまさかの御慰めにかけはべる命のほどもはかなくなむ。げにうしろやすく思うたまへおくわざもがな」とまめやかに聞こえたり。

うち返し見給つつ、（光源氏は）「あはれ」と、長やかに①独りごちたまふを、女君、後目に見おこせて、「**浦よりをちに漕ぐ舟の**」と、忍びやかに②独りごちながめたまふを、（光源氏は）「まことは、かくまでとりなしたまふよ。こはただかばかりのあはれぞや。所のさまなどうち思ひやる時々、来し方の事忘れがたき③独り言を、ようこそ聞きすぐいたまはね」など、恨みきこえたまひて、上包ばかりを見せたてまつらせたまふ。手などのいとゆゑづきて、やむごとなき人苦しげなるを、かかればなめりとおぼす。

（澪標、二巻二九四～七頁）

『引歌索引』は次のような引歌を指摘している。

『古今和歌六帖』第三、伊勢、三二七四二（新編国歌大観、一八八八番）

うら

み熊野の浦よりをちに漕ぐ船の我をばよそにへだてつるかな(45)

『伊勢集』一八五三四（新編国歌大観、西本願寺本三八〇番）

伊ずにながされたるに

みくまののうらよりをちにこぐふねの我をばよそにへだてつるかな

『新古今和歌集』恋一、題知らず、伊勢（一〇四八番）

み熊野の浦よりをちにこぐ舟のわれをばよそにへだてつるかな(46)

『新大系』は紫上がこの二、三句を引いて「私を除け者にしたことよ」と解釈している（一〇八頁）。『新編全集』は、「暗に嫉妬の心をいう」（二九六頁）と注する。

明石君からの消息を光源氏が繰り返し読み、嘆息をついているので、紫上はあえて光源氏に聞えるように「浦よりをちに」と詠じた。この歌には、嫉妬が籠められている。挑発しているが、光源氏は紫上の歌を耳にしつつあえて応じなかったのである。

まとめにかえて――独詠歌とは何か――

かくて、足早に「ひとりごつ」という言葉を手がかりに独詠歌と贈答歌・唱和歌との関係のあやうさについて検討してきた。本論は「ひとりごつ」の用例の検討に偏したために、独詠歌すべての事例を詳細に検討することはできなかった。いわゆる独詠歌一一〇首の検討を行うためには、「ひとりごつ」四四例を伴わない、残り数十首余の事例を再検討する必要があるが、これについては他日を期したい。

ただ、ここに見た限りにおいても「ひとりごつ」は単純な独白ではありえない。古代における「ひとりごつ」は、いわば言挙げであり、何者かに向かって呼びかけたり、問いかけたりする働きが含まれているように感じられる。

先に伊井春樹氏は、「会話に用いられる引歌は、表現された背後の世界を同時に呼び覚まし、相手にもなかば共有を強いることになる」のに対して、これと「対置する関係にある」のが、

『口ずさぶ』とか『誦ず』『ひとりごつ』『歌ふ』といった表現によって引かれる古歌の一節は、必ずしも相手を必要としていなくて、それによる反応を期待しているわけでもない。(47)


と断じる。さらに、「『誦ず』に引かれる古歌」は「もっとも訴えたい語句をダイレクトに表出しているようで、引歌ほどの複雑な用法はしていない」としつつ、「これと関連するのが『ひとりごつ』『口ずさぶ』『歌ふ』」であり、『誦ず』と変わりはないものの、基本的には人にも聞かせようとする意図は薄れ、自らに向けたつぶやき的な性格が強くなる。という。そして「古歌の一句だけを声に出して、『口ずさぶ』『ひとりごつ』『ほのめかす』といった表現は、口吟の形態にあるとはいえ、『誦ず』とは距離のある、かなり会話の引歌に近い機能を持っていることになる」という。(48)

しかしながら、はたしてそうだろうか。物語においては詠者の意識や意図にかかわらず、応答の契機となることはありうる。事柄はそう単純ではない。

あるいは田辺玲子氏は、

源氏物語中には独り言の設定の古歌を誰かが聞いていて反応したり、その聞き手によって物語が大きく展開していくという場合が少なからず見られる。

として、「独り言という設定で描かれている引歌」に考察を加えている。(49) 田辺氏の伊井氏に対する批判は今措く

として、「独り言の設定の歌」によって「物語が大きく展開してゆく」という指摘は重要である。ただ一点、「ひとりごつ」をわれわれのいう「独り言」と同義のものと理解してよいであろうか。

このような問題意識を持ったとき、例えば、次のような針本正行氏の指摘は示唆に富む。すなわち、針本氏は朝顔巻末の光源氏と紫上との贈答歌が、「藤壺の死霊に対してどのような意味、機能を有しているのか」と提起する。すなわち、

紫上の、「こほりとぢ」の歌は、安定した夫婦関係にある紫上からものされたものとして、死霊藤壺の魂を振るわす契機となっているものであり、同時に光源氏の、「かきつめて」の歌とは隔絶し、紫の上の孤独感を吐露した独詠歌にもなっているのである。


とされる。「ゆえに『とけて寝ぬさびしき』は、紫の上を『おそふ』死霊の魂を鎮めようとして、光源氏が発した言葉として機能し、結果として死霊藤壺の怨霊化も回避させる鎮魂歌となっているのである」という。また「なき人を」という「独詠歌をもって、死霊となった藤壺の魂を鎮めようしたのではないだろうか」という。(50)

贈答・唱和歌と見えて独詠歌であり、独詠歌と見えて実は死霊に対して働きかける機能をもつという重層的理解こそ重要である。『古今和歌集』を規範とすると、『源氏物語』の和歌の機能は、いっそう複雑になっていることはまちがいない。

本論に戻そう。

こうして「ひとりごつ」という語を手がかりに、独詠歌の事例を並べてみて歴然としていることは、物語において登場人物が古歌や歌謡(の一句や一節)をひとりごつ時は、生起する事象に対して感興を催すときである。まさにそれは、歌を要請する機会であり、詠歌の場であるといえる。と同時に、『源氏物語』の和歌の範疇として引歌を、一首の和歌そのものとして据え直すことができれば、「ひとりごつ」であるにもかかわらず、贈答・唱

和を導き、歌をめぐって物語が展開して行くところに、『源氏物語』における古代和歌独特のおもしろさが存する。

さらに、「ひとりごつ」事例を参照することによって、従来からする「独詠歌」を、およそ次のように分類することができるであろう。

1　詠じられた歌が、神格や霊格に向かって呼びかける場合。

2　詠じられた歌が、場の人々の気持ちを共有し代表するものであるゆえに、これに応える歌の詠まれることがなく、結果的に独詠歌となる場合。

3　詠じられた歌が、その場に居合わせた人が、これに応える歌を詠まないために、結果的に独詠歌となる場合。

4　詠じられた歌が、その場に詠歌主以外には誰もいないゆえに、これに応える歌の詠まれることがなく、結果的に独詠歌となる場合。

5　独白。

つまるところ、独詠歌というものの総体をどのように見るかという問題は、遡って古代和歌をどのように捉えるかという根本的な捉え直しとともにあるに違いない。

さらに加えるならば、本論において私の得たことは、次の三点に要約できる。

（1）個別・独詠歌の問題だけを考え直そうとしたわけではなく、通説の三区分は便宜的に有効な面もあるが、必要以上に囚われるべき根拠はないこと。

（2）引歌という概念による「囲い込み」をやめ、かつ歌謡と和歌とを含めた歌言葉の応答を認めるべきであるということ。

これら（1）（2）の枠組みを解き放つことによって、『源氏物語』の仕組みや仕掛けがより際立って見えてくる

ことがあるのではないか。さらに、

(3) 物語の歌を分析する上で、『古今和歌集』の部立を参照しながら、「詠歌の場」と「歌の表現形式」というものを媒介項として用いることが有効ではないかということ。

これは古代の和歌を個人と内面、抒情性を基準として読む誤りに陥らぬよう抑制する手がかりとなるのではないか。

このような問題提起が、さらに今後の研究の展望を示唆するものであってほしいと願うものである。

注

(1)「源氏物語作中和歌一覧」『新編全集』によると、個人別の独詠歌は次のとおりとされる(独詠歌/全詠歌数)。明石尼君(**一首**/七首)、明石君(**二首**/二二首)、浮舟(**一一首**/二六首)、空蝉(**二首**/七首)、落葉宮(**三首**/一〇首)、薫(**一八首**/五七首)、柏木(**四首**/一五首)、桐壺院(**二首**/四首)、末摘花(**一首**/六首)、大輔命婦(**一首**/一首)、大宰少弐妻(**一首**/二首)、宇治中君(**三首**/一九首)、宇治八宮(**一首**/五首)、光源氏(**五一首**/二二一首)、藤壺中宮(**一首**/一二首)、紫上(**二首**/二三首)、夕霧(**四首**/三九首)、六条御息所(**二首**/一一首)。以上、合計(**一一〇首**/七九五首)。

(2) 阿部秋生他校注・訳『新編日本文学全集　源氏物語』小学館、一九九四年、(巻名、巻頁)を示す。以下、『源氏物語』の本文はこれに拠る。

(3) 廣田收「源氏物語作中和歌の一機能」『同志社国文学』第一八号、初出一九八一年。その後『『源氏物語』系譜と構造』笠間書院、二〇〇七年、に所収。

(4) この問題については、久保田孝夫に考察がある(「源氏物語独詠歌試論」)。

(5) 独詠の規定でも、鈴木裕子氏のように「独詠とは、もう一人の自分という『他者』と対話する営みである」という(「浮舟の独詠歌」)指摘もあるが、本論ではこのような近代的な規定から検討を始めることはしないことにした。

(6) 廣田收「補注」上原作和・廣田收共編『紫式部集と和歌の世界　一冊で読む紫式部家集』武蔵野書院、二〇一一年。

(7) 鈴木日出男他編『新日本古典文学大系　別巻　源氏物語索引』岩波書店、一九九九年。

（8）鈴木日出男編「源氏物語作中和歌一覧」阿部秋生他校注・訳『（旧）全集』小学館、一九七六年、第六巻五二四頁、『新編全集』小学館、一九九八年、第六巻五八八頁。
（9）小町谷照彦「作品形成の方法としての和歌」『源氏物語歌ことば表現』東京大学出版会、一九八四年、四〜五頁。
（10）（9）に同じ、「『源氏物語』の和歌」同書、八七〇頁。
（10）鈴木日出男「『源氏物語』の対話と贈答歌」『文学』二〇〇九年七・八月。
（11）久保木哲夫『折の文学　平安和歌文学論』笠間書院、二〇〇七年。
（13）廣田收「『紫式部集』冒頭歌考」『同志社大学　人文学』二〇〇一年一一月、注（21）参照。私は、消息など離れた場所どうしが贈答、同じ場所に居る場合が唱和と理解する方が合理的だと考えるものである。
　ちなみに私は、森岡常夫氏の分類には違和感がない。森岡氏は①集会の歌、②贈答の歌、③独吟の歌、という③分類をされる（「源氏物語の内容　和歌的性格」）。すなわち森岡氏は「**贈答**の和歌とは、消息文の中に記入し、或は単独に色紙畳紙の類に記載して贈答された和歌であるが、ある時には返歌の代りにそこはかとなく物に書きつけ、又ある折には返歌の見られないこともある。**唱和**の和歌とは、談話の中に含めて、或は単独に唱和された和歌であるが、ある時には人を介して伝へ、又ある折には代作することもある」（「和歌的精神」）。その後、鈴木一雄氏の、贈答・唱和・独詠の三分類では、唱和歌を会合の歌と同義に扱っている（「源氏物語の文章」）。
（14）後藤祥子「独詠歌論―詠嘆の変貌―」『国文目白』第七号、一九六八年三月。
（15）同論文。
（16）同論文。
（17）後藤祥子「独詠歌」犬養廉他共編『和歌大辞典』明治書院、一九八六年、七三三頁。
なお、篠塚純子氏にも「心遣りの独詠や手習歌のように、他者への通達の意図がまったくない場合」の歌という（「薫の独詠歌をめぐって」）同様の規定がある。

　本稿に関連する先行研究は次のとおり。

1独詠歌に関する先行研究
・森岡常夫「源氏物語の内容　和歌的性格」『源氏物語の研究』弘文堂、一九四八年。
・鈴木一雄「『源氏物語』の文章」『解釈と鑑賞』一九六九年六月。
・森下純昭「独詠歌の系譜―状況との関係―」『国語国文学研究』第五号、一九六九年一二月。

・小町谷照彦「歌―独詠と贈答―」『国文学』一九七二年一二月。
・早川智子「浮舟独詠歌論ノート」『新潟大学　国文学会誌』第二二号、一九七八年一二月。
・鈴木日出男「源氏物語の和歌」『古代和歌史論』東京大学出版会、一九九〇年。初出、一九八〇年。
・久保田孝夫「光源氏物語の長恨歌引用の表現―李夫人・子の存在・独詠歌―」南波浩編『王朝物語とその周辺』笠間書院、一九八二年。
・篠塚純子「紫の上の『独詠歌』二首から」『平安時代の和歌と物語』一九八三年。
・松井健児「源氏物語独詠歌と『身』の意識」『物語文学論究』第八号、一九八三年一二月。
・久保田孝夫「源氏物語独詠歌試論―光源氏を中心として―」『同志社国文学』第二二号、一九八三年三月。
・松井健児「源氏物語独詠歌における浄化の機能―罪意識による独詠歌―」『王朝文学史稿』第一〇号、一九八三年三月。
・伊井春樹「物語における和歌―独詠歌の展開―」『和歌文学の世界』第九号、一九八四年一一月。
・松井健児「浮舟再生物語における独詠歌の位置」『日本文学論究』第四三号、一九八四年一月。
・篠塚純子「＜講演＞薫の独詠歌をめぐって」『むらさき』第二一号、一九八四年七月。
・松井健児「薫独詠歌の詠出背景」『国学院大学　大学院紀要（文学研究科）』第一六号、一九八五年三月。
・宗雪修三「『世づかぬ』薫―蜻蛉の巻の独詠歌と主題―」『物語研究』第一号、一九八六年四月。
・和田真希「『孤高の歌声』源氏物語の独詠歌」『帝塚山学院大学　青須我波良』第五一号、一九九六年七月。
・上坂信男「『源氏物語』の物語歌―独詠歌遡源―」『歌語りと説話』一九九六年一〇月。
・針本正行「『源氏物語』「朝顔」巻末の光源氏の独詠歌」『国学院雑誌』一九九九年四月。
・小町谷照彦「心の中なる言―藤壺をめぐる独詠歌―」『礫』第一七〇号、二〇〇〇年一月。
・磯部一美「『源氏物語』宇治中の君の孤高性―独詠歌「山里の松のかげにも」の解釈をめぐって―」『愛知淑徳大学　国語国文』第二三号、二〇〇〇年三月。
・前田智子「『源氏物語』における贈答歌と独詠歌」『茨城大学　人文学部紀要（人文学科論集）』第三六号、二〇〇一年一〇月。
・鈴木裕子「浮舟の独詠歌―物語世界終焉に向けて―」『東京女子大学　日本文学』第九五号、二〇〇一年三月。
・鈴木宏子「＜心を置く＞という和歌―藤壺の独詠歌を考えるために―」『千葉大学　教育学部紀要』第五一号、二〇〇三年三月。

・鈴木宏子「〈特集〉歌と伝承の回路 葛藤する歌―藤壺の独詠歌について―」『源氏研究』第九号、二〇〇四年四月。
・藤田加代「源氏物語の和歌―独詠歌を中心に―」『日本文学研究（高知日本文学研究会）』第四一号、二〇〇四年四月。
・広瀬唯二「明石の御方の独詠歌をめぐって―『うき身ひとつにしむ心ちして』の解釈―」『武庫川国文』第六三号、二〇〇四年三月。
・秋貞淑「和歌 青年光源氏の独詠歌」『人物で読む源氏物語』第二号、勉誠出版、二〇〇五年六月。
・保坂智「『源氏物語』宇治の中君独詠歌考―『かげ』に注目して―」『古代中世文学論考』第一四号、二〇〇五年。

2 「ひとりごつ」に関する先行研究
・辻田昌三「ひとりごつ」『鈴木弘道教授退任記念論集』一九八五年。
・上村希「『ひとりごつ』薫」『国学院大学 大学院研究科論集』第二八号、二〇〇一年三月。
・田辺玲子「源氏における『独り言』の引歌―「ひとりごつ」と「うち誦ず」と「口づさむ」―」『瞿麦』第一三号、二〇〇一年七月。

3 旋頭歌に関する先行研究
・田辺幸雄「旋頭歌の推移 上・下」『国語と国文学』一九三九年七・八月。
・脇山七郎「萬葉集の旋頭歌」『萬葉集大成』第七巻、平凡社、一九五四年。
・高野正美「旋頭歌・仏足跡歌」『萬葉集講座』第四巻、一九七三年。
・竹岡正夫『古今和歌集全評釈』下巻、右文書院、一九七六年。
・岩下武彦「旋頭歌の始源」伊藤博・稲岡耕二共編『万葉集を学ぶ』第五集、一九七八年。
・稲岡耕二「人麻呂歌集施頭歌の文学史的意義」『万葉・その後』塙書房、一九八四年。
・稲岡耕二「旋頭歌」『日本文学大辞典』岩波書店、一九八四年。
・渡瀬昌忠「旋頭歌」『和歌大辞典』明治書院、一九八六年。
・土橋寛「旋頭歌の論」『万葉集の文学と歴史 土橋寛論文集』上巻、塙書房、一九八八年。
・高野正美「旋頭歌の成立と展開」上代文学会編『万葉と歌謡』笠間書院、一九九一年。
・青木周平「人麻呂歌集の旋頭歌」神野志隆光・坂本信幸共編『万葉集の歌人と作品』和泉書院、一九九九年。

(18) (3)に同じ。
(19) 倉田実「『唱和歌』規定の再検討―『会合の歌』の提言―」『二〇〇一年度 中古文学会 シンポジウム・研究発表資料』。

土橋寛氏は、「歌謡の生きた姿」は「それが歌われたる時」の「（1）歌の場の空気、（2）歌い手と聞き手の関係、（3）歌がその場で果たす機能にある」という（序章『古代歌謡の世界』塙書房、一九七八年）という。この要件の全体をもって、詠歌の場の概念を規定したいと思う。

(20) 鈴木日出男『古代和歌史論』東京大学出版会、一九九〇年、四四〇頁。

(21) 廣田收「『紫式部集』冒頭歌考―歌の場と表現形式を視点として―」『同志社大学　人文学』第一八六号、二〇一〇年一一月。第一章第一節参照。

(22)『大日本古記録　小右記』第五巻、岩波書店、一九六五年、五五頁。

(23) 北山茂夫『藤原道長』（岩波新書）岩波書店、一九七〇年、一六八～九頁。

ちなみに、同日条の『御堂関白記』を見ると、

後敷円座於簀子、召上卿於御前、給衝重、又階下召伶人数曲、数献之後給禄、大掛一重、於□此余読和歌、人々詠之、事了分散、

（『大日本古記録　御堂関白記』第一〇巻、岩波書店、一七九頁）

とだけあり、道長は自分の和歌を記録していない。どんな和歌であったかということよりも、同座の人々が自分の気持ちも受け入れてくれたことを慶んでいるように見える。また、他撰とされている『御堂関白集』にもこの和歌は収載されていない。

(24) 倉林正次『祭りの構造』日本放送出版協会、一九七五年、一五二頁。

(25) 同。

(26) 同。

(26) 儀式において歌が詠じられるのは、直会以降の穏座においてである。例えば、『栄華物語』では道長の正妻倫子の土御門殿で行われた六十賀の場合、倫子は龍頭鷁首の船楽、萬歳楽や陵王の舞などが献じられた。倫子は「寝殿に隠れ居させ給て御覧」じていたが、感極まって高欄の際まで出て興じられたという。やがて夜に入り、上達部は「南の簀子にて遊び給ふ」という。そこで「殿ばらの御かはらけ」が巡り、賀歌が献じられた。歌は藤原公任、道長、実資、頼通、教通、斉信、行成、頼宗、能信の順に献じられた。以下は夜が更けたので打ち切られたという（松村博司・山中裕校注『日本古典文学大系　栄華物語』下巻、岩波書店、一九六五年、一二六頁）。

あるいは、上東門院彰子の天王寺御幸では、九月二八日、院は御祓の後、住吉社に参詣し、船で天王寺に参詣した。帰路、難波で御祓。二日は天の河で遊女に下賜。日が暮れ、師房が歌序を制作して歌を詠むと、関白頼通、内大臣以下「多かれどとどめつ」とあり、順に歌の詠まれたことがわかる。さらに、伊勢大輔、越後弁の乳母、美濃小弁たちが交互に詠み交わしたこ

とを「これも少しを書りなり」という（三五二〜五頁）。

あるいは、後三条院が三月二〇日に天王寺に御幸した条。八幡社、石清水社に参詣の後、二一日橋本津から船に乗り、二二日遊女に下賜、楽を奏す。二三日住吉社に参詣。「御遊果て、帰らせ給ふ」たが、翌二四日は見物。次二五日に船を出し、実政が題を奉り「御幣島といふ所を御覧」の後、実政を船に召して「歌ども講ぜさせ給」。その時の詠歌の順は、後三条院、関白教通、能長、藤原資仲、源経信以下順番に詠じ、左衛門尉俊宗のあとは、女房たちが詠んだという（五〇〇〜四頁）。

賀の行事や儀式の後、宴や宴の果てた後に詠歌の場があることがわかる。

(28) 岩波文庫、三九〜四一頁。

(29) 索引は（7）柳井滋他編『新日本古典文学大系　源氏物語索引』別巻（岩波書店、一九九九年）による。

なお、『紫式部日記』『紫式部集』において「ひとりごつ」の用例は、『紫式部日記』『紫式部集』日記哥に、紫式部の歌「年暮れて」が一例だけ存する。

『紫式部日記』や『源氏物語』において「ひとりごつ」と記す場合には、詠じてもこれに和して詠ずる者がいないことを意味することがわかる。とすると、『紫式部集』に戻して言えば、冒頭歌は、あたかも独詠歌のように記されている。「ひとりごつ」と明示せずに歌が単独で置かれているとしても、贈答歌のいずれかが取り出された可能性があるといえる。そのように考えるならば、『紫式部集』の歌ひとつひとつが、果たしていわゆる独詠歌なのか、贈答歌のいずれかであるのかが改めて問われる。

(30) この問題の研究史については、星山健「夕顔　研究史」『人物で読む『源氏物語』』（第八巻、勉誠出版、二〇〇五年）、原岡文子「遊女・巫女・夕顔」（二〇〇五年）、高木和子『女から詠む歌』（二〇〇八年）各氏による概観を参照。

(31) 玉上琢彌『源氏物語評釈』第一巻、角川書店、一九六四年。

なお、夕顔巻の歌「心あてに」をめぐって、本論をなすにあたって拝読した先行研究は次のとおり。

・黒須重彦『夕顔という女』笠間書院、一九七五年。

・尾崎知光「夕顔の巻の文章の展開―黒須重彦氏の新説をよんで―」『源氏物語私読抄』笠間書院、一九七八年。

・藤井貞和「三輪山神話式語りの方法そのほか―夕顔の巻―」『共立女子短期大学紀要（文科）』第二二号、一九七九年二月。

・岩下久雄「夕顔の巻の歌と物語の発想」『源氏物語とその周辺』武蔵野書院、一九七九年。

・犬養廉「夕顔との出会い」『講座源氏物語の世界』第一巻、有斐閣、一九八〇年。

・渡辺久寿「夕顔巻における好色性と純粋性について」『日本文芸論集』第七号、一九八〇年三月。

・稲賀敬二「夕顔」『別冊国文学　源氏物語必携Ⅱ』学燈社、一九八二年二月。
・原岡文子「遊女・巫女・夕顔―夕顔の巻をめぐって―」初出一九八二年二月、後『源氏物語の人物と表現　その両義的展開』翰林書房、二〇〇三年。
・高橋亨「夕顔の巻の表現―テクスト・語り・構造―」『文学』一九八二年一一月。
・松尾聡「夕顔巻『それかとぞ見る』の歌をめぐって」『文学』一九八二年一一月。
・日向一雅「夕顔巻の方法―『視点』を軸として―」『国語と国文学』一九八六年九月。
・黒須重彦『源氏物語私論　―夕顔の巻を中心として―』笠間書院、一九九〇年。
・森正人「紹巴抄に導かれて」『室町芸文論攷』三弥井書店、一九九一年。
・鈴木一雄「源氏物語の和歌―贈答歌における一問題―」『王朝女流日記論考』至文堂、一九九三年。
・清水婦久子『源氏物語の風景と和歌』和泉書院、一九九七年。初出一九九三年。
・斎木泰孝「歌を贈答する女房たち―解釈の世界―」初出一九九五年、後『物語文学の方法と注釈』和泉書院、一九九六年。
・今井久代「夕顔巻の『あやし』の迷路」『国語と国文学』一九九六年三月。
・田中喜美春「夕顔の宿りからの返歌」『国語国文』一九九八年五月。
・工藤重矩「源氏物語夕顔巻の発端―『心あてに』『寄りてこそ』の和歌解釈―」『福岡教育大学紀要　第一分冊、文化編』第五〇号、二〇〇一年二月。
・森一郎「夕顔巻を読む」『王朝文学研究誌』第一二号、二〇〇一年三月。
・上原作和「古代日本語における指示語の射程」『解釈と鑑賞』二〇〇四年七月。
・室田知春「夕顔物語の発端」『国語と国文学』二〇〇四年九月。
・松下直美「源氏物語夕顔巻の贈答について」『国文』第九三号、二〇〇七年。
・高木和子『女から詠む歌　源氏物語の贈答歌』青簡社、二〇〇八年。
・清水婦久子『光源氏と夕顔　身分違いの恋』新典社、二〇〇八年。
(32) 小島憲之・新井栄蔵校注『新日本古典文学大系　古今和歌集』岩波書店、一九八九年、三〇七〜八頁。『古今和歌六帖』は『新編国歌大観』第二巻、角川書店、一九八四年、二二八頁。以下、特に断わらないかぎり、歌集の本文は『新編国歌大観』に拠る。

せんどう歌　十七首

かきごしにいぬよびこしてとがりする君あを山のはしらに山べにますきみ
うちわたすをちかた人にものまうすわれそもそこにしろくさけるは何の花ぞも
返し
はるさればのべにまづさくみれどあかぬ花まひなしになのるべき花のななれや
かすがなるみかさの山に月もいでぬかもさやかにさける桜の花もみるべく
みよしののよしのの滝もとしごろにおつる白波とまりにしいもをみまくのほしき白波
（以下を略す）

ちなみに、田辺幸雄氏は『古今和歌集』「うちわたす」「春されば」について、双方とも「上下の離れた少しも正妻のない凡々たる歌だ」と評する。そして、仏足跡歌とともに、「すべてリズムを忘れたやうな楽しみのない歌のみである。真の旋頭歌の完全な消失をそつくり物語つてゐるのである」（「旋頭歌の推移　上」『国語と国文学』）ともいう。

また脇山七郎氏は旋頭歌の発生から衰亡の過程を、

唱和（発生）　　偶数形式
問答歌形式
呼びかけ形式
繰り返し形式
個人感情を詠む形式
謡はれざる歌

というふうに「形式」から考察している（『萬葉集大成』第七巻）。そして、「旋頭歌の本質」を、次のように纏める。

（一）問答歌的性質を持つ
（二）謡はれる性質を持つ
（三）一般化された恋愛感情を素材とする

さらに「旋頭歌のよさ」を、次のように纏めている。

（一）問の句に対して答の句がぴつたり意気が合ひ、これによりかもし出される何ともいへない雰囲気。
（二）一句の繰返しによる快調。
（三）五七七、五七七、と尻重に進んでゆく荘重味と安定感。

（四）一般に理解され親しまれ易い民謡風の恋愛感情。

このような整理がその後、施頭歌研究の基準となった感がある。

なお、小学館の『新編日本古典文学全集　古今和歌集』において小沢正夫氏は『古今和歌集』の「二首の施頭歌で唱和するのはもとの機能を忘れている」が、「施頭歌本来のうたい物の気分」は残っているという（三八七頁）。上句の五七七と下句の五七七という片歌どうしのやりとりが、施頭歌本来の性質であるとすると、『古今和歌集』や『古今和歌六帖』にみえる施頭歌には、もっと古い姿を残すものもあるが、この「をちかた人に」は和歌同士の贈答という形式に変化しながら、問答の形式は残っている事例であるといえる。

（33）小島憲之他校注・訳『新編日本古典文学全集　萬葉集』第一巻、小学館、一九九四年、二三頁。西郷信綱氏は「女が男に自分の名をあかすのは、結婚をうべなうしるし」であり、「これは名が祖先や氏族の歴史をになう象徴であり、したがって名が人であることから生じたものである」（『萬葉私記』未来社、一九七〇年、一九頁）という。

ちなみに『源氏物語』における「名告り」の用例は、『新大系』の索引によれば、二六例。本文は次のとおり。

1 女、指してその人と尋ね給はねば、われも名のりをし給はで、いとわりなくやつれ給つゝ、例ならず下り立ちありき給は、おろかにおぼされぬべしと見れば、わが馬をばたてまつりて、御供に走りありく。（夕顔、一巻一一二頁）

2 いまだに名のりし給へ。いとむくつけし」との給へど、「海人の子なれば」とてさすがにうちとけぬさま、いとあひだれたり。（夕顔、一巻一二〇頁）

3 「などてか深く隠しきこえ給ことは侍らん。いつのほどにてかは何ならぬ御名のりを聞え給はん。（夕顔、一巻一三七頁）

4 「猶名のりしたまへ。いかで聞こゆべき。かうてゆみなむとは、さりともおぼされじ」との給へば、（花宴、一巻二七七頁）

5 ものゝけ、いきすだまなどいふもの多く出で来て、さま〴〵の名のりする中に、人にさらにうつらず、（葵、一巻三〇一頁）

6 わが御心地にもいたうおぼしおごりて、「文王の子、武王の弟」とうち誦じ給へる、御名のりさへぞげにめでたき。（賢木、一巻三八七頁）

7 帯しどけなくうち乱れ給へる御さまにて、「釈迦牟尼弟子」と名のりてゆるゝかによみ給へる、また世に知らず聞こゆ。（須磨、二巻三二頁）

8 いともの古りたる声にて、まづ咳を先にたてて、「かれは誰ぞ。何人ぞ」と問ふ。名のりして、「侍従の君と聞こえし人に対面給はらむ」と言ふ。（蓬生、二巻一四七頁）

9　院の上は、おばおとゞと笑はせ給し」など名のり出づるにぞおぼし出づる。（朝顔、二巻二六三頁）
10　宮は、ひとりものし給やうなれど、人がらいといたうあだめいて、通ひたまふ所あまた聞こえ、召人とか、にくげなる名のりする人どもなむ数ある（胡蝶、二巻四一一頁）
11　君たちにも、「もしさやうなる名のりする人あらば、耳とゞぬよ。（蛍、二巻四四三～四頁）
12　いとともしきに、さやうならむもののくさはひ、見いでまほしけれど、名のりもものうききはとや思ふらん、さらにこそ聞こえね。（常夏、三巻四頁）
13　さるゐなかの隈にて、ほのかに京人と名のりける古大君女、教へきこえければ、（常夏、三巻一〇頁）
14　かしこには、さま〴〵に名のりする人を、厭ふことなく拾ひ集めらるめるに、（行幸、三巻六八頁）
15　よからぬ狐などいふなる物のたぶれたるが、亡き人の面伏せなること言ひ出づるもあなるを、たしかなる名のりせよ。（若菜下、三巻三七〇頁）
16　亡き影にても、人にうとまれたてまつり給ふ御名のりなどの出で来けること、かの院にはいみじう隠し給ひけるを、（鈴虫、四巻八一頁）
17　父おとゞのさばかり世にいみじく思ひほけたまひて、子と名のり出でくる人だになきこと、形見に見るばかりのなごりをだにとどめよかし、と泣きこがれ給ふに、（横笛、四巻六二頁）
18　扇を持たせながらとらへたまひて、「たれぞ。名のりこそゆかしけれ」との給に、むくつけくなりぬ。（東屋、六巻一五五頁）
19　「たれかまゐりたる。例のおどろ〳〵しくおびやかす」とのたまはすれば、「宮の侍に、たいらの重経となん名のり侍つる」と聞こゆ。（東屋、六巻一五九頁）
20　「尼君に対面たまはらむ」とて、この近き御荘の預りの名のりをせさせ給へれば、戸口にゐざり出でたり。（東屋、六巻一七六頁）
21　大路近きところに、おぼとれたる声して、いかにとか聞きも知らぬ名のりして、うち群れてゆくなどぞ聞こゆる。（東屋、六巻一七八頁）
22　宮、大将のさりげなくしなしたる文にや、宇治の名のりもつき〳〵しとおぼし寄りて、この文を取り給ひつ。（浮舟、六巻一九二頁）
23　これが顔、まづ火影に見給しそれなり。うちつけ目かとなほ疑はしきに、右近と名のりし若き人もあり。

（浮舟、六巻二〇〇頁）

24　例は、さしもあらぬことのついでにだに、われはまめ人ともてなし名のりたまふをねたがり給て、よろづにのたまひ破る
を、（浮舟、六巻二一五頁）

25　「鬼か、神か、狐か、木霊か。かばかりの天の下の験者のおはしますには、え隠れたてまつらじ。名のり給へ〳〵」と、衣
を取りて引けば、（手習、六巻三二七頁）

26　御もののけの執念きことを、さま〲に名のるがおそろしきことなどの給ついでに、（手習、六巻三七〇頁）

この内、夕顔に関する事例が1・2・3である。特に夕顔の物語は、この1の事例を端緒とし、「名告り」をキィとして展開することは注意される。4は朧月夜、5・15・16・26は物怪や生霊が正体を明かすこと、25は正体不明のものの事例、6・7は光源氏がみずからを王を僭称し、仏弟子を自認する事例、18・は浮舟の事例、9は、源典侍、10は「女房として仕えながら主人の情けを受けている者。妻妾としての地位」（新編全集、一八一頁注）、11・12・13・14は、近江君の話題で内大臣が落胤をいう事例、17は、夕霧が柏木の遺児をいう事例、8は光源氏の帰京後、末摘花邸に訪問の折、取次ぎの女房を求める事例。19・20・21・23は、伺候する者の事例、その他、22・24は比喩的な事例、などである。

（34）玉上琢彌『源氏物語評釈』第一巻、角川書店、一九六七年、三四五頁。

（35）小沢正夫・松田成穂校注・訳『日本古典文学全集　古今和歌集』小学館、一九九四年、三七八頁。

（36）黒須「夕顔の女」、初出一九七二年。

（37）研究史の詳細については、（30）に譲る。なお、吉海直人氏は夕顔巻の「独り言」は「夕顔の宿側に対して発せられた」ものであり、「十分声が聞える距離と見」る（『「垣間見」る源氏物語』笠間書院、二〇〇八年、一二一～二頁）。光源氏の「ひとりごち」した施頭歌が、女主の耳に届いたかどうか、という議論もありうるが、読者には届いたものとして了解されていると解したおきたい。また、「それ」の解釈については、高橋亨氏、清水婦久子氏の解釈を支持したい。

（38）小町谷照彦校注『日本古典文学大系　拾遺和歌集』岩波書店、一九九〇年、三一五頁。

（39）同。

（40）『紫式部集』三四番、陽明文庫蔵本。

水うみに、おいつしまといふすさきにむかひて、
わらはべのうらといふうみのをかしきを、くちすさみに

　　おいつしましまもるかみやいさむらん波もさはがぬわらはべのうら

なお、『源氏物語』における「口ずさぶ」の用例は、『新大系』の索引によると一六例である。次のとおり（引用の本文は『新編全集』に拠る）。なお、事例を並べてみて興味深いことは、「口ずさぶ」もまた和歌、もしくは歌謡を指示していることである。

1　内裏に聞こしめさむをばしめて、人の思ひ言はんこと、よからぬ童べの口ずさびになるべきなめり、ありありてをこがましき名をとるべきかな、と思ひめぐらす。　（夕顔、一巻一七〇頁）

『新大系』は「けしからぬ女童のうわさ話に。口さがない京童（京の若者連中）のことかもしれない」（一二六頁）と注する。『新編全集』は「京童。口さがない連中の意」と注する（一七〇頁）。無責任な言葉、の義か。

2　端の方についゐて、「こちや」とのたまへどおどろかず、「**入りぬる磯の**」と口ずさみて口おほひしたまへるさま、いみじうされてうつくし。　（紅葉賀、一巻三三一頁）

3　（光源氏は）「琴はまた掻き合するまでの形見に」とのたまふ。女、

　　なほざりに頼めおくめる一ことをつきせぬ音にやかけてしのばん

言ふともなき口ずさびを恨みたまひて、

「逢ふまでのかたみに契る中の緒のしらべはことに変はらざらなむ

この音違はぬさきにかならずあひ見む」と頼めたまふめり。　（明石、二巻二六六～七頁）

『新大系』は、「さりげなく口にした」と注する（八四頁）。

4　こしらへおきて、「**明日帰り来む**」と口ずさびて出でたまに、渡殿の戸口に待ちかけて、中将の君して聞こえたまへり。

　　舟とむるをちかた人のなくはこそ明日かへりこむ夫と待ちみめ

いたう馴れて聞こゆれば、いとにほひやかにほほ笑みて、

　　行きてみて明日もさね来むなかなかにをちかた人は心おくとも　（薄雲、二巻四三九頁）

『新大系』は、「源氏の無意識に発した言葉」と訳出する（二二五頁）。

5　昨日今日と思すほどに、三十年のあなたにもなりにける世かな、かかるを見つつ、かりそめの宿をえ思ひ棄てず、木草の色にも心を移すよ、と思し知らるる。口ずさびに、

　　いつのまによもぎがもととむすぼほれ雪ふる里と荒れし垣根ぞ

やや久しうひこじらひ開けて入りたまふ。　（朝顔、二巻四八一～二頁）

6 「**萬春楽**」と、御口ずさみにのたまひて、（光源氏は）「人々のこなたに集ひたまへるついでに、いかで物の音試みしてしがな。私の後宴すべし」とのたまひて、（初音、三巻一六〇頁）

7 雪は、所どころ消え残りたるが、いと白き庭の、ふとけぢめ見えわかれぬほどなるに、「**猶残れる雪**」と忍びやかに口ずさみ給つつ、御格子うち叩きたまふも、久しくかかることなかりつるならひに、人々も空寝をしつつ、やや待たせたてまつりて引き上げたり。（若菜上、三巻六八～九頁）

8 （柏木）「いかなれば花に木伝ふ鶯の桜をわきてねぐらとはせぬ

春の鳥の、桜ひとつにとまらぬ心よ。あやしとおぼゆることぞかし」と、口ずさびに言へば、いで、あなあぢきなのものあつかひや、さればよ、と思ふ。

みやま木にねぐらさだむるはこ鳥もいかでか花の色にあくべき

（若菜上、四巻一四六～七頁）

9 御前近き桜のいとおもしろきを、「今年ばかりは」とうちおぼゆるも、いまいましき筋なりければ、「**あひ見むことは**」と口すさびて、

時しあればかはらぬ色ににほひけり片枝枯れにし宿の桜も

わざとならず誦じなして立ちたまふに、いととう、

この春は柳のめにぞ珠はぬく咲き散る花のゆくえ知らねば

と聞こえたまふ。（柏木、四巻三三二～三頁）

『新大系』は、「口ずさみながら」と注する（三七頁）。

10 「いつとかはおどろかすべき明けぬ夜の夢さめてとか言ひしひとこと

上より落つる」とや書いたまへらむ、おし包みて、なごりも、「**いかでよからむ**」など口すさびたまへり。

（夕霧、四巻一三一頁）

11 萬春楽を御口ずさみにしたまひつつ、御息所の御方に渡らせたまへば、御供に参りたまふ。（竹河、五巻九七～八頁）

12 **かほ鳥の声も聞きしにかよふやとしげみを分けてけふぞ尋ぬる**

ただ口ずさみのやうにのたまふを、入りて語りけり。（宿木、五巻一一六頁）

『新大系』は「単に口ずさみのように薫が口をききなさるのを」と訳出する（一一六頁）。『新編全集』は「心やりの独詠であり、必ずしも浮舟に伝わることを意識していない」（四九六頁）と注する。

13 宮も、逢ひても逢はぬやうなる心ばへにこそうちうそぶき口ずさびたまひしか」。「いさや、ことさらにもあらん、そは

知らずかし」、（東屋、五巻七四頁）

14　「**佐野のわたりにいへもあらなくに**」など口ずさびて、里びたる簀子の端つ方にゐたまへり。

さしとむるむぐらやしげき東屋のあまりほどふる雨そそきかな（東屋、五巻九一頁）

15　大将、人にもののたまはむとて、すこし端近く出でたまへるに、雪のやうやう積もるが星の光におぼおぼしきを、「闇はあやなし」とおぼゆる匂ひありさまにて、「**衣かたしき今宵もや**」とうち誦したまへるも、はかなきことを口ずさびにのたまへるも、あやしくあはれなる気色そへる人ざまにて、（浮舟、六巻一四七頁）

16　前近き女郎花を折りて、「何にほふらん」と口ずさびて、独りごち立てり。「人のもの言ひを、さすがに思し咎むるこそ」など、古代の人どもはものめでをしあへり。（手習、六巻三〇九頁）

(41) 廣田收「『紫式部集』冒頭歌考」『同志社大学　人文学』第一八六号、二〇一〇年三月。本書、第一章第一節参照。
(42) 川口久雄校注『日本古典文学大系　菅家文草　菅家後集』岩波書店、一九六六年、五二二頁。
(48) 同。
(44) 『古今和歌集』、(22)に同じ。
(45) 『新編国歌大観』第二巻、角川書店、一九八四年、二一九頁。
(46) 田中裕・赤瀬信吾共編『新日本古典文学大系　新古今和歌集』岩波書店、一九九二年、三一三頁。
(47) 伊井春樹「源氏物語における引歌表現の効用」『源氏物語研究集成』第九巻、風間書房、二〇〇〇年。
(48) 同。
(49) 田辺玲子「源氏物語における『独り言』の引歌―「ひとりごつ」と「うち誦ず」と「口ずさむ」―」において『瞿』第一三号、二〇〇一年七月。
(50) 「『源氏物語』「朝顔」巻末の光源氏の独詠歌」。

〔補注〕

なお、本論で論じることのできなかった事例は次のとおり。(8) 詩的でない散文的な「ひとりごつ」は、いわゆる独白に近いものといえる。

(2) 「ひとりごつ」呼びかけに応じて答える事例

○18・19 (夕霧は) いと心細くおぼえて、障子に寄りかかりてゐたまへるに、女君も目を覚まして、風の音の竹に待ちとられてうちそよめくに、雁の鳴きわたる声のほのかに聞こゆるに、幼き心地にも、とかく思し乱るるにや、（雲居雁は）「**雲居の雁もわがごとや**」と①独りごちたまふけはひ若うらうたげなり。いみじう心もとなければ、（夕霧は）「これ開けさせたまへ。小侍従やさぶらふ」とのたまへど、音もせず。御乳母子なりけり。②独り言を聞きたまひけるも恥づかしうて、あいなく御顔も引き入れたまへど、あはれは知らぬにしもあらぬぞ憎きや。乳母たちなど近く臥してうちみじろくも苦しければ、かたみに音もせず。

さ夜中に友呼びわたる雁がねにうたて吹き添ふ荻のうは風　（夕霧）

身にもしみけるかなと思ひつづけて、宮の御前にかへりて嘆きがちなるも、御目さめてや聞かせたまふらんとつつましく、みぢろき臥したまへり。　（少女、三巻四八〜九頁）

『伊行釈』

霧ふかき雲井の雁もわがごとやはれせずものの悲しかるらむ

○30　なよびたる御衣ども脱いたまうて、心ことなるをとり重ねてたきしめたまひ、めでたうつくろひ化粧じて出でたまふを灯影に見出だして、忍びがたく涙の出で来れば、脱ぎとめたまへる単衣の袖を引き寄せたまひて、

「なるる身をうらむるよりは松島のあまの衣にたちやかへまし　（雲居雁）

なほうつし人にては、え過ぐすまじかりけり」と独り言にのたまふを立ちとまりて、「さも心憂き御心かな。

松島のあまの濡れ衣なれぬとてぬぎかへつてふ名を立ためやは　（夕霧）

うち急ぎて、いとなほなほしや。　（夕霧、四巻四七六〜七頁）

○34　黒き几帳の透影のいと心苦しげなるに、ましておはすらんさま、ほの見し明けぐれなど思ひ出でられて、

色かはる浅茅を見ても墨染にやつるる袖を思ひこそやれ　（薫）

と独り言のやうにのたまへば、

色かはる袖をばつゆのやどりにてわが身ぞさらにおき所なき　（大君）

はつるる糸は」と末は言ひ消ちて、いといみじく忍びがたきけはひにて入りたまひぬなり。　（椎本、四巻一九八〜九頁）

『引歌索引』は次のような引歌を指摘している。

『拾遺和歌集』哀傷、読人不知、藤衣はつるる糸は君こふる涙の玉の緒とやなるらむ

『古今和歌六帖』わび人の　なりける（新編国歌大観、二四七五番、二二七頁）

かなしび　ただみね五首

ふぢごろもはつるるいとはわび人のなみだのたまのをとぞなりける

○40　月立ちて、今日ぞ渡らましと思し出でたまふ日の夕暮、いとものあはれなり。御前近き橘の香のなつかしきに、ほととぎすの二声ばかり鳴きてわたる。「宿に通はば」と独りごちたまふも飽かねば、北の宮に、ここに渡りたまふ日なりければ、橘を折らせて聞こえたまふ。

　忍び音や君もなくらむかひもなき死出の田長に心かよはば　（薫）

宮は、女君の御さまのいとよく似たるを、いとあはれと思して、二ところながめたまふをりなりけり。気色ある文かなと見たまひて、

　橘のかをるあたりはほととぎす心してこそなくべかりけれ　（匂宮）

わづらはし」と書きたまふ。（蜻蛉、五巻二二三頁）

（3）「ひとりごつ」呼びかけに応じないために独詠となる事例

○4　参りたまふ夜の御供に、宰相の君も仕うまつりたまふ。同じ后と聞こゆる中にも、后腹の皇女、玉光りかかやきて、かぐひなき御おぼえにさへものしたまへば、人もいとことに思ひかしづききこえたり。まして、わりなき御心には、御輿のうちも思ひやられて、いとど及びなき心地したまふに、すゞろはしきまでなむ。

　尽きもせぬ心の闇にくるるかな雲居に人を見るにつけても　（光源氏）

とのみ独りごたれつつ、ものいとあはれなり。（紅葉賀、一巻三四八頁）

宰相の君は伺候したいるが、この歌の内容は他言できないため。

○16　ゆゑある御消息もいと聞こえまほしけれど、見たまひしほどの口おそさもまだ変はらずは、御使の立ちわづらはむもいとほしう、思しとどめつ。惟光も、「さらにえ分けさせたまふまじき蓬の露けさになむはべる。露すこし払はせてなむ入らせたまふべき」と聞こゆれば、

　たづねてもわれこそとはめ道もなく深き蓬のもとの心を　（光源氏）

と独りごちてなほ下りたまへば、御さきの露を馬の鞭して払ひつつ入れたてまつる。（蓬生、二巻三四八～九頁）

○21　（光源氏）「まことに君をこそ、いまの心ならましかば、さやうにもてなして見つべかりけれ。いと無心にしなしてしわざぞかし」とて笑ひたまふに、（紫上は）面赤みておはする、いと若くをかしげなり。硯ひき寄せたまうて、手習に、

　恋ひわたる身はそれなれど玉かづらいかなるすぢを尋ね来つらむ　（光源氏）

あはれ」とやがて独りごちたまへば、げに深く思しける人のなごりなめりと見たまふ。
（玉鬘、三巻一三一～二頁）
夕顔の遺児玉鬘のことについて、光源氏が自分の思いを述べたところで紫上には答えようがない。玉上『評釈』は、「『手習ひに』なさったのは歌の部分だけである。歌を書きつけるなりすぐ（やがて）「あはれ」とひとり言が出た。かたわらにいる紫上には、それがいかにも愛情の深い方だったのだと感ぜられる」（一三四頁）という。

次は、六条院完成の後、光源氏が二条東院を尋ねる条。

○22（二条東院に）荒れたる所もなけれど、住みたまはぬ所のけはひは静かにて、御前の木立ばかりぞいとおもしろく、紅梅の咲き出でたるにほひなど、見はやす人もなきを見わたしたまひて、

ふる里の春の梢にたづねきて世のつねならぬはなを見るかな
（光源氏）

と独りごちたまへど、聞き知りたまはざりけんかし。
（初音、三巻一五五頁）

玉上『評釈』は、「聞き知りたまはざりけんかし」について、「お聞きつけにならなかったことであろう。源氏の心、あるいは作者の言葉ともとれる」という（一九二頁）。要は、末摘花には光源氏の歌に応えることも（でき）なかったことをいう。

○25　わざとつらしとにはあらねど、かやうの思ひ乱れたまふけにや、かの御夢に見えたまひければ、うちおどろきたまひて、いかにと心騒がしたまふに、鶏の音待ち出でたまへれば、夜深きも知らず顔に急ぎ出でたまふ。いといはけなき御ありさまなれば、乳母たち近くさぶらひけり。妻戸押し開けて出でたまふを、見たてまつり送る。明けぐれの空に、雪の光見えておぼつかなし。なごりまでとまれる御匂ひ、「**闇はあやなし**」と独りごたる。

雪は所どころ消え残りたるが、いと白き庭の、ふとけぢめ見えわかれぬほどなるを、「**猶残れる雪**」と忍びやかに口ずさびたまひつつ、御格子うち叩きたまふも、久しくかかることなかりつるならひに、人々も空寝をしつつ、やや待たせたてまつりて引き上げたり。
（若菜上、四巻六八～九頁）

『引歌索引』は次のような引歌を指摘している。

『古今和歌集』春上、四一、春の夜梅の花をよめる　恒

春の夜の闇はあやなし梅の花色こそ見えね香やはかくるる

『白氏文集』巻一六、瘦楼暁望、

子城ノ陰所ニ猶残レル雪衛鼓ノ声ノ前ニ未ダ塵有ラズ

28の事例と同様、光源氏が女三宮から帰室したときに、紫上方の乳母や女房は光源氏の「ひとりごつ」歌に応えないことで、主である紫上の思いを光源氏に示したといえる。乳母や女房たちが返歌してもよかったはずであるが、乳母や女房たちはあえて返歌し

なかったのである。

次は紫上の他界と聞いた柏木は、兄弟とともに六条院に弔問に訪れる条。

○27　衛門督、昨日、いと暮らしがたかりしを思ひて、今日は、御弟ども、左大弁、藤宰相など奥の方に乗せて見たまひけり。かく言ひあへるを聞くにも胸うちつぶれて、「**何かうき世に久しかるべき**」とうち誦じ独りごちて、かの院へみな参りたまふ。たしかならぬことなればゆゆしくやとて、ただ、おほかたの御とぶらひに参りたまへるに、かく人の泣き騒げば、まことなりけりとたち騒ぎたまへり。　（若菜下、四巻二三八～九頁）

『引歌索引』は次のような引歌を指摘している。

『古今和歌集』春下、七一、題しらず、読人不知

　残りなく散るぞめでたき桜花ありて世の中はてのうければ

『伊勢物語』一六一、

　散ればこそいとど桜はめでたけれ浮き世に何か久しかるべき

柏木と同車している兄弟たちに、柏木の「ひとりごち」した歌に応える機会はあったはずである。

次は、薫は宇治に赴くが、牛車の中では浮舟をかき抱いていた。宇治の山深く入る条。

○39　君も、見る人は憎からねど、空のけしきにつけても、来し方の恋しさまさりて、山深く入るままにも、霧たちわたる心地したまふ。うちながめて寄りゐたまへる袖の、重なりながら長やかに出でたりけるが、川霧に濡れて、御衣の紅なるに、御直衣の花のおどろおどろしう移りたるを、おとしがけの高き所に見つけて引き入れたまふ。

　かたみぞと見るにつけては朝顔のところせきまでぬるゝ袖かな　（薫）

と、心にもあらず独りごちたまふを聞きて、いとどしぼるばかり尼君の袖も泣き濡らすを、若き人、あやしう見苦しき世かな、心ゆく道にいとむつかしきこと添ひたる心地す。　（東屋、五巻九五～六頁）

薫は浮舟を「かたみ」と認識しているが、薫の歌に尼君は応えてもよかったはずであるが、尼君は泣くばかりで、薫の歌には応えることはできなかったという。

○41　こまかに問へど、そのままにも言はず、「をのづから聞こしめしてん」とのみ言へば、うちつけに問ひ尋むもさまあしき心ちして、「雨もやみぬ。日の暮ぬべし」と言ふにそそのかされて、出でたまふ。

　前近き女郎花を折りて、「何にほふらん」と口ずさびて、独りごち立てり。「人のもの言ひを、さすがに思し咎むるこそ」など、古代の人どもはものめでをしあへり。「いときよげに、あらまほしくもねびまさりたまひにけるかな。同じくは、昔のや

うにても見たてまつらばやとて、　（手習、六巻三〇九頁）
『引歌索引』は次のような引歌を指摘している。
『拾遺和歌集』巻第一七、雑秋、一〇九八、房の前栽見に女どもまうで来りければ
僧正遍昭
ここにしもなににほふらむ女郎花人のもの言ひさがにくき世に
『遍昭集』一八八八七（新編国歌大観、一三番、西本願寺本）
さがのにはべりしぼうしの方のまへにせざいのはべりけるを、をむなともだちのとまりてみはべりしかば
ここにしもなににほふらんをみなへし人のものいひさがにくきよに（二六頁）
次は、妻を亡くした中将が妹尼のもとに住む浮舟に懸想し始め、妹尼は乗り気だが、浮舟は心が進まず、中将の歌に妹尼が応える条。そして、
○43（妹尼たちが）さすがに、かかる古代の心どもにはありつかず、いまめきつつ、腰折れ歌好ましげに、若やぐ気色どもは、（浮舟は）いとうしろめたうおぼゆ。限りなくうき身なりけりと見はててし命さへ、あさましう長くて、いかなるさまにさすらふべきならむ、ひたふるに亡きものと人に見聞き棄てられてもやみなばや、と思ひ臥したまへるに、中将は、おほかたもの思はしきことのあるにや、いといたううち嘆きつつ、忍びやかに笛を吹き鳴して、「**鹿の鳴く音に**」など独りごつけはひ、まことに心地なくはあるまじ。（中将）「過ぎにし方の思ひ出でらるるにも、なかなか心づくしに、今はじめてあはれと思すべき人、はた、難げなれば、見えぬ山路にも、え思ひなすまじうなん」と、恨めかしげにて出でたまひなむとするに、
（手習、六巻三一七頁）
そしてこの後、帰ろうとする中将が歌「ふかき寄るの」と詠むと、妹尼が歌「山の端に」と応えるだけで、浮舟との関係なく物語は進む。
『引歌索引』は、「**鹿の鳴く音に**」に次のような引歌を指摘する。
『古今和歌集』秋上、二一四、是貞のみことの家の歌合の歌　忠岑
山里は秋こそ殊にわびしけれ鹿の鳴く音に目をさましつつ
『古今和歌六帖』第二、三一八五六（新編国歌大観、九八〇番）
山里　つらゆき忠峰五首
山ざとは秋こそことにかなしけれ鹿のなくねにめをさましつつ

『忠岑集』一九七一三、悲し〔わびし〕けれ（新編国歌大観、三一番、書陵部本）

　　これさだのみこのいへのうたあはせによめる

　山ざとはあきこそことにかなしけれしかのなくねにめをさましつつ

妹尼たち「古代の心ども」ならば、中将からの問いかけに答えるべきところであろう。が、浮舟の苦悩はそのような段階にはなく、応えるべくもない。

○36（薫）人召して「北の院に参らむに、ことごとしからぬ車さし出でさせよ」とのたまへば、「宮は、昨日より内裏になんおはしましなる。昨夜、御車率て帰りはべりにき」と申す。「さばれ、かの対の御方のなやみたまふなるとぶらひきこえむ。今日は、内裏に参るべき日なれば、日たけぬさきに」とのたまひて、御装束したまふ。出でたまふままに、下りて花の中にまじりたまへるさま、ことさらに艶だち色めきてもてなしたまはねど、あやしく、ただうち見るになまめかしく恥づかしげにて、いみじく気色だつ色好みどもになづらふべくもあらず、をのづからをかしくぞ見えたまひける。朝顔引き寄せ給へる、露いたくこぼる。

「今朝のまの色にめでんおく露の消えぬにかかる花と見る見る　（薫）

はかな」と独りごちて、をりて持ちたまへり。女郎花をば見過ぎてぞ出でたまひぬる。（宿木、五巻三九〇～一頁）

微妙な事例であるが、中君が病がちだと聞いた薫は見舞に出かけようとするが、中君はもともとわれが所有していたはずだと愚痴をいうところ。周りに誰もいないというわけではないであろう。

（4）「ひとりごつ」呼びかけに答える者のいない事例

光源氏が六条院の明石君を訪れる条。

○24　もののあはれにおぼえけるままに、箏の琴を掻きまさぐりつつ、端近くゐたまへるに、御前駆追ふ声のしければ、うちとけなえばめる姿に、小袿ひきおとして、けぢめ見せたる、いといたし。端の方に突いゐたまひて、風の騒ぎばかりをとぶらひたまひて、つれなく立ち帰りたまふ、心やましげなり。（明石君）

　おほかたに荻の葉すぐる風の音もうき身ひとつにしむ心ちして

と独りごちけり。（野分、三巻二七七頁）

○26　大殿、昔のこと思し出でられ、中ごろ沈みたまひし世のありさまも、目の前のやうに思さるるに、その世のこと、うち乱れ語りたまふべき人もなければ、致仕の大臣をぞ恋しく思ふきこえたまひける。入りたまひて、二の車に忍びて、

付論・注

たれかまた心を知りて住吉の神世をへたる松にこと問ふ　（光源氏）

御畳紙に書きたまへり。尼君うちしほる。（略）世を背きたまひし人も恋しく、さまざまにもの悲しきを、かつはゆゆしと言忌して、

住の江をいけるかひある渚とは年経るあまも今日や知るらん　（明石尼君）

おそくは便なからむと、ただうち思ひけるままなり。

昔こそまづ忘られね住吉の神のしるしを見るにつけても　（明石尼君）

と独りごちけり。　（若菜下、四巻一七二〜三頁）

歌「住の江を」は光源氏に対する返歌として、歌「昔こそ」は尼君の独白。

○29　道すがらも、あはれなる空をながめて、十三日の月のいとはなやかにさし出でぬれば、小倉の山もたどるまじうおはするに、一条の宮は道なりけり。いとどうちあばれて、未申の方の崩れたるを見入るれば、はるばるとおろしこめて、人影も見えず、月のみ遣水の面をあらはにすみましたるに、大納言ここにて遊びなどしたまうしをりをりを、思ひ出でたまふ。

見し人のかげすみはてぬ池水にひとり宿もる秋の夜の月　（夕霧）

と独りごちつつ、殿におはしても、月を見つつ、心は空にあくがれたまへり。　（夕霧、四巻四五二〜三頁）

□32　宮には、事のけしきにても知りけりと思されん、かたはらいたき筋なれば、世とともの心にかけて、「いかなりけることにかは。何の契りにて、かう安からぬ思ひそひたる身にしもなり出でけん。**善巧太子の我身に問ひけん悟り**をも得てしがな」とぞ独りごたれたまひける。

おぼつかな誰に問はましいかにしてはじめもはても知らぬわが身ぞ　（薫）

答ふべき人なし。事にふれて、わが身につつがある心地するも、ただならずもの嘆かしくのみ思ひめぐらしつつ、宮もかく盛りの御容貌をやつしたまひて、何ばかりの御道心にてか、にはかにおもむきたまひけん、　（匂宮、五巻二三〜四頁）

○35　中納言は、三条宮に、この二十余日のほどに渡りたまはむとて、このごろは日々におはしつつ見たまふに、この院近きほどなれば、（略）かつはうれしきものから、さすがに、わが心ながらをこがましく、胸うちつぶれて、「**ものにもがなや**」と、かへすがへす独りごたれて、

しなてるやにほの湖に漕ぐ舟のまほならねどもあひ見しものを　（薫）

とぞ言ひくたまほしき。　（早蕨、五巻三六五頁）

『引歌索引』は次のような引歌を指摘している。

『伊行釈』

取り返すものにもがなや世の中をありしながらのわが身と思はむ

○41　これこそは、限りなき人のかしづき生ほし立てたまへる姫君、また、かばかりぞ多くはあるべき、あやしかりけることは、さる聖の御あたりに、山のふところより出で来たる人々の、かたほなるはなかりけるこそ、この、はかなしや、軽々しやなど思ひなす人も、かやうのうち見る気色は、いみじうこそをかしかりしか、と何ごとにつけても、ただかの一つゆかりをぞ思ひ出でたまひける。あやしうつらかりける契りどもを、つくづくと思ひつづけながめ給夕暮、蜻蛉のものはかなげに飛びちがふを、

ありとみて手にはとられず見ればまた行く方もしらず消えしかげろふ　（薫）

あるかなきかの」と、例の、独りごちたまふとかや。　（蜻蛉、五巻二七五～六頁）

『引歌索引』は次のような引歌を指摘している。

『伊行釈』

たとへてもはかなきものは蜻蛉のあるかなきかの身にこそありけれ

『後撰和歌集』雑四、一二六五、題しらず、読人不知、

世の中といひつるものはかげろふのあるかなきかのほどにぞありける

『古今和歌六帖』第一、かげろふ、三一六九七、読人不知　（新編国歌大観、八二〇番）

世の中と思ひてものをかげろふのあるかなきかのよにこそ有りけれ

『後撰和歌集』雑二、一一九二、題しらず、読人不知、

あはれともうしともいはじかげろふのあるかなきかにけぬる世なれば

○44　例の方におはして、髪は尼君のみ梳りたまふを、（略）髪もすこし落ち細りにたる心地すれど、何ばかりもおとろへず、いと多くて、六尺ばかりなる末などぞうつくしかりける。筋などもいとこまかにうつくしげなり。「**かゝれとてしも**」と独りごちたまへり。　（手習、六巻三三三～四頁）

『後撰和歌集』雑三、遍昭

はじめてかしらおろしはべりける時ものに書きつけはべりける

たらちめはかかれとてしもむばたまのわが黒髪をなでずやありけむ

（6）異界の存在への呼びかけとしての「ひとりごつ」

○31　九月になりて、九日、綿おほひたる菊を御覧じて、

もろともにおきゐし菊の朝露もひとり袂にかかる秋かな　（光源氏）

神無月は、おほかたも時雨がちなるころ、いとどながめたまひて、夕暮の空のけしきにも、えも言はぬ心細さに、「**降りしかど**」と独りごちおはす。雲居を渡る雁の翼も、うらやましくまもられたまふ。

大空をかよふまぼろし夢にだに見えこぬ魂の行く方たづねよ　（光源氏）

（幻、四巻五四四～五頁）

『引歌索引』は次のような引歌を指摘している。

『伊行釈』

神無月いつもしぐれは降りしかどかく袖ひづる折はなかりき

『為頼集』

神無月いつもしぐれは悲しきを子恋の森はいかが見るらむ

（8）詩的でない言葉としての「ひとりごつ」

×8　例ならぬ日数も、おぼつかなくのみ思さるれば、御文ばかりぞしげう聞こえたまふめる。

行き離れぬべしやとのみ試みはべる道なれど、つれづれも慰めがたう、心細さまさりてなむ。聞きさしたることありて、やすらひはべるほどを、いかに。

など、陸奥国紙にうちとけ書きたまへるさへぞめでたき。

浅茅生の露のやどりに君をおきて四方の嵐ぞ静心なき　（光源氏）

などこまやかなるに、女君もうち泣きたまひぬ。御返り、白き色紙に、

風ふけばまづぞみだるる色かはる浅茅が露にかかるささがに　（紫上）

とのみあり。「御手はいとをかしうのみなりまさるものかな」と独りごちて、うつくしとほほ笑みたまふ。

（賢木、二巻一一七～八頁）

×12　あはれなりし夕べの煙、言ひしことなど、まほならねどその夜の容貌ほの見し、琴の音のなまめきたりしも、すべて御心とまれるさまにのたまひ出づるにも、我はまたなくこそ悲しと思ひ嘆きしか、すさびにても心を分けたまひけむよ、とただなら

ず思ひつづけたまひて、「我は我」とうち背きながめて、「あはれなりし世のありさま」など、独り言のやうにうち嘆きて、

　思ふどちなびく方にはあらずともわれぞ煙にさきだちなまし　（紫上）

「何とか、心憂や。

　誰により世をうみやまに行きめぐり絶えぬ涙にうきしづむ身ぞ　（光源氏）

いでや、いかでか見えたてまつらむ。命こそかなひがたかべいものなめれ。はかなきことにて人に心おかれじと思ふも、ただひとつゆゑぞや」とて、箏の御琴ひき寄せて、掻き合はせすさびたまひて、（澪標、二巻二九二～三頁）

×20　年の暮には、正月の御装束など、宮はただこの君一ところの御事をまじることなういそいたまふ。あまたくだりいときよらにしたてたまへるを、見るもものうくのみおぼゆれば、「朔日などには、かならずしも内裏へ参るまじう思ひたまふるに、何にかくいそがせたまふらん」と聞こえたまへば、「などてかさもあらん。老いくづれたらむ人のやうにものたまふかな」とのたまへば、「老いねどくづほれたる心地ぞするや」と独りごちて、うち涙ぐみてゐたまへり。かのことを思ふならんといと心苦しうて、宮もうちひそみたまひぬ。（少女、三巻六八頁）

×23　中将ながめ入りて、とみにもおどろくまじき気色にてゐたまへるを、心鋭き人の御目にはいかが見たまひけむ、たち返り、女君に、「昨日、風の紛れに、中将は見たてまつりやしてけむ。かの戸の開きたりしによ」とのたまへば、面うち赤みて、「いかでかはさはあらむ。渡殿の方には、人の音もせざりしものを」と聞こえたまふ。「なほあやし」と、独りごちて渡りたまひぬ。（野分、三巻二七六頁）

×33　例の、かう世離れたる所は、水の音もてはやして物の音澄みまさる心地して、かの聖の宮にも、ただざし渡るほどなれば、追風に吹き来る響きを聞きたまふに昔のこと思し出でられて、「笛をいとをかしうも吹きとほしたるなるかな。誰ならん、昔の六条院の御笛の音聞きしは、いとをかしげに愛敬づきたる音にこそ吹きたまひしか。これは澄みのぼりて、ことごとしき気のそひたるは、致仕の大臣の御族の笛の音にこそ似たなれ」など独りごちおはす。（椎本、五巻一七一頁）

玉上『評釈』は、「久方ぶりに聞く京の人々の合奏を、聞き分け理解する者もこの草庵にはいない。宮はただ一人、あれこれの感想を、独言によってつぶやくより他はない」という（一六五頁）。

〔付記〕

　二〇一一年八月に開催された古代文学研究会大会の研究発表の折、倉田実氏から氏の「ひとりごつ」と独詠歌に関する先行研究の存在を御教示いただいた（「心にもあらず独りごち給ふを　発信する独り言」『国文学』二〇〇五年七月臨時号）。倉田氏は、東

屋巻における薫の「ひとりごつ」について、「内容（歌）が本心」であり「なぜ、こうして独り言の歌が漏らされているのか。この独り言には何が発信されているのか」と問われる。そして「独り言を多く呟くところに、人物の性格を付与していること」を指摘する。さらに「独り言は、漏れ聞かれたり、聞かれなかったりし、また、漏れ聞いた人のありようによって伝達性をもたらしたりする」ことに注目されている。今回、独詠歌の論を立てるときに、倉田氏の先見を見落していた非礼を詫びたい。氏の論とどのように交差するかは別に考えることとして、本論の内容はそのまま残した。

ちなみに、私は「ひとりごつ」から本論の考察を始めたが、夕顔巻の場面と和歌の解釈については、清水婦久子氏の御説（『光源氏と夕顔』新典社新書、二〇〇八年）と、結果的に同様の結論を得た。成稿後、この御論の存在を知った。記して謝意を表したい。

初出文献一覧

第一章

第一節　・「『紫式部集』冒頭歌考」『同志社大学　人文学』第一八六輯、二〇一〇年一一月。

第二節　・研究発表「『紫式部集』冒頭歌考　――歌の場と表現形式を視点として――」古代文学研究会、於龍谷大学、二〇〇九年九月。

・「『紫式部集』歌の場と表現　――いわゆる宮仕え期の歌の解釈について――」『同志社大学　人文学』第一四七号、一九九〇年三月。

第三節　・「『紫式部集』における歌と署名　――女房の役割と歌の表現――」『同志社大学　文化学年報』第三八輯、一九九〇年三月。

第二章

第一節　・「紫式部の表現　――宣孝の死を契機に――」『同志社国文学』第九号、一九七四年三月。

・『講義『源氏物語』とは何か』第四講、平安書院、二〇一一年。

第二節　・「『紫式部集』の地名」『同志社国文学』第九号、一九八九年三月。

第三節　・「『紫式部集』「数ならぬ心」考」南波浩編『紫式部の方法』笠間書院、二〇〇二年。

第三章

第一節　・「『紫式部集』における和歌の配列と編纂　――冒頭歌と末尾歌との照応をめぐって――」『同志社大学　人文学』第一七八輯、二〇〇五年三月。

第二節　・「『紫式部集』離別歌としての冒頭歌と二番歌」『同志社大学　人文学』第一八七輯、二〇一一年三月。

・研究発表「『紫式部集』冒頭歌考　――歌の場と表現形式を視点として――」古代文学研究会、於龍谷大学、二〇〇九年九月。

第三節　・「話型としての『紫式部集』」高橋亨編『〈紫式部〉と王朝文芸の表現史』森話社、二〇一二年。

第四章

・「『陽明文庫本』解題」久保田孝夫・廣田收・横井孝共編『紫式部集大成』笠間書院、二〇〇八年。

・「『紫式部集』シンポジウム司会の記」『中古文学』第八五号、二〇一〇年六月。

・「『伊勢物語』と『紫式部集』　――一代記の方法――」『講義日本物語文学小史』第六講　金壽堂出版、二〇〇九年。

・「『紫式部集』解説」上原作和・廣田收編『紫式部と和歌の世界　一冊で読む紫式部家集』武蔵野書院、二〇一一年。

付論・「『紫式部日記』の構成と叙述」秋山虔・福家俊幸編『紫式部日記の新研究』新典社、二〇〇八年。

付論・研究発表「『源氏物語』「独詠歌考」」古代文学研究会大会、於姫路市、二〇一一年八月。

・「『源氏物語』「独詠歌」考」『同志社大学　人文学』第一八八号、二〇一一年一二月。

あとがき

この度は、恩師である南波浩先生の『紫式部集』研究にとって、大変御縁の深い笠間書院から、この小著の出版を御許しいただき、本当に感激に堪えない思いで一杯です。池田つや子社長に心から感謝を申し上げます。また編集長の橋本孝氏には、企画案の段階から原稿の完成、さらに刊行に至るまで、重ねてこまごまと御世話をいただいた。心から御礼を申し上げる次第です。

なお本書は、二〇一二年度同志社大学研究成果刊行補助によって成ったものである。

今からおよそ四〇年も前、指導教授であった南波先生に『源氏物語』の卒業論文の草稿を見ていただいた折、先生からはただ一言「第二章、未し。」とだけ、原稿用紙の端にあの几帳面な楷書の文字で朱の書き入れをいただいた。何度ひっくり返してみても、それ以外には何も御指摘はなく、その一言の重みを何度も考えあぐねた記憶がある。御指導をいただいた時期の先生の年齢に達した今も、ゼミの学生に対して饒舌に過ぎる指導に齷齪する我が身を顧みると、実に恥ずかしい思いがする。その後、卒業論文を四苦八苦して書き上げた後、初めて大学の学会誌に載せていただくための原稿を、先生に恐る恐る持って上がると、先生から即座に「こんな題ではだめだ。君のやろうとしていることからすると、「紫式部の表現」という題にした方がよい」という御指導をいただいた。堂々とした体躯と威厳に満ちた先生に、その頃の私は、それ以上何か御尋ねするなどというような勇気はなかった。そこから「表現」とはどのように考えて行けばよいのか、また長らく悩み続けることになった。

ちょうどそのころ、先生が取り組んでおられた『紫式部集』というテキストは、御講義を受けるまでそんな作品があったのかと、その存在すら知らなかった無学な学生には、実に衝撃的であった。それから、愚かにもまた非礼にも先生の御研究の先周りをして、この『紫式部集』や『紫式部日記』と『源氏物語』を重ね合わせて何が言えるのか、直接的・無媒介にではなく、どのような次元で重ね合わせることができるか、と考えたことが最初の問題意識である。

一方、もう一人若き日に影響を受けた恩師が土橋寛先生である。先生は、大学院の授業で古代歌謡論や『萬葉集』について毎週、理論的にしてかつ滋味溢れる御講義をして下さったが、私が先生から学んだことは「場」の問題である。歌は場において捉えよ、その一点である。難解な『紫式部集』を読む上で、土橋先生の理論を援用するということが、長年にわたるひそかなもくろみであった。

それ以後『紫式部集』の研究は長らく放置していたが、遠回りをして少しばかり説話の研究に触れたことを契機に、家集もまた結局のところ編纂物なのだということを強く意識するに至った。『紫式部集』はまさに編纂物なのだということを言挙げする必要がある、と思い至ったのである。

それで、最近になり自分の定年を意識するようになってからは、どうしても『紫式部集』の研究だけは一度纏めておきたいと思うようになった。随分と偏った内容であるが、なんとか一書をなすにあたって、南波先生から御叱りをいただいた初学の書きものは、アイデアだけを残して読みやすく書き直した上、臆面もなく本書の第二章第一節と第三節に組み入れておくことにした。

ただこのように旧稿を集めてみると、どの章・節のいずれもがいかにも思弁的にすぎ薄っぺらな感じが否めない。論証とか実証とかということからすれば、まことに恥ずかしいものである。しかたなく今までの稚拙な考察の径庭だけをただ記し置くことにして、すでに発表した論文については、誤植を質した他に、手直しは誤解の起きぬ程度で最小限にとどめることにした。また、今や意味のなくなってしまった注は省き、現在の新たな考えを加える必要を感じた場合には、それぞれの注の中に書き加えるように努めた。そのため、どこを読んでも、くどくどと同じことを繰り返し述べているが、それは堂々巡りのように愚考を続けていただけで、章・節の間に甚だしく内容に重複のあることは見苦しく申し訳ないかぎりであるが、どうか御許しをいただきたい。

末尾になったが、この間『紫式部集』の研究を一緒に進めている畏友横井孝氏と久保田孝夫氏、それからすべての御名前を挙げることはできないが、学会や研究会で常に励ましをいただいている方々に感謝の辞を申し述べたい。そして何より、毎年折節ごとに出向くことにしている南波先生の墓前に改めて参り、本書公刊の報告を申し上げるとともに学恩に心からの感謝を申し上げたいと思う。ただ、先生からまた「未し。」と御叱りを受けるに違いない。

二〇一二年　七月

廣　田　收

■著者略歴

廣田　收（ひろた・おさむ）

経歴

1949年	大阪府豊中市生まれ。
1973年3月	同志社大学文学部国文学専攻卒業。
1976年3月	同志社大学大学院文学研究科国文学専攻修士課程修了。
専攻・学位	古代・中世の物語・説話の研究　博士（国文学）
現職	同志社大学文学部教授

単著

「『宇治拾遺物語』表現の研究」笠間書院、2003年。

「『宇治拾遺物語』「世俗説話」の研究」笠間書院、2004年。

「『源氏物語』系譜と構造」笠間書院、2007年。

「『宇治拾遺物語』の中の昔話」新典社、2009年。

『講義　日本物語文学小史』金壽堂出版、2009年。

「講義『源氏物語』とは何か」平安書院、2011年（自刊）。

共編著

丸山顕徳・西端幸雄・廣田收・三浦俊介共編『これからの日本文学』金壽堂出版、2001年。

横井孝・廣田收・久保田孝夫共編『紫式部集大成　実践女子大学本・瑞光寺本・陽明文庫本』笠間書院、2008年。

上原作和・廣田收共著『紫式部と和歌の世界　一冊で読む紫式部家集』武蔵野書院、2011年。

『紫式部集』歌の場と表現

2012年10月5日　初版第1刷発行

著者　廣田　收

発行者　池田つや子

発行所　有限会社　笠間書院

東京都千代田区猿楽町2-2-3〔〒101-0064〕

電話 03-3295-1331　Fax 03-3294-0996

NDC分類：911.138

新日本印刷

（本文用紙・中性紙使用）

ISBN978-4-305-70590-7

人名／書名索引

1　人名は、「紫式部」を除く。また、事項は本書において論考の中で具体的に取り扱った事例に限り、用例として列挙しただけの事例は採らなかった。また、人名を立項するにあたり、姓名をそろえた形で表記した。また歴史的な人名は、便宜的に通行の訓みに従った。
2　書名は、『紫式部集』を除く。また、『国歌大観』や基本的な辞書類、逐刊の学会誌、大学の紀要などの書名は採らなかった。また例えば、『古今集』などの略称は『古今和歌集』というふうに、正式呼称に統一して立項した。
3　数字は頁数を示す。ただし、1頁内に2件以上あるものも1件と数えた。

（1）人名索引

あ 行

か 行

さ 行

た 行

な 行

は 行

ま 行

や 行

わ 行

（2）書名

あ 行

か 行

さ 行

た 行

な 行

は 行

ま 行

や 行

わ 行